ELIZABETH HARAN

Ein Traum in Australien

Weitere Titel der Autorin:

Im Land des Eukalyptusbaums
Der Ruf des Abendvogels
Im Glanz der roten Sonne
Ein Hoffnungsstern am Himmel
Am Fluss des Schicksals
Die Insel der roten Erde
Im Tal der flammenden Sonne
Im Schatten des Teebaums
Der Duft der Eukalyptusblüte
Im Hauch des Abendwindes
Leuchtende Sonne, weites Land
Der Glanz des Südsterns
Jenseits des leuchtenden Horizonts
Träume unter roter Sonne
Heller Mond, weite Träume
Im Tal der Eukalyptuswälder
Jenseits der südlichen Sterne
Der Himmel über dem Outback
Eine Liebe in Australien
Ein Traum in Australien
Fliegende Ärzte – Eine mutige Frau

Titel in der Regel auch als E-Book erhältlich

ELIZABETH

HARAN

Ein *Traum* in Australien

Roman

Übersetzung aus dem australischen Englisch
von Kerstin Ostendorf

lübbe

Dieser Titel ist auch als E-Book erschienen.

Die Bastei Lübbe AG verfolgt eine nachhaltige Buchproduktion. Wir verwenden Papiere aus nachhaltiger Forstwirtschaft und verzichten darauf, Bücher einzeln in Folie zu verpacken. Wir stellen unsere Bücher in Deutschland und Europa (EU) her und arbeiten mit den Druckereien kontinuierlich an einer positiven Ökobilanz.

FSC www.fsc.org
MIX
Papier | Fördert gute Waldnutzung
FSC® C014496

Vollständige Taschenbuchausgabe
der bei Bastei Lübbe erschienenen Hardcoverausgabe

Titel der australischen Originalausgabe: »Two Pieces of Gold«
Dieses Werk wurde vermittelt durch
die Literarische Agentur Thomas Schlück GmbH, 30161 Hannover.

Textredaktion: Marion Labonte, Labontext
Landkarte: Reinhard Borner
Umschlaggestaltung: Jeannine Schmelzer
Titelillustration: © David M. Schrader; ilolab; KateMacate;
tommaso lizzul; Neale Cousland; PhilipYb Studio/Shutterstock;
© Joanna Czogala/Trevillion Images
Satz: Dörlemann Satz, Lemförde
Gesetzt aus der Garamond
Druck und Verarbeitung: GGP Media GmbH, Pößneck
Printed in Germany
ISBN 978-3-404-18841-3

2 4 5 3 1

Sie finden uns im Internet unter luebbe.de
Bitte beachten Sie auch: lesejury.de

In Erinnerung an meine Mutter Lucy May und meinen Vater John Haran. Als ich ein Kind war, zogen wir nach Australien, und damit begann meine wundervolle Reise.
Ich vermisse euch beide jeden Tag.

I would like to dedicate this book to the memory of my mother, Lucy May, and father, John Haran. They brought me to Australia as a child and that set me upon this wonderful journey.
I miss you both every day.

Prolog

Paskeville, Obere Halbinsel Yorke, Südaustralien – 1927

Norma Hanes öffnete die Tür zum Zimmer ihrer achtzehnjährigen Tochter Vera und ließ vor Schreck den Stapel gefalteter Wäsche fallen. Vera zog sich gerade aus, um in der Sitzwanne in einer Ecke des Zimmers ein Bad zu nehmen. Sie trug nur noch ihre Pumphose und ein Mieder. Der Blick ihrer Mutter war fest auf ihren gerundeten Bauch gerichtet. »Himmel, Vera! Du bist ja …«

Vera riss hastig den Morgenmantel vom Bett und bedeckte sich. »Ich dachte, du wärst einkaufen, Mama«, stieß sie hervor, dann hob sie die saubere Wäsche auf und schloss die Zimmertür. »Du hättest anklopfen sollen«, wisperte sie angsterfüllt.

Norma war jegliche Farbe aus dem Gesicht gewichen. »Wer hat dir das angetan?«, fragte sie in einem erstickten Flüsterton, ohne den Blick vom Bauch ihrer Tochter zu wenden. »Dein Vater wird ihm die Hoden abschneiden und sie den Krähen zum Fraß vorwerfen!«

Vera errötete. Seit Monaten versteckte sie ihren wachsenden Körperumfang unter weiten Kleidern, badete, wenn sie glaubte, dass niemand zu Hause war, und quälte sich jeden Tag mit der Angst davor, dass ihre Eltern ihren Zustand bemerkten. Wie durch ein Wunder war es ihr gelungen, ihre morgendliche Übelkeit zu verbergen, aber dass sie es irgendwann doch entdeckten, war unvermeidlich gewesen.

Der Schreck im Gesichtsausdruck ihrer Mutter wich dem Kummer, und das stimmte auch Vera tieftraurig. Sie würde es nicht ertragen, wenn ihr Zustand einen Keil zwischen sie treiben würde.

»Ich habe dich gefragt, wer dir das angetan hat, Vera«, drängte Norma. »Sag es mir!«

»Das kann ich nicht.« Veras Augen füllten sich mit Tränen.

Norma packte ihre Tochter fest am Oberarm. »Sag es mir«, beharrte sie. »Hat sich einer der wollüstigen Murphy-Jungen an dir vergangen?«

Vera wusste nur zu gut, was ihre Mutter dachte: Das wäre zwar entsetzlich, aber damit wäre ihre Tochter zumindest ein Opfer und nicht eine junge Frau ohne Anstand. Sie wandte den Blick ab. »Sprich leise, Mama. Und nein, niemand hat sich an mir vergangen.« Sie entzog ihrer Mutter den Arm und ließ sich aufs Bett fallen.

»Dann hast du willentlich zugelassen, dass ein Mann das mit dir macht …« Norma war sichtlich gequält von dem Gedanken, dass ihre einzige Tochter sexuell aktiv gewesen war und sie selbst das nicht einmal geahnt hatte. »Wer auch immer er ist, er wird dich sofort heiraten, bevor die Leute hier dich in diesem Zustand sehen. Das heißt, wenn der Pfarrer einverstanden ist, dich zu trauen. Aber selbst wenn – die Frauen der Farmer sind Klatschweiber. Sie werden noch jahrelang hinter unserem Rücken über uns herziehen. Hast du das nicht bedacht?«

»Es tut mir leid.« Vera begann angesichts der tiefen Enttäuschung ihrer Mutter zu weinen.

»Dein Bedauern ändert auch nichts an der Schande, die du über uns gebracht hast«, sagte Norma traurig. »Und Gott schütze dich, wenn dein Vater es herausfindet. Du weißt, dass ich nicht viel tun kann, um dich zu schützen …«

»Ich möchte nicht, dass du meinetwegen Ärger bekommst. Ich trage alle Konsequenzen allein.« Trotz ihrer tapferen Worte pochte Veras Herz vor Angst. Sie hatte vor allem Angst vor ihrem Vater, der die Familie gut versorgte, ihr aber wenig liebevolle Zuneigung entgegenbrachte und äußerst jähzornig war.

»Vera!«, donnerte in diesem Moment eine Stimme im Flur.

»Oh, Himmel, das ist er! Er hat offenbar früher Feierabend gemacht«, flüsterte Norma panisch. »Gott stehe dir jetzt bei, mein Kind.«

Die Tür schwang auf, und Burt Hanes stand im Raum. Er hatte dichte, schwarze Augenbrauen, die sich über hartherzigen Augen zusammenzogen, und seine Frau und seine Tochter wären nicht weniger verängstigt gewesen, hätten sie einem Grizzlybären gegenübergestanden. Er ließ den Blick durch den Raum gleiten: Vera, weinend auf dem Bett, davor Norma mit kummervoller Miene. »Was ist hier los? Was hast du getan?«, verlangte er von seiner Tochter zu wissen.

Vera wickelte verlegen den Morgenmantel fester um sich.

Burt starrte seine Frau finster an.

Norma schluckte schwer. »Unser Mädchen … steckt in Schwierigkeiten«, murmelte sie mit gesenktem Blick. Sie wusste, dass er sie dafür verantwortlich machen würde, weil sie nicht gut genug auf ihre Tochter geachtet hatte.

»Schwierigkeiten? Was für Schwierigkeiten?« Burt trat einen Schritt auf Vera zu, die sich sogleich von ihm wegdrehte und sich zusammenkauerte. Am liebsten hätte sie sich irgendwo versteckt.

Plötzlich schien ihm zu dämmern, von welcher Art von »Schwierigkeiten« die Rede war. »Willst du damit sagen … sie ist …«, rief er wütend, packte Vera am Arm und drehte sie zu sich. In seinem Blick lag Abscheu, dann trat er schwankend einen Schritt zurück.

Vera zog den Kopf ein, sie war nicht sicher, ob er sie schlagen würde.

»Ich habe ihr gerade gesagt, dass sie sofort heiraten muss«, warf Norma eilig ein, in der Hoffnung, dass ihn dieser Gedanke besänftigen würde. »Das Kind wird ehelich geboren.«

Burt wirbelte zu ihr herum. »Du wusstest es!«, beschuldigte er sie erzürnt.

»Mama wusste es nicht«, ging Vera dazwischen und fügte leise hinzu: »Erst seit gerade eben.«

»Wie konntest du das nicht bemerken?«, wollte er von Norma wissen. »Vera ist ein sehr schlankes Mädchen, da ist ihr runder Bauch doch auffällig!«

»Sie hat es gut versteckt«, verteidigte sich Norma. Außerdem hatte auch er nichts bemerkt, aber sie war klug genug, ihn nicht darauf hinzuweisen.

Burt beugte sich drohend über Vera, die noch immer zusammengekauert auf dem Bett lag. »Wer hat es gewagt, dich zu schänden?«, brüllte er. »Ich bringe ihn eigenhändig um!«

Vera antwortete nicht. Ihr war plötzlich schwindlig.

»Wer?«, bellte er ungeduldig. Burt wandte sich an seine Frau: »Hat sie dir gesagt, wer das Schwein ist? Ich garantiere euch: Das wird er nie wieder tun«, donnerte Burt. »Mit wem hat sie sich hinter meinem Rücken getroffen? Irgendjemand muss sich doch hier herumgetrieben haben.«

Norma registrierte seine geballten Fäuste und bemitleidete schon fast den armen Kerl, von dem die Rede war. Sie schalt sich selbst dafür, nicht bemerkt zu haben, dass Vera sich mit einem Mann getroffen hatte.

»Ich habe wirklich niemanden gesehen«, sagte Norma leise.

Burt deutete mit dem Finger auf Vera. »Das da ist nicht von allein passiert. Du sagst mir jetzt sofort, wer das war, oder ich schmeiß dich raus, das schwöre ich dir!« Er stieß sie mit einem schmutzigen Finger an.

Vera schüttelte den Kopf. Sie hatte schreckliche Angst, dass ihr Vater sie verprügeln würde, um es herauszufinden, aber komme, was wolle, sie konnte nicht sagen, wer der Vater ihres Kindes war. Dafür war es zu spät.

»Verschwende deine Zeit nicht damit, ihn zu schützen, denn ich werde es sowieso herausfinden, und dann gnade ihm Gott«, knurrte Burt erbost.

»Sag es uns, Vera«, versuchte Norma es sanfter.

Vera schüttelte noch einmal den Kopf und presste die Lippen aufeinander.

»Warum willst du diesen Mann schützen? Ist er … verheiratet?«, fragte Norma. »Hat ein verheirateter Mann sich an dir vergriffen?« Vera war immer ein gutes Mädchen gewesen. Da war es einfacher, sich vorzustellen, dass ein verheirateter Mann mit einem Haufen Kinder sie skrupellos ausgenutzt hatte. Es wäre zumindest eine Erklärung dafür, dass sie zögerte, seinen Namen zu nennen.

»Nein«, wisperte Vera.

»Also hast du herumgehurt, ja?«, spie ihr Vater angewidert hervor.

»Nein.«

»Doch. Genau das werden die Leute denken. Schande über dich! Verlass sofort dieses Haus und komm nie wieder zurück!«, schrie er, nahm den Stapel Wäsche und warf sie auf den Boden.

»Das meinst du doch nicht ernst, Burt«, versuchte Norma, ihn zu beschwichtigen.

»Natürlich meine ich das ernst. Ich will sie nie wiedersehen!« Damit stürmte er aus dem Zimmer.

Norma stand hilflos da, während Vera immer verzweifelter schluchzte. »Vielleicht ist es besser so, Vera«, flüsterte sie erstickt. »Dein Vater würde dir nur das Leben zur Hölle machen, wenn du bleibst.«

»Du willst doch nicht, dass ich gehe, oder, Mama?«, brachte Vera hervor.

»Natürlich nicht. Ich möchte, dass du den Vater deines Kindes heiratest. Aber das wird nicht passieren, oder?«

Vera schüttelte den Kopf. Sie umschlang ihre Mutter und klammerte sich verzweifelt an sie. Sie konnte sich nicht vorstellen, ihre Mutter zu verlassen und vielleicht nie wiederzusehen. »Ich brauche dich, Mama!«, rief sie schluchzend.

»Ich weiß.« Norma strich ihr über das Haar. Es brach ihr das Herz, ihr kleines Mädchen zu verlieren, genau wie das Enkelkind, das sie vielleicht nie kennenlernen würde. Doch noch gab es eine Lösung. »Weißt du, wenn du diesen Mann dazu bringst, dich zu heiraten, dann könnte dein Vater dir vielleicht eines Tages verzeihen«, klammerte Norma sich an ihre letzte Hoffnung, während Tränen über ihre Wangen rannen.

»Ich kann nicht, Mama, es tut mir leid.«

»Vera! Was machst du denn hier draußen?«, fragte Cornell Hastings bei ihrem Anblick überrascht. Es war schon fast dunkel, und sie befand sich auf einer einsamen Landstraße zwischen Paskeville und Sunnyvale, meilenweit von ihrem Zuhause entfernt, noch dazu mit einem Koffer in der Hand.

Vera war gedanklich so tief in ihrem Elend versunken, dass sie das Klackern des Pferdewagens hinter sich gar nicht wahrgenommen hatte.

Cornell kletterte vom Wagen und trat vor sie. Selbst im schwindenden Licht war deutlich zu sehen, wie aufgewühlt sie war. Er legte ihr die Hände auf die Schultern und bemerkte, dass sie zitterte. »Was ist passiert?«, fragte er beunruhigt.

Vera senkte den Blick. »Mein Vater hat mich rausgeworfen«, sagte sie in kaum mehr als einem heiseren Flüstern. Sie konnte es selbst immer noch nicht glauben. Er hatte ihr nicht mal die Gelegenheit gegeben, sich von ihrem kleinen Bruder Robert zu verabschieden.

»Dich rausgeworfen?«, fragte Cornell bestürzt.

Vera nickte und rückte verlegen das große Tuch zurecht, um

ihre Figur zu verbergen. »Ich habe den letzten Zug verpasst …« Zwei Tränen liefen ihr über die Wangen, während sie sich wieder in Bewegung setzte.

»Warte mal! Wohin gehst du denn jetzt?«

Vera zuckte hilflos mit den Schultern und schniefte. Sie wusste es nicht, sie wusste nicht einmal, wo sie heute Nacht schlafen sollte. Ihre Mutter hatte vorgeschlagen, ein Heim für unverheiratete Frauen aufzusuchen. Dort würde die Leitung allerdings, so hatte Norma angedeutet, ihr Kind zur Adoption freigeben – eine furchtbare Vorstellung, mit der Vera sich nicht auseinandersetzen wollte.

Ihre gequälte Miene zerriss Cornell das Herz. »Du kommst mit zu mir nach Hause«, entschied er.

Vera war überrascht. »Nein, das geht nicht! Deine Frau …«

»Georgina wird nichts dagegen haben«, sagte Cornell bestimmt, griff nach Veras Koffer und stellte ihn hinter den Sitz auf den Pferdewagen. Dann nahm er Veras Hand, um ihr hinaufzuhelfen. Doch ihr Fuß verfing sich in ihrem Kleid, und sie stolperte. Cornell fing sie auf, indem er die Hände um ihre Hüfte legte. Was er fühlte, war eindeutig, und fast schien ihm, als würde die Zeit für einen Moment stillstehen.

Vera bemerkte den schockierten Ausdruck in seinem attraktiven Gesicht. Sie schluckte. »Willst du mich immer noch mit nach Hause nehmen?«, fragte sie leise.

»Ja, ja«, brachte er stammelnd hervor und starrte sie ungläubig an.

Vera atmete tief durch, dann wandte sie sich ab und bestieg ohne Hilfe den Wagen. Sie spürte noch immer Cornells Blick auf sich, sah aber unverwandt nach vorn in dem Versuch, das letzte bisschen Würde aufrechtzuerhalten, das ihr geblieben war. Schließlich löste er sich aus seiner Erstarrung, lief um den Wagen herum und kletterte auf der anderen Seite hinauf.

Sie fuhren eine halbe Meile schweigend, tief in Gedanken versunken. Vera bemerkte kaum, wie die letzten Lichtstrahlen verschwanden und Sterne am dunklen Himmel auftauchten, während sie überlegte, wie sie das Thema ansprechen sollte.

»Ich habe mich geweigert, meinen Eltern zu sagen, wer der Vater ist«, gestand sie schließlich flüsternd, ohne Cornell anzusehen. »Deswegen hat mich mein Vater rausgeworfen.«

Cornell blickte sie von der Seite an und schwieg einen Moment. »Georgina und ich werden uns um dich kümmern, Vera«, versprach er schließlich. »Und … um das Kind.«

»Das ist sehr nett von dir, aber es ist ein bisschen viel verlangt, dass deine Frau damit einverstanden ist.«

»Georgina ist Künstlerin und sehr aufgeschlossen. Sie wird nicht nach einer Erklärung fragen.«

Vera konnte nur hoffen, dass dem so war, denn sie wollte nicht lügen. »Und deine Eltern, Cornell?«

»In den letzten Monaten ist viel passiert, Vera«, erwiderte er. »Kurz nach unserer Hochzeit wurde mein Vater krank. Meine Eltern sind von der Farm in die Stadt gezogen, wo mein Dad kompetente Ärzte und das Krankenhaus in seiner Nähe hat. Ich gehe nicht davon aus, dass sie zurückkommen, also führe ich jetzt die Farm der Familie.«

Vera hatte in den letzten Monaten ein nahezu einsiedlerisches Leben geführt und hörte diese Nachricht zum ersten Mal. »Das freut mich für dich, aber trotzdem fühlt es sich für mich nicht richtig an, dir und deiner Frau zur Last zu fallen … mit einem Kind.«

Cornell schwieg eine Weile, und Vera fürchtete schon, er könnte seine Meinung ändern, als er schließlich sagte: »Vielleicht sollte es so sein, dass wir uns heute über den Weg laufen.«

»Wie meinst du das?«

»Georgina hat kein Interesse daran, den Haushalt zu führen.

Sie möchte nur malen, deswegen haben wir uns entschieden, eine Haushälterin einzustellen. Vielleicht könntest du … nachdem …« Er warf einen Blick auf ihren Bauch. »Das könnte eine gute Lösung für uns alle sein.«

Vera dachte über seinen Vorschlag nach. Hatte das Schicksal vielleicht doch seine Hände im Spiel? Ja, möglicherweise wäre das wirklich eine gute Lösung für alle.

Kapitel 1

November 1946

Vera stand auf der hinteren Veranda des Haupthauses der Sunnyvale Farm und schirmte mit der Hand ihre Augen vor dem grellen Sonnenlicht ab. Es war ein brütend heißer Tag auf der Halbinsel Yorke im Süden Australiens, über zweiundvierzig Grad im Schatten des alten Eukalyptusbaums neben der Außentoilette. Am Ofen in der Küche war es sogar noch heißer, daher war es angenehm, ein paar Minuten draußen zu stehen, auch wenn Vera dabei von Schmeißfliegen attackiert wurde.

Ihr Blick war auf die Viehhöfe gerichtet. Das Blöken der Rinder vermischte sich mit dem Bellen der Hütehunde und dem Kreischen der Gelbhaubenkakadus in den peruanischen Pfefferbäumen, die Schatten über die Ställe warfen. Immer wieder tauchten zwischen den Staubwolken Männer auf und verschwanden wieder darin, zu Fuß und auf Pferden, um Rinder für den Markt auszuwählen. Inmitten der Farmarbeiter, unter ihnen auch vier Aborigines, entdeckte Vera ihren Mann Harley Atwell, den Farm-Vorsteher, und ihren Sohn Ernie, der schon auf dem Pferderücken gesessen hatte, bevor er laufen gelernt hatte. Beide waren wahre Landmenschen und genossen jede Minute der Arbeit mit den Tieren, trotz der drei Konstanten, die unweigerlich dazugehörten: das Verletzungsrisiko, der Staub, der einem die Luft zum Atmen nahm, und die allgegenwärtigen Fliegen.

Sunnyvale war eine Farm mit Mischhaltung, hier wurden freilaufende Rinder und Schafe gehalten und Feldfrüchte angebaut. Vera war seit nunmehr fast zwei Jahrzehnten die Haushälterin für Cornell. Sie war sehr zufrieden mit ihrem Leben auf der Farm, das bisweilen herausfordernd gewesen war, zum Beispiel während der Weltwirtschaftskrise oder zuletzt während des Zweiten Weltkriegs, als beinahe fünfundfünfzigtausend südaustralische Männer im Ausland gekämpft hatten. Über zwanzigtausend Australier waren in japanische Gefangenschaft geraten, und nur zwei Drittel hatten überlebt, weshalb auf dem Land immer noch ein Mangel an körperlich unversehrten Männern herrschte. Das hatte zur Folge, dass Cornell nun auch Aborigines als Farmarbeiter einstellte und einarbeitete. Sie waren exzellente Reiter und sehr gute Arbeiter.

Während des Krieges hatte Vera zahlreiche Aufgaben übernommen und auch bei der Farmarbeit geholfen. Cornell hatte als Junge erlebt, wie sein Vater die Farm im Ersten Weltkrieg geführt hatte, und sich daran erinnert, dass sie durch das Schaffen vieler Nahrungsquellen überlebt hatten. Also begann er, Hunderte von Hühnern zu züchten, die Fleisch und Eier gaben. Vera bebrütete Eier und versorgte die Küken, wofür sie oft die halbe Nacht aufblieb, um sie vor streunenden Katzen und listigen Füchsen zu schützen. Zusammen mit einigen Aborigine-Frauen schlug sie Butter und mahlte Mehl. Sie pflanzte Gemüse an und begleitete Harley und Ernie nachts auf der Jagd nach Kaninchen.

Cornell Hastings führte die Farm in Australien in der dritten Generation. Es lag ihm im Blut, auch seine Vorfahren in England waren Farmer gewesen, und Cornell betrachtete es als seine Aufgabe, die Farm für die nächste Generation zu verwalten und zu erhalten, für seinen Sohn Jackson.

Hausherrin auf Sunnyvale war Georgina Hastings, die jedoch weder vor noch nach dem Krieg eine Verbundenheit mit den alltäglichen Arbeiten auf der Farm, weder im Haus noch draußen, aufgebaut hatte. Sie war eine angesehene Künstlerin, und ihre Liebe für die Farm gründete in der Schönheit der

Landschaft, die sich mit den Jahreszeiten beständig veränderte, sowie in den Tieren, vor allem den Vögeln. Sie war eine aufgeschlossene Frau, ein Freigeist, und sah die Welt weniger pragmatisch als nahezu jeder andere Mensch auf dem Land. Sie aß kein Fleisch, weil sie der Überzeugung war, dass Tiere wunderschöne Seelen waren, die nicht gegessen werden sollten. Aufgrund dieser Ansichten hatte sie unter den Farmerfamilien nicht viele Freunde, die meisten waren eher verwundert darüber, dass Cornell eine Frau geheiratet hatte, die so ungeeignet für das Leben hier war. Dennoch führten die beiden eine gute Beziehung. Sie liebten, respektierten und unterstützten sich in ihren jeweiligen Leidenschaften, vereint durch das Interesse an ihren Kindern. Cornell kümmerte sich um die Leitung der Farm, und Georgina verbrachte die Tage mit dem, was sie gerne tat: malen. Abends kamen sie dann als Familie zusammen, beide erfüllt von ihren jeweiligen Tätigkeiten.

Vera ließ ihren Blick zu Georgina wandern, die auf einem Stuhl unter einem schattigen Eukalyptusbaum saß und an ihrem neuesten Kunstwerk arbeitete. Mit ihrem goldenen, fließenden Haar und dem leichten Sommerkleid, das in Kontrast zu den grünen Bäumen und dem strahlend blauen Himmel stand, wäre sie selbst ein perfektes Objekt für einen Künstler, fand Vera. Georgina konnte sich stundenlang ins Malen vertiefen und nahm dabei nichts von der Welt um sich herum wahr als die Natur. Oft kehrte sie erst am späten Nachmittag ins Haus zurück, wenn die Schatten das Licht zum Malen ruinierten.

Jetzt waren aus dem Haus Stimmen zu hören, wo die Tochter der Hastings, Beatrice, gerade im Esszimmer den Tisch für das Abendessen deckte und sich dabei lebhaft mit ihrer Freundin Melody Phillips unterhielt, deren Eltern in Paskeville, sieben Meilen von der Farm entfernt, den Gemischtwarenladen führten. Beatrice war eher unscheinbar, konnte sich aber, mit dem richtigen Kleid und einer schönen Frisur, durchaus sehen lassen. Sie hatte, sehr zu ihrem eigenen Missfallen, das orangerote Haar ihrer Tante geerbt und saß oft stundenlang draußen, in der Hoffnung, die Sonne würde ihre Haare zu einem schönen Erdbeerblond bleichen, doch stattdessen bekam sie nur eine Menge Sommersprossen.

Melody hatte sehr dunkles Haar, weiche Haut und strahlend blaue Augen, aber sie verstand es nicht, ihre Vorzüge zu betonen, und trug stattdessen unansehnliche Kleider und geflochtene Zöpfe. Die Mädchen gingen in Paskeville zur Schule und waren im Moment beständig damit beschäftigt, Pläne für den Abschlussball zu schmieden. Im Anschluss an ihre Schullaufbahn würden sie ihren Eltern aushelfen, bis sie entweder einen Jungen aus der Nachbarschaft heirateten oder in einen größeren Ort oder eine Stadt zogen, um Arbeit zu finden.

Beatrice wusste genau, was sie wollte: einen Farmer heiraten, Hausherrin sein und Kinder zeugen. Dafür hatte sie sich den Sohn eines Farmers aus der Nachbarschaft ausgesucht. Glücklicherweise hatte sie keine Konkurrenz, da Warren Sinclair weder in Bezug auf sein Aussehen noch auf seine Persönlichkeit sonderlich viel zu bieten hatte, aber er hatte in der Schule Interesse an ihr gezeigt, und mehr brauchte Beatrice nicht, um zu entscheiden, dass er der *Eine* war.

Melody hatte ein sehr ähnliches Ziel, hingegen aber ein Problem. Sie wollte Beatrice' Bruder Jackson heiraten und bis an ihr Lebensende glücklich und zufrieden mit ihm auf der Sunnyvale Farm leben, weshalb ihr jeder Vorwand recht war, dorthin zu kommen und einen Blick auf ihn zu erhaschen. Leider hatte er eine ganze Menge zu bieten, gutes Aussehen und massenweise Charme – zeigte aber keinerlei Interesse an ihr.

»Jackson kommt bestimmt mit zum Abschlussball, wenn du ihn darum bittest, Bea«, drängte Melody ihre Freundin jetzt.

»Seit wann tut er denn, worum ich ihn bitte? In seinen Augen bin ich nur die nervige kleine Schwester.«

»Und ich deine noch nervigere Freundin, da bin ich mir sicher«, sagte Melody entmutigt. »Aber ich möchte unbedingt, dass er kommt.«

»Dann musst du ihn wohl selbst fragen«, beharrte Bea.

Melodys Magen krampfte sich zusammen. »Zum Glück bleiben mir noch ein paar Tage, um Mut zu sammeln.«

»Vielleicht solltest du es so machen wie ich bei Warren«, schlug Bea selbstzufrieden vor. »Ich weiß, dass es nicht richtig ist, einen Jungen um eine Verabredung zum Ball zu bitten, aber ich musste das Ganze einfach in die Hand nehmen, weil er so schüchtern ist. Dabei hatte ich ihm alle möglichen Hinweise gegeben, trotzdem konnte er nicht über seinen Schatten springen.« Sie erzählte Melody, wie sie zur Wilmot Downs Farm geritten war, wo der schüchterne Warren mit seinem Vater gerade einen Zaun reparierte, und einfach mit der Einladung herausgeplatzt war. Warren war so schockiert gewesen, dass es ihm die Sprache verschlagen hatte, also hatte er bloß genickt, und sie hatte ihm die Eckdaten genannt, bevor sie seinem verblüfften Vater noch einen schönen Nachmittag gewünscht hatte und davongeritten war.

»Ich bewundere deinen Mut«, sagte Melody beeindruckt. »Aber deinem Bruder würde es nie die Sprache verschlagen, oder? Dafür ist er viel zu selbstsicher. Und ich würde bloß wie eine Idiotin quasseln. Wahrscheinlich ist es ohnehin sehr dumm von mir, zu denken, er würde jemals mit mir zu einem Tanz gehen. Er weiß nicht einmal, dass ich existiere.«

In dem Moment hörten sie, wie Vera die Glocke läutete als Zeichen dafür, dass das Abendessen in einer Stunde serviert würde. Damit blieb allen genügend Zeit, sich zu waschen und umzuziehen. Außerdem war die Glocke für Melody das Zeichen zum Aufbruch, wenn sie vor Einbruch der Dunkelheit zu Hause sein wollte. Sie machte sich auf den Weg zu ihrem Pferd, das neben Beas im Stall zwischen dem Haus und den Viehhöfen stand. Manchmal, wenn sie bei den Ställen war, nahm sie all ihren Mut zusammen und winkte Jackson zu, in der Hoffnung, er würde lächeln und zurückwinken. Sie wurde selten mit mehr als einem Nicken belohnt.

Georgina war als Erste wieder im Haus. Sie war wie meistens gelassen, unbeeinträchtigt von den tagtäglichen Schwierigkeiten, die mit der Farmarbeit einhergingen. Ganz besonders glücklich war sie immer dann, wenn sie ein Gemälde fertiggestellt hatte, mit dem sie zufrieden war. Das Bild, das sie an diesem Tag beendet hatte, war das letzte Teil einer Sammlung, die vor Weihnachten in der Modena Gallery in der Stadt ausgestellt werden sollte. Dort auszustellen war etwas, worauf man stolz sein konnte, dazu bekamen nur die angesehensten Künstler Gelegenheit.

Vera beglückwünschte Georgina lächelnd, als diese auf dem Weg in ihr Atelier, wo sie ihre Farben und Staffeleien aufbewahrte, die Küche durchquerte. Vera legte frische Handtücher in das Außenbadezimmer und ging zurück in die Küche, von wo aus sie Cornell sehen konnte, der in Begleitung seiner müden und durstigen Hütehunde auf das Haus zuschritt. Deren Näpfe hatte sie bereits mit Fleisch gefüllt und in den Fliegenschrank im Vorratsraum gestellt, von wo aus er sie den Hunden geben konnte, bevor er sich wusch. In der Ferne bemerkte Vera Jackson und Ernie auf dem Weg zu einem der Waschtröge an den Viehhöfen, um sich die Hände und Arme zu säubern. Sie würden sich im Badezimmer vor dem Haus richtig waschen, sobald Cornell dort fertig war. Die Aborigine-Arbeiter säuberten sich an einem anderen Trog. Vera hatte ihre Portionen an Fleisch und Gemüse in ihrem Quartier auf der anderen Seite der Ställe in einen Fliegenschrank gestellt. Sie kochten sich ihr Essen gern nach Einbruch der Dunkelheit selbst über einem Feuer und schliefen lieber unter den Sternen als in den Arbeiterunterkünften.

Ernie pfiff gut gelaunt eine Melodie, während er Wasser in den Trog pumpte. Dann nahm er den Block Seife auf und schäumte sich die Unterarme und Hände ein.

»Warum so fröhlich?«, fragte Jackson säuerlich.

Ernie drehte sich überrascht zu ihm um. »Warum nicht? Wir hatten doch einen guten Tag, oder?«

»Mit stinkenden Rindern und Fliegen zu arbeiten entspricht nicht meiner Vorstellung von einem guten Tag.«

Es war nicht das erste Mal, dass Jackson seine Unzufriedenheit mit der Farmarbeit äußerte. Ernie kannte seine Einstellung, hoffte aber stets, es sei nur eine vorübergehende Phase. »Mir gefällt es, im Freien mit Tieren zu arbeiten«, sagte er. »Es gibt nichts, was ich lieber tun würde.«

Jackson zuckte mit den Schultern. »Ich schon.«

»Was würdest du denn gerne mit deinem Leben anfangen?«, fragte Ernie ein wenig unmutig, während er die Seife weiterreichte. Er fand es nicht richtig von Jackson, die Tatsache, dass er der Erbe der Farm war, einfach wie selbstverständlich hinzunehmen. Er selbst würde alles für eine eigene Farm geben.

Jackson dachte nach, dann hellte seine Miene sich auf. »Jetzt, da der Krieg vorbei ist, würde ich gern ein Geschäft oder einen Pub in der Stadt eröffnen. Alles wäre besser, als den ganzen Tag vom Gestank der Rinder und Schafe umgeben zu sein.«

»Könntest du das Landleben wirklich einfach so gegen das Stadtleben eintauschen? Es wäre etwas völlig anderes.«

»Na, das hoffe ich doch«, erklärte Jackson.

»Es würde deinem Vater das Herz brechen, wenn du die

Farm verlässt. Er ist auf der Farm geboren, genau wie du, und er hat sein ganzes Leben lang hart gearbeitet, so wie sein Vater und Großvater vor ihm, und das alles um deinetwillen.«

»Meinst du, das weiß ich nicht? Himmel! Dad sagt mir jeden Tag, dass das alles für mich ist.« Er verdrehte missmutig die Augen. »Die Bürde ist einfach zu groß, aber wie soll ich ihm erklären, dass ich mir nicht vorstellen kann, die nächsten fünfzig Jahre dieser Arbeit nachzugehen? Ich finde es ungerecht, dass mir diese Last auferlegt wird, deswegen hoffe ich ja, dass Beatrice einen Jungen heiratet, der Farmer werden will, dann können sie eines Tages die Farm übernehmen. Damit bliebe sie immer noch in der Familie.«

»Wenn es nach Bea geht, wird sie Fred Sinclairs Sohn auf Wilmot Downs heiraten, und der soll die Farm seines Vaters übernehmen«, erinnerte ihn Ernie.

Jackson seufzte schwer. »Ich denke ständig darüber nach, fortzugehen«, stieß er dann hervor.

»Tu das nicht, Jackson. Bald ist Weihnachten, dann hast du eine Pause.«

»Ja, dank Mums Ausstellung verbringen wir etwas Zeit in der Stadt. Du kommst doch mit, oder?«

»Nein, ich bleibe hier und helfe Dad bei der Farmarbeit, während deine Familie in der Stadt ist.«

Jackson kam nicht umhin, Ernies Einsatz zu bewundern, auch wenn er ihn nicht verstand. »Ich möchte gerne noch ein paar Tage länger in der Stadt bleiben, ich habe es Dad nur noch nicht gesagt. Ich hoffe, er nimmt es gut auf.«

»Was hast du vor?«

»Spaß haben. Und ich möchte mich nach Möglichkeiten umhören.«

Das gefiel Ernie gar nicht, er konnte nur hoffen, dass Jackson sich umentschied.

»Hallo«, erklang in diesem Moment Melodys Stimme leise hinter ihnen.

Jackson und Ernie wirbelten herum. Melody stand neben ihrem Pferd. Sie lächelte, aber sie hielt sich an den Zügeln fest, als würde ihr Leben davon abhängen, und zitterte wie ein Blatt im Wind.

»Hallo.« Jackson drehte sich wieder zum Trog.

»Hallo, Melody«, sagte Ernie, dem nicht entging, wie ihr Blick an Jackson klebte. Es war nicht zu übersehen, wie sehr sie für Jackson schwärmte, auch wenn dieser es offenbar nicht wahrnahm. »Machst du dich jetzt auf den Heimweg?«

Melody verlagerte unruhig das Gewicht. »Ja«, brachte sie hervor und senkte den Kopf. Jackson blickte sie nur kurz desinteressiert von der Seite an.

Sie atmete tief durch. »Ich wollte nur fragen … Gehst du zum Abschlussball der Schule?«, fragte sie.

Jackson blickte Ernie stirnrunzelnd an. »Wer? Ich oder Ernie?«

Melody war sichtlich verlegen. »Ihr beide«, sagte sie schließlich zögerlich, enttäuscht davon, wie absurd Jackson die Frage vorzukommen schien.

»Warum sollte einer von uns zum Abschlussball gehen wollen?«, fragte er.

Melody spürte, wie sie errötete. »Um zu tanzen …« Sie versuchte, sich nicht anmerken zu lassen, wie gedemütigt sie sich von ihm fühlte.

Jackson lachte, als wäre allein der Gedanke schon lächerlich. In Ernies Blick hingegen lag Mitgefühl.

»Was willst du eigentlich nach der Schule machen, Melody?«, fragte er freundlich, um das Thema zu wechseln.

»Ich weiß es noch nicht. Ich werde wohl meinen Eltern im Laden helfen, bis ich mich entschieden habe.« Melody konnte Jackson jetzt nicht mehr anschauen.

»Du hast ja noch Zeit, um dir darüber Gedanken zu machen«, entgegnete Ernie mit einem sanften Lächeln.

Jackson schüttelte sich das Wasser von den Händen. »Wir sollten jetzt los«, sagte er zu Ernie. »Auf Wiedersehen, Melody.«

Melody fühlte sich zurückgewiesen. Sie trat einen Schritt zurück und stieg dann mit gesenktem Kopf auf ihr Pferd.

»Wiedersehen, Melody, und komm gut nach Hause!«, rief Ernie. Er lächelte ihr noch einmal zu, dann eilte er Jackson hinterher, der ohne einen Blick zurück auf das Haupthaus zuging. »Das Mädchen ist seit Ewigkeiten in dich verliebt«, sagte er ernst.

»Wer? Melody? Sei nicht albern. Sie ist doch noch ein Kind«, meinte Jackson überheblich.

»Na schön, dann ist es eben eine Schulmädchen-Schwärmerei, aber du hast sie einfach ignoriert.«

»Sie hat ja wohl nicht ernsthaft geglaubt, wir würden zu einem Schulball gehen wollen, oder?«

»Du bist es, den sie auf dem Ball dahaben wollte, nicht ich, und ich denke, es hat sie viel Mut gekostet, dich zu fragen, da hättest du sie ruhig etwas netter abweisen können. Sie hat sich sicher gedemütigt gefühlt.«

»Ist mir nicht aufgefallen.«

Ernie schüttelte den Kopf. Er blickte noch einmal zu Melody, die mit gesenktem Kopf die Einfahrt entlangritt. Es war gut möglich, dass sie sich am Abend in den Schlaf weinen würde.

»Bist du aufgeregt wegen deiner bevorstehenden Ausstellung, Liebling?«, fragte Cornell Georgina beim Essen.

Vera hatte drei Portionen mit zum Vorsteher-Cottage genommen, wo ihre Familie wohnte, und so hatten die Hastings beim Abendessen Zeit für sich. Abgesehen von dieser abendlichen Routine waren sie meist weniger formell und genossen ihr Mittagessen oder den Tee am Nachmittag oftmals alle zusammen in der Küche des Haupthauses oder auf dem überdachten Teil der Veranda, wenn das Wetter es zuließ.

»Ja, sehr aufgeregt«, antwortete Georgina. »Ich bin sehr zufrieden mit meinen Werken und hoffe, dass sie gut ankommen.«

»Davon bin ich überzeugt«, versicherte Cornell. »Sie sind wundervoll.«

»Danke. Und ach, das habe ich dir noch gar nicht gesagt: Gestern habe ich mit der Post die Bestätigung bekommen, dass die Eröffnung am sechzehnten Dezember sein wird.«

»Dann schlage ich vor, dass wir uns am vierzehnten auf den Weg machen und am neunzehnten zurückkommen, rechtzeitig zu Weihnachten.«

»Können wir nicht in der Stadt Weihnachten feiern, Dad?«, fragte Jackson. »Das wäre viel aufregender.«

»Nein, Weihnachten sollte man zu Hause feiern, mit den Leuten, die man liebt.« Cornell ließ seinen Blick von ihm über seine Tochter zu seiner Frau gleiten. »Und zwar einschließlich der erweiterten Familie.«

Jackson war bewusst, dass er damit Harley, Vera und Ernie meinte. »Ich wette, die Atwells hätten nichts dagegen, einmal ein Weihnachtsfest ohne uns zu verbringen«, warf er ein.

»Sei nicht albern, Jackson. Du weißt doch, wie gern Vera zu Weihnachten Leckereien für uns zubereitet. Und sie hat in Südaustralien sonst keine Familie.«

Georgina wusste, dass Vera ihre Mutter im Laufe der Jahre oft getroffen hatte, wenn sie im Gemischtwarenladen in Paskeville eingekauft hatte. Ihren Vater aber hatte sie erst 1942 wiedergesehen, nachdem sie von ihrer Mutter erfahren hatte, dass er schwer an Speiseröhrenkrebs erkrankt im Krankenhaus lag und das Wochenende vermutlich nicht mehr erleben würde.

Norma bat Vera nicht, ins Krankenhaus zu fahren, und erwartete es auch nicht von ihr, genauso wenig wie ihr Vater, doch Vera empfand es als richtig, ihn zu besuchen, und Ernie begleitete sie zur Unterstützung.

Vera ging fast davon aus, dass ihr Vater wütend werden würde, aber sie hatte sich mit dem Gedanken auseinandergesetzt und fürchtete sich nicht mehr vor ihm. Zu ihrer Überraschung drückte er jedoch ihre Hand, als sie an sein Bett trat, und zwei Tränen rannen seine ausgehöhlten Wangen hinab. Sie stellte ihm Ernie vor, den er noch nicht persönlich kennengelernt, wenn auch hin und wieder aus der Ferne im Dorf gesehen hatte, und er schüttelte ihm die Hand. Aufgrund des Tumors konnte er nicht sprechen, und auch sein Äußeres erschütterte Vera, aber sie versuchte, es sich nicht anmerken zu lassen. Körperlich war er nicht mehr ansatzweise der Mann, den sie in Erinnerung hatte, am meisten aber schockierte sie seine Verletzlichkeit.

Eine Stunde, nachdem Ernie und sie sich von ihm verabschiedet hatten, verstarb Burt. Vera hatte das Gefühl, dass er ihr vergeben hatte, und das half ihr, endlich damit abzuschließen. Sie erzählte ihrer Mutter davon, die der Meinung war, auch Burt hätte Frieden gefunden. Es war, als hätte er erst dann loslassen können. Die Ärzte hatten seinen Tod schon Tage zuvor erwartet und wussten nicht, warum oder wie er es geschafft hatte, so lange durchzuhalten. Erst nachdem er endlich Frieden mit Vera geschlossen hatte, ergab es alles Sinn.

Veras Bruder war nicht da, als ihr Vater starb, und niemand wusste, wie man ihn erreichen konnte, weil er als Schafscherer viel unterwegs war. Er war mit sechzehn von zu Hause ausgezogen und kam nur selten zu Besuch. Als er sich von Vera verabschiedet hatte, hatte er es kaum erwarten können, von ihrem Vater fortzukommen, und sie konnte es ihm nicht verdenken.

Einen Monat nach der Beerdigung ihres Vaters besuchte Vera ihre Mutter. Es fühlte sich sehr komisch an, das Zuhause zu betreten, in dem sie aufgewachsen war. Ihre Mutter bot einen traurigen und einsamen Anblick. Sie hatte sich während Burts kurzer Krankheitsphase um ihn gekümmert, aber nun, da er fort war, fühlte sie sich verloren. Vera erinnerte sie daran, dass sie endlich die Freiheit hatte, ihr eigenes Leben zu leben.

»Und was soll ich damit tun, Vera? Robbie reist als Scherer durchs ganze Land, und du bist draußen auf der Farm. Ich habe hier im Ort keine Verwandten und nur wenige gute Freunde. Dafür hat dein Vater gesorgt.«

»Warum besuchst du nicht Tante Hazel? Sie ist auch ganz allein, oder nicht?«

»Sie hat sicher ihr eigenes Leben«, wehrte Norma ab. Hazel war ihre einzige Schwester und hatte vor zwei Jahren ihren Ehemann verloren. Sie hatte drei Kinder und sieben Enkel, und in ihren Briefen hatte sie auch immer wieder Freunde erwähnt.

»Und ich bin mir sicher, dass sie darin auch noch Platz für dich hat.«

Zwei Monate später, nachdem Norma und Hazel sich Briefe geschrieben hatten, zog Veras Mutter in den südaustralischen Vorort Brighton direkt am Meer, wo sie sich ein Haus mit ihrer Schwester teilte. Es hatte sich herausgestellt, dass auch sie einsam gewesen war. Ihre Kinder waren mit ihren eigenen Familien beschäftigt, und zwei von ihnen lebten auf dem Land. Ihre beiden engsten Freundinnen waren verstorben.

Aus den Briefen, die Vera erhielt, erfuhr sie, dass Hazel und ihre Mutter viel Spaß zusammen hatten. Offenbar hatten sie sich als Mädchen sehr nahegestanden und genossen es, diese Verbindung neu aufleben zu lassen. Sie waren einem örtlichen Bowls-Verein beigetreten, und ihre Mutter hatte festgestellt, dass sie recht talentiert darin war. Sie besuchten regelmäßig das Filmtheater in Glenelg oder fuhren mit der Tram zum Einkaufen in die Stadt. Sie gingen am Strand mit Hazels kleinem Hund spazieren. Hazel spielte Klavier, und manchmal luden sie andere Mitglieder aus ihrem Bowls-Verein zum Feiern und zum Singen ein. Vera freute sich von Herzen für ihre Mutter.

»Du weißt, dass die Atwells uns als Familie betrachten, Jackson«, stimmte Georgina jetzt zu. »Ernie ist ja wie ein Bruder für dich.«

»Das heißt ja nicht, dass wir *alles* zusammen machen müssen.«

»Wie gesagt, wir fahren am vierzehnten Dezember in die Stadt und kommen am neunzehnten zurück.« Cornells Tonfall ließ keinen Zweifel daran, dass das Thema für ihn beendet war.

»Dann würde ich aber noch ein paar Tage länger in der Stadt bleiben, Dad«, insistierte Jackson dennoch. »Ich komme jedoch rechtzeitig zu Weihnachten zurück, wenn es dir und Mum so viel bedeutet.«

Cornell dachte nach. Ihm war nicht entgangen, dass sein Sohn mit dem Leben auf der Farm nicht zufrieden war, und das beschäftigte ihn. Vielleicht würde es Jackson guttun, ein wenig Zeit für sich zu haben, vielleicht würde es seine Perspektive ändern. Er suchte Georginas Blick. »Was meinst du, Liebling?«

»Und du versprichst, dass du an Weihnachten wieder hier bist, Jackson? Ohne dich wäre es anders.«

»Ja, Mum. An Weihnachten bin ich wieder hier.«

»Ich werde einen meiner Künstlerfreunde bitten, Jackson ein paar Tage bei sich aufzunehmen«, sagte Georgina. »Er wird nach ihm sehen.«

Jackson stöhnte innerlich auf, biss sich aber auf die Zunge. Das war nicht der Zeitpunkt für Einwände, nicht, wenn ein paar Tage Freiheit auf dem Spiel standen.

»Noah, heute ist ein Brief von Felicia gekommen«, sagte Jane Phillips zu ihrem Mann. Sie hatten soeben die letzten Kunden verabschiedet und schlossen den Paskeville-Gemischtwarenladen für den Tag. »Es ist die Antwort auf meinen Brief von vor ein paar Wochen, in dem ich ihr auch meine Sorgen über Melodys Zukunft für die Zeit nach der Schule geschildert habe. Erinnerst du dich?«

»Ja«, antwortete Noah. »Aber ich bezweifle, dass es irgendwas gibt, was deine Schwester von Frankreich aus tun kann.«

Jane zog den Brief aus ihrer Schürzentasche. »Nun, sie hat gefragt, ob wir Melody nicht für eine Weile zu ihr schicken wollen.«

»Nach Frankreich!«, rief Noah erstaunt. »Wozu?«

»Offenbar hat ihr Mann, Antoine, sehr viel mit seinem Modefotografie-Unternehmen zu tun, und sie dachten, Melody könnte ihn vielleicht unterstützen. Ihre eigenen Töchter gehen ja noch zur Schule.«

»Melody weiß doch gar nichts über Fotografie, geschweige denn über Mode.«

»Antoine wird es ihr beibringen. Ich finde, es ist eine wunderbare Gelegenheit für sie.« Jane konnte die Aufregung in ihrer Stimme kaum verbergen. Sie hätte in Melodys Alter alles für eine solche Chance gegeben, sprach das aber nicht aus, um Noah nicht das Gefühl zu geben, sie wäre unzufrieden mit ihrem Leben.

»Aber sie ist noch nicht mal siebzehn.« Noah gefiel der Gedanke gar nicht, seine einzige Tochter Tausende von Meilen über das Meer in ein fremdes Land zu schicken. »Und sie spricht kein Französisch.«

»Das kann Felicia ihr beibringen. Sie wird es schnell lernen, und ihre Cousinen können ihr helfen.« Jane ließ nichts unversucht, um die Zustimmung ihres Mannes zu bekommen.

Noah runzelte nachdenklich die Stirn. »Ich dachte, sie würde einen Jungen aus der Gegend heiraten.«

»Sie möchte niemanden heiraten, der nicht Jackson Hastings heißt, aber seien wir mal ehrlich: Das wird nie geschehen, stimmt's? Jackson sieht aus wie ein Filmstar. Keines der Mädchen hier wird gut genug für ihn sein. Das allerdings wird Melody nicht verstehen. Sie macht sich in seiner Gegenwart schon viel zu lange zur Närrin. Ich kann es kaum ertragen, dass er ihr das Herz bricht, aber sie will einfach keine Vernunft annehmen. Was soll so aus ihr werden? In einem Geschäft auf dem Land zu arbeiten ist keine sehr aufregende Zukunftsperspektive für sie, oder?«

Noah überlegte. Er selbst hatte sich auch schon Sorgen um Melody gemacht. Sie blies ständig Trübsal und fand es ganz eindeutig langweilig, in einem Gemischtwarenladen auszuhelfen. »Wahrscheinlich hast du recht. Aber wie dem auch sei: Wird sie das überhaupt machen? Das ist doch die entscheidende Frage.«

»Wird sie«, beharrte Jane. »Ich setze sie eigenhändig ins Flugzeug. Und wir sagen es ihr erst, wenn es so weit ist.«

Januar 1947

»Du gehst *wohin?*«, fragte Bea mit weit aufgerissenen Augen.

»Paris, das ist in Frankreich«, erklärte Melody wenig begeistert.

»Ich weiß, wo Paris liegt. Ich kann nur nicht glauben, dass du dorthin reist. Wie kommt das denn jetzt?«

»Mum und Dad schicken mich für eine Weile zu Tante Felicia und Onkel Antoine. Er ist Modefotograf, und ich soll ihm assistieren. Es ist nicht für immer.«

»Es sei denn, du lernst einen hübschen Franzosen kennen und heiratest ihn!«, rief Bea aufgeregt.

»Ich möchte keinen Franzosen heiraten!«, entgegnete Melody mit Bestimmtheit. Sie wollte nur Jackson heiraten, das würde sich nie ändern.

»Was höre ich da über eine Heirat mit einem Franzosen?« Georgina hatte die Veranda der Sunnyvale Farm betreten und Melodys Worte aufgeschnappt.

»Melody zieht nach Frankreich, um dort zu arbeiten, Mum«, erklärte Bea.

»Frankreich! Das ist ja wunderbar!« Georgina setzte sich zu den Mädchen. »Möchtest du sie begleiten, Bea?«

Beatrice starrte sie entsetzt an. »Nein! Sie fährt schon am Freitag, und am Samstag bin ich mit Warren zu einem Picknick verabredet.«

Georgina schmunzelte.

»Es ist nicht für immer, Mrs Hastings«, wiederholte Melody, in Gedanken bei Jackson. »Ich komme eines Tages zurück, ganz sicher.«

»Das ist gut. Aber bis dahin: Tauch in die französische Kultur ein, Melody, sie wird deinen Horizont erweitern. Aber ich muss dich warnen, ich habe mal gehört, dass die Franzosen Charmeure allererster Güte sein sollen. Das könnte ein kleiner Kulturschock für dich werden.« Sie hoffte, dass die Aufmerksamkeit Melodys Selbstbewusstsein guttun würde, das konnte sie wahrlich gut gebrauchen.

»Ich bin gespannt auf deine Abenteuer. Du musst mir schreiben!«, bat Bea. »Aber du wirst Warrens und meine Hochzeit verpassen.«

Georgina blickte sie ernst an. »Er hat noch nicht mal um deine Hand angehalten«, erinnerte sie ihre Tochter.

»Wird er aber«, beharrte Bea selbstsicher. »Wenn nicht, frage ich ihn eben. So oder so werden wir heiraten.«

Georgina lachte.

Aus dem Augenwinkel sah Melody Jackson und Ernie aus den Ställen treten. Sie hatte verzweifelt gehofft, Jackson vor ihrer Abreise noch einmal zu sehen, daher begann ihr Herz wie verrückt zu pochen, als die beiden nun auf das Haus zugingen. Sie wollte ihm von ihren Plänen erzählen, war aber zu schüchtern. Doch als sie die Veranda betraten, platzte Bea sofort mit der Neuigkeit heraus.

»Melody zieht nach Paris«, verkündete sie aufgeregt. »Ist das nicht großartig?«

Melody beobachtete Jacksons Reaktion aufmerksam und war enttäuscht, nichts als milde Neugier zu entdecken.

»Paris!«, sagte Ernie mit einem warmen Lächeln. »Das ist ja schön.«

»Und was machst du da?«, fragte Jackson. Melody spürte, dass seine Nachfrage lediglich höflich gemeint war, aber sie war trotzdem entzückt.

»Ich assistiere meinem Onkel, er führt ein Modefotografie-Unternehmen.« Melody hoffte, weltgewandt und erwachsen zu klingen.

»Das ist ja interessant.« Nun war Jackson ehrlich interessiert. »Und wie kommst du dazu?«

»Meine Mutter und meine Tante haben es arrangiert. Allerdings würde ich lieber hierbleiben.«

»Um Himmels willen! Warum denn?«, fragte Jackson. »In Paris ist es doch viel aufregender als hier.«

»Meinst du?«

»Ja. Hier auf der Halbinsel gibt es doch nichts zu tun, oder? Mach das Beste aus dieser wunderbaren Chance.«

»Das werde ich, aber ich möchte auch nicht ewig fortbleiben«, sagte Melody in der Hoffnung, er würde entgegnen, dass er sich auf ihre Rückkehr freute.

»Ich an deiner Stelle würde das tun«, sagte Jackson.

Melody spürte, wie sie errötete. Es war ihm ganz eindeutig egal, wenn sie nie zurückkäme.

Ernie las jede Gefühlsregung in ihrer Miene und war verärgert, dass Jackson ihre Gefühle offenbar überhaupt nicht wahrnahm. »Paris wird sicher eine wunderbare Erfahrung für dich, Melody«, sagte er. »Ich wünsche dir eine gute Reise. Wir freuen uns auf deine Erzählungen, wenn du wieder hier bist.«

»Danke«, murmelte Melody.

Kapitel 2

November 1949

»Da bist du ja wieder, Jackson«, sagte Ernie überrascht, als sein Freund die Sattelkammer hinter den Ställen betrat. Es war Sonntagnachmittag, und Ernie tat das, was er sonntagnachmittags meistens tat: Sättel putzen. Er hatte bereits das gesamte Leder mit Sattelseife gesäubert und polierte jetzt die Kleinteile und die Steigbügel.

Verwundert registrierte Ernie, dass Jackson geradezu federnd lief und er über das ganze Gesicht strahlte, so wie Ernie es schon lange nicht mehr bei ihm gesehen hatte. Seine gute Laune stand in vollkommenem Widerspruch dazu, dass er gerade zusammen mit Cornell und Georgina von der Beerdigung seiner Großmutter Isobel kam. »Wie war die Beerdigung?«

»Es war eine wunderbare Abschiedsfeier, und das ist vor allem ihrem guten Freund Samuel Medwin zu verdanken. Er und Großmutter hatten einander laut seiner Aussage versprochen, dass derjenige von ihnen, der länger lebt, die Grabrede für den anderen hält. Überraschenderweise war die Rede sehr unterhaltsam. Mit seinen dreiundneunzig Jahren und seinem enorm trockenen Humor konnte Medwin es sich erlauben, nahezu kein Blatt vor den Mund zu nehmen.« Jackson sah den alten Mann immer noch vor sich, mit seinem gebrechlichen Körper, den weißen Haaren und dem Schnäuzer, aber würdevoll und mit kerzengerader Haltung. »Er hat diesem morbiden Anlass etwas Vergnüglichkeit verliehen, genau, wie Großmutter es wollte.«

»Das freut mich«, kommentierte Ernie.

»Als er in der Grabrede ihr Leben Revue passieren ließ, ist

mir noch mal bewusst geworden, wie außergewöhnlich es war. Sie war eine der Überlebenden der Titanic-Jungfernfahrt – ein Wunder, wenn man bedenkt, dass damals mehr als eintausendfünfhundert Menschen gestorben sind, darunter auch Großvater. Sie hat noch drei weitere Ehemänner überdauert – Medwin hat angemerkt, es sei möglich, dass mehr oder weniger ihre grauenhaften Kochkünste für deren Tode verantwortlich wären, aber da sie alle wohlhabend waren, sei sie selbst am Ende jeweils sehr vermögend zurückgeblieben. Seine Aussage hätte in diesem Kontext auch geschmacklos wirken können, aber dank seiner Darbietung haben die Beerdigungsgäste sich krumm- und schiefgelacht.«

»Ich habe deine Großmutter ja ein paarmal getroffen, wenn sie hier zu Besuch war. Sie hat auf jeden Fall einen bleibenden Eindruck hinterlassen«, sagte Ernie.

»Sie war wirklich eine Persönlichkeit«, stimmte Jackson zu. »Wie viele Großmütter rauchen schon Pfeife und züchten mexikanische Nacktkatzen? Ihre Skulpturen, die sie Anfang des Jahrhunderts geschaffen hat und die recht gewagt für diese Zeit waren, schmücken bekannte Orte auf der ganzen Welt. Und ihre Liebe zur Kunst hat sie meiner Mutter ja weitervererbt. Genauso viel Talent und genauso miserable Kochkünste. Zum Glück ist deine Mutter eine gute Köchin; wer weiß, wie es uns sonst ergangen wäre.«

Ernie dachte an die vielen anderen unterhaltsamen Geschichten, die er von Großmutter Isobel gehört hatte. »Es muss hart für euch gewesen sein, von einer so wundervollen Frau Abschied zu nehmen«, sagte er schließlich.

»Sie war zweiundneunzig, und sie hat ein gutes und bewegtes Leben geführt, also sollten wir, wie Samuel Medwin es formuliert hat, nicht um sie trauern, sondern uns privilegiert fühlen, sie gekannt zu haben.«

»Das ist eine gute Sichtweise.«

»Ja, aber es kommt noch besser.« Jacksons Augen blitzten. »Ernie, heute hat sich mir die Gelegenheit meines Lebens aufgetan«, erzählte er aufgeregt. Er warf einen Blick über die Schulter, um sicherzugehen, dass sie unter sich waren. »Ich habe erfahren, dass Großmutter mir viel Geld vererbt hat«, sagte er leise. »Offenbar war ich ihr Lieblingsenkel und habe deswegen den größten Teil des Erbes bekommen. Beatrice braucht es sowieso nicht, sie lebt glücklich mit Warren und ihren Schwiegereltern auf Wilmot Downs.« Er atmete tief durch. »Du weißt, was das bedeutet, oder? Ich kann endlich die Farm verlassen und mein Leben neu gestalten.«

Ernie war zutiefst bestürzt. »Wie steht dein Vater dazu?«, fragte er, auch wenn er die Antwort ahnte.

»Er weiß noch nichts davon. Er hat vorgeschlagen, dass ich das Geld beiseitelege, um für Dürrezeiten oder sinkende Rinderpreise gewappnet zu sein, wenn ich eines Tages die Farm leite.« Jackson verdrehte die Augen. »Aber ich habe ganz andere Pläne.«

Ernie wusste, dass Jackson mit jedem Jahr auf der Farm unzufriedener wurde. Dennoch fand er Cornells Vorschlag sehr klug. Er mochte und respektierte Cornell, und es bekümmerte ihn zutiefst, dass dessen Sohn kurz davorstand, ihm das Herz zu brechen. »Vielleicht solltest du auf deinen Vater hören, Jackson, oder zumindest eine Weile darüber nachdenken, bevor du etwas tust, das du vielleicht bereust.«

»Bist du verrückt? Du weißt doch, dass ich die ganze Zeit mit den Hufen gescharrt habe, um von der Farm wegzukommen. Dieses Erbe ist genau das, was ich brauche. Ich kann mir diese Gelegenheit nicht entgehen lassen.«

»Ich traue mich kaum zu fragen, von was für ›anderen Plänen‹ du sprichst«, sagte Ernie vorsichtig.

»Das wirst du schon sehen!«, rief Jackson und verließ fröhlich die Sattelkammer.

1950

»Wo ist Jackson?«, fragte Ernie, als er Cornell an diesem Montagmorgen an den Pferchen traf, in denen die Schafe für die Scherer bereitgehalten wurden. Cornell gab gerade Futter in die Eimer, und Ernie wollte die Wassertröge füllen.

»Er ist gestern Nachmittag nicht wie erwartet aus der Stadt zurückgekommen«, sagte Cornell wenig begeistert. »Er weiß, dass heute die Scherer kommen und dass wir alle im Schuppen gebraucht werden.«

Ernie wusste nicht, was er sagen sollte. Drei Monate waren seit ihrem Gespräch vergangen, und das Grauen vor dem, was kommen würde, lag ihm wie ein Ziegelstein im Magen. Was, wenn Jackson sich entschlossen hatte, gar nicht mehr zurückzukehren? Cornell setzte an, noch etwas zu sagen, aber in diesem Moment fuhren zwei Fahrzeuge in die Einfahrt, und mit der Ankunft der Scherer war die Unterhaltung beendet.

In den nächsten Stunden waren sie vollauf mit der Arbeit beschäftigt. Zur Mittagszeit legten Ernie, Harley und sechs Scherer im Schatten neben der Scheune eine wohlverdiente Pause ein. Einhundertfünfzig Schafe waren geschoren, ihre Wolle sortiert, klassifiziert und verpackt. Sie aßen Rinderbraten und Gurkensandwiches, die Vera zubereitet hatte, und tranken starken schwarzen Tee. Einige der Männer rauchten Pfeife, und Tabakduft lag in der Luft.

Zwanzig Minuten später, sie wollten sich gerade wieder an die Arbeit machen, fuhr ein glänzendes, offensichtlich neues Fahrzeug die Einfahrt hoch und kam neben dem Haus zum Stehen. Ernie und Harley fiel die Kinnlade herunter, als Jackson ausstieg. Er trug einen eleganten Anzug und sah aus wie ein Gentleman.

»Wie gefällt es euch?«, rief er und tätschelte die Motorhaube.

Harley und Ernie traten zu ihm.

Jackson erzählte ihnen, dass es sich um einen Ford Anglia handelte. Er strahlte vor Stolz.

»Ist das deiner?«, fragte Ernie staunend.

»Ja, das ist er.«

»Der muss ganz schön was gekostet haben.« Die Missbilligung war Harley deutlich anzuhören. Er hielt diesen Kauf für eine leichtsinnige Verschwendung des Erbes.

»Er ist jeden einzelnen Penny wert«, erklärte Jackson unbeirrt.

In diesem Moment trat Cornell aus der Scheune. Als er seinen Sohn bemerkte, kam er sofort zu ihnen. »Wo bist du gewesen?«, wollte er wissen. »Du wusstest doch, dass die Scherer heute kommen, da hättest du gestern Abend wieder hier sein müssen.«

»Ich musste heute Morgen noch etwas erledigen, unter anderem im Zusammenhang mit dem Kauf dieses Autos. Gefällt es dir?«

Nach einem kurzen Blick auf das Fahrzeug verzog Cornell das Gesicht. »Nicht sehr praktisch für eine Farm.«

»Nein, Dad, es ist ein Stadtauto.«

»Warum hast du es dann gekauft?«

Jackson zögerte. »Weil ich in naher Zukunft in die Stadt ziehen werde.« Er atmete tief durch. »Ich habe einen Laden gekauft, oder, um genau zu sein, zwei Läden, die ich zu einem großen Kaufhaus vereinen will. Ihre Lage ist hervorragend, an der Ecke Rundle Street und Charles Street, also sehr zentral. Ich habe sie für einen guten Preis erstanden, die Gelegenheit war zu günstig, um sie verstreichen zu lassen.«

Cornell starrte ihn an. »Du hast … dein Erbe ausgegeben!«

»Einen guten Teil davon. Ich muss noch Waren kaufen und ein paar Renovierungen vornehmen …«

»Komm mit ins Haus, Jackson, *sofort*«, befahl Cornell. Er stürmte zur hinteren Veranda und überließ es seinem Sohn, ihm zu folgen.

Auf dem Weg zurück zur Scheune war Ernie übel. Er hatte gewusst, dass dieser Tag kommen würde, aber jetzt machte es ihm trotzdem zu schaffen.

Vera schälte in der Küche gerade Gemüse, als Cornell hereinstürmte, gefolgt von Jackson.

»Kannst du uns einen Moment allein lassen, Vera?«, bat Cornell.

Sie hatte ihn noch nie so wütend erlebt. »Natürlich. Die Wäsche dürfte jetzt trocken sein, ich gehe sie holen.«

Nun waren Vater und Sohn allein.

»Dad, ich möchte keine Farm führen. Und ich weiß, dass du nicht glücklich darüber bist«, sagte Jackson ruhig, sobald die Tür hinter Vera ins Schloss gefallen war. Auf dem langen Weg von der Stadt zur Farm war sein Geist übergesprudelt vor Ideen für sein neues Geschäft, die er mit seiner Familie hatte teilen wollen.

»Natürlich bin ich darüber nicht glücklich!«, bellte Cornell. »Ich kann einfach nicht glauben, dass du das getan hast.« Er war zutiefst enttäuscht. »Diese Farm ist seit drei Generationen in der Familie.«

»Ja, ich weiß, das reibst du mir ja ständig unter die Nase«, stieß Jackson hervor.

»Ich verstehe nicht, warum dir das nichts bedeutet«, erwiderte Cornell, jetzt lauter.

Jackson war nicht bereit, sich daraus einen Vorwurf machen

zu lassen, und hob ebenfalls die Stimme. »Und ich verstehe nicht, warum du nicht akzeptieren kannst, dass ich kein Farmer sein will! Ich möchte einfach nicht mein Leben lang täglich bis zu den Knöcheln in Kuhdung stehen. Ich will in der Stadt leben und arbeiten. Ich will mein eigenes Unternehmen führen, etwas, das ich von Grund auf aufgebaut habe.«

»Und du glaubst, das wird so leicht, ja?«

»Natürlich nicht. Aber ich werde alles geben, damit es klappt.«

»Und was passiert mit der Farm, wenn ich zu alt für die Arbeit bin?«

»Das weiß ich nicht, Dad. Verkauf sie.«

Cornell war sichtlich gekränkt. »Ich soll drei Generationen harter Arbeit verkaufen?«, fragte er ungläubig.

»Was frühere Generationen der Hastings getan haben, sollte nicht über meine Zukunft bestimmen. Es ist eine viel zu große Last. Eine, die ich nicht auf den Schultern haben will.«

Cornell keuchte auf. »Eine Last! Du hattest es offenbar zu leicht im Leben! Jeder andere Mann wäre dankbar, so ein Erbe zu haben wie du.«

»Das mag sein, aber ich möchte meinen eigenen Weg gehen, und genau das werde ich auch tun. Wenn du mich nicht unterstützen willst, kann ich das nicht ändern.«

»Na, dann verschwende keinen einzigen weiteren Tag hier. Pack deine Sachen und fahr in die Stadt«, rief Cornell aufgebracht und verschwand durch die Hintertür.

Jackson blickte ihm nach. Er hatte nicht vorgehabt, die Farm so schnell zu verlassen, und es machte ihn traurig, dass es dazu gekommen war, aber tief im Inneren hatte er gewusst, dass sein Vater sein Vorhaben niemals unterstützen würde.

Vera, die einen großen Teil des Gesprächs durch das geöffnete Küchenfenster mitgehört hatte, stellte eilig den Korb mit der frischen Wäsche auf der Veranda ab und eilte zu Georgina, die in der Nähe des Hauses malte.

Als die beiden Frauen am Haus ankamen, hatte Jackson seine Habseligkeiten bereits zusammengepackt und war bereit zur Abfahrt. Cornell war nirgends zu sehen.

»Du gehst fort, Jackson«, sagte Georgina traurig.

»Ja, Mum. Ich kann einfach nicht hierbleiben.« Er hoffte, dass er seine Mutter nicht verletzte. »Du weißt, dass ich kein Farmer sein will, auch wenn Dad das nicht versteht.« Er erzählte ihr von seinen Plänen und den Läden, die er gekauft hatte, und mit seinen Worten kehrte auch das freudige Gefühl zurück.

Georgina hatte immer gewusst, dass Jackson nicht zum Farmer geschaffen war, und in mehr als einem ihrer Gespräche hatte er sein Interesse daran geäußert, eines Tages einen Laden zu führen. Nie jedoch hätte sie gedacht, dass es dabei um ein Kaufhaus in der Stadt ging und er so große Pläne hatte. Und doch traute sie ihm zu, diese Herausforderung zu meistern.

»Was wirst du verkaufen?«, fragte sie interessiert.

»Frauenbekleidung, Handtaschen, Schuhe, Anzüge für Männer, Hüte und Unterwäsche. Später sollen noch Schmuck, Parfüm und Kosmetik dazukommen. Vielleich verkaufe ich eines Tages auch Möbel.«

»Das klingt wunderbar.« Georgina war fasziniert von seinen Ambitionen.

»Ich wünschte, Dad würde das genauso sehen«, sagte er traurig.

»Die Arbeit auf der Farm bedeutet deinem Vater alles, und er ist davon ausgegangen, dass das bei dir auch so ist«, sagte Georgina. »Er wird es irgendwann verstehen. Zieh du los und gib dein Bestes. Wenn ich das nächste Mal in der Stadt bin, besuche ich dich.«

»Danke, Mum.« Jackson küsste sie auf die Wange, dann

wandte er sich an Vera. »Sag Ernie und Harley auf Wiedersehen von mir«, sagte er in der Hoffnung, dass sie nicht allzu enttäuscht von ihm sein würden.

»Das mache ich«, versicherte Vera. »Viel Erfolg, Jackson. Ich hoffe, dein neues Leben wird genauso, wie du es dir erhoffst.«

Als Jackson davonfuhr, war sein Vater nicht zu sehen. Und dennoch fühlte Jackson sich fast schuldig wegen der Erleichterung, die er empfand, nachdem er durch das Tor auf die Straße gebogen war. Endlich war er frei, das zu tun, was er tun wollte – und das erfüllte ihn mit Aufregung.

Georgina vermutete Cornell im Stall, wohin er meistens ging, wenn er allein sein und nachdenken wollte. Vera hatte ihr die Einzelheiten des Streits zwischen ihm und Jackson erzählt, und sie ahnte, dass er furchtbar aufgewühlt war.

Sie fand ihren Mann in einer der Boxen, wo er im Heu an die Wand gelehnt saß, die Stiefel überkreuzt. Ein Blick genügte: Er war verletzt und enttäuscht.

Jetzt wischte er sich hastig über das Gesicht und senkte den Kopf. »Unser Sohn hat der Farm den Rücken gekehrt, um in der Stadt zu leben«, stieß er hervor.

»Ich weiß«, sagte Georgina leise.

»Ich bin am Boden zerstört. Von dem Moment, da Jackson das Licht der Welt erblickte, habe ich mir ausgemalt, wie er eines Tages die Farm übernimmt. Ich war so stolz, die Tradition der Hastings fortführen zu können.«

Georgina betrat die Box und setzte sich neben ihn ins Heu. »Cornell, das musste so kommen«, sagte sie ruhig.

»Was?«

»Dass eine Generation von Hastings nicht auf der Farm arbeiten will.«

»Aber warum muss es ausgerechnet unser Sohn sein? Und

warum versteht er nicht, wie viel es mir bedeutet, ihm die Farm zu übergeben?«

»Ich bin mir sicher, dass er das weiß und es ihm auch viel bedeutet, aber er hat seine eigenen Träume und Ziele. Er ist überzeugt, dass es ihn glücklich machen wird, einen Laden zu führen, und er liebt das Stadtleben.« Sie legte sanft eine Hand auf seinen Arm. »Du weißt, dass ich der festen Überzeugung bin, jeder sollte seiner Leidenschaft nachgehen, und manchmal muss man dafür eine Wahl treffen, die bei anderen nicht gut ankommt.«

Cornell stieß einen tiefen Seufzer aus. »Was, wenn er scheitert?«

»Dann kommt er nach Hause, arbeitet auf der Farm und ist froh, dass er etwas anderes zumindest ausprobiert hat. Bis dahin solltest du weiter das tun, was du liebst.«

»Das hat keinen Sinn mehr.«

»Natürlich hat es das!«, widersprach Georgina.

»Jeden Morgen bin ich aufgestanden und habe hart gearbeitet … für ihn, Georgina. Wenn er die Farm nicht will, verschwende ich meine Zeit.«

»Nein, das tust du nicht! Ernie liebt die Farm. Er kann sie für dich weiterführen.«

Cornell bedachte sie mit einem langen Blick. »Ich weiß, dass Ernie diesen Ort genauso liebt wie ich, aber ich habe mir immer vorgestellt, dass Jackson ihn eines Tages übernimmt.« Er legte einen Arm um Georgina, und sie lehnte sich an seine Schulter. Es würde Zeit brauchen, bis Cornell sich mit Jacksons Entscheidung abfinden würde, die Sunnyvale Farm nicht zu übernehmen. Und ihm blieb nichts anderes übrig, als das hinzunehmen.

Kapitel 3

Es war bereits später Nachmittag, als Jackson in Adelaide ankam, aber er verspürte sogleich die berauschende Aufregung, die ihn jedes Mal beim Anblick der vielen Menschen und Fahrzeuge überkam. Sofort fühlte er sich lebendig. Er fuhr die King William Street entlang und bog in die geschäftige Rundle Street ab, das Herz der Einkaufsmeile. Etwa nach der Hälfte der Strecke bog er in eine kleine Gasse ein und parkte auf der Rückseite seiner Läden.

Er schloss zunächst die Hintertür des größeren auf. Sogleich schlug ihm ein muffiger Geruch entgegen. Das ehemalige Stoffgeschäft stand seit einigen Monaten leer, nachdem der Besitzer, Horace Kenton, im Alter von neunundsechzig Jahren gestorben war. Er war alleinstehend und hatte keine Geschwister. Also hatten sich öffentlich bestellte Treuhänder um seinen Besitz gekümmert, weshalb Jackson den Laden zum Schnäppchenpreis hatte erstehen können. Das Geschäft nebenan, das zuvor einem Hutmacher gehört hatte, stand aufgrund eines erbitterten Scheidungsprozesses seit fast einem Jahr leer. Als die Anwaltskosten zu hoch wurden, hatte der Laden eilig verkauft werden müssen, und Jackson hatte ein geradezu lächerlich niedriges Angebot abgegeben, das aber angenommen worden war. Im Preis waren sogar einige Waren inbegriffen, und so hatte Jackson das Gefühl, einen äußerst vorteilhaften Handel abgeschlossen zu haben. Er wollte im Erdgeschoss die Wand zwischen den beiden Gebäuden durchbrechen und dadurch einen einzigen großen Laden schaffen, den er *Hastings Department Store* nennen würde. Irgendwann wollte er das auch im oberen Stockwerk machen und so den Wohnraum vergrößern, aber zuerst einmal musste er das Geschäft in Gang bringen.

Das Hinterzimmer des ehemaligen Stoffgeschäfts war als Büro genutzt worden. Ein kleines Fenster gab den Blick frei auf einen engen Hinterhof, in dem eine Außentoilette und Mülltonnen standen. Die vorderen Fenster des Ladens waren mit Zeitungspapier ausgekleidet, daher war es im Inneren recht dunkel. Regale, Schränke und eine Theke mit einer Kasse waren aber auszumachen, und Jackson konnte sich gut vorstellen, wie die Kasse immer wieder mit einem Klingeln von seinem Erfolg kündete.

Er stieg die schmale Treppe hinter der Theke in den ersten Stock hinauf, in dem es ein kleines Wohnzimmer, ein Schlafzimmer, eine Kochnische und ein Badezimmer gab. In allen Räumen waren einige mit Laken bedeckte Möbel zurückgelassen worden. Er öffnete das Wohnzimmerfenster und atmete die frische Luft ein – zutiefst erfreut, dass sie nicht mit dem Gestank von Rinder- oder Schafdung verpestet war. Vergnügt lauschte er den Geräuschen der vorbeifahrenden Autos und der Menschen, die sich unten auf dem Bürgersteig unterhielten. Am liebsten hätte er laut gerufen: »Hallo, hier bin ich!«, hielt sich aber zurück und begnügte sich mit einem breiten Grinsen. Die Stadt fühlte sich lebendig an, er meinte ihren Puls zu spüren – etwas, das er seinem Vater nie begreiflich machen könnte. Die Hände auf das Fensterbrett gestützt, lehnte er sich vor, um sich die Straße unten und seine zukünftigen Kunden genauer anzuschauen. Dann betrachtete er die Dächer der anderen Gebäude, alle in unterschiedlichen Höhen und Formen. Dies war der Moment, an dem er am ehesten damit gerechnet hatte, doch noch von Selbstzweifeln geplagt zu werden. Doch nichts dergleichen regte sich. Er stellte sich bloß den Erfolg seines Geschäfts vor. Er würde härter arbeiten denn je, um ihn herbeizuführen, denn er würde es für sich selbst tun. Nicht, wie seine Vorfahren, für künftige Generationen.

Jackson ging früh zu Bett. Und obwohl das Bett unbequem war und er keine sauberen Laken hatte, schlief er in seiner kleinen Wohnung über dem Geschäft tief und fest. Am nächsten Morgen erwachte er zu den Geräuschen des Verkehrs, die durch das geöffnete Fenster zu ihm drangen und sofort ein Lächeln auf seine Lippen zauberten. Es war der erste Tag seines großen Abenteuers und der erste Morgen seit Jahren, an dem er sich wahrhaft darauf freute, einen Tag anzugehen.

Nachdem er sich angezogen hatte, verließ er mit federnden Schritten das Haus. Er frühstückte Tee und Hefegebäck in einem Café, danach besuchte er einige Geschäfte in der Rundle Street und stellte sich den Inhabern vor. Er erbat sich Informationen zu lokalen Herstellern von Waren, die er verkaufen wollte, und zu zuverlässigen Handwerkern, die ihm bei den Renovierungsarbeiten helfen konnten. Die Ladeninhaber waren zuvorkommend, hilfsbereit und gastfreundlich, was Jacksons optimistische Stimmung noch verstärkte. Sie freuten sich, dass die beiden leer stehenden Geschäfte bald wieder öffnen würden. Davon profitierten schließlich alle, denn während des Krieges hatten wegen mangelnder Ware viel zu viele Betriebe schließen müssen. Ein Gemüsehändler wusste von einem Geschäft in der Nähe, das gerade erst umfassend renoviert worden war – die Handwerker seien noch da, sagte er, um letzte Arbeiten zu erledigen und ihr Werkzeug einzusammeln. Jackson ging sofort hin und begutachtete das Ergebnis ihrer Arbeit. Er war beeindruckt von dem Ergebnis und schlug den Handwerkern noch vor Ort vor, auch seine Läden zu renovieren. Nach einer kurzen Verhandlung einigten sie sich auf einen Preis, und damit war die Sache abgemacht.

Alles lief reibungslos, und das wertete Jackson als gutes Zeichen, dass er das tat, wozu er bestimmt war. Er kontaktierte die Telefongesellschaft und das Elektrizitätswerk und beantragte eine Verbindung und Zugang zum Stromnetz. Am Ende des Tages hatte er das Gefühl, viel erreicht zu haben, und war sehr zufrieden mit sich. Nicht ein einziges Mal dachte er an sein altes Leben auf der Farm.

Sechs Wochen war es her, dass Jackson die Farm verlassen hatte, aber Cornell hatte seine Motivation immer noch nicht wiedergefunden. Das Gefühl von Verlust drohte, ihn zu überwältigen. Inzwischen war es so schlimm, dass er das Haus kaum noch verließ und die Farmarbeit vernachlässigte. Das bedeutete, dass Harley und Ernie viel mehr Arbeit erledigen mussten als sonst. Wenn Cornell ihnen doch einmal über den Weg lief, war er entweder reserviert oder bellte Befehle.

Darüber hinaus war Georgina zurzeit nicht zu Hause. Sie befand sich mit mehreren befreundeten Künstlern im Gebirgszug der Flinderskette, um zu malen. Sie hatte die Reise schon vor Monaten geplant, nach Jacksons Auszug aber angeboten, sie abzusagen. Cornell hatte davon nichts wissen wollen, da er wusste, wie sehr sie ihre Malreisen genoss. Er hatte jedoch nicht vorausgesehen, wie dringend er sie brauchen und wie sehr er sie vermissen würde. Nun musste er unter anderem sein Abendessen allein zu sich nehmen.

Vera war zunächst geduldig mit Cornell, der keinen Appetit hatte und tagtäglich nur durch das Haus schlich. Doch das änderte sich bald, als sie miterlebte, wie ihr Mann und Sohn am Ende jedes Tages am Rande der völligen Erschöpfung waren.

»Entweder stellst du zwei weitere Männer ein, oder du musst die Farm verkaufen, Cornell«, sagte sie eines Abends, als sie seinen Teller vom Tisch nahm und bemerkte, dass er das Essen erneut kaum angerührt hatte.

Cornell blickte verblüfft auf.

»Harley und Ernie zahlen den Preis für deinen Gemütszustand«, erklärte sie. »Ich habe sie noch nie so erledigt gesehen. Ich verstehe, dass du deinen Sohn vermisst, aber so kann es nicht weitergehen. Entweder leistest du deinen Beitrag, oder du stellst mehr Männer ein, die Harley und Ernie helfen.«

Cornell war überrascht. Er war so mit seinem eigenen Elend beschäftigt gewesen, dass er nicht darüber nachgedacht hatte, welche Auswirkungen sein Verhalten auf Harley und Ernie haben könnte. Bereits am nächsten Morgen nach dem Frühstück machte er sich wieder an die Arbeit.

»Ich mache mir Sorgen um Cornell, Dad«, sagte Ernie, als sie bei den Ställen abstiegen und ihre Pferde absattelten, nachdem sie den ganzen Nachmittag Zäune repariert hatten. »Meinst du, er wird je darüber hinwegkommen, dass Jackson die Farm verlassen hat?« Am Morgen, als Cornell wieder zur Arbeit erschienen war, hatte Ernie angenommen, er hätte sich mit Jacksons Fortgang abgefunden, aber Cornell stand immer noch neben sich und hatte kaum ein Wort gesprochen.

»Ich weiß es nicht.« Harley teilte Ernies Sorge, hatte aber noch nicht das Gespräch mit Cornell gesucht. Er hatte ihm erst einmal Zeit geben wollen, mit seinen Gefühlen zurechtzukommen, zweifelte nun aber, ob das die richtige Entscheidung gewesen war. »Ich rede mal mit ihm, wenn er zurückkommt. Geh du dich schon mal fürs Abendessen waschen.«

Harley füllte gerade die Futtereimer in den Ställen auf, als Cornell sein Pferd hereinführte. Er löste schweigend den Gurt unter dem Pferd, nahm den Sattel ab und setzte ihn auf einen Ständer. Dann nahm er die Decke ab und legte sie über die Tür der Stallbox.

»Für die Shorthorn-Rinder, die wir gestern zum Markt geschickt haben, bekommst du bestimmt einen guten Preis«, eröffnete Harley das Gespräch.

Cornell brummte etwas, ohne ihn anzuschauen, und begann, sein Pferd zu striegeln.

»Wird es ab jetzt immer so sein, Cornell?«, fragte Harley, schon weniger geduldig. »Denn wenn ja, bin ich mir nicht mehr sicher, ob ich noch hier sein möchte.«

Seine Worte und sein scharfer Tonfall ließen Cornell innehalten. Er hob den Blick und sah Harley an. »Wie meinst du das?«

»Dein Sohn ist in die Stadt gezogen. Er ist nicht gestorben.«

Cornell wandte sich wieder seinem Pferd zu. »Ich weiß, aber manchmal fühlt es sich so an«, gab er zu.

»Unsere Kinder müssen ihre eigenen Wege gehen, Cornell.«

»Du hast leicht reden!«

»Das stimmt, aber wenn Ernie lieber etwas anderes tun möchte, als hier zu arbeiten, würde ich es verstehen und ihm alles Gute wünschen.«

Es folgte eine kurze Stille, und Harley fragte sich, ob er zu weit gegangen war.

»Ich weiß, dass ich in letzter Zeit so angenehm wie die Fliegenmadenkrankheit war«, sagte Cornell schließlich. »Aber ich komme einfach nicht über die Enttäuschung hinweg, dass Jackson kein Interesse daran hat, diese Farm zu übernehmen.«

»Cornell, die Farm ist dein Leben. *Deins*, nicht seins. Kannst du dir vorstellen, irgendetwas anderes zu tun, als hier zu arbeiten?«

»Nein.«

»Dann genieß jeden Tag! Georgina ist ein gutes Beispiel für einen Menschen, der seinen eigenen Weg geht. Ich habe großen Respekt vor ihr, und ich weiß, dass es dir genauso geht. Ich bin hier, weil ich es liebe, auf der Farm zu arbeiten, genau wie

Ernie. Aber Jackson möchte ganz offensichtlich etwas anderes tun. Vielleicht kommt er ja eines Tages zurück, wer weiß, das liegt ganz bei ihm.« Harley hielt einen Moment inne. »Aber du musst jetzt erstmal mit deinem eigenen Leben weitermachen, hier und jetzt.«

Cornell schwieg eine Weile nachdenklich. »Du hast recht«, sagte er und stieß einen tiefen Seufzer aus. »Und vielleicht merkt Jackson ja noch, dass das Stadtleben doch nichts für ihn ist.«

»Das kann gut sein, aber wenn nicht, dann ist es so. Irgendjemand anderes wird die Farm führen, und derjenige wird sein Herz und seine Seele genauso hineinstecken wie du.«

Cornell lächelte müde. »Ja, vermutlich. Danke für den Tritt in den Hintern, Harley. Den habe ich gebraucht.«

»Jederzeit.« Harley grinste. »Ich glaube, ich rieche Hühnerpastete. Das ist doch dein Lieblingsessen, oder?«

»Ja, niemand macht so eine gute Hühnerpastete wie Vera.«

Nach langen Wochen intensiver Renovierungsarbeiten konnte Jackson endlich ein Datum für die Eröffnung seines Ladens festgelegen. Er war entsetzlich aufgeregt. Er wollte, dass seine Eltern dabei und stolz auf ihn waren, und so nahm er all seinen Mut zusammen und rief zu Hause an.

Georgina, die wenige Tage zuvor von ihrer Reise zurückgekehrt und mit Erleichterung festgestellt hatte, dass Cornell sich wieder um die Farm kümmerte, nahm das Gespräch an. Sie war außer sich vor Freude, die Stimme ihres Sohnes zu hören.

»Jackson! Wie schön, von dir zu hören«, sagte sie fröhlich. »Wie ist das Leben in der Stadt?«

»Großartig! Ich fühle mich sehr wohl, und die Arbeiten kommen gut voran. Deshalb rufe ich auch an. Mum, ich möchte euch einladen: Der Hastings Department Store eröffnet offiziell nächste Woche Freitag um achtzehn Uhr. Und ich würde mich freuen, wenn Dad und du kommen würdet, falls das möglich ist.« Er hatte lange nicht mehr mit seiner Mutter gesprochen, daher war er nicht sicher, wie die Dinge standen.

»Danke für die Einladung, ich komme ganz sicher«, versprach Georgina. »Ich würde das um nichts in der Welt verpassen wollen. Dein Vater ist gerade nicht hier, aber ich frage ihn heute Abend beim Essen.«

»Wie geht es Dad?«, fragte Jackson vorsichtig.

»Es hat ihn sehr mitgenommen, dass du gegangen bist. Aber er kommt jetzt wieder ganz gut zurecht. Ich war in den letzten Wochen auf Mal-Reise, aber er hat mir erzählt, dass Harley und Vera ihm den Kopf gewaschen haben. Zum Glück fällt mit den Tieren viel Arbeit an, da musste er sich zusammenreißen.«

»Ich bin froh, dass Harley und Ernie ihm helfen. Sie lieben die Farm.«

»Ja, das stimmt. Aber du hast in den letzten Wochen sicher auch viel zu tun gehabt, oder?«

»Ja, es war viel zu tun, und der letzte Feinschliff vor der Eröffnung steht noch an. Nach dem Umbau habe ich beim Streichen geholfen. Und ich habe lokale Produzenten ausfindig gemacht, deren Waren ich für mein Sortiment gekauft habe. Dazu hat ein Schaufensterdekorateur mir beigebracht, wie ich die Waren am besten präsentieren kann. Und ich habe einen sehr erfahrenen Mann eingestellt, der mir alle wichtigen grundlegenden Dinge beibringen wird. Er heißt Nicholas Bisby und hat schon in verschiedenen Kaufhäusern in ganz Australien gearbeitet, eine Zeitlang sogar in Paris. Die Wochen sind vergangen wie im Fluge. Ich habe sehr viel gelernt und jede Minute genossen.«

»Ich bin beeindruckt! Aber das alles klingt auch, als wäre es ganz schön teuer.«

»Das geerbte Geld ist jetzt ausgegeben, aber ich habe wirklich das Gefühl, dass ich für genau das hier bestimmt bin und dass es das wert ist.«

»Das freut mich für dich«, sagte Georgina, auch wenn sie im Hinblick auf Cornell innerlich zerrissen war.

Jackson hörte ihr das an. »Ich weiß, dass Dad enttäuscht von mir ist. Ich wünschte, es wäre nicht so.«

»Ich auch. Sei bitte nicht allzu traurig, wenn er nicht zur Eröffnung kommt. Er hofft immer noch, dass du deine Meinung ändern und zurück auf die Farm kommen wirst, also gib ihm Zeit.«

»Ich kann nicht zurückkommen, Mum. Es würde mich umbringen. Ich würde mir wirklich wünschen, dass Dad hinter mir steht und zur Eröffnung kommt, aber ich weiß auch, wie gering die Wahrscheinlichkeit ist. Sag ihm, dass ich angerufen habe, und grüß alle von mir.«

»Das mache ich. Was kann ich denn zur Eröffnung beisteuern? Hast du Champagner bestellt?«

»Nein. Daran habe ich nicht gedacht«, gab Jackson zu.

»Oh, auf einer Eröffnung musst du Champagner reichen. Wie viele Gäste erwartest du?«

»Ich habe keinen blassen Schimmer. Ich habe zumindest schon mal alle anderen Geschäftsinhaber eingeladen, weil sie so hilfsbereit und zuvorkommend waren.«

»Das war eine gute Entscheidung«, sagte Georgina anerkennend.

»Außerdem habe ich eine Anzeige in der Zeitung aufgegeben und ein Interview im Radio gegeben. Da war ich aber ein bisschen naiv, und deshalb weiß jetzt jeder, dass ich ein Landarbeiter ohne jede Erfahrung im Einzelhandel bin. Das allein könnte potenzielle Kunden schon abschrecken, aber ich hoffe, sie sind zumindest neugierig. Und ich wurde gefragt, ob du und ich verwandt sind. Ich wollte keinen Profit aus deinem Namen schlagen, aber ich bin schon stolz auf dich, deswegen habe ich nicht abgestritten, dass du meine Mutter bist. Vielleicht verleiht mir unsere Verwandtschaft etwas Glaubwürdigkeit.«

Georgina lächelte. »Ich lasse diese Woche drei Kisten Champagner für dich kommen, und ich organisiere einen Gastronomen, der an dem Tag Gläser und Kanapees liefert.«

»Danke, Mum. Ich hab dich lieb. Wir sehen uns bei der Eröffnung.«

Als der große Tag gekommen war, war das Geschäft festlich mit Ballons, Bannern und Luftschlangen geschmückt. Der Champagner war bereits am Vortag geliefert worden, und um siebzehn Uhr kamen die Eimer mit Eis und die Gläser an. Um kurz vor achtzehn Uhr wurden die Kanapees gebracht, außerdem erschien eine Band aus drei Musikern, die sich draußen auf dem Bürgersteig aufstellten. Jackson wusste, dass seine Mutter diese organisiert hatte, und er war ihr unendlich dankbar für ihre Unterstützung. Von einer erfolgreichen Eröffnung hing sehr viel ab, und die Kasse musste bald anfangen zu klingeln, da er jeden Penny seines Erbes ausgegeben hatte. Er hatte eine junge Frau fest angestellt und für die Eröffnungsfeier zwei weitere angeheuert, welche die Kunden bedienen würden, während er sich unter die Gäste mischte. Die Vorbereitungen waren abgeschlossen, und er hätte nicht vorfreudiger sein können, aber langsam spielten seine Nerven verrückt.

Um kurz nach achtzehn Uhr erschien Georgina mit mehreren ihrer Künstlerfreunde. Der Laden war schon gut gefüllt mit potenziellen Kundinnen und Kunden, die Jackson mit Fragen löcherten. Sie genossen den Champagner und die Kanapees, hatten aber noch nichts gekauft. Jackson freute sich, seine Mutter zu sehen, und war dankbar, dass sie Freunde mitgebracht hatte, die vielleicht bald auch seine Kunden sein würden. Dennoch war er enttäuscht, dass sein Vater nicht mitgekommen war. Georgina hatte ihm erklärt, dass die Kühe gerade kalbten und er deswegen auf der Farm bleiben müsse, aber Jackson wusste, dass es nur eine Ausrede war.

»Seit du weg bist, haben alle einfach viel mehr zu tun«, erklärte sie.

Jackson fühlte einen Hauch von Schuld. »Hat Dad noch niemanden eingestellt, der meine Arbeit übernimmt?«

»Nein, er arbeitet jetzt einfach länger. Du weißt ja, dass er gerne etwas zu tun hat.« Sie erinnerte ihn nicht daran, dass sein Vater immer noch hoffte, Jackson würde auf die Farm zurückkehren. Dann legte sie eine Hand auf seine Schulter. »Kann ich dir bei irgendetwas helfen?«

»Nein. Eigentlich sind alle zufrieden, aber leider hat noch niemand etwas gekauft.« Jackson konnte seine Enttäuschung nicht verbergen. Nicholas tat sein Bestes, aber die Kunden sahen sich bislang nur neugierig um.

»Das ändern wir jetzt«, flüsterte sie. Sie nahm ein Kleid von der Stange und behauptete aufgeregt, sie habe in Mailand etwas ganz Ähnliches für den dreifachen Preis gesehen. Ihre Freunde folgten ihrem Beispiel und zogen in einer vorgetäuschten Kauflust Kleidung von den Regalen. Das erregte die Aufmerksamkeit der Anwesenden, und keine zehn Minuten später stritten sich die Gäste geradezu um die Artikel, in der Angst, ihnen könnte ein Schnäppchen entgehen. Nicht wenige stellten sich mit gleich mehreren Kleidungsstücken an den Umkleidekabinen an, und Nicholas und die zwei Frauen hinter der Theke kamen mit dem Verkauf kaum hinterher.

»Du bist unglaublich, Mum«, wisperte Jackson.

Georgina zwinkerte ihm zu. »Jetzt kümmere ich mich darum, dass die Gläser der Kunden voll bleiben«, sagte sie und nahm ihm die gekühlte Flasche Champagner aus der Hand.

Zwei Stunden später verließen die letzten Kunden mit vollen Einkaufstaschen das Geschäft. Die Eröffnung war ein großer Erfolg, mehr als drei Viertel der Artikel waren verkauft. Alle lobten Jackson und versprachen, wiederzukommen. Er selbst hätte völlig erschöpft sein müssen, aber dafür war er viel zu beschwingt. Zwischendurch hatte er mehrfach die Kasse leeren müssen, und jetzt dachte er bereits über die nächsten Bestellungen nach.

Georgina war ihm eine große Hilfe gewesen, sie hatte Getränke ausgeschenkt und den Kundinnen Ratschläge zu einzelnen Kleidungsstücken erteilt. Viele hatten sie als eine der angesehensten Künstlerinnen Südaustraliens erkannt und das auch denen erzählt, die es noch nicht wussten.

Jetzt reichte sie Jackson ein Glas Champagner zum Anstoßen. »Du bist sicher begeistert, dass der Abend so gut gelaufen ist, Jackson. Wer hätte gedacht, dass du so ein talentierter Verkäufer bist?«

»Ich hatte viel Spaß, Mum, aber ohne dich und deine Freunde hätte ich das nie geschafft. Viele Gäste sind sicher nur gekommen, um dich zu sehen, und zum Glück sind sie nicht gegangen, ohne etwas zu kaufen. Du kannst dir nicht zufällig vorstellen, Vollzeit hier zu arbeiten?«, scherzte er. »Du warst großartig.«

»Nein, aber ich male gern ein Bild an die Wand gegenüber der Ladentheke«, erwiderte sie lächelnd und deutete auf die frisch gestrichene Fläche.

»Wirklich? Das wäre fantastisch!« Jackson war seiner Mutter zutiefst dankbar und schwebte wie auf Wolken. »Bleibst du heute Nacht in der Stadt?«

»Ja, ich bleibe bis übermorgen.«

»Ich würde dir ja anbieten, hier zu übernachten, aber die Renovierungen oben sind noch nicht abgeschlossen, da ist es ziemlich chaotisch.«

»Das ist schon in Ordnung. Ich übernachte im Botanic Hotel und treffe mich morgen mit den Templetons, einem bezaubernden Kunsthändler-Ehepaar, zum Mittagessen. Sie leben in den Adelaide Hills. Wir haben uns bei meiner Ausstellung in der Modena Gallery kennengelernt. Sie hatten meinen Namen schon mal gehört und wollten einfach mal gucken. Danach habe ich erfahren, dass sie auf einer Auktion eines meiner Bilder für einen wohltätigen Zweck gekauft haben, man sagt, sie hätten ein kleines Vermögen dafür gezahlt. Zukünftig möchten sie gern weitere meiner Werke für ihre eigene Sammlung kaufen, dafür wollen sie auch mal auf die Farm kommen. Wir treffen uns, um das zu besprechen und uns über die örtliche Kunstszene auszutauschen. Du bist herzlich eingeladen, dazuzustoßen. Sie haben eine sehr hübsche Tochter, ihr Name ist Eloise.«

»Das würde ich gern, aber ich habe noch einige Waren im Lager, die ich in den Laden holen muss. Morgen verkaufe ich bis zur Mittagszeit, und dann muss ich neue Ware beschaffen.«

»Natürlich«, sagte Georgina mit einem breiten Lächeln. »Ich bin wirklich stolz auf dich.«

Kapitel 4

1953

»Das war Jackson am Telefon«, verkündete Georgina fröhlich, als sie aus dem Flur in die Küche kam. Er rief an, wann immer er Zeit fand, hatte der Farm jedoch seit seinem Auszug vor drei Jahren keinen einzigen Besuch mehr abgestattet.

Es war Mittag, und Ernie, Harley und Cornell hatten sich gerade an den großen Holztisch gesetzt, den Cornells Vater eigenhändig gezimmert hatte.

Vera servierte Gemüsesuppe und dicke Schreiben Brot mit Rindfleisch und Essiggurken. »Wie geht es ihm?«, fragte sie, während sie nun auch Georginas Teller füllte. Sie warf einen Blick zu Cornell, der sich auf seine Suppe zu konzentrieren schien, auch wenn sie wusste, dass er aufmerksam lauschte.

»Sehr gut.« Georgina setzte sich gut gelaunt auf den Stuhl neben ihrem Ehemann. »Er hat so viel zu tun, dass er noch zwei Personen einstellen musste. Er beschäftigt jetzt also vier Vollzeitkräfte und samstagvormittags noch zwei Aushilfen. Und er hat kürzlich auch trotz des damit verbundenen Risikos ein Angebot für zwei weitere angrenzende Gebäude gemacht, die er mit seinem zu einem großen Kaufhaus verbinden will. Die räumliche Vergrößerung wird es ihm ermöglichen, Möbel zu verkaufen.«

»Er sollte lieber vorsichtig sein und sich nicht zu schnell zu sehr vergrößern«, wandte Harley ein.

»Er sagt, Hastings Department Store sei einer der erfolgreichsten Läden der Stadt«, erklärte Georgina stolz. »Das ist aber nicht weiter überraschend, wenn man bedenkt, wie hart er dafür arbeitet. Er plant sogar, den Laden noch weiter zu vergrößern und eventuell Stockwerke hinzuzufügen.«

»Dann scheint er einiges richtig zu machen«, kommentierte Ernie, der ebenfalls stolz auf Jacksons Erfolg war.

»Man muss schon zugeben, dass er sich sehr gut schlägt, wenn man bedenkt, dass er keinerlei kaufmännische Erfahrung hat«, meinte Harley anerkennend.

»Er ist der geborene Händler«, schwärmte Georgina, die Cornells angespannten Kiefer durchaus bemerkte. Sie wusste, dass er immer noch unter Jacksons Fortgang litt und die Hoffnung immer noch nicht aufgegeben hatte, dass sein Sohn auf die Farm zurückkehren würde. Bisher hatte er sich nicht überwinden können, dem Geschäft einen Besuch abzustatten.

Georgina war aufgefallen, dass er sich zunehmend auf Ernie stützte. Die beiden waren seit Jacksons Auszug näher zusammengerückt, und sie war Ernie dankbar, dass er an Cornells Seite war.

Das Telefon klingelte erneut, also stand Georgina auf und nahm das Gespräch an. Nach einigen Minuten setzte sie sich wieder an den Tisch.

»Das waren die Templetons. Sie kommen morgen zu Besuch«, verkündete sie.

»Die Templetons?«, fragte Cornell.

»Das sind die Kunsthändler, die auf dem Anwesen Berkshire Hall in Glen Osmond leben, in den Adelaide Hills. Sie wollten schon längst einige meiner Werke gekauft haben, davon habe ich dir doch erzählt, weißt du noch? Du hast sie sogar schon getroffen, auf meiner ersten Ausstellung in der Modena Gallery.«

»Wir haben da so viele Menschen kennengelernt, die konnte ich mir gar nicht alle merken«, sagte Cornell.

»Sie sind bezaubernd. Sie wollten uns schon letztes Jahr vor

Weihnachten einen Besuch abstatten, mussten das aber verschieben, weil ihre Überseereise nach Rom und Paris vorverlegt wurde. Sie waren sechs Monate fort, und ihren kurzen Erzählungen eben nach, haben sie einige großartige europäische Gemälde gekauft. Es schmeichelt mir, dass sie immer noch Interesse an meinen haben.«

»Das zeigt, dass sie einen guten Geschmack haben.« Cornell lächelte seine Frau an.

»Danke, Liebling.« Sie berührte sanft seine Wange. »Die Templetons müssten morgen gegen Vormittag hier sein. Könntest du etwas Besonderes zum Mittagessen vorbereiten, Vera? Es wird wieder richtig heiß, also vielleicht diesen köstlichen Kartoffelsalat, den du so gut machst. Und natürlich Bratenaufschnitt für die Gäste.«

»Ich könnte auch noch Scones zum Tee backen«, schlug Vera vor.

»Wunderbar. Ich bin mir nicht sicher, ob ihre Tochter mitkommt, sie haben es zumindest nicht erwähnt. Sie ist jetzt um die zwanzig Jahre alt, es kann also sein, dass sie den Besuch einer Farm eher langweilig findet.«

Cornell stieß ein Schnauben aus.

»Tut mir leid, mein Lieber.« Georgina tätschelte ihm liebevoll den Arm. »Ich weiß aber, dass Eloise sich für Kunst interessiert, also kommt sie vielleicht trotzdem mit.«

»Ich fürchte, ich kann morgen nicht mit euch essen, Georgina«, sagte Cornell. »Ich bin auf einer Viehauktion in Port Wakefield und weiß noch nicht, wann ich zurück bin.«

»Können nicht Harley oder Ernie für dich hingehen?«

»Harley begleitet mich schon. Ernie hat hier zu tun.« Als Georgina die Stirn in Falten legte, fügte er eilig hinzu: »Es tut mir leid, aber es ist wichtig, dass ich selber bei der Auktion anwesend bin. Außerdem wirst du doch vollauf damit beschäftigt sein, mit den Templetons über Kunst zu sprechen, da wirst du mich bestimmt nicht vermissen.«

Georgina drückte seine Hand, als Zeichen dafür, dass sie verstand. Sie wusste, dass Cornell sich bei einem Gespräch über Kunst langweilen würde, genauso, wie sie sich auf einer Viehauktion langweilen würde.

Der nächste Tag war sehr heiß. Am Vormittag kontrollierte Ernie auf den Weiden, ob die Tröge für die Schafe und Rinder ausreichend mit Wasser gefüllt waren. Am frühen Nachmittag begab er sich zu den Pferdeweiden, wo er die Wassertröge reinigte und neu befüllte. Dann ritt er zu den Ställen, wo er abstieg, absattelte und sein Pferd zum Wassertrog im Schatten führte.

»Lass es dir schmecken, mein Junge. Du hast es dir verdient.« Er rieb dem Pferd liebevoll über das weiche Fell zwischen den Augen. »An Tagen wie diesen macht es nicht gerade Spaß, in der Sonne herumzulaufen, stimmt's?«

»Guten Tag«, sagte in diesem Moment jemand mit einer leisen, weiblichen Stimme hinter ihm.

Ernie wirbelte herum und sah sich einer sehr attraktiven jungen Frau gegenüber. Sie hatte goldblondes Haar und perfekte Porzellanhaut. Außerdem trug sie ein bezauberndes Blumenkleid aus einem weichen, kühlen Material. Ernie konnte gerade noch dem Impuls widerstehen, es zu berühren. Das musste die Tochter der Kunsthändler sein, die zu Besuch waren.

»Entschuldigung, wenn ich Sie erschreckt habe«, sagte sie mit einem wunderschönen Lächeln. »Ich bin Eloise Templeton.« Sie streckte eine kleine Hand mit makelloser Haut und gepflegten Nägeln aus.

Ernie wollte sie schon ergreifen, als ihm der Zustand seiner eigenen Hand in den Sinn kam. Er wischte sie hastig an seinem Hemd ab, streckte sie vor und spürte gleich darauf ihre weiche, erfreulich kühle Haut an seiner. »Ich … Wie lange stehen Sie schon hier?«

»Lange genug, um zu hören, wie Sie Ihr Pferd wegen der Hitze bemitleidet haben.«

Ernie errötete. »Sie müssen mich für verrückt halten, dass ich mit einem Pferd spreche.«

»Im Gegenteil. Ich finde es niedlich.«

»Niedlich! Wiederholen Sie das bloß nie in der Öffentlichkeit.«

»Warum nicht? Ich spreche auch gerne mit Tieren. Einige von ihnen sind klüger als viele Menschen, und sie hören immer geduldig zu. Ich glaube, sie mögen es, unsere Stimmen zu hören.«

»Das glaube ich auch.« Ernie streichelte sein Pferd erneut. Eloise Templeton war ihm sympathisch. Er spürte, dass sie ihn beobachtete, sah sie wieder an und lächelte. Er blickte in ihre kornblumenblauen Augen und dachte, dass sie sowohl wunderschön als auch einfühlsam war.

Eloise erwiderte sein Lächeln. »Ich nehme an, Sie sind Ernie.«

»Oh, entschuldigen Sie! Ja, der bin ich.«

»Nun, Ernie, eigentlich wollte ich Sie um eine Farmführung bitten, aber es ist tatsächlich schrecklich heiß in der Sonne. Also, warum erzählen Sie mir nicht stattdessen einfach alles?« Sie sah sich um und setzte sich dann auf einen Heuballen in der Nähe.

»Gerne.« Ernie versuchte, sich zu konzentrieren, da in seinem Kopf plötzlich nur noch Leere herrschte. Dann begann er zu reden, fand irgendwie doch die richtigen Worte, um ihr begeistert von der Farm zu erzählen, von den Tieren, die sie züchteten, dem Getreide, das sie anbauten, und der Arbeit, die damit einherging.

Eloise fragte interessiert nach, und je mehr Interesse sie zeigte, desto enthusiastischer wurde er.

»Sie lieben die Farm, nicht wahr?«, fragte sie, als er Luft holte.

»Ja. Ich bin hier geboren und kann mir nicht vorstellen, irgendwo anders zu leben.«

»Es ist friedlich hier.« Sie ließ den Blick über das Land schweifen, auf das eine brennend heiße Sonne hinabstrahlte. Es war still, abgesehen von dem entfernten Blöken der Rinder und dem Krächzen der Krähen. »Wir leben in Glen Osmond, am Fuße der Adelaide Hills. Ich liebe die grünen Bäume und all die unterschiedlichen Vögel und Tierarten, einschließlich der Kängurus und Koalabären, und wir sind nicht weit von der Stadt entfernt, also genieße ich das Beste aus beiden Welten.«

»Ich bin überhaupt kein Stadtmensch«, gab Ernie zu. »Ich bin viel lieber auf dem Land.«

»Das ist ja auch völlig in Ordnung.« Eloise lächelte. »Es ist eine ziemlich weite Strecke hier raus.«

»Was macht Eloise Templeton denn sonst so mit ihrer Zeit?«, fragte Ernie aufrichtig interessiert.

»Wenn wir nicht gerade reisen, arbeite ich an meinem akademischen Abschluss in Kunstgeschichte. Im Ausland bringen meine Eltern mir bei, Kunst zu kaufen und zu verkaufen. Ich möchte später selbst einmal Kunsthändlerin werden und dabei genauso erfolgreich sein wie sie. Vielleicht wird es erst nur ein Hobby, aber später möchte ich eine Menge Geld mit dem Verkauf von Kunst verdienen.«

»Das ist erstaunlich ambitioniert«, kommentierte Ernie.

»Finden Sie?«

»Ja, ich bin überrascht. Aber die Mädchen auf dem Land haben nicht so hochfliegende Träume.«

»Was machen sie denn?«

»Sie heiraten Farmer und kümmern sich um Heuschrecken- und Mäuseplagen, Staub und Fliegen.«

Eloise rümpfte die Nase und lachte. »Das klingt nicht besonders reizvoll.«

Ernie stimmte in ihr Lachen ein. »Das war vermutlich nicht sehr nett von mir formuliert, stimmt's? Aber im Ernst: Die Farmer hier draußen könnten ohne ihre Frauen nicht überleben. Sie sind der Leim, der alles zusammenhält.«

»Wir waren gerade erst sechs Monate in Rom und Paris. Einer der Freunde meines Vaters besitzt eine Galerie in Rom und ist Mitinhaber einer weiteren in Paris. Während er in Paris war, haben mein Vater und meine Mutter die Galerie in Rom geleitet. Meine Mutter restauriert auch manchmal Kunstwerke, das kann sie sehr gut.«

Ernie war beeindruckt. »Sprechen Sie Italienisch?«

Eloise lachte. »Nicht so gut wie meine Eltern, aber ich kann mich verständigen. Das Erste, was ich gelernt habe, war, wie man die kokette Einladung eines Italieners ablehnt. Sie sind unverbesserlich und sehr hartnäckig. Franzosen genauso. Sie jagen Frauen richtiggehend hinterher.«

»Das kann ich mir problemlos vorstellen, wenn die Frauen alle so hübsch sind wie Sie«, platzte Ernie gedankenlos heraus.

Eloise blickte ihn überrascht an, war aber entzückt über seine Offenheit. Sie hatte ihn als typisch schüchternen Landjungen eingestuft. »Oh, vielen Dank«, sagte sie und schlug den Blick nieder.

Ernie errötete. »Ich versuche nicht, Ihnen schöne Augen zu machen«, murmelte er verlegen. »Es war bloß eine Feststellung.«

»Vielleicht würde es mir nichts ausmachen, wenn Sie mir schöne Augen machten«, zog Eloise ihn auf. Ihre Worte hatten den gewünschten Effekt, denn seine Wangen nahmen einen noch tieferen Rotton an.

Während Ernie verzweifelt nach einer geeigneten Bemerkung suchte, um das Thema zu wechseln, rief jemand Eloises Namen, und dann kamen auch schon eine Frau, vermutlich ihre Mutter, und Georgina um den Stall herum zu ihnen.

»Da bist du ja, Eloise. Wir haben uns schon gefragt, wo du steckst.« Die Frau warf einen misstrauischen Blick in Ernies Richtung.

»Ihr Sohn hat mir alles über die Farm erzählt, Mrs Hastings«, sagte Eloise zu Georgina. Sie stand auf und strich sich etwas Heu von ihrem Kleid.

»Mein Sohn?«, fragte Georgina verblüfft. Auch Ernie hob überrascht die Brauen.

»Ich dachte, Ihr Sohn hätte ein Kaufhaus in der Stadt?« Julie Templetons Blick zeigte zweifelsfrei, dass sie glaubte, Ernie hätte ihre Tochter mit Absicht in die Irre geführt.

»Das stimmt, Jackson besitzt tatsächlich ein Kaufhaus«, sagte Georgina. »Ernie ist der Sohn unseres Vorstehers, aber er wurde genau wie Jackson hier auf der Farm geboren, er ist praktisch auch ein Familienmitglied.«

Eloise schaute Ernie an, als würde sie ihn jetzt mit anderen Augen sehen. »Oh. Ich dachte … Ich bin davon ausgegangen, dass Ernie auch Ihr Sohn ist. Es tut mir leid, wenn ich Sie von Ihren Aufgaben abgehalten habe«, fügte sie in einem etwas kühleren Ton an Ernie gewandt hinzu. »Ich wollte nicht, dass Sie meinetwegen Ärger mit Ihrem Arbeitgeber bekommen.«

Ernie konnte ihre Verhaltensänderung nicht fassen. Jegliche Wärme war aus ihrer Stimme verschwunden. »Cornell ist heute nicht auf der Farm, aber er hätte sicher nichts dagegen, dass ich Sie unterhalte«, wandte er ein.

»Wir können jetzt gehen, Eloise«, sagte Julie. Ernie hatte den Eindruck, dass sie ihre Tochter gar nicht schnell genug von ihm fortbekommen konnte.

»Oh, in Ordnung, Mutter. Auf Wiedersehen, Ernie«, sagte Eloise.

»Es war nett, Sie kennenzulernen«, entgegnete Ernie.

»Möchten Sie noch etwas Kaltes trinken, bevor Sie fahren, Eloise?«, fragte Georgina. »Es ist heute furchtbar heiß.«

»Ja, danke.«

»Möchtest du auch mit reinkommen und etwas trinken, Ernie? Dir ist bestimmt auch heiß«, schlug Georgina vor.

Eloise und Julie sahen sich überrascht an, dann ließ Julie ihren Blick über seine Arbeitskleidung gleiten.

Ernie hatte sich selten so fehl am Platz gefühlt, fast, als wäre er ihrer Gesellschaft nicht würdig. »Nein, danke. Ich war mit den Tieren unterwegs, deswegen rieche ich nicht sonderlich angenehm. Aber ich wünsche Ihnen eine gute Heimreise.« Er blickte von Eloise zu ihrer Mutter.

»Danke. Auf Wiedersehen«, erwiderte Eloise. Dann machten sie sich auf den Weg zum Haus.

Ernie hörte, wie Julie ihre Tochter fragte, ob Ernie behauptet habe, der Sohn der Hastings zu sein.

»Nein«, antwortete sie. »Das war mein Fehler.«

Eine Zeitlang stand Ernie einfach nur da, unfähig, sich zu regen. Es war ihm nicht in den Sinn gekommen, dass Eloise geglaubt haben könnte, sich mit Georginas und Cornells Sohn zu unterhalten. Genauso wenig war ihm in den Sinn gekommen, er könnte als nicht gut genug für jemanden wie sie erachtet werden. Nur wenige Worte hatten das alles geändert.

Kapitel 5

Juli 1954

Jackson erwachte hustend aus einem tiefen Erschöpfungsschlaf. Der Husten wurde schlimmer, und Jackson setzte sich auf und rang nach Luft. Es war dunkel in der Wohnung über dem Laden, aber es roch stark nach Rauch. Noch bevor er richtig zu Sinnen kam, erregten Schreie unten auf der Straße seine Aufmerksamkeit, dann das Geräusch von zersplitterndem Glas.

»Was um alles in der Welt ist denn da los?«, murmelte er beunruhigt. Das Fenster war geschlossen, und die Vorhänge waren zugezogen, weil es jetzt im Winter bitterkalt war, aber dennoch hörte er ein Fahrzeug und schrille Glocken näher kommen. Durch die dunklen Vorhänge sah er blinkende Lichter. In der Nähe schien ein Feuer ausgebrochen zu sein, vielleicht in einem der benachbarten Geschäfte.

Er sprang aus dem Bett, huschte zum Fenster an der Vorderseite des Gebäudes und zog den Vorhang zurück, um herauszufinden, wo es brannte. Direkt unter seinem Fenster stand ein rotes Feuerwehrfahrzeug, und Feuerwehrmänner und Zivilisten liefen aufgeregt umher.

»Oh Gott«, hauchte er, wie gelähmt vor Schreck. »Nicht mein Laden!«

Einige Feuerwehrmänner verschwanden auf dem Bürgersteig neben dem Gebäude, aber ein Mann sah auf, entdeckte ihn und begann sogleich zu winken und zu rufen. Ein Feuerwehrmann mit einer Axt in der Hand hob den Blick und lief los.

Jackson trat vom Fenster weg, griff seinen Morgenmantel

vom Bettende, schlüpfte in die Pantoffeln und riss die Schlafzimmertür auf. Sofort umfing ihn dichter Rauch. Sein Herz raste vor Angst, er hustete und schnappte keuchend nach Luft. Es gab keinen anderen Ausweg aus dem ersten Stock als die schmale Treppe nach unten. Er lief durch den Flur auf sie zu und hoffte inbrünstig, dass sie nicht brannte. Als er die ersten Stufen nahm, kam ihm der Feuerwehrmann mit der Axt entgegen.

»Ist da oben noch jemand?«, rief er.

»Nein«, brachte Jackson keuchend hervor, während er versuchte, seine Nase und den Mund zu bedecken. »Was … ist los?«

»Hier entlang, Sir«, sagte der Feuerwehrmann. »Beeilen Sie sich!«

Unten angekommen, packte er Jacksons Arm und führte ihn durch dicken Qualm zur eingeschlagenen Eingangstür. Überall lag zersplittertes Glas.

»Waren Sie das?«, fragte Jackson ruppig, unfähig, einen klaren Gedanken zu fassen. Er wandte sich um und bemerkte, dass der hintere Teil des Geschäfts überall von Flammen zerfressen wurde, die sich schnell zur Treppe hin ausbreiteten. »Mein Gott!«, rief er fassungslos, während wütende Flammen das Ergebnis all seiner harten Arbeit verschlangen.

Der Feuerwehrmann schob ihn auf die Straße, und sofort trat ein weiterer Feuerwehrmann auf sie zu.

Er musterte Jackson von oben bis unten. »Geht es Ihnen gut, Sir? Sind Sie verletzt? Haben Sie irgendwo Verbrennungen?«

»Nein«, antwortete Jackson, während die Männer ihn noch weiter von der Tür und der Hitze fortzogen.

»Ist noch irgendjemand im Gebäude, Sir?«

Jackson schüttelte den Kopf.

»Haustiere?«

Jackson schüttelte erneut den Kopf. »Nein. Wissen Sie, wie das Feuer ausgebrochen ist?«

»Ein Landstreicher hat ein Feuer in einem Mülleimer hinter dem Gebäude angezündet, um sich zu wärmen, und das Feuer ist außer Kontrolle geraten.«

Jackson traute seinen Ohren nicht. »Ein Landstreicher! Wo ist er jetzt?«

»Er wird gerade mit schweren Verbrennungen ins Krankenhaus gebracht. Ich bin mir nicht sicher, ob er überlebt. Er hat versucht, die Flammen zu löschen, die sich in Richtung Ihres Ladens ausbreiteten, und dabei haben die Ärmel seines Mantels Feuer gefangen.«

Jackson schämte sich zutiefst, denn sein erster Impuls war gewesen, den Mann zurechtzuweisen und ihn strafrechtlich zu verfolgen. »Ich hoffe, er wird wieder gesund«, murmelte er.

»Wir wissen es nicht. Aber auch Sie sollten sich ärztlich untersuchen lassen, Sir. Wahrscheinlich haben Sie viel Rauch eingeatmet.«

»Mir geht's gut.« Er fühlte sich körperlich bis auf den Husten unversehrt, ansonsten aber war er am Boden zerstört.

Der Mann eilte davon, um seinen Kollegen beim Löschen zu helfen.

Vergeblich. Die Macht des Wassers war wirkungslos. Das Feuer wurde immer größer, die Hitze drängte alle auf die andere Straßenseite. Funken und orangegelbe Flammen zuckten in den dunklen Himmel, doch es war das Geräusch, das Brüllen des Feuers, während es das ganze Gebäude auffraß, das Jackson nie vergessen würde. Es war ohne jeden Zweifel erkennbar, dass das Geschäft nicht zu retten war, folglich konnten die Feuerwehrleute ihre Bemühungen nur darauf richten, die Flammen davon abzuhalten, auf die benachbarten Gebäude überzuspringen. Der Eigentümer eines Cafés in der Nähe öffnete die Tür und holte

Jackson herein. Nun stand er zwar nicht mehr in der Kälte, aber er fühlte sich wie betäubt, unfähig zu begreifen, dass sein gesamtes Hab und Gut zerstört war. Lediglich sein Auto war gerettet, nachdem die Feuerwehrmänner es aus der Gefahrenzone geschoben hatten.

In den folgenden Stunden sah Jackson dabei zu, wie sein Geschäft langsam zerfiel. Er sprach kein Wort. Es brach ihm das Herz, zu sehen, wie zuerst das Dach und dann die Balken, die den oberen Stock stützten, einstürzten. Die wertvolle Ware im Erdgeschoss, die er mit so viel Sorgfalt ausgewählt und präsentiert hatte, war zerstört. Alles, was blieb, war ein Haufen verkohlter Trümmer und zwei Außenwände, die abgerissen werden mussten.

Als die Morgendämmerung den Himmel schließlich in ein zartes Rosa tauchte, kamen immer mehr Schaulustige, um sich mit makabrer Faszination die Zerstörung anzusehen. Reporter schnüffelten herum, auf der Suche nach Material für einen Zeitungsbericht. Jemand verriet ihnen, dass Jackson im Café war, aber er war zu betäubt, um einen Kommentar abzugeben, als sie ihn nach dem Ursprung des Feuers und vielem mehr fragten. Fotografen schossen Bilder. Jackson wollte, dass sie aufhörten. Es fühlte sich an, als würden sie den Leichnam von etwas schänden, das er liebte. Er war unfähig, sich zu bewegen. Ein Fotograf hielt die Kamera an das Fenster des Cafés und machte einen Schnappschuss von ihm. Dieses Foto würde sicher später am Tag in der Zeitung landen.

Kurz nach halb neun kamen Nicholas Bisby und seine anderen Angestellten zur Arbeit. Schockiert starrten sie auf die Überreste des Geschäfts. Sie gingen zu Jackson ins Café, sprachen über die viele Arbeit, die sie in den Erfolg des Geschäfts investiert hatten, und auch über die Zukunft. Jackson hörte zu, sagte selbst jedoch kaum etwas. Es war zu früh, und er war zu erschüttert, um sich Gedanken über die nächsten Schritte zu machen.

Die Stadt erwachte allmählich, und das Leben ging weiter. Jackson musste eine Entscheidung fällen, schließlich konnte er nicht den ganzen Tag im Café sitzen. Er entschuldigte sich bei seinen Angestellten, schickte sie nach Hause und versprach, sich bei ihnen zu melden. Dann überquerte er die Straße, bemerkte kaum, dass mehrere Menschen ihr Mitgefühl ausdrückten, sowohl Kunden als auch Fremde, stieg in sein Auto und fuhr aus der Stadt hinaus, begleitet vom beißenden Geruch nach Rauch. Er hing in seinem Haar und im Stoff seines Morgenmantels und Schlafanzugs. Jackson zweifelte, ob er ihn je wieder loswerden würde.

Georgina hatte am Morgen einen besorgniserregenden Anruf von einer ihrer Künstlerfreundinnen in der Stadt bekommen: Der Hastings Department Store hatte gebrannt! Die ihr sonst eigene Gelassenheit hatte sich mit einem Schlag in Luft aufgelöst. Ohne Vera wäre sie vermutlich zusammengebrochen. Cornell, Ernie und Harley befanden sich irgendwo auf dem riesigen Grundstück, also konnte sie ihnen nicht sagen, was passiert war. Stattdessen versuchten Vera und sie hektisch, Bekannte in der Stadt per Telefon zu erreichen, die herausfinden sollten, ob es Jackson gut ging.

Kurz vor dem Mittagessen hörte Georgina das Geräusch eines Automotors. Mit klopfendem Herzen eilte sie nach draußen. Dort stieg Jackson in Morgenmantel und Schlafanzug aus seinem Ford Anglia.

»Jackson! Gott sei Dank geht es dir gut!« Sie umarmte ihn und hielt ihn ganz fest, während Tränen der Erleichterung über ihre Wangen liefen. »Das ist alles, was zählt«, flüsterte sie.

»Ich habe alles verloren, Mum«, sagte Jackson, heiser vom Husten.

»Das tut mir wirklich leid. Was ist passiert?«

Jackson erzählte ihr in knappen Worten von dem Landstreicher.

»Dann war es Brandstiftung?« Georgina war schockiert.

»Nein, es war ein Unfall. Er hat gefroren und wollte sich wärmen. Aber es waren viele Kartons im Müll, das Feuer ist außer Kontrolle geraten. Der Landstreicher hat sich verbrannt, als er versucht hat, es zu löschen, sein Zustand ist kritisch.«

Georgina fiel auf, wie müde er klang. »Dann hoffen wir, dass es gut für ihn ausgeht.« Sie schüttelte den Kopf. »Dass eine einzige gedankenlose Handlung so viel Zerstörung nach sich ziehen kann!« Sie wusste, dass es noch viel schlimmer hätte ausgehen können, wenn es Jackson nicht gelungen wäre, aus dem Gebäude zu kommen. »Komm, lass uns reingehen.«

»Ja, Mum.«

Im Haus umarmte auch Vera Jackson erleichtert. Georgina erzählte ihr in knappen Worten, was geschehen war, dann ging Vera, um ihm etwas zu essen zu bereiten.

Jackson war vollkommen verstört. »Ich habe nichts mehr, Mum. Alles ist verbrannt«, stieß er hervor.

»Du hast Kleidung hiergelassen«, erinnerte Georgina ihn. »Und alles, was du sonst noch brauchst, besorgen wir dir.«

»Du siehst müde aus«, merkte Vera an, als sie eine Tasse Tee und Toast vor ihm abstellte.

»Ich bin völlig erledigt«, gab er zu.

»Dann trink deinen Tee, iss einen Toast, und dann gehst du ein paar Stunden schlafen«, entschied Georgina.

Jackson schlief noch, als Cornell, Ernie und Harley zum Haus zurückkamen.

Georgina empfing sie auf der Veranda.

»Ihm geht es doch gut, oder?«, fragte Cornell, als sie ihren Bericht beendet hatte. Er war sichtlich schockiert.

»Körperlich geht es ihm gut, aber es nimmt ihn sehr mit, dass er das Geschäft verloren hat, nach all der harten Arbeit, die er hineingesteckt hat.«

»Was für ein Glück, dass er den Flammen entkommen ist!« Auch Ernie war zutiefst bewegt.

»Wo ist er?«, fragte Cornell und ging auf die Hintertür zu.

»Er schläft. Das ist alles mitten in der Nacht passiert, und er ist sehr erschöpft.«

Cornell war vollkommen überwältigt. Er empfand tiefe Erleichterung darüber, dass sein Sohn den Flammen entkommen war, aber auch Schuld wegen der vielen Jahre, die sie als Vater und Sohn verloren hatten. Cornell stieß einen tiefen Seufzer aus. Er musste unbedingt seine Gefühle in den Griff bekommen, bevor Jackson aufwachte, denn er wollte ihm bei ihrer ersten Begegnung seit Jahren gefasst gegenübertreten. Eilig machte er sich auf den Weg zu den Ställen.

Während Vera am Küchentisch Teig für einen Apfelkuchen ausrollte, den sie nach dem Brathähnchen zum Abendessen servieren wollte, tranken Georgina, Cornell, Harley und Ernie am anderen Ende des Tisches Tee. Sie sprachen über das Feuer, als Jackson hereinkam. Er trug seine alte Arbeitskleidung und wirkte kein bisschen erholt. Unter seinen Augen lagen dunkle Ränder.

Vera stellte eine weitere Tasse auf den Tisch und füllte sie mit Tee.

Cornell erhob sich und umarmte ihn, während er sich mühte, seine Gefühle im Zaum zu behalten »Ist alles in Ordnung, mein Sohn?«, fragte er. »Du hast bestimmt viel Rauch eingeatmet.«

Jackson nickte und setzte sich mit hängendem Kopf zu ihnen.

»Warst du beim Arzt?«

»Mir geht's gut. Ich brauch keinen Arzt.«

Cornell sah das anders, da Jackson sehr heiser klang, aber er wusste, wie stur sein Sohn sein konnte, deshalb ließ er die Sache auf sich beruhen. »Es ist ein Wunder, dass du lebend aus dem Gebäude gekommen bist«, sagte er aufgewühlt.

»Ich weiß«, antwortete Jackson leise. »In den ersten Minuten war ich mir nicht sicher, ob ich aus der Wohnung herauskomme. Ich hatte Todesangst.«

Cornell legte eine Hand auf die Schulter seines Sohnes, um ihn zu beruhigen.

»Gott sei Dank ist es dir gelungen.« Georgina legte eine Hand auf seine.

Eine Weile saßen sie schweigend da.

»Sind der Laden und die Ware versichert?«, fragte Harley schließlich ruhig.

Jackson stieß einen Seufzer aus. »Ja. Aber das hilft mir wenig, wenn das Geschäft in Trümmern liegt. Die beiden Wände, die noch stehen, müssen abgerissen werden, erst dann kann die Baustelle geräumt werden.«

Mehrere Tage vergingen, ohne dass Jackson das Haus verließ. Georgina hörte auf zu malen, weil sie sich fortwährend Sorgen um ihren Sohn machte und sich nicht konzentrieren konnte. Es war offensichtlich, dass er in eine Depression verfiel. Auch körperlich ließ er sich gehen. Das sah Jackson, der sonst immer auf sein Äußeres achtete, überhaupt nicht ähnlich.

Cornell, Harley und Ernie arbeiteten weiter wie immer. Wenn sie mittags und nun auch abends zum Essen ins Haus zurückkamen, versuchten sie, Jackson in Gespräche über die Farm zu verwickeln, aber er wirkte wie abwesend. Anfangs hatten sie Verständnis, aber Cornells Geduld ließ rasch nach.

Bea besuchte ihren Bruder, aber auch sie konnte ihn nicht aus seiner Lethargie reißen.

Als Cornell am fünften Tag mittags das Haus betrat, fand er seinen Sohn immer noch im Morgenmantel und in Pantoffeln vor, das Haar zerwühlt. Cornell riss der Geduldsfaden.

»Zieh dich an, Jackson, und komm raus, arbeiten. Das wird dich ein bisschen ablenken.«

Jackson sah ihn ausdruckslos an.

»Wir könnten ein weiteres Paar Hände gut gebrauchen«, fügte Cornell hinzu. »Wir bauen gerade eine neue Windmühle auf der obersten Weide.«

»Ich werde nie wieder Farmarbeiten ausführen, Dad«, erwiderte Jackson hitzig.

Cornell wurde wütend. »Und was willst du dann machen? Du kannst nicht ewig mit Jammermiene hier im Haus herumschleichen und in Selbstmitleid baden!«

Jackson schwieg einen Moment, dann hellte sich seine Miene auf. »Du hast recht. Ich werde mein Geschäft wiederaufbauen, größer und besser als zuvor.«

Cornell war überrascht. »Und wie willst du das machen?«

»Das Geld von der Versicherung kommt irgendwann, und ich bin mir sicher, dass ich Investoren finde, da mein Geschäft so erfolgreich war.« Er drehte sich um und lief in den Flur. In dem Moment betrat Georgina den Raum, die Bilder und Leinwände in ihrem Atelier sortiert hatte.

»Wohin gehst du, Jackson?«, rief sie ihm hinterher.

»Wieder in die Stadt!«, rief er zurück.

Georgina blickte Cornell fragend an. »Wieso?«

Doch Cornell schwieg, zutiefst enttäuscht. Er hatte gehofft, Jackson würde sich entscheiden, auf der Farm zu bleiben.

Georgina wusste genau, was er dachte, und war voller Mitgefühl, aber sie hatte gewusst, dass Jackson seinen Traum von einem eigenen Kaufhaus nicht aufgeben würde.

Kapitel 6

Juli 1956

Eloise Templeton hatte einen Hut bei einem Hutmacher in der Einkaufspassage von Adelaide erworben und trat zufrieden auf die Rundle Street, als ihr Blick auf ein riesiges Gebäude fiel. Hastings Department Store an der Ecke Charles Street überragte alle anderen Geschäfte der Einkaufsstraße. Das Kaufhaus erstreckte sich über drei Stockwerke, war modern und hell, und die Schaufenster waren wunderschön dekoriert.

Nachdem sie die hübsche Kleidung im Schaufenster bewundert hatte, warf Eloise einen Blick auf ihre Armbanduhr. Es war Viertel vor fünf an einem bewölkten und düsteren Freitagnachmittag. Sie wollte vor dem vorhergesagten Regen nach Hause kommen, aber dann erinnerte sie sich daran, dass die Künstlerin Georgina Hastings erwähnt hatte, ihr Sohn besitze ein Kaufhaus in der Stadt. Die Neugier gewann die Oberhand.

Jackson sah, wie eine sehr attraktive Frau das Geschäft betrat. Als Einkäufer hatte er eine Menge über Kleidung gelernt und konnte daher selbst aus der Entfernung erkennen, dass der stilvolle Zweiteiler in tiefem Burgunderrot, den sie trug, maßgeschneidert war und einen Monatslohn gekostet haben musste. Sie war eine potenziell sehr gute Kundin, also trat er vor, um sie persönlich zu begrüßen.

»Guten Tag. Willkommen im Hastings Department Store«, sagte er fröhlich, während er seinen Blick über den zu ihrem Zweiteiler passenden kleinen Hut mit Schleier und ihr helles Haar gleiten ließ, das nach neuester italienischer Mode kurz geschnitten war. Jackson war sicher: Sie konnte keine Einheimische sein.

Doch aus irgendeinem Grund schien sie ihn trotzdem zu kennen. »Guten Tag. Mr Hastings, nicht wahr?«, sagte sie, ohne den Blick von ihm zu nehmen.

Jackson war überrascht, denn zum einen hatte er aufgrund ihrer Kleidung und Frisur einen europäischen Akzent erwartet, und zum anderen hatte er nicht damit gerechnet, dass sie seinen Namen kannte. »Ja, in der Tat! Ich glaube nicht, dass wir uns schon einmal getroffen haben, denn daran würde ich mich mit Sicherheit erinnern.«

»Wir haben uns noch nicht kennengelernt, aber ich kenne Ihre Mutter, und ich sehe die Ähnlichkeit zwischen Ihnen beiden. Das helle Haar und die blauen Augen.« Hinreißend blaue Augen, wie sie fand, doch das behielt sie für sich. Er sah aus wie ein Filmstar.

»Meine Mutter? Sind Sie Künstlerin?«

»Nein. Ich kenne mich ein wenig mit Kunst aus, aber ich male leider nicht und gestalte auch keine Skulpturen. Das letzte Mal habe ich Georgina vor drei Jahren gesehen, als meine Eltern und ich die Sunnyvale Farm besucht haben. Ihre Mutter hat erwähnt, dass ihr Sohn ein Geschäft in der Stadt hat.«

»Ah, und Sie sind …?«

»Entschuldigen Sie. Ich hätte mich vorstellen sollen. Ich bin Eloise Templeton. Vielleicht hat Ihre Mutter meine Eltern mal erwähnt. Sie sind Kunstsammler und -händler.«

»Ja, das kann sein, aber ich erinnere mich leider nicht daran, tut mir leid.« Er konnte den Blick nicht von ihren wunderschönen kornblumenblauen Augen hinter dem Schleier ihres Hutes abwenden.

»Sie müssen sich nicht entschuldigen. Die Kunstwelt ist eine eng verbundene Gemeinschaft, in die Außenstehende nur selten vordringen.« Eloise ließ den Blick über die im Geschäft ausgestellte Kleidung, die Schuhe, Hüte, Strumpfwaren und Kosmetikartikel schweifen. »Ich betrachte mich gern als Connaisseuse der Kaufhäuser, und Ihres ist recht eindrucksvoll, Mr Hastings«, wechselte sie das Thema.

»Danke, Miss Templeton. Ich importiere zwar eine kleine Auswahl europäischer Modemarken, aber am liebsten unterstütze ich regionale Hersteller. Das ist mir wichtig. Einige von ihnen sind sehr talentiert und machen sich auch international bereits einen Namen. Vor allem die australische Wollindustrie liegt mir am Herzen. Es gibt inzwischen sogar jedes Jahr eine Modenschau, in der Kleidungsstücke aus australischer Wolle präsentiert werden. Eine Expertenjury wählt dort jeweils die Gewinner in den Sparten Stil und Moderichtung, Verarbeitung und Veredelung sowie Feinheitsgrad der Fasern aus. Wolle lässt sich als Material hervorragend verarbeiten und umhüllt den Träger mit Eleganz und Leichtigkeit. Außerdem lässt Wolle sich zu jeder Jahreszeit tragen, und die Kleidungsstücke halten wunderbar die Form.«

»Mich haben Sie schon mal überzeugt«, sagte Eloise beeindruckt.

»Ich bin fast ein wenig beleidigt, dass Sie meinem Geschäft erst jetzt einen Besuch abstatten«, merkte Jackson mit einem entwaffnenden Lächeln an.

Eloise erwiderte sein Lächeln. »Ich war lange mit meinen Eltern im Ausland.«

»Ah, dann sei es Ihnen verziehen. Dieses Kaufhaus ist tatsächlich auch erst seit sechs Monaten geöffnet. Der ursprüngliche Laden ist vor zwei Jahren niedergebrannt.« Jackson dachte an die langen und anstrengenden Monate des Wiederaufbaus. Das Ergebnis aber überstieg seine Erwartungen. Und noch dazu hatte er das Glück gehabt, Nicholas Bisby wieder einstellen zu können.

»Das tut mir sehr leid. Aber dieses Gebäude ist mir sofort aufgefallen, es ist beeindruckend.«

»Danke. Dieses Kaufhaus ist auch doppelt so groß wie das ursprüngliche. Auf dem gesamten ersten Stockwerk werden Möbel angeboten.« Die Versicherungssumme hätte ihm keinen Wiederaufbau in größerem Umfang ermöglicht, also hatte er Investoren finden müssen. Das allerdings bedeutete, dass er jetzt nicht mehr die alleinige Kontrolle innehatte und die Anteilseigner von seinen Plänen überzeugen musste. »Suchen Sie denn nach etwas Bestimmtem?«

»Nein, ich wollte mich bloß umschauen, bevor ich nach Hause fahre.«

»Ich sehe, dass Sie eine Hutschachtel tragen.«

»Ich habe eben einen Hut in der Adelaide Arcade gekauft.«

»Ich wünschte, Sie wären zuerst hierhergekommen. Wir haben eine wunderbare Auswahl an Kopfbedeckungen.«

»Nun, Sie können mich zumindest ab jetzt zu Ihren Kundinnen zählen.«

»Das freut mich sehr zu hören.«

Ein Donnerschlag ließ Eloise zusammenfahren, und dann prasselte auch schon Regen auf die Straßen und Dächer.

»Oh, du liebes bisschen.« Sie warf einen Blick aus dem Fenster. »Mein Auto steht in der Grenfell Street. Ich werde völlig durchnässt sein, wenn ich dort ankomme.«

»Sie können gern hier warten. Es hört bestimmt in ein paar Minuten wieder auf zu regnen.«

Sie warf einen Blick auf die Uhr. »Das ist sehr freundlich von Ihnen, vielen Dank. Aber Sie wollen doch bestimmt gleich schließen und nach Hause gehen, oder nicht?« Sie fragte sich, ob dort wohl eine Frau und Kinder auf ihn warteten.

»Nun, einer der Mitarbeiter wird gleich die Türen schließen, aber Sie können gerne drinnenbleiben, bis der Regen aufhört.«

»Vielen Dank«, sagte Eloise aufrichtig.

»Gehen Sie einfach in den ersten Stock und machen Sie es sich auf einem unserer schönen Sofas bequem«, schlug Jackson vor. »Meine Wohnung ist im zweiten Stock, ich kann Ihnen schnell einen Tee kochen.«

Eloise lachte, doch Jackson deutete zur Treppe.

»Oh, Sie meinen es ernst?«

»Ja, natürlich. Wie trinken Sie den Tee gern?«

Eloise lachte erneut, und Jackson ertappte sich bei dem Gedanken, dass er diesem herrlichen Geräusch für den Rest seines Lebens lauschen könnte.

»Mit Milch und zwei Stücken Zucker, danke«, sagte sie.

Im ersten Stock entschied Eloise sich für ein bequemes Sofa direkt am bodentiefen Fenster, wo sie auf die Regenschirme und die graue Straße hinabblicken konnte. Der Regen flutete durch die Regenrinnen, und es sah nicht so aus, als würde es bald aufhören.

Kurz darauf trat Jackson mit zwei Tassen Tee und einem Teller mit Plätzchen auf einem Tablett zu ihr.

»Ich werde den Kundenservice im Hastings Department Store weiterempfehlen«, kommentierte Eloise, als er das Tablett auf einem niedrigen Tisch vor ihr abstellte.

»Hier bei Hastings tun wir alles für die Kunden«, scherzte Jackson.

Eloise lachte wieder, bis sie bemerkte, dass Jackson sie auf eine merkwürdige Weise ansah. »Stimmt etwas nicht?«

»Im Gegenteil. Ihr Lachen ist einfach entzückend.« Jackson beobachtete, wie sie errötete – und wusste mit einem Mal, dass er Eloise Templeton heiraten würde. Natürlich sprach er den Gedanken nicht laut aus. Sie würde ihn für verrückt halten, und vielleicht war er das auch, wenn er nur wenige Minuten nach ihrem Kennenlernen zu diesem Schluss kam. Allerdings hätte er diesen Gedanken auch bei keiner anderen Frau, die er gerade erst getroffen hatte, gehabt. Er beschloss, das Thema zu wechseln. »Erzählen Sie mir von Ihrer Reise. Ich bin selbst noch nicht gereist, deswegen würde ich mich freuen, mehr darüber zu erfahren.«

»Sehr gerne.« Eloise trank einen Schluck Tee. »Wir haben einen wunderbaren Sommer in England auf dem Land verbracht und sind dann zur Fashion Week nach Paris gefahren. Als Nächstes haben wir uns Barcelona angesehen, und den Rest der Zeit haben wir in Rom verbracht.«

»Waren Ihre Eltern im Ausland, um Kunstobjekte zu kaufen?«

»Sie haben mehrere Werke gekauft, ja. Aber in Rom haben sie eine Kunstgalerie geleitet, dessen Besitzer, Dominic Russo, nach einer Operation am Herzen eine Zeitlang unpässlich war. Er ist ein sehr guter Freund meines Vaters.«

»Und was haben Sie mit Ihrer Zeit gemacht, während Ihre Eltern mit der Galerie beschäftigt waren?«

Eloise lächelte breit. »Ich habe viel eingekauft. Ich muss gestehen, dass ich mehr als einhundert Paar italienischer Schuhe besitze.« Sie hob den Fuß an, der in einem hübschen schwarzen Kitten-Heel-Schuh steckte.

»Sehr schön.« Jackson bewunderte die hochwertige Näharbeit und das zarte Leder.

»Die hier sind bequem für einen Einkaufsbummel in der Stadt, aber für den Frühling und Sommer habe ich Babydoll-Schuhe in jeder erdenklichen Farbe gekauft.«

»Und was haben Sie getan, wenn Sie nicht gerade Schuhe gekauft haben?«

»Nun, morgens war ich in Bars.« Sie lachte über seinen überraschten Gesichtsausdruck. »Um Kaffee zu trinken. Wussten Sie, dass man dafür in Italien in Bars geht? Dort wird morgens Kaffee und Gebäck serviert.«

»Wirklich?«

»Ja, das hat mich auf unserer ersten Reise nach Rom auch sehr überrascht. Für die Einheimischen ist es ein tägliches Ritual, morgens ihren Kaffee auf dem Weg zur Arbeit in einer Bar zu trinken. Also habe ich das auch gemacht. Und ich habe zu viel Pasta gegessen. Die Gerichte waren einfach, aber unheimlich köstlich.«

»Es klingt, als hätten Sie sehr viel Spaß gehabt.«

»Ja, aber die Reise hatte auch für mich einen offiziellen Grund. Ich habe meinen Abschluss in Kunstgeschichte gemacht und Galerien besucht, um mich nach besonderen Werken umzusehen, die ich kaufen könnte.«

»Mit Kunst kenne ich mich nicht aus, Miss Templeton. Aber mein Interesse an Essen ist immer groß.« Er lächelte sie an.

»Mögen Sie Pasta?«, fragte Eloise.

»Ich habe noch nicht oft Pasta gegessen. Können Sie sie kochen?«

»Ich und kochen!« Sie lachte bei dem Gedanken. »Ich habe ein paar Rezepte für unsere Köchin mitgebracht, damit sie mir Pasta zubereiten kann.«

»Oh. Eigentlich wollte ich Sie fragen, ob Sie mir ein italienisches Abendessen kochen würden«, witzelte Jackson. »Natürlich nur, um meine Kenntnisse über die italienische Kultur zu erweitern.«

Eloise lachte. »Natürlich.«

»Nein, wirklich!«, beharrte Jackson und mühte sich, ernst zu bleiben.

»Vielleicht kann ich Dorothy überreden, uns mal ein Abendessen zuzubereiten, wenn sie ihre Pasta-Kochkünste perfektioniert hat.«

»Nein, das wäre doch etwas anderes, als wenn Sie das Essen selbst zubereiten würden.« Jackson gab sich empört.

»Ich könnte die Aufsicht führen«, bot Eloise an. »Das ist ja fast dasselbe wie Kochen. Und ich werde einen sehr schönen italienischen Wein auswählen, den wir zum Essen trinken können.« Ihr gefiel der gutaussehende Jackson Hastings, genau wie die Vorstellung, mehr Zeit mit ihm zu verbringen.

»Na gut«, sagte Jackson mit gespieltem Widerwillen und einem Funkeln in den Augen.

Eloise trank noch einen Schluck Tee. Ein Blick aus dem Fenster zeigte ihr, dass es immer noch regnete, doch das störte sie keineswegs. »Haben Sie denn noch aufregende Pläne für den Hastings Department Store?«, fragte Eloise, die mehr über ihn wissen wollte.

Seine Miene hellte sich noch mehr auf. »Allerdings. Ich möchte noch weiter Richtung North Terrace expandieren und irgendwann ein Parkhaus anbauen. Außerdem stecke ich gerade in den Vorbereitungen für eine Weihnachtsparade für die Kinder in Adelaide.«

»Eine Parade! Das ist eine großartige Idee. Allerdings ist Weihnachten noch Monate hin.«

»Es wird auch Monate dauern, die Wagen zu bauen. Sie sollen durch die Straßen der Stadt fahren und hier enden, wo ich einen Thron für den Weihnachtsmann aufbauen werde. Dann können die Kinder an den Tagen vor Weihnachten Fotos mit ihm machen.«

»Was für eine nette Idee«, kommentierte Eloise beeindruckt. Sie zog normalerweise keine schnellen Schlüsse, aber nun kam ihr der Gedanke, dass Jackson Hastings der perfekte Mann für sie sein könnte. Er war attraktiv, hatte Sinn für Humor, war ein begabter Geschäftsmann und gemeinwohlorientiert – eine einnehmende Kombination.

»So etwas gibt es in der Stadt bisher nicht«, erzählte Jackson aufgeregt. »Die Idee habe ich von einem Kunden, der mir von etwas Ähnlichem in Amerika erzählt hat. Ich dachte, das ist genau das, was unsere Stadt braucht. Ich möchte das zu einer jährlich stattfindenden Veranstaltung machen, mit dem Namen »Hastings Weihnachtsparade«. Und ich bestreite nicht, dass es gute Werbung für mein Kaufhaus ist.«

Eloise fiel auf, wie lebhaft er wurde, wenn er von seinen Plänen erzählte. »Und an was für Wagen denken Sie für die Parade?«

Jacksons Augen strahlten. »Also, jeder Wagen soll ein eigenes Walt-Disney-Motto bekommen, zum Beispiel Schneewittchen und die sieben Zwerge, Cinderella, Pinocchio, Dumbo, Mickey und Minnie Maus und Goofy, Donald und Daisy Duck oder Peter Pan. Auf dem Hauptwagen wird natürlich der Weihnachtsmann fahren. Dieser Wagen wird die Form eines Schlittens mit Rentieren haben und mit Kunstschnee dekoriert sein. Dann sollen noch ein Spielmannszug, Clowns und Jongleure neben den Wagen herlaufen.«

Eloise war angesteckt von seinem Enthusiasmus. »Das klingt alles sehr aufregend und festlich. Die Kinder werden sicher begeistert sein«, rief sie beeindruckt.

»Ich hoffe es. Möchten Sie noch Tee?«

Elaine verneinte und warf einen Blick aus dem Fenster. Draußen prasselte der Regen jetzt stärker als zuvor.

»Es sieht nicht so aus, als würde es bald aufhören«, sagte Jackson.

»Nein.«

»Ich könnte Sie zu Ihrem Wagen fahren, aber es wäre zu gefährlich, wenn Sie sich in diesem starken Regen auf den Weg nach Hause machen würden.«

»Ich lebe in den Bergen, die Vorstellung ist grauenvoll.«

»Dann steht das nicht zur Diskussion. Sehen Sie das kleine Restaurant gegenüber?«

»Ja.«

»Dort kann man köstlich essen. Es ist nicht sonderlich nobel, aber es ist in der Nähe, und ich bin am Verhungern. Was halten Sie davon, dort mit mir ein frühes Abendessen einzunehmen? Vielleicht hat der Regen aufgehört, wenn wir fertig sind.«

Eloise stimmte sofort zu. Sie hatte ebenfalls Hunger, und die Aussicht auf mehr Zeit mit Jackson Hastings gefiel ihr sehr.

Jackson lächelte erfreut. Er hatte mit einer Absage gerechnet, da sie sich gerade erst kennengelernt hatten.

»Ich muss nur meine Eltern anrufen, sonst denken sie noch, ich hätte auf den rutschigen Straßen einen Unfall gehabt«, sagte Eloise.

»Natürlich. Sie können das Telefon in meinem Büro benutzen. Ich zeige es Ihnen.«

Jackson wartete während des Gesprächs vor dem Büro, hörte Eloise aber sagen, dass sie mit Georgina Hastings' Sohn zu Abend essen würde. Aus dem Ton ihrer Unterhaltung schloss er mit Zufriedenheit, dass ihre Eltern nichts dagegen hatten.

In den nächsten Monaten trafen Jackson und Eloise sich häufig. Sie verabredeten sich zu romantischen Abendessen in noblen Restaurants. Sie sahen sich Vaudevilles im Tivoli Theatre an. Sie gingen in den Bergen um Berkshire Hall wandern, spielten Tennis und schwammen im Pool auf dem fünf Morgen großen Grundstück der Templetons. Sie unternahmen Spaziergänge im Sonnenuntergang am Strand und besuchten extravagante Feste. Sie waren regelmäßig bei gesellschaftlichen Anlässen im Embassy Ballroom in der Grenfell Street zu Gast und amüsierten sich bei komödiantischen Aufführungen im Palais Royal und Filmen im Majestic Theatre.

Jackson stellte fest, dass Eloise vor Lebenslust sprühte und sich von Menschen mit liebenswerten Exzentrizitäten angezogen fühlte, das war Teil ihres Charmes. Ihre Eltern aber waren erleichtert, dass Jackson ein bodenständiger junger Mann mit einem Sinn fürs Geschäftliche war. Er wurde mit offenen Armen empfangen, und die Tatsache, dass Georgina Hastings, die sie bewunderten und respektierten, seine Mutter war, setzte dem Ganzen die Krone auf.

In einer ernsten Unterhaltung mit Jackson fühlten Julie und Charles Templeton ihm schließlich auf den Zahn, was seine Absichten bezüglich ihrer Tochter betraf. Er sagte ihnen, dass er sich in Eloise verliebt hatte und hoffte, sie eines Tages zu heiraten, sofern die beiden einverstanden seien. Sie waren begeistert und gaben ihm sofort ihren Segen. Daraufhin kaufte Jackson einen Ring und hielt am Tag der Weihnachtsparade bei Sonnenuntergang auf dem Aussichtspunkt des Mount Lofty um Eloises Hand an. Der Abend war mild, und sie waren bester Stimmung, nachdem die Parade ein großer Erfolg gewesen war. Eloise zögerte nicht, seinen Antrag anzunehmen. Sie bestimmten als Termin für die Hochzeit den Oktober des nächsten Jahres. Da es ein riesiges gesellschaftliches Ereignis werden würde, musste viel organisiert werden. Doch zuallererst würden sie eine Verlobungsfeier ausrichten.

Kapitel 7

Februar 1957

»Hallo, mein Schatz«, begrüßte Georgina Bea am Telefon. »Kannst du mich heute mit meinem Enkel besuchen?« Sie bemühte sich, ruhig zu sprechen und sich ihre Aufregung nicht anmerken zu lassen.

Offenbar gelang ihr das, denn Bea hakte nicht nach. Georgina rief sie ohnehin jeden Tag auf Wilmot Downs an, um sich nach ihrem Enkel Michael zu erkundigen, der inzwischen elf Monate alt war. »Ich wollte morgen kommen, Mum. Ich muss heute Nachmittag noch nähen.«

»Ach, bitte, Bea. Ich möchte Michael so gern heute sehen. Außerdem ist es ohnehin viel zu heiß zum Nähen, das machst du besser morgen.«

Bea zögerte jetzt doch. »Ist alles in Ordnung, Mum? Michael hält gerade seinen Mittagsschlaf, aber er wacht bestimmt bald auf, dann könnte ich für ein Stündchen vorbeikommen«, sagte sie.

»Ja, alles bestens. Ich freue mich nur drauf, meinen Enkel zu sehen.«

»Ich bin in spätestens einer Stunde da.«

Georgina legte auf. »Sie kommt gleich«, sagte sie zu ihrem Gast. »Ich kann es gar nicht erwarten, ihr Gesicht zu sehen, wenn sie dich sieht.«

Kaum eine Stunde später trat Beatrice mit ihrem Sohn auf dem Arm auf die Veranda. »Sieh mal, Michael, da ist Oma.«

Georgina hatte das Auto gehört und nahm ihr Michael ab.

»Geh ruhig schon rein«, drängte sie ihre Tochter, während sie die Pausbäckchen des sich windenden Jungen küsste. »Vera hat Scones zum Tee gebacken.«

»Das rieche ich schon.« Bea ging voran in die Küche des Farmhauses. Doch kaum war sie durch die Tür getreten, blieb sie abrupt stehen und starrte die junge Frau an, die am Küchentisch saß.

»Hallo, Bea.«

Bea verharrte mit offenem Mund auf der Stelle. Die Stimme war die ihrer Freundin, aber sie sah ganz anders aus. »Melody!«, rief sie schließlich. »Bist du es wirklich?«

»Ja, bin ich. Wie geht's dir?«

»Mir … geht's gut«, murmelte Bea verblüfft.

Georgina betrat mit Michael die Küche und lächelte angesichts der schockierten Miene ihrer Tochter. Sie selbst hatte eineinhalb Stunden zuvor ganz genauso reagiert. »Überraschung!«, sagte sie.

»Das ist also Michael.« Melody erhob sich und ging auf sie zu, ihr Blick haftete an dem kleinen Jungen auf Georginas Arm. Bea hatte ihn in ihren Briefen oft beschrieben und Fotos geschickt, aber es war etwas anderes, ihn zu treffen. Sein Haar hatte einen wunderschönen kastanienbraunen Farbton, anders als das orangerote Haar seiner Mutter, aber dafür hatte er ihre großen, blauen Augen. Einzig sein leicht abstehendes Ohr schien er von Warren geerbt zu haben, aber das bemerkte Melody erst, als sie genau hinsah. »Er ist unglaublich niedlich«, schwärmte sie. Sie hielt seine molligen Finger in ihren eigenen, und Bea bemerkte die perfekt manikürten, bunt lackierten Nägel.

Sie konnte den Blick nicht von Melody abwenden. »Sieh dich einer an, Melody.« Sie lief um sie herum und musterte sie von allen Seiten. »Du siehst … umwerfend aus.« Ihr dunkles, glänzendes Haar war zu einem modischen Bob geschnitten, und ihre

Schminke betonte ihre auffälligen blauen Augen, die Porzellanhaut und den perfekt geformten Mund. Dann bewunderte Bea Melodys Kleidung, ein seidiges Sommerkleid, cremefarben mit roten Verzierungen, und eine leichte Strickjacke mit Dreiviertelärmeln. Das Kleid umspielte ihre schlanke Figur, die weibliche Kurven bekommen hatte. Dazu trug sie rote und cremefarbene Babydoll-Schuhe, und auf der Anrichte entdeckte Bea einen schönen Sommerhut und eine stilvolle Handtasche. »Du siehst aus wie eines dieser Models aus den Modemagazinen«, stellte sie fest und kam sich plötzlich schäbig vor mit ihren flachen Schuhen in ihrem verblassten geblümten Alltagskleid, auf dem dreckige Fingerabdrücke von Michael prangten. Ihr Haar war zu einem Pferdeschwanz gebunden, damit Michael nicht an einzelnen Strähnen ziehen konnte, und zuletzt geschminkt hatte sie sich am Tag ihrer Hochzeit. »Du hast in deinen Briefen nie über dein völlig verändertes Aussehen geschrieben.«

Melody zuckte mit den Schultern. »Als Landmädchen bin ich in einer kultivierten Stadt wie Paris so aufgefallen wie ein Esel zwischen vollblütigen Pferden, vor allem, da mein Onkel Modefotograf ist«, erklärte sie. »Die Leute haben sich wochenlang ganz offen über mich lustig gemacht. Es war furchtbar unangenehm.«

»Jetzt komme ich mir neben dir wie ein Esel vor«, erklärte Bea niedergeschlagen.

»Unsinn. Du weißt doch, dass ich vorher keinen Schimmer hatte, wie ich mich anziehen oder frisieren sollte. Ich war ja auch noch nicht einmal siebzehn, als ich weggezogen bin. Zum Glück haben mich ein paar sehr freundliche Models unter ihre Fittiche genommen und mir bei meiner Rundum-Veränderung geholfen. Sie haben mir sehr viel über Mode, Frisuren und das Schminken beigebracht.«

»Ja, das sehe ich. Hier auf der Halbinsel erregst du bestimmt unheimlich viel Aufmerksamkeit. Hat dich irgendjemand erkannt?«

»Die meisten brauchen einen Moment. Und Mum bringt mich immer in Verlegenheit, weil sie dann mit mir prahlt.«

»Sie ist einfach unheimlich stolz auf dich, Melody. Und zwar von Anfang an. Es braucht viel Mut, um auf einen anderen Kontinent zu ziehen«, sagte Georgina.

»Ich hatte doch keine Wahl, Mum hat darauf bestanden und hatte ja schon Nägel mit Köpfen gemacht, als ich überhaupt davon erfahren habe. Ich bin froh, dass ich es gemacht habe, aber ich kann nicht glauben, wie schnell die Zeit vergangen ist. Die zehn Jahre sind einfach so vorbeigeflogen. Ich hatte nie vor, so lange zu bleiben, und gerade am Anfang hatte ich Heimweh, aber dann habe ich mich an die Pariser Art zu leben gewöhnt. Es war eine großartige Erfahrung.«

»Willst du denn zurückgehen?«, fragte Georgina.

»Ich weiß nicht …« Melody hegte eine gewisse Hoffnung, was die Zukunft anbelangte, wollte sie aber für sich behalten.

»Kommt, setzt euch«, schlug Vera vor, die jetzt die Küche betrat. Sie stellte eine Kanne Tee und einen Teller mit frisch gebackenen Scones auf den Tisch, dazu eine Schale mit Schlagsahne und eine mit Erdbeermarmelade. Dann nahm sie Georgina Michael ab und setzte ihn in den Hochstuhl, der für ihn im Farmhaus bereitstand.

»Hatte Michael schon Mittagessen?«, fragte sie Bea.

»Ich habe ihm Gemüse gegeben, aber er würde sich bestimmt über ein Scone mit Marmelade freuen.«

Vera brach ein Brötchen in zwei Teile und bestrich es mit Marmelade, bevor sie die Teile in eine Plastikschüssel legte und sie vor Michael abstellte. Er griff sofort zu, und bald darauf war sein ganzes Gesicht mit Marmelade verschmiert.

»Und was sagst du nach all den Jahren zum Eheleben, Bea?

Gefällt es dir noch?«, fragte Melody, um das Thema von sich selbst wegzulenken.

»Es ist genauso, wie ich es mir erhofft habe, auch wenn ich das Leben auf Sunnyvale vermisse. Zum Glück wohnen wir in der Nähe.«

»Ich hätte eigentlich erwartet, dass du inzwischen eine ganze Horde Kinder hast.«

»Ich auch, aber es hat eine ganze Weile gedauert, bis ich schwanger geworden bin.« Bea seufzte. »Was ist mit dir? Hast du jemanden gefunden, vielleicht einen hübschen Franzosen?« Nachdem Melody ihre große äußerliche Veränderung verschwiegen hatte, war Bea nicht sicher, ob sie in ihren Briefen von einer Liebesbeziehung erzählt hätte.

»Ich hatte keine ernst zu nehmende Beziehung«, sagte Melody. »Aber es gab ein paar Annäherungsversuche«, fügte sie mit einem verschämten Blick zu Georgina hinzu, die recht gehabt hatte mit ihrer Annahme, dass Melody viel Aufmerksamkeit von den Franzosen bekommen würde. Vermutlich vor allem nach ihrer äußerlichen Veränderung.

Georgina lächelte. »Komplimente sind immer gut für das Selbstbewusstsein einer jungen Frau«, sagte sie.

»Das sehe ich auch so«, stimmte Vera zu.

»Wie geht es eigentlich Jackson?« Melody hielt den Blick fest auf ihr Scone gerichtet, während sie es mit Marmelade und Sahne bestrich, in der Hoffnung, dass ihr Interesse nicht zu offensichtlich war.

Bea tauschte einen Blick mit ihrer Mutter. »Sein Geschäft läuft sehr gut«, sagte sie und war mit einem Mal unsicher, wie viel sie erzählen sollte.

»Er beschäftigt zehn Mitarbeiter«, fügte Georgina hinzu.

»Ich würde mir das Kaufhaus gerne mal ansehen«, sagte Melody.

»Ja, mach das«, ermutigte Georgina sie.

Es folgte Schweigen.

»Trifft … trifft er sich mit jemandem?«, wagte Melody schließlich zu fragen, da weder Bea noch Georgina etwas zu dem Thema sagten. Bea hatte ihren Bruder in den Briefen kaum erwähnt, was Melody beinahe verrückt gemacht hatte, auch wenn sie gleichzeitig froh gewesen war, keine schlechten Neuigkeiten zu erfahren.

Georgina entschied, Melody sofort die Wahrheit zu sagen, bevor sie es anderweitig herausfand. »Er ist verlobt, Melody«, sagte sie ruhig.

Melody suchte Beas Blick. »Verlobt? Davon hast du ja gar nichts geschrieben.«

»Es ist ja auch noch nicht lange her. Die Verlobungsfeier findet dieses Wochenende statt«, erklärte Bea, der nicht entging, wie verletzt ihre Freundin war. In Wahrheit hatte sie es vor sich hergeschoben, Melody von Jacksons Beziehung zu Eloise zu erzählen.

»Wo? Hier … auf der Halbinsel Yorke?«

»Die Familie seiner Verlobten wohnt in den Adelaide Hills, die Feier findet auf ihrem Anwesen statt«, erklärte Georgina.

»Ah.«

»Komm doch mit«, schlug Bea vorsichtig vor, die sich einfach nicht vorstellen konnte, dass Melody nach all den Jahren immer noch auf eine Beziehung mit Jackson hoffte. »Da sind sicher einige fesche Junggesellen. Jackson hat in der Stadt viele neue Freunde gefunden.«

Melody war blass. »Ich bin nicht eingeladen«, murmelte sie. Sie war zutiefst enttäuscht, und sosehr sie sich auch bemühte, konnte sie ihre wahren Gefühle vor den Menschen, die sie schon ihr Leben lang kannten, nicht verstecken. Die ganzen letzten Monate hatte sie an nichts anderes als ihr Wiedersehen mit Jackson denken können. Sie hatte sich immer wieder vorgestellt, wie er sie jetzt mit anderen Augen betrachten und sie sein Herz gewinnen würde.

»Das liegt nur daran, dass du nicht hier warst, Melody«, versicherte Bea. »Aber du kannst als Überraschungsgast mitkommen. Jackson wird sich freuen.« Sie sah zu ihrer Mutter. »Nicht wahr?«

»Ja, komm doch mit, Melody«, versuchte auch Georgina sie zu überzeugen.

»Ich weiß nicht.« Melody fühlte sich hin- und hergerissen. »Ich würde mir ohne männliche Begleitung blöd vorkommen, wenn ihr alle Partner habt.«

In diesem Moment öffnete sich die Hintertür. »Rieche ich da etwa Scones, Vera?«, rief Cornell und trat mit Ernie ein. Doch beim Anblick von Melody blieben beide wie angewurzelt stehen.

»Melody!«, brachte Ernie schließlich hervor. Er starrte sie mit großen Augen an.

Cornell ließ seinen Blick zu Ernie und dann zu Bea wandern. »Doch nicht Melody Phillips?«

»Doch, Mr Hastings«, sagte Melody leise.

»Na, ich werd nicht mehr … Paris hat dir ganz offensichtlich gutgetan!«, sagte Cornell mit einem breiten Lächeln.

»Ja, nicht wahr?«, sagte Bea. »Sie sieht fantastisch aus.«

»Das tust du wirklich«, stimmte Ernie zu. Er trat an den Tisch und zog einen Stuhl hervor, unfähig, den Blick von Melody abzuwenden.

»Hallo, Ernie«, begrüßte Melody ihn. »Schön, dich wiederzusehen.« Sie fand, dass er zu einem gutaussehenden Mann herangereift war.

»Du bist richtig erwachsen geworden«, erwiderte Ernie fröhlich. Ihm war schon früher aufgefallen, dass sie hübsche Züge hatte, aber jetzt waren sie nicht mehr zu übersehen.

»Ich habe Melody gerade vorgeschlagen, mit uns zu Jacksons Verlobungsfeier zu fahren«, erzählte Bea.

Melodys Lächeln verblasste, und Ernie bemerkte Schmerz in ihren Augen. Es war offensichtlich, dass sie noch nicht über Jackson hinweggekommen war.

»Und was hältst du von der Idee?«, fragte er sie ruhig.

»Ich fände es merkwürdig, ohne Begleitung hinzugehen«, erwiderte Melody.

»Du kannst doch mit Ernie zusammen gehen«, schlug Bea vor. »Er hat noch keine Begleitung für die Feier.« Sie wandte sich an Ernie. »Es würde dir doch nichts ausmachen, Melody mitzunehmen, oder?«

»Bedräng ihn doch nicht so, Bea«, mahnte Melody verlegen.

Und in diesem Moment sah Ernie die alte Melody in ihr, die mit dem geringen Selbstbewusstsein. »Natürlich macht es mir nichts aus! Im Gegenteil: Es wäre mir eine Ehre, deine Begleitung zu sein, Melody«, sagte er. »Aber nur, wenn du auch mit mir zusammen hingehen möchtest.«

Schließlich überwogen der Wunsch, Jackson wiederzusehen, und die Neugier auf die Frau, die er heiraten würde, Melodys Bedenken. »In Ordnung, dann komme ich mit. Danke, Ernie.«

»Kein Grund, mir zu danken. Es ist mir ein Vergnügen.« Ernie konnte sein Glück kaum fassen.

Am Samstag konnte Ernie sich kaum aufs Fahren konzentrieren, als er den Wagen mit Melody neben sich Richtung Adelaide lenkte. Auf dem Rücksitz saßen Bea und Warren, während Cornell, Georgina, Harley und Vera ihnen im Arbeitsfahrzeug der Farm folgten. Der kleine Michael war bei seinen Großeltern auf Wilmot Downs geblieben.

Auf Beas Wunsch hatte Melody ihr bei der Auswahl des Kleides und beim Frisieren und Schminken geholfen. Es hatte Spaß gemacht, und das Ergebnis hatte Beas Laune beträchtlich gehoben. Gleichzeitig hatte es Melody von dem Gedanken abgelenkt, Jackson wiederzusehen.

»So hübsch habe ich mich seit dem Tag meiner Hochzeit nicht mehr gefühlt, Melody«, hatte Bea gesäuselt, während sie sich im Spiegel bewunderte. Sie war recht klein und hatte seit Michaels Geburt zugenommen, darunter hatte ihr Selbstwertgefühl erheblich gelitten. Melody hingegen war einen Meter siebzig groß und schlank, an ihr sah selbst ein Kartoffelsack gut aus. Doch an diesem Abend hatte sie sich besonders viel Mühe mit ihrem Aussehen gegeben, und nun sah sie aus wie ein Filmstar.

Ihr Kleid war atemberaubend schön, ein schulterfreies, saphirblaues Designerkleid, das ihre Augenfarbe betonte. Durch das hochgesteckte Haar wirkte ihr Nacken lang und elegant, und ihre Ohrringe und die Kette waren ebenfalls saphirblau, laut Melody ein Abschiedsgeschenk von ihrem Onkel und ihrer Tante aus Frankreich. Bea war gespannt auf Jacksons Reaktion in dem Moment, in dem ihm aufging, wer sie war.

»Ich vermute, du hast Jacksons Verlobte schon mal getroffen, Bea?«, fragte Melody jetzt. Die Frage hatte ihr schon lange auf der Zunge gebrannt, auch wenn sie Angst vor der Antwort hatte.

»Nur einmal, vor ein paar Monaten. Jackson hat sie mit zur Farm gebracht, damit sie uns kennenlernt.«

»Ist sie … nett?« Melody würgte das letzte Wort beinahe heraus.

»Sie wirkte … sehr freundlich«, erwiderte Bea ehrlich. Sie wollte Melody nicht verletzen, aber ihre Freundin musste sich an den Gedanken gewöhnen, dass Jackson eine andere Frau heiratete. »Bei dem kurzen Treffen haben wir uns allerdings nicht besonders gut kennengelernt.«

Melody sah aus dem Fenster, bemüht, die Fassung zu bewahren.

Sie passierten das offene Tor des Anwesens der Templetons und fuhren die lange, gewundene Einfahrt entlang. In den Bäumen um sie herum funkelten Lichterketten. Das große Georgianische Haus, das kurz darauf in ihr Blickfeld kam, war ebenfalls beleuchtet, genau wie das wunderschöne Gelände mit den offenen Rasenflächen, einem Tennisfeld, einem Pool und gepflegten Beeten, in denen Rosen, Kamelien und Azaleen in Hülle und Fülle wuchsen.

»So lebt also die bessere Hälfte, ja?« Bea starrte das imposante Haus und die Anlagen mit offenem Mund an. Ihrer Meinung nach hatte Jackson eine sehr gute Partie gemacht, aber das behielt sie für sich.

Ernie hielt zwischen teuren Autos europäischer Marken. Auch Cornell stellte den Wagen ab, dann liefen sie alle zusammen zu einer überdachten, mit Lichterketten geschmückten Terrasse, auf der bereits einige Gäste Cocktails und gekühltes Bier tranken. Vor einer aufgebauten Tanzfläche in der Nähe spielte eine Band.

Melodys Herz raste, als ein Paar auf sie zukam, um sie zu begrüßen. Sie erkannte Jackson sofort, er sah in seinem schwarzen Smoking und dem weißen Hemd beinahe schmerzhaft attraktiv aus. Ihr wurde kurz schwindlig, aber sie atmete tief durch und tat, was die Pariser Models ihr beigebracht hatten: Schultern straffen, Selbstvertrauen vortäuschen.

Jackson küsste seine Mutter auf die Wange und gab seinem Vater die Hand. Seine Eltern küssten Eloise zur Begrüßung. Dann gratulierten Harley und Vera dem frisch verlobten Paar erneut, und Jackson dankte ihnen dafür, dass sie gekommen waren.

»Hallo, Schwesterherz«, grüßte Jackson Bea fröhlich. »Du siehst ja fantastisch aus.« Bea lächelte, dann wurde sie auch von Eloise begrüßt. Die Gastgeberin trug ein fließendes, cremefarbenes Kleid mit Halsausschnitt und juwelenbesetztem Taillenband, in dem sie sehr elegant wirkte.

Die beiden hießen Warren willkommen und wandten sich dann an Ernie. Jackson gab ihm die Hand, aber sein Blick glitt zu der hinreißenden Frau, die neben ihm stand. »Hallo«, sagte er, erkannte sie aber offenbar nicht. »Willst du uns deine Begleitung nicht vorstellen?«, fragte er Ernie.

»Eloise, darf ich Ihnen Melody Phillips vorstellen?«, sagte Ernie. »Jackson, du kennst Melody ja.«

»Nett, Sie kennenzulernen, Melody«, erwiderte Eloise warmherzig. »Ihr Kleid ist wunderschön.«

»Danke.« Widerwillig musste Melody sich eingestehen, dass es ihr unmöglich war, Eloise nicht nett zu finden.

»Melody Phillips?«, wiederholte Jackson stirnrunzelnd. »Doch nicht … Beas kleine Freundin?« Er musterte sie von Kopf bis Fuß, offenbar unfähig, diesen Anblick mit Beas unscheinbarer Freundin mit den Zöpfen zusammenzubringen.

Melody nahm Jacksons Reaktion mit Zufriedenheit wahr. »Ich hoffe, es ist in Ordnung, dass ich Ernie begleite, obwohl ich keine Einladung erhalten habe«, sagte sie zu Eloise. »Ich bin eine gute Freundin von Bea, daher kenne ich die Hastings schon seit Jahren.«

»Natürlich, Sie sind herzlich willkommen«, sagte Eloise freundlich.

Melody wandte sich Jackson zu, der sie immer noch anstarrte. »Schön, dich wiederzusehen, Jackson.« Sie hoffte, gelassen zu klingen, obwohl ihre Knie zitterten und sich ein dicker Kloß in ihrem Magen gebildet hatte.

»Entschuldige mich, Darling.« Eloise legte Jackson kurz die

Hand auf den Arm. »Die Kellner möchten wissen, wann sie die Kanapees servieren sollen. Geh doch mit deiner Familie und euren Freunden an die Bar und trinkt etwas. Ich komme gleich dazu.«

Jackson reagierte kaum. Er starrte Melody unverwandt an. »Wann bist du aus Frankreich zurückgekehrt?«, fragte er.

»Erst vor wenigen Tagen.« Melody hatte sich diesen Moment in Frankreich ständig vorgestellt, dabei aber nicht bedacht, dass Jackson sogar noch attraktiver als früher sein würde.

»Du bist dort ja richtig aufgeblüht.« Jackson war deutlich anzumerken, dass er ein wenig aus der Fassung gebracht war.

Ernie beobachtete den Austausch interessiert. Für ihn hatte außer Frage gestanden, dass Jackson von Melody hingerissen sein würde, viel mehr aber interessierte ihn ihre Reaktion auf ihn.

»Danke, und herzlichen Glückwunsch zu deiner Verlobung«, sagte Melody, jetzt äußerlich ruhig. »Eloise wirkt … reizend.«

»Danke. Lasst uns doch zur Bar gehen. Ihr seid nach der langen Fahrt bestimmt durstig.«

Ernie legte seine Hand an Melodys Ellbogen, und sie folgten Georgina, Cornell, Vera und Harley. Jackson ließ sich zurückfallen, bis er neben Bea und Warren lief.

»Mein Gott, Bea«, wisperte er. »Wer hätte gedacht, dass Melody Phillips so eine Wucht werden würde?«

»Sie ist umwerfend, nicht wahr? Paris hat ihr wirklich gutgetan. Sie war vor ihrer Abreise so unsterblich in dich verliebt, weißt du noch? Und jetzt bist du mit einer anderen Frau verlobt.«

Jackson warf seiner Schwester einen finsteren Blick zu, aber Bea lachte bloß. Sie genoss es, ihn zu ärgern.

»Wird sie nach Paris zurückkehren … zu einem Mann?«

»Ich weiß es nicht. Aber ich hoffe, du fragst für einen deiner unverheirateten Freunde.«

»Selbstverständlich.« Jackson sah über den Rasen zu seinen Freunden. Im Moment fiel ihm kein einziger von ihnen ein, der Melody Phillips würdig sein könnte.

Kapitel 8

»Vielen Dank, dass Sie uns durch Ihr wunderschönes Zuhause geführt haben, Mrs Templeton«, hauchte Bea.

»Gern geschehen, Liebes. Kommen Sie uns gerne bald wieder besuchen. Ich freue mich schon darauf, Ihren kleinen Jungen kennenzulernen.«

»Ja, das mache ich«, versprach Bea begeistert.

Julie und Charles Templeton hatten Georgina, Vera und einige kunstbegeisterte Freunde durch Berkshire Hall geführt und ihnen die äußerst wertvollen Gemälde gezeigt, die sie auf ihrer letzten Übersee-Reise erworben hatten.

Diejenigen, die sich in der Szene auskannten, diskutierten angeregt über die Kunstwerke, während Bea eigentlich nur das Haus von innen sehen wollte. Sie gingen von Zimmer zu Zimmer, eines beeindruckender als das andere, und Bea entging kein Detail. Sie konnte kaum glauben, dass ihr Bruder in solch einen Wohlstand einheiratete und dass sie selbst als erweiterte Familie gewiss zu vielen wunderbaren Anlässen in dieses Anwesen eingeladen werden würde. Es war beinahe zu schön, um wahr zu sein.

Derweil saßen Cornell, Warren und Harley im Garten, lauschten der Musik und erfreuten sich an eiskaltem Bier und Kanapees, die ihnen von Kellnern in steifen weißen Jacketts, schwarzen Hosen und glänzenden Schuhen gereicht wurden.

»Kriegen wir auch noch richtiges Essen?«, fragte Harley einen Kellner, der ihm kleine Hummerpasteten anbot.

Verwirrt sah der Kellner ihn an. »Richtiges Essen, Sir?«

»Ganz genau. Fleisch und Kartoffelpüree mit Bratensoße. Irgendwas, was satt macht. Wir sind einen weiten Weg hierhergefahren. Schicke Eierhälften auf einem Cracker und winzige Scheiben Brot mit ein bisschen Tomate darauf sind nicht gerade zufriedenstellend.«

Der Kellner starrte ihn an, als ihm aufging, dass Harley von den russischen Eiern und der Bruschetta sprach. »Später am Abend wird es noch ein Meeresfrüchte-Büfett geben, Sir«, beschied er knapp, bevor er weiterging.

»Man sollte doch meinen, Jacksons Schwiegereltern könnten sich ein paar Steaks leisten«, beschwerte sich Harley.

Die drei Männer hatten keine Lust, sich unter die »feinen Städter« zu mischen, wie Cornell sie nannte, mit denen sie vermutlich rein gar nichts gemeinsam hatten. Stattdessen beobachteten sie sie leicht amüsiert.

»Guck dir mal den Idioten da an.« Harley deutete auf einen Mann mit Zylinder, Frack und einer farbenfrohen Weste. »Meinst du, diese Aufmachung hat er aus Jacksons Laden?«

»Wohl eher aus einem Geschäft für Clowns«, erwiderte Cornell. Er hatte Jacksons Kaufhaus immer noch nicht besucht und fühlte sich schuldig, aber er war stolz auf den Erfolg seines Sohnes.

»Der glaubt wohl, er wäre hier im Buckingham-Palast«, witzelte Harley.

»So groß wie ein Palast ist das Haus allemal«, sagte Warren ehrfürchtig. »Ich muss es unbedingt für Mum und Dad fotografieren, denn mit einer Beschreibung werde ich dem hier nie gerecht.«

»Ich frage mich, ob sie Untermieter aufgenommen haben, um die Rechnungen zahlen zu können«, merkte Harley an.

Cornell lachte. »Sie brauchen keine Untermieter, Harley. Ich bin sicher, dass nur die Templetons hier leben.«

»Himmel. Ein einziges Zimmer ist wahrscheinlich so groß wie unser ganzes Haus. Ich kann mir gar nicht vorstellen, wie zwei Menschen durch die Flure eines so riesigen Hauses wandern«, sagte Harley beeindruckt.

»Ich auch nicht. Und für die Pflege von Haus und Garten ist bestimmt eine kleine Armee nötig«, sagte Cornell nachdenklich. »Kannst du dir Charles Templeton hier draußen mit einem Rasenmäher vorstellen?«

Harley lachte bei der Vorstellung auf. »Mit einem Rasenmäher würde es eine Woche dauern, das ganze Gras zu schneiden.«

»Wir könnten ja helfen«, schlug Cornell vor. Er beugte sich hinunter und befühlte den Rasen.

»Helfen? Wir haben auf Sunnyvale genug zu tun«, widersprach Harley.

»Das stimmt, aber dieses Gras wäre hervorragendes Futter für unsere Rinder, vor allem während einer Trockenzeit«, sagte Cornell. »Und wenn sie es fressen, muss auch niemand mehr mähen.«

Sie lachten bei der Vorstellung von grasenden Rindern auf den Anlagen von Berkshire Hall.

»Haben Sie noch genug zu trinken, Gentlemen?«, ertönte auf einmal Charles Templetons Stimme neben ihnen. Sie zuckten zusammen.

»Oh ja, danke.« Cornell blickte zu Harley, unsicher ob ihr Gastgeber ihre Unterhaltung mit angehört hatte. »Wir haben gerade Ihren Rasen bewundert.«

»Vielen Dank. Unsere Gärtner leisten vortreffliche Arbeit.«

»Ja, das stimmt.« Cornell bemühte sich um eine ernste Miene und sagte: »Wenn der Rasenmäher mal den Geist aufgibt, schicke ich ein halbes Dutzend Rinder her. Die werden den Rasen in kürzester Zeit stutzen und gleichzeitig sogar düngen.«

Charles wirkte für einen Moment verblüfft, dann entspannten sich seine Züge. »Ach, das ist gewiss der ländliche Humor, oder?«

»Ja, sicher«, erwiderte Cornell.

»Verstehe. Sehr amüsant!«, kommentierte Charles und zog weiter.

Cornell stimmte kopfschüttelnd in das Gelächter von Harley und Warren ein.

Eloise stellte Ernie und Melody einigen ihrer Freunde vor, sie tranken gemeinsam Champagner auf der Terrasse und gingen schließlich auch zum vertraulicheren Du über. Als Ernie zur Toilette ging, stahl Melody sich davon und setzte sich auf eine Bank am Rande eines Fischteiches. Eine Weile starrte sie in das Wasser, in dem Versuch zu verarbeiten, dass die Dinge so anders ausgegangen waren, als sie geplant hatte.

»Woran denkst du?«, riss Jacksons Stimme sie aus ihren Gedanken. Er trat neben die Bank und setzte sich schließlich neben Melody. »Ich kann immer noch nicht glauben, dass du es bist, Melody.«

Sie spürte seinen Blick auf sich und wandte sich ihm schließlich zu. »Ich bin immer noch derselbe Mensch, Jackson.« Ihre Gefühle für ihn hatten sich in all der Zeit nicht geändert, und sie konnte kaum glauben, dass er ihr so nah war. Ihr Herz schlug wie wild. Das Selbstbewusstsein, das sie in Paris gewonnen hatte, schien in Jacksons Gegenwart auf einen Schlag verschwunden, und sie fühlte sich beinahe wieder wie das Schulmädchen von damals.

»Du siehst so anders aus«, erwiderte er, wie hypnotisiert von ihrem berauschenden Parfüm. Er musterte sie noch einmal eingehend. Sie war umwerfend schön. Sie stellte jede Frau auf der Feier in den Schatten, einschließlich seiner Verlobten, die selbst schon äußerst attraktiv war. Der Gedanke weckte Schuldgefühle in ihm, doch ihm war nicht verborgen geblieben, wie sämtliche Männer auf der Feier jede von Melodys Bewegungen mit dem Blick verfolgten. In Melodys Gegenwart war es leicht, zu vergessen, dass er mit einer anderen Frau verlobt war. Zu leicht!

»Es sind zehn Jahre vergangen«, erinnerte sie ihn.

»Tatsächlich? Ich hätte einfach nie erwartet, dass du als wunderschöner Schwan zurückkommen würdest.«

Melody schnappte überrascht nach Luft.

»Es tut mir leid. Ich meine damit nicht … dass du ein hässliches Entlein warst.« Seine eigenen Worte wurden ihm zum Verhängnis, und Jackson errötete vor Verlegenheit.

Seine Unbeholfenheit belustigte Melody, und sie fühlte sich allmählich sicherer. »Ist schon in Ordnung. Ich war recht unscheinbar«, gab sie zu. »Ich war in deinen Augen auch ein wenig lästig, nicht wahr?«

»Überhaupt nicht …«

»Du lügst!« Melody genoss es, zu sehen, wie er sich wand. »Ich war schwer verliebt in dich. Das nennt man wohl eine Schwärmerei. Und du hast mich nie wahrgenommen.«

»Tja, das ist nun süße Rache, nicht wahr?«

»Eigentlich …« Sie dachte an Eloise. »Ist es bittersüß.« Melody hielt seinem Blick stand, wünschte und hoffte, dass es noch eine Chance für sie beide gab, so klein sie auch sein möge.

Jackson verlor sich in ihren tiefblauen Augen und verfluchte sich selbst dafür, ihr Potenzial nicht gesehen zu haben. Insgeheim beglückwünschte er Ernie. Er war ein verdammter Glückspilz. »Gehst du nun mit Ernie aus?«, fragte er.

»Oh nein«, sagte Melody. »Ernie wäre alleine hergefahren, und ich wollte nicht ohne Begleitung mitkommen, also hat Bea vorgeschlagen, dass wir uns zusammentun.«

»Ach so. Ich kann mir dich nicht mit Ernie vorstellen, um ehrlich zu sein. Er spielt nicht in deiner Liga.«

Melody war überrascht. »Das ist aber nicht besonders nett! Ich weiß nicht, wie du so etwas sagen kannst, Jackson. Wir sind doch alle zusammen aufgewachsen.«

»Das mag sein, aber schau dich nun an«, sagte Jackson. »Ich schätze, du bist in Paris über mich hinweggekommen«, fügte er mit einem neckischen Grinsen hinzu. »Mit all den Franzosen, die sich um dich bemüht haben. Die Auswahl war ganz sicher nicht klein.«

»Franzosen sind unermüdliche Charmeure«, gab Melody lachend zu. Dann schwieg sie einen Moment, um Mut zu sammeln. »Aber ich bin nie über dich hinweggekommen«, sagte sie schließlich und hob den Blick.

»Tatsächlich?«, fragte er überrascht.

»Heirate Eloise nicht, Jackson. Heirate mich«, stieß Melody hervor.

Perplex starrte er sie an. »Ich … Ich weiß nicht, was ich sagen soll …«

Melody lachte.

»Oh, du hast es nicht ernst gemeint.« Er spürte, dass er wieder errötete und fühlte sich dumm und gleichzeitig, zu seiner eigenen Überraschung, enttäuscht. Doch Melody war erblasst und sah ihn eindringlich an, und er war sich nicht sicher, ob ihr Kommentar tatsächlich ein Scherz gewesen war. Es war falsch, aber er musste einfach wissen, was sie wirklich fühlte. »Es *war* nicht ernst gemeint, oder?«

»Natürlich nicht«, sagte Melody leichthin. »Würdest du dir wünschen, dass es ernst gemeint war?«

»Ich … na ja, welcher Mann würde sich nicht wünschen, dass eine schöne Frau sich in ihn verliebt?«

Er fuhr zusammen, als Eloise in diesem Moment seine Schulter berührte. »Hier ist sie ja auch schon«, improvisierte Jackson schnell, für den Fall, dass sie seine Worte gehört hatte.

»Ich habe nach dir gesucht, Darling. Es ist Zeit für die Reden.« Sie schenkte Melody ein höfliches Lächeln und führte ihren Verlobten davon, gerade als Ernie mit zwei Gläsern Champagner wiederauftauchte.

Ernie und Melody mischten sich unter die Gäste und sahen zu, wie Julie und Charles Templeton auf die kleine Bühne traten. Charles dankte allen für ihr Kommen, insbesondere jenen mit weiter Anreise vom Land, und hieß Jackson als neues Familienmitglied willkommen. Er sprach darüber, was für einen anständigen, zuverlässigen jungen Mann die Hastings großgezogen hätten, lobte Jacksons Arbeitsmoral und erzählte, wie gut er Eloise tue. Außerdem erwähnte er, wie sehr er Georginas Arbeit respektiere und dass Jackson ihren künstlerischen Blick für Details geerbt habe, mit dem er geschickt Schaufensterauslagen entwerfe. Er lobte die Durchführung der Weihnachtsparade und pries sie als außerordentliches Geschenk für die Kinder von Adelaide. Dann sprach er über Eloise, eine wundervolle Tochter und eine nette junge Dame, auf die sie ungeheuer stolz seien. Er sagte, Jackson und Eloise ergänzten einander sehr gut, und er und seine Frau könnten gar nicht glücklicher darüber sein, dass sie heirateten. Er beendete seine Rede mit den Worten, dass Jackson ein hervorragender Vater sein werde für die Kinder, die er und Eloise in Zukunft haben würden, und bat dann alle, ihre Gläser zu heben.

Melody hörte zu, doch mit jedem Wort brach ihr Herz etwas mehr. Als Jackson das Mikrofon von seinem künftigen Schwiegervater entgegennahm, legte er besitzergreifend einen Arm um Eloise, die neben ihm stand. Er sah voller Bewunderung in ihr lächelndes Gesicht und erzählte seinen Gästen, dass er nicht an Liebe auf den ersten Blick geglaubt habe, bis er sie getroffen habe.

Seine Worte waren wie Messerstiche in Melodys Herz. Sie

wollte nur noch fliehen. Sie bemühte sich, ein Schluchzen zu unterdrücken, und machte Anstalten aufzustehen, doch Ernie nahm ihre Hand und hielt sie fest. Die Berührung seiner starken, warmen Hand war tröstlich und genau das, was Melody brauchte. Sie wandte sich ihm zu. Unvergossene Tränen glitzerten in ihren Augen. Das Mitgefühl in seinem Blick zeigte ihr, dass er sie verstand. Er hatte sie immer verstanden. Sie hörte kaum den Rest von Jacksons Ansprache oder den Applaus der Gäste, als sie dem Paar zuprosteten.

»Alles in Ordnung?«, flüsterte Ernie.

Melody nickte nur, unfähig zu sprechen. Sie saßen eine Weile schweigend da, ohne dass Ernie ihre Hand losließ. Melody trank ihren Sekt und erlangte nach und nach ihre Fassung zurück.

»Ich muss den Tatsachen ins Auge blicken: Er heiratet wirklich jemand anderen, nicht wahr?«, brachte sie schließlich hervor.

Ernie nickte.

Melody atmete tief durch. »Es ist etwas peinlich, aber ich muss zugeben, ich dachte, dass er immer noch alleinstehend ist, dass er mich anders wahrnehmen und sich vielleicht sogar in mich verlieben würde. Ich komme mir so dumm vor.«

»Du bist nicht dumm, Melody«, sagte Ernie beschwichtigend. »Ich kann nicht sagen, was passiert wäre, wenn er sich nicht mit Eloise verlobt hätte, aber bitte glaub nicht, dass es dir in irgendeiner Weise an etwas mangelt.«

»Es wird Zeit, dass ich die Wirklichkeit akzeptiere. Im Herzen bin ich einfach ein Mädchen vom Land. Feine Kleider machen aus mir keine weltgewandte Frau. Ich könnte mich niemals mit jemandem wie Eloise Templeton messen. Sie ist hübsch und auf natürliche Weise elegant. Ich kann verstehen, dass Jackson sich zu ihr hingezogen fühlt.«

»Du musst dich mit niemandem messen, Melody. Du bist einzigartig und heute Abend zweifellos die schönste Frau hier. Zum ersten Mal in meinem Leben werde ich von anderen Männern beneidet, und um ehrlich zu sein, genieße ich jeden Augenblick davon.«

Sein offenes Bekenntnis brachte Melody zum Lächeln. Ernie war ein feiner Kerl.

»Das Märchen ist für mich vorbei«, sagte sie seufzend.

»Ein anderes könnte gerade erst anfangen … wenn du es zulässt. Aber du musst zuerst loslassen.«

Melody nickte. Sie wusste, dass er recht hatte, aber es war schwer.

»Danke, dass du mich begleitet hast«, sagte Ernie. »Ich hätte mich sonst wie ein einsamer Floh auf einem Hund gefühlt.«

Wieder lächelte Melody.

»Da ist es ja wieder, das wunderschöne Lächeln«, sagte Ernie.

»Danke, dass du mich daran erinnerst, wie bodenständig Australier sind. Einen Franzosen würdest du so etwas nie sagen hören.«

»Ich bin sicher, dass ich niemals so wortgewandt sein werde wie ein Franzose«, antwortete Ernie und senkte den Blick.

»Versuch es gar nicht erst. Ich mag dich genau so, wie du bist.«

»Dann lass mich *dich* auch so mögen, wie *du* bist.«

Melody kam es vor, als würde sie Ernie zum ersten Mal richtig sehen. Und ihr gefiel, was sie sah. In seiner Gegenwart fühlte sie sich wohl. »Weißt du, Ernie, Jackson hat mir immer das Gefühl gegeben, unsichtbar zu sein, aber du nicht. Du warst immer gut zu mir.«

»Das liegt daran, dass ich eine liebenswerte, verletzliche Seele gesehen habe. Ich hatte das Bedürfnis, dich zu beschützen.«

Melody war überrascht. »Wirklich?«

»Ja, ich wollte dir versichern, dass alles sich zum Guten wendet, egal, was mit Jackson war, aber ich habe nie die richtigen Worte gefunden. Ich wollte, dass du Hoffnung für eine Zukunft ohne ihn hattest. Ich wünschte, ich würde jetzt die Worte finden, Melody, aber es liegt bei dir, deinen eigenen Wert zu erkennen.«

Melody spürte, dass seine Worte etwas in ihr berührten. Ihr Glück in die Hände eines Mannes zu legen, der sie nie wahrgenommen hatte, war ein großer Fehler gewesen. Ernie hingegen hatte sie nie als lästig empfunden. Er hatte ihr nie das Gefühl gegeben, klein oder unsichtbar zu sein. Er war ein guter Mann. Er würde sicher mal ein wundervoller Ehemann für jemanden sein. »Du musst einer der gefragtesten Junggesellen auf der Halbinsel Yorke sein. Wie bist du nur den Fängen all der unverheirateten Frauen zwischen Ardrossan und Moonta entwischt?«

»Ich kann schnell reiten«, witzelte Ernie verlegen.

»Sicher kannst du das, aber mal im Ernst, Ernie, möchtest du nicht eines Tages heiraten?« Melody war klar, dass er zu bescheiden war, um sich selbst als gute Partie zu sehen.

»Um ehrlich zu sein, habe ich bis jetzt nicht allzu weit vorausgeplant. Als Jackson die Farm verlassen hat, hat Cornell niemanden als Ersatz eingestellt, weil er immer noch die Hoffnung hatte, dass Jackson eines Tages zurückkehren würde. Das bedeutet aber auch, dass wir alle besonders hart arbeiten mussten, deshalb war nie viel Zeit für ein Sozialleben. Aber ich hoffe, dass die Zukunft für mich eines Tages eine Frau bereithält, und auch Kinder, falls die richtige Frau kommen sollte.«

»Sie kann sich glücklich schätzen«, beteuerte Melody, und es war mehr als eine höfliche Bemerkung.

In diesem Moment begann die Band wieder zu spielen, und Melody atmete tief durch. »Für heute Abend habe ich genug davon, Trübsal zu blasen«, sagte sie entschlossen.

»Möchtest du gehen?«

»Nein. Ich würde gerne tanzen.«

Ernie war sichtlich überrascht. »Mit mir?«

»Ja, mit dir. Du tanzt doch, oder?«

»So elegant wie ein Ackergaul. Aber wenn du dich traust, bin ich dabei.«

»Dann lass uns tanzen«, rief Melody begeistert.

Ernie nahm ihre Hand und führte Melody zur Tanzfläche. »Los geht's«, sagte er und legte die Arme um sie.

Jackson lauschte der Freundin seiner Mutter und ihrer endlosen Auflistung gesundheitlicher Beschwerden nur mit halbem Ohr. Er konnte sich nicht von dem saphirblauen Anblick auf der Tanzfläche lösen. Unter den Lichterketten sah Melody in Ernies Armen wie eine Prinzessin aus, und während sie über die Tanzfläche wirbelten, hatte sie nur Augen für ihn. Es waren noch andere Gäste auf der Tanzfläche, doch alle Blicke waren auf Melody und Ernie gerichtet, und die beiden schienen sich zu amüsieren.

Zum ersten Mal in seinem Leben war Jackson neidisch auf Ernie. Ironischerweise war er ursprünglich davon ausgegangen, dass Ernie neidisch auf ihn sein würde an diesem Abend, an dem er sich offiziell mit der wunderschönen, wohlhabenden Eloise Templeton verlobte. Wie sehr er sich getäuscht hatte.

Kapitel 9

»Hallo, Ernie«, sagte Melody, als er den Gemischtwarenladen der Phillips in Paskeville betrat. Seit Jacksons Verlobungsfeier war er mehrfach hier gewesen, und jedes Mal setzte ihr Herz bei seinem Anblick einen Schlag aus.

»Hallo.« Ernie fragte sich, wie es möglich war, dass sie jeden Tag noch schöner aussah als am vorherigen. Ihm kam sein Vorhaben in den Sinn, und er fühlte sich mit einem Mal nervös.

»Was möchtest du heute kaufen?«

»Nichts«, sagte er ein wenig atemlos und wischte sich die schwitzigen Handflächen an den Hosenbeinen ab.

»Stimmt etwas nicht?«

»Nein, alles in Ordnung. Wäre es möglich …«, murmelte er. »Ich meine … Kannst du ein paar Stunden freibekommen? Wenn hier gerade nicht zu viel los ist?« Er hielt aufgeregt den Atem an.

Dann bemerkte er Melodys Vater einige Meter entfernt auf dem Boden kniend, wo er Rosella-Dosensuppe und Billy-Tee in ein niedriges Regal räumte.

Noah Phillips stand auf. »Nun, es grenzt an ein Wunder, dass du nicht in der Menge der Kunden verschwunden bist«, scherzte er. »Du hast dich doch wohl nicht vorgedrängelt?«

Ernie blickte über die Schulter zurück und lachte, als ihm aufging, dass er der einzige Kunde im Laden war. Der Scherz hatte die Stimmung bei allen Beteiligten gelockert.

»Würde es dich denn stören, wenn ich mir eine Weile freinehme, Dad?«, fragte Melody.

»Natürlich nicht. Deine Mutter und ich kommen hier zurecht, also geht schon!« Er und seine Frau mochten Ernie und freuten sich, dass er Interesse an ihrer Tochter zeigte. Außerdem waren sie erleichtert, dass Melody Jackson Hastings nicht mehr hinterhertrauerte. Tatsächlich hatte sie seinen Namen seit der Verlobungsfeier kein einziges Mal mehr erwähnt, und das war der Aufmerksamkeit zu verdanken, die Ernie ihr schenkte.

»Danke, Sir«, sagte Ernie.

»Ihr braucht euch nicht zu beeilen«, fügte Noah hinzu.

Melody trat hinter der Ladentheke hervor und legte die Schürze ab, unter der sie ein hübsches rot, weiß und blau kariertes Sommerkleid trug. »Was hast du denn geplant?«, fragte sie neugierig.

»Ich habe alles für ein Picknick vorbereitet. Es liegt im Auto«, erklärte Ernie, der sich auf die Zeit zu zweit mit ihr freute.

Melody war begeistert. »Das klingt wundervoll.«

Bisher hatte Ernie sich lediglich im Laden mit ihr unterhalten, wo ihre Eltern in der Nähe waren, und letzten Sonntag nach der Kirche hatten sie nachmittags gemeinsam mit ihnen Tee getrunken. Jane hatte die Gelegenheit genutzt und Ernie ein wenig ermutigt. Sie war, ebenso wie ihr Mann, erstaunt, dass er Melody noch nicht um eine Verabredung gebeten hatte, obwohl er ihr doch offensichtlich sehr zugetan war. Sie vermuteten, dass er sich aufgrund von Melodys jahrelanger Schwärmerei für Jackson zurückhielt, immerhin waren Ernie und Jackson wie Brüder zusammen aufgewachsen. Noah und Jane waren kein bisschen überrascht, dass Jackson mit jemandem wie Eloise Templeton verlobt war. Aber Ernie war anders, die Farmarbeit lag ihm im Blut, ebenso wie die Gegend hier. Die Phillips konnten sich nicht vorstellen, dass er die Halbinsel jemals verlassen würde, was, wenn er und Melody ein Paar würden, bedeutete, dass ihre Tochter in ihrer Nähe blieb. Vor allem Jane gefiel dieser Gedanke, deswegen war sie entschlossen, Ernie zu bestärken, wo sie nur konnte.

Ernie lenkte den Wagen aus der Stadt hinaus und parkte schließlich abseits der Straße im Schatten zwischen Futtersilos. Paskeville war der soziale Knotenpunkt der Farmen in der Umgebung, und so waren sie nun von Feldern mit grünem und goldenem Weizen und Gerste umgeben, so weit das Auge reichte. Ernie holte eine Decke und einen Picknickkorb aus dem Kofferraum, während Melody einen geeigneten Platz suchte.

»Das war eine wunderbare Idee«, sagte sie und half ihm, die Decke auszubreiten. Sie hatte schon seit Längerem Zeit mit Ernie allein verbringen wollen und gehofft, er würde den Mut finden, sie um ein abendliches Rendezvous zu bitten. Zwar war sie sicher, dass er sie mochte, aber es war jetzt drei Wochen her, dass sie zusammen auf der Verlobungsfeier gewesen waren, er hatte sich also viel Zeit gelassen.

»Ich hoffe, du hast Hunger.« Ernie öffnete den Korb und holte Sandwiches und Kürbis-Scones heraus.

»Ich habe immer Hunger«, erwiderte sie fröhlich.

»Ich mag Mädchen mit gesundem Appetit.«

»Gut, denn ich mag dich auch.«

Ernie sah sie an, und sein Herz schlug schneller. Er hatte sie seit der Verlobungsfeier nicht mehr aus dem Kopf bekommen, und die Frage, ob es ihr wohl genauso ging, hatte ihn beinahe verrückt gemacht.

»Hat deine Mutter das alles zubereitet?«, fragte Melody, die ihm half, die restlichen Speisen herauszuholen.

»Würdest du mir glauben, dass ich gebacken habe?«, fragte Ernie mit einem frechen Grinsen.

»Nein.« Melody lachte. »Vergiss nicht, dass ich schon viele Male Kürbis-Scones auf Sunnyvale zum Tee gegessen habe.«

»Stimmt. Mum hat mich die Sandwiches nicht machen lassen, weil sie wollte, dass du *etwas Vernünftiges* zu essen hast. Sie hat mir auch eine Thermoskanne mit Tee mitgegeben, aber ich habe noch eine Flasche Wein im Railway Hotel gekauft, für den Fall, dass du zum Mittagessen lieber Wein hättest.«

»Was für eine grandiose Idee, und so französisch!«

Ernie hielt mitten in der Bewegung inne. »Oh nein! Ich habe vergessen, Weingläser mitzunehmen«, sagte er enttäuscht.

»Ach, das macht doch nichts. Wir haben doch die Teetassen, die genügen.«

»Das ist aber was anderes«, klagte er.

»Das ist schon in Ordnung, Ernie. Hör auf, dir Gedanken zu machen, und lass den Korken knallen.«

Sie setzten sich, aßen und tranken Wein aus Teetassen.

»Ich bin froh, dass ich heute Nachmittag nicht arbeiten muss«, sagte Ernie. Es war Samstag, und es standen keine dringenden Aufgaben an. Er empfand Melodys Gesellschaft als überaus angenehm. »Der Wein benebelt mich ganz schön.«

»Du hättest ruhig Bier für dich mitbringen können. Du musst doch keinen Wein trinken, wenn du ihn nicht magst.«

»Ich wollte, dass wir alles zusammen genießen. Das Essen, den Wein, den Nachmittag …« *Unser Leben*, dachte er.

»Das war eine schöne Idee. Ich weiß das sehr zu schätzen.«

Er senkte den Blick. »Ist dir bewusst, dass das hier in all den Jahren, seit wir uns kennen, das erste Mal ist, dass wir Zeit zu zweit verbringen?«

Melody errötete. »Ja, das ist mir bewusst.«

»Ich habe viel an dich gedacht seit …« Er verstummte und bereute seine Worte sofort. Sie an Jackson zu erinnern war das Letzte, was er wollte.

»Seit Jacksons und Eloises Verlobungsfeier«, ergänzte Melody. »Du musst keine Angst haben, sie zu erwähnen.«

»Ich wollte dich nicht daran erinnern …«

»Dank dir habe ich erkannt, dass manche Dinge einfach nicht sein sollen. Und dass vielleicht alles aus einem bestimmten Grund geschieht.«

Ernie war erfreut, dass sie sich mit dem Gedanken an eine Zukunft ohne Jackson anfreundete. Dennoch war er nicht sicher, ob Jackson nicht immer noch so große Macht über sie besaß wie zuvor.

»Ich habe seit jenem Abend kaum noch an Jackson gedacht«, sagte sie, als hätte sie seine Gedanken erraten. Sie hob den Blick und sammelte ihren Mut, beflügelt vom Wein. »Und das liegt an dir.«

»An mir!« Ernie strahlte.

Melody nickte. »Ja. Es ist schön, dass wir uns jetzt als Erwachsene kennenlernen.«

»Finde ich auch. Ich würde dich gerne öfter sehen … Wenn du das auch möchtest.«

»Ich habe darauf gehofft, dass du das sagst, denn mir geht es genauso.«

Ernie strahlte. »Möchtest du nächsten Samstagabend mit mir im Hotel zu Abend essen?«, wagte er zu fragen, in der Hoffnung, nicht zu eifrig zu klingen.

»Gerne, aber warum nicht schon diese Woche … heute Abend? Es sei denn, du hast etwas anderes vor.«

»Habe ich nicht. Heute Abend wäre großartig.« Er konnte nicht aufhören zu lächeln. Dann wanderte sein Blick von ihren blauen Augen zu ihren Lippen.

Melody entging das nicht, aber sie hatte das Gefühl, dass Ernie schüchtern und zudem ein echter Gentleman war und sich deshalb zurückhielt. Sie zollte ihm dafür Respekt, aber dies war eine gute Gelegenheit, mehr aus ihrer Freundschaft zu machen, was sie ja offensichtlich beide wollten. Sie lehnte sich ein Stück zu ihm, ihr Blick suchte kurz seine Lippen, bevor sie ihm wieder in die Augen sah. »Möchtest du mich küssen, Ernie?«, fragte sie heiser.

Ernie rang nach Luft. »Ja«, stieß er heiser hervor. Er legte eine Hand an ihren Hinterkopf und zog sie zu sich, bis seine Lippen ihre fanden. Zärtlich küsste er sie, und der Moment fühlte sich an wie eine Ewigkeit.

Als ihre Lippen sich voneinander lösten, lächelte er Melody an. »Davon habe ich so oft geträumt. Aber die Träume können nicht mit der Realität mithalten.«

»Oh, ist das so?«, fragte Melody kokett. »Vielleicht solltest du das noch einmal überprüfen.«

»Wahrscheinlich hast du recht.« Ernie zog sie erneut an sich. Dieses Mal legte sie die Arme um seine breiten Schultern und hielt ihn fest.

Nach einem langen Kuss sagte Ernie: »Das war sogar noch besser. Aber wenn ich wirklich sichergehen will, muss ich dich noch einmal küssen.«

»Bitte«, wisperte Melody.

Kapitel 10

Mai 1957

»Ist das Abendessen bald fertig?«, fragte Georgina.

Vera sah grade im Ofen nach der Lammkeule und wirkte leicht fahrig. »Ja, ich muss nur noch die Soße zubereiten.« Eilig schloss sie die Ofentür.

Georgina warf einen Blick auf die Wanduhr. »Jackson sagte, er und Eloise würden nicht nach sechs Uhr ankommen, also müssen sie gleich hier sein.«

»Ich habe zwei Gästezimmer vorbereitet«, sagte Vera. »Und der Tisch im Esszimmer ist gedeckt. Bea hat angerufen und gesagt, dass Warren, Michael und sie gleich losfahren.«

»Gut. Cornell zieht sich gerade um.«

»Harley sich auch«, sagte Vera zerstreut.

»Was ist denn los? Normalerweise bringen dich familiäre Abendessen doch nicht so aus der Fassung.«

»Alles wäre gut, hätte ich nicht Berkshire Hall und das prachtvolle Esszimmer dort gesehen.« Vera erinnerte sich noch gut an das glänzende Tafelsilber und das funkelnde und goldgeränderte Kristallgeschirr.

»Du machst dir unnötig Sorgen, Vera. An unserem Geschirr und Besteck ist nichts auszusetzen, und vergiss nicht, dass Eloise schon mal hier war. Sie weiß, dass dies eine Farm ist, da wird sie nicht denselben Luxus wie bei sich zu Hause erwarten. Ich glaube sogar, dass sie ein weniger formelles Abendessen zur Abwechslung mal ganz nett finden wird.«

Vera seufzte. »Du hast recht. Ich weiß auch nicht, was mit mir los ist.«

»Sie kommen, um uns von ihren Hochzeitsvorbereitungen zu erzählen. Sie feiern im ganz großen Stil. Zum Glück müssen wir nicht helfen, wir müssen nichts weiter tun als einfach zu erscheinen. Bea ist schon verrückt vor Aufregung, weil wir alle eingeladen sind, die Nacht auf Berkshire Hall zu verbringen. Man könnte meinen, sie wäre in den Buckingham-Palast eingeladen worden. Sie hat sich sogar ein neues Nachthemd und neue Hausschuhe gekauft.«

»Meinst du, das sollten wir auch tun?«, fragte Vera ernst.

Georgina lachte. »Nein, das meine ich nicht.«

»Ist Ernie gar nicht da?«, fragte Jackson, als alle am Esstisch Platz genommen hatten.

»Er hat heute Abend etwa anderes vor, aber er lässt dich und Eloise grüßen«, erklärte Vera.

Jackson kam ein schrecklicher Gedanke. »Etwas anderes? Was macht er denn?«, fragte er so beiläufig wie möglich.

»Er hat ein Rendezvous mit Melody«, platzte Bea heraus.

»Melody hatte gestern Geburtstag, deswegen führt Ernie sie in die Stadt aus. Sie wollen zu Abend essen und sich eine Aufführung im Tivoli ansehen«, fügte Vera hinzu.

»Das klingt wunderbar«, sagte Eloise. »Das wird ihr gefallen.«

»Ich dachte, Melody wäre inzwischen wieder in Frankreich?«, warf Jackson ein. In Wirklichkeit hatte er gehofft, Georgina hätte sie ebenfalls zum Essen eingeladen. Dass sie den Abend mit Ernie in der Stadt verbrachte, war ihm gar nicht recht.

»Sie hatte nicht vor, dorthin zurückzukehren, und ich bezweifle, dass sie das jetzt noch tun wird, nachdem sie mit Ernie ausgeht. Ich glaube, sie verlieben sich gerade so richtig ineinander«, sagte Bea.

»Sei nicht albern, Bea. Dafür ist es doch viel zu früh!«, behauptete Jackson forscher als beabsichtigt.

»Sie verabreden sich schon seit fast drei Monaten regelmäßig«, wandte Vera ein.

»Verabreden? Hier draußen gibt es doch nicht viel zu tun.«

»Ganz im Gegenteil, sie haben viel unternommen«, widersprach Vera. »Sie waren bei Tanzveranstaltungen in Kadina, Moonta und Ardrossan. Sie haben gepicknickt und Feste besucht. Sie hatten schon viel Spaß zusammen. Melody hat Ernie sogar etwas Französisch beigebracht. Hauptsächlich romantische Worte, soweit ich weiß.«

Jackson ärgerte sich bei der Vorstellung, wie Ernie und Melody sich romantisch auf Französisch unterhielten, und das blieb seiner Verlobten nicht verborgen.

»Darling.« Eloise legte eine Hand auf seinen Arm. »Es hat auch nicht lange gedauert, bis wir uns ineinander verliebt haben, und Melody und Ernie geben doch ein sehr hübsches Paar ab.«

Jackson sah sie mit gerunzelter Stirn an. »Ja, aber … Melody ist jetzt so weltgewandt … Sie hat doch in Europa gelebt. Ich hätte gedacht, sich auf dem Land niederzulassen wäre das Letzte, was sie jetzt möchte.«

»Das klingt, als wolltest du sagen, dass unser Junge und die Halbinsel Yorke nicht gut genug für Melody sind«, sagte Harley sichtlich irritiert.

»So war das nicht gemeint. Es überrascht mich bloß, dass zwei Menschen miteinander ausgehen, die so unterschiedlich sind.«

»Melody mag Zeit in Europa verbracht haben, aber so unterschiedlich sind Ernie und sie gar nicht«, erklärte Vera. »Sie sind beide auf der Halbinsel aufgewachsen, und immerhin haben auch beide einen Großteil ihrer Kindheit hier verbracht, also haben sie viel gemeinsam. Auf jeden Fall haben sie viel Spaß zusammen. Ich habe Ernie noch nie so glücklich erlebt.«

Melody war Jackson seit der Feier nicht mehr aus dem Kopf gegangen. Zu hören, dass Ernie sich mit ihr traf, weckte seine Eifersucht erneut. Es stand ihm nicht zu, so zu fühlen, aber er konnte es nicht ändern.

Er spürte Eloises aufmerksamen Blick auf sich und zwang sich zu einem Lächeln. »Das freut mich sehr für die beiden. Sie verdienen es, glücklich zu sein, und wenn sie sich zusammen amüsieren, ist das doch wunderbar.«

»Es wurde auch Zeit, dass Ernie jemanden findet«, sagte Vera glücklich. »Um ehrlich zu sein, hatten wir allmählich schon Sorge, dass er niemals heiraten würde.«

»Ist es denn so ernst zwischen ihnen?«, fragte Jackson erstaunt.

»Ja, das glauben wir schon, und wir finden, dass Melody eine bezaubernde junge Frau ist. Sie war als Mädchen so oft hier, und dennoch haben wir uns die beiden nie zusammen vorgestellt. Schon komisch, wie sich die Dinge manchmal entwickeln.«

»Ja, allerdings«, entgegnete Jackson nachdenklich. Melodys Bitte, statt Eloise sie zu heiraten, ging ihm immer wieder durch den Kopf. Warum hätte sie so etwas sagen sollen, selbst wenn es nur im Scherz gewesen war, wenn nicht ein Funke Wahrheit in ihren Worten steckte?

»Also, jetzt erzählt uns mal von euren Hochzeitsvorbereitungen«, bat Georgina neugierig.

Ernie und Melody verließen das Tivoli Theatre vollkommen begeistert.

»Das war wundervoll«, schwärmte Melody. »Und das Abendessen im Grosvenor-Hotel war auch schon so schön! Ich wünschte, dieser Abend würde nie aufhören.«

»Ich auch«, stimmte Ernie zu. »Es ist immer noch warm, lass uns doch am Ufer des Torrens spazieren gehen.«

»Sehr gerne!«

Sie fuhren mit der Tram über die King William Street Richtung North Terrace und spazierten am Flussufer entlang. Die Nacht war mild, das sanfte Mondlicht spiegelte sich im Wasser, und außer ihnen waren nur noch wenige Paare dort, die jedoch bloß Augen füreinander hatten.

Mit einem Mal blieb Ernie stehen. »Melody, ich muss dir jetzt etwas sagen, sonst platze ich.«

»Was denn?« Melody klang besorgt.

»Wahrscheinlich stelle ich mich etwas ungeschickt an, aber es muss einfach raus.«

»Meine Güte, Ernie, sag schon!«

»Ich liebe dich«, platzte er heraus. »Ich habe mich auf der Tanzfläche auf Berkshire Hall in dich verliebt.«

Melody sah ihn verdutzt an.

»War das zu früh?«, fragte Ernie besorgt. »Hätte ich meine Gefühle lieber für mich behalten sollen?«

Ihre Lippen verzogen sich zu einem Lächeln, und ihre Zähne blitzten im Mondlicht auf. »Nein, es ist nicht zu früh. Ich bin unendlich froh, denn ich habe mich auch in dich verliebt.«

Ernie fiel eine große Last von den Schultern, und er atmete hörbar aus. »Ich hatte Sorge, dass niemand Jacksons Platz in deinem Herzen einnehmen kann, schon gar nicht ich.«

Melody schlang die Arme um ihn. »Jackson wer?«, fragte sie neckisch. »Mein Herz gehört dir, Ernie. Nur dir.«

Ernie hielt sie fest und küsste sie leidenschaftlich.

Auch wenn es eigentlich nicht so geplant gewesen war, verbrachte Melody die Nacht mit Ernie in seinem Hotelzimmer, und sie liebten sich zum ersten Mal. In den frühen Morgenstunden, als das Mondlicht noch durch das Fenster schien, erklärte Ernie, dass er nie wieder von ihr getrennt sein wolle, und bat sie, ihn zu heiraten.

»Wir gehen doch erst seit wenigen Monaten miteinander aus«, antwortete Melody, den nackten Körper fest in seine Arme geschmiegt.

»Aber wir kennen uns schon seit Jahren, meine Liebste. Bitte sag, dass du mich heiraten willst.«

»Ja, ich will, Ernie.«

»Dann hast du mich gerade zum glücklichsten Mann im ganzen Land gemacht.« Er küsste sie. »Morgen gehen wir zum Juwelier und kaufen einen Ring.«

»Ist es nicht zu früh, unsere Verlobung bekanntzugeben? Meine Eltern werden sehr überrascht sein. Ich möchte nicht, dass sie glauben, wir würden impulsiv handeln.«

»Du hast doch sicher bemerkt, dass sie unsere Beziehung durchaus befürworten«, erinnerte Ernie sie.

»Stimmt.« Ihre Mutter hatte sich gefreut, dass Ernie Melody zum Geburtstag in die Stadt ausführte. Ihr Vater war zurückhaltender gewesen, hatte Ernie zu den Übernachtungsplänen befragt und ihn angewiesen, vorsichtig zu fahren.

»Sie werden sich ganz sicher freuen. Und ich weiß, dass meine Eltern begeistert sein werden«, sagte Ernie. »Sie haben dich gern und wünschen sich, dass ich sesshaft werde und eine Familie gründe.«

»Dann lass es uns ihnen zuerst sagen. Und dann meinen Eltern.«

»Das ist doch Jacksons Wagen«, sagte Ernie, als sie am nächsten Mittag neben dem Farmhaus auf Sunnyvale zum Stehen kamen.

»Was macht der denn hier?«, fragte Melody.

»Ach, das hatte ich vergessen: Er und Eloise wollten dieses Wochenende herkommen, um von ihren Hochzeitsvorbereitungen zu erzählen.« Ernie stieg aus und lief zu Melodys Seite, um ihr die Tür aufzuhalten.

»Oh. Meinst du, das ist dann überhaupt der richtige Moment, um unsere Verlobung bekanntzugeben?«, fragte Melody leicht besorgt, nachdem sie ausgestiegen war. »Wir wollen ihnen doch nicht die Schau stehlen.«

Ernie hätte fast laut aufgelacht. »Ich glaube, das ist unmöglich. Ihre Hochzeit wird das gesellschaftliche Ereignis des Jahres in Adelaide. Wir hingegen heiraten wie besprochen in St. Luke's in Paskeville und geben im Railway Hotel eine kleine Feier für unsere Familien und ein paar Nachbarn. Die beiden Feste könnten gar nicht unterschiedlicher sein.«

»Du hast recht.« Melody nahm Ernies angebotene Hand.

Als sie auf die schattige Veranda traten, wo eine angenehme Brise die Fliegen in Schach hielt, warteten Vera und Bea schon darauf, sie zu begrüßen. »Hallo, ihr zwei!«, rief Vera fröhlich und küsste beide auf die Wangen, nachdem sie die Stufen erklommen hatten. »Hattet ihr eine schöne Zeit in der Stadt?«

»Ja.« Ernie hoffte, nicht zu erröten und damit ungewollt zu verraten, dass Melody und er intim geworden waren. »Es war wundervoll. Die Komödie im Tivoli war sehr unterhaltsam, und das Essen im Grosvenor-Hotel war einfach nur köstlich.«

»Dank Ernie war es der beste Geburtstag, den ich je hatte«, schwärmte Melody und blickte Ernie bewundernd an.

Vera legte den Arm um Melodys Schultern. »Das freut mich sehr.« Sie lächelte ihren Sohn an. »Eloise und Jackson sind auch noch hier. Wir trinken gerade Tee hinten auf der Veranda.«

Sie gingen zu ihnen. Als Ernie sich daranmachte, die anderen zu begrüßen, bemerkte Bea den Ring an Melodys linker Hand. »Ist das … Melody! Ist es das, was ich glaube, dass es ist?«, fragte sie aufgeregt.

Melody hielt ihre Hand hoch, an der ein bescheidener, aber hübscher Ring funkelte. »Ja, Ernie hat mir einen Heiratsantrag gemacht, und ich habe ja gesagt«, erzählte sie strahlend. »Wir sind offiziell verlobt.«

Bea kreischte verzückt auf, und Veras Augen füllten sich mit Freudentränen.

»Hast du gehört, Harley?«, rief sie aufgeregt. »Unser Junge wird diese wundervolle junge Frau heiraten.«

»Habe ich gehört.« Harley erhob sich aus einem Korbstuhl und trat zu ihnen. »Und das macht mich sehr glücklich. Wir kennen dich praktisch schon unser ganzes Leben, Melody. Du bist für uns bereits Teil der Familie.«

»Danke, Mr Atwell«, stieß Melody hervor, froh über die Zuneigung und Wärme. Sie hatte sich bei den Hastings und Atwells schon immer wohl gefühlt.

»Du wirst mich noch bald genug auch Dad nennen, Liebes«, sagte er, während Ernie einen Arm um ihre Schultern legte und die Hand seines Vaters schüttelte. »Und es wird schön sein, eine Schwiegertochter zu haben.« Er küsste sie auf die Wange.

»Das muss gefeiert werden«, rief Cornell und ging hinein, um eine Flasche Champagner zu holen und Georgina die guten Nachrichten zu übermitteln. Er fand sie in der Küche, wo sie eine Kanne Kaffee zubereitete, doch Cornell verkündete ihr, dass sie stattdessen Champagner trinken würden, zur Feier des Tages. Georgina rannte sofort heraus und gratulierte dem Paar herzlich. Anschließend half sie Cornell in der Küche mit den Gläsern.

Auch Eloise gratulierte dem glücklichen Paar. »Herzlichen Glückwunsch, Melody und Ernie«, sagte sie warmherzig. »Sind das nicht wunderbare Neuigkeiten, Jackson?« Sie wandte sich zu ihm, der auffallend still war.

Jackson stand unter Schock und fand es dementsprechend schwer, eine freudige Reaktion zu äußern. »Ja, ganz wunderbar«, murmelte er. Er schüttelte Ernies Hand, gratulierte ihm und wandte sich dann Melody zu. Als er in ihre blauen Augen sah, fing sein Herz an zu rasen. Sie strahlte vor Freude und war dadurch schöner denn je. Es war ihm unbegreiflich, dass Ernie der Grund für diese Freude sein sollte und dass er tatsächlich das Glück hatte, sie zu heiraten. Seine Eifersucht drohte, ihn zu überwältigen, und er musste sich kurz wegdrehen.

»Alles in Ordnung, Jackson?«, fragte Eloise hörbar verwundert über seine Reaktion.

»Ja, mir geht's gut«, sagte er unbehaglich.

»Willst du Melody nicht gratulieren?«

»Doch, natürlich.« Er nahm sich zusammen und beugte sich zu Melody, küsste sie auf die Wange und verharrte einen Moment in der Position, um ihren Geruch aufzunehmen und die samtige, weiche Haut zu spüren.

Ernie sah zu, und sein Herz zog sich schmerzhaft zusammen. Er fragte sich unwillkürlich, ob Melody gerade Reue empfand oder ob gar ihre alten Gefühle für Jackson wieder entflammten. Doch dann suchte Melody seinen Blick, und er war so voller Liebe, dass Ernies Ängste dahinschmolzen und große Dankbarkeit an ihren Platz trat.

Auch Bea hatte die Szene beobachtet. Die Reaktion ihres Bruders beunruhigte sie. Sie war sich zwar sicher, dass Jackson niemals das Leben aufgeben würde, das ihn mit Eloise Templeton erwartete, und das wollte auch sie nicht. Aber sie wollte ebenso wenig, dass er Melody die Chance nahm, ihr Glück zu finden.

Während sie alle zur Feier des Tages Champagner tranken, verwickelte Georgina Ernie und Melody angeregt in ein Gespräch über Jacksons und Eloises Hochzeitsvorbereitungen. Melody und Ernie hörten interessiert zu, konnten sich aber beide nicht vorstellen, selbst Teil eines so riesigen, extravaganten Schauspiels zu sein.

»Habt ihr schon ein Datum für die Hochzeit festgelegt, oder ist es dafür noch zu früh?«, fragte Eloise schließlich Melody.

»Wir dachten an das dritte Oktoberwochenende«, entgegnete Melody. »Aber wir müssen das noch mit dem Pastor in Paskeville klären.«

»Ach, das ist gleich nach uns«, bemerkte Eloise.

»Wir haben uns für den Hochzeitstag meiner Eltern entschieden. Wir fänden es schön, einen gemeinsamen Jahrestag zu haben«, erklärte Melody. »Unsere Hochzeit wird eine kleine und sehr private Feier, und genauso wollen wir es, schön schlicht.«

»Ich beneide dich ein wenig darum«, gab Eloise zu. »Aber ich bin Einzelkind, und meine Mutter würde mir nie verzeihen, wenn ich ihr nicht die Gelegenheit geben würde, eine riesige Hochzeit zu organisieren. Ich schätze mich ja schon glücklich, dass sie mir überhaupt ein Mitspracherecht lässt.«

Ende September 1957

Jackson befand sich seit einigen Stunden im Ambassadors Hotel in der King William Street. Eigentlich hätte er in seinem Kaufhaus sein sollen, aber er fühlte sich erdrückt von allem, was in seinem Leben vor sich ging, vor allem von den Hochzeitsvorbereitungen, die ein Eigenleben entwickelt zu haben schienen. Außerdem hatte er Probleme mit dem Personal und mit einigen Herstellern. Dennoch war das, was ihn nachts vom Schlafen abhielt, etwas ganz anderes. Eine Frau – und zwar nicht seine Verlobte.

Auf der Suche nach einem Ablassventil und einem Ort, an dem er nicht nachdenken musste, war er schließlich im Ambassadors Hotel gelandet. Während er darauf wartete, noch einen Whisky Soda bestellen zu können, seinen sechsten, beobachtete er durch das Fenster die Passanten. Eine elegant gekleidete Frau mit einem großen Hut zog seine Aufmerksamkeit auf sich, als ihr eine ihrer Einkaufstaschen hinunterfiel und zwei Männer sich förmlich überschlugen, um sie für sie aufzuheben. Sie sah auf und lächelte dankbar. Jackson erkannte sie sofort. Noch während sie sich bei den zuvorkommenden Männern bedankte, eilte er zur Tür.

»Melody!«, rief er winkend.

Melody, die gerade wieder ihre Einkaufstasche in die Hand nahm, drehte sich überrascht um. »Jackson!« Sie schlängelte sich durch die Passanten und trat zu ihm auf die Hoteltreppe. »Was machst du denn hier?«

»Ich bin zum Mittagessen hergekommen und bis jetzt geblieben«, murmelte er schuldbewusst. »Was für eine Überraschung, dich in der Stadt zu sehen. Ist Ernie auch hier?«

»Nein, er ist zu Hause. Ich bin heute Morgen mit dem Bus hergefahren, um Brautbedarf einzukaufen.«

Jackson brauchte keine Erinnerung daran, dass sie in wenigen Wochen Ernie heiraten würde. Er dachte an nichts anderes mehr. »Komm doch rein und trink etwas mit mir«, bat er.

»Besser nicht …«

»Komm schon, nur einen Drink, um der alten Zeiten willen.« Um ihr nicht die Möglichkeit zu geben, abzulehnen, legte er den Arm um ihre Taille und führte sie ins Hotel. Die Bar, an der er zuvor getrunken hatte, war zu ihrer Linken, aber er bog nach rechts in den Salon ab und steuerte auf eine Sitzecke zu. Sie waren allein im Raum.

»Ich sollte wirklich nichts trinken«, murmelte Melody, während sie auf dem Sofa Platz nahm. Sie fühlte sich nicht wohl in ihrer Haut. »Höchstens eine Tasse Tee.«

»Unsinn, ein kleiner Drink schadet doch nicht.« Jackson winkte einen Kellner heran, setzte sich auf die Bank neben sie und bestellte einen Whisky Soda für sich selbst und ein Glas Weißwein für Melody.

»Ich möchte wirklich keinen Wein, Jackson.« Sie wandte sich an den Kellner. »Ich hätte gerne eine Tasse weißen Tee. Mit einem Stück Zucker.«

Als der Kellner gegangen war, wandte Jackson sich ihr zu und sah sie eindringlich an. So eindringlich, dass Melodys Unbehagen wuchs. Er hatte eindeutig schon zu tief ins Glas geschaut. Seine Augen waren glasig und seine Aussprache nicht so klar wie sonst. Als er sie weiterhin anstarrte, senkte sie den Blick.

»Wie kann es sein, dass du jedes Mal, wenn wir uns sehen, noch schöner bist als zuvor?«, sprach er seine Gedanken schließlich aus. Er und Eloise waren seit Ernies und ihrer Verlobung dreimal auf der Farm gewesen, und jedes Mal war er noch besessener von Melody geworden.

»Ist das der Alkohol, der aus dir spricht?«, fragte Melody direkt und stieß ein nervöses Lachen aus, in der Hoffnung auf einen baldigen Themenwechsel.

»Nein, ich meine es so. Ich kann immer noch nicht glauben, dass wir uns seit so vielen Jahren kennen und ich nicht gesehen habe, was direkt vor meiner Nase war«, sagte Jackson.

Melody blickte auf ihre Hände, die sie in ihrem Schoß knetete. Was sollte sie darauf erwidern? *Ich habe dich geliebt, und es hat mir das Herz gebrochen, dass du mich nicht bemerkt hast.*

»Liebst du Ernie wirklich, Melody?«

Melody sah überrascht auf. »Ernie ist ein guter Mann …«

»Das weiß ich, aber liebst du ihn? Liebst du ihn wirklich?«

»Ja, ich liebe ihn. Ich werde ihn heiraten.« Melody wollte nicht erklären, dass es eine andere Art von Liebe war – sicher, beständig, verlässlich, wohlig und so vieles mehr, aber genau das war es. Ihre Liebe zu Jackson war geprägt von Unsicherheiten gewesen, doch sehr aufregend, wenn auch nur in ihrer Fantasie.

»Selbst wenn es nicht nett ist, das zu fragen: Ist er deine zweite Wahl?«

Melody hielt die Luft an. »Warum fragst du das?«

»Weil du behauptet hast, jahrelang in mich verliebt gewesen zu sein.«

Melody legte sich ihre Worte sorgsam zurecht, als der Kellner ihre Getränke vor ihnen abstellte. Mit dieser Unterhaltung betraten sie gefährliches Terrain. Sie trank einen Schluck Tee, während sie ihren Mut sammelte, und wünschte mit einem Mal, doch etwas Kräftigeres bestellt zu haben. »Ich habe dich geliebt, Jackson. Du warst lange Zeit meine Welt«, gestand sie.

»Und jetzt?« Er nippte an seinem Drink, ohne den Blick von ihr zu wenden.

»Und jetzt heirate ich Ernie und du Eloise.«

»Ich muss dir etwas beichten, Melody.« Jackson senkte den Blick, und Melody betrachtete seine Haare. Es fiel ihr schwer, klar zu denken, jetzt, wo er ihr so nah war, dass sie sein Haaröl riechen konnte. Sie hatte seine Locken schon immer geliebt und kämpfte mit einem Mal gegen das Bedürfnis an, sie zu berühren.

»Was denn?«

»Seit unserer Verlobungsfeier kann ich nicht aufhören, an dich zu denken. Ich kriege dich einfach nicht aus dem Kopf. Ich kann nicht arbeiten. Ich schlafe schlecht. Tag und Nacht raubst du mir den Verstand. Ich weiß, dass es nicht richtig ist, aber ich kann es nicht ändern. Deswegen bin ich heute hier und trinke mitten am Tag mehr, als ich sollte.«

Melody starrte ihn an. Sie konnte nicht umhin, sich geschmeichelt zu fühlen, auch wenn sie deshalb ein schlechtes Gewissen hatte. Und sein Geständnis ließ ihn verletzlich erscheinen, was sie wiederum ausgesprochen anziehend fand. Wie viele Jahre hatte sie nicht davon geträumt, Worte wie diese aus Jacksons Mund zu hören. Allerdings hatte er einen denkbar schlechten Zeitpunkt gewählt. Und was hatte das zu bedeuten?

Jackson nahm ihre Hand und streichelte sie. Seine Berührung war sanft und warm. »Ich sollte dich das nicht fragen … aber liebt ein kleiner Teil von dir mich immer noch?«

Melodys Herz raste. Sie öffnete den Mund, um zu antworten, aber kein Wort des Leugnens verließ ihre Lippen. Sie fühlte sich benommen.

Jackson hob ihre Hand langsam an seine Lippen und küsste zärtlich ihren Handrücken. Melody konnte kaum atmen, als sich ihre Blicke trafen. Dann beugte er sein Gesicht näher zu ihr. Sie wusste, dass er sie gleich küssen würde. Sie sollte sich wegbewegen, aber sie war unfähig, sich zu rühren. Kurz darauf eroberten seine Lippen ihre, und er küsste sie leidenschaftlich.

In Melodys Kopf drehte sich alles, als sie den Kuss erwiderte. Es kam ihr unwirklich vor, dass sie gerade von dem Mann geküsst wurde, in den sie so lange verliebt gewesen war. Und doch war dieser Kuss außerordentlich real, von beiden Seiten. Als ihre Lippen sich voneinander lösten, waren sie beide außer Atem.

»Du liebst mich tatsächlich immer noch, stimmt's?«, bemerkte Jackson selbstsicher.

Und in diesem Moment konnte sie nicht leugnen, dass sie etwas für ihn empfand, bekam aber immer noch keinen Ton heraus.

»Komm mit mir nach oben. Ich buche schnell ein Zimmer«, raunte Jackson.

Melody schluckte. »Ein Zimmer?«, brachte sie heiser hervor. Sie fühlte sich überrumpelt.

»Ja. Ich möchte allein mit dir sein. Ich *muss* allein mit dir sein. Bitte, Melody. Ich werde verrückt, wenn du nein sagst.«

Melody wusste, dass es gefährlich war, über seinen Vorschlag auch nur nachzudenken. Sie hätte ihn direkt ablehnen und das Hotel verlassen sollen, aber sie war wie gebannt von dem Ausdruck in seinem Blick, von seinem Duft, von seinen Locken, und brachte kein Wort der Zurückweisung hervor. »Ich muss … den Bus um vier Uhr bekommen«, murmelte sie mit einem Blick auf die Armbanduhr lediglich. Es war kurz nach zwei.

»Das Schicksal hat uns diese gemeinsame Zeit geschenkt, Melody. Lass sie uns nicht verschwenden.« Er suchte ihren Blick.

Melody räusperte sich. »Ich bin mit Ernie verlobt, Jackson. Es wäre falsch, mit dir nach oben zu gehen«, brachte sie hervor.

»Ich möchte nur mit dir reden …« Zwei weitere Pärchen betraten den Salon und nahmen in ihrer Nähe Platz. »Unter vier Augen. Mehr nicht, versprochen.«

»Nur reden«, wiederholte Melody, wie zur Bestätigung für sich selbst.

»Ja«, versicherte Jackson.

Melody zögerte. Sie traute ihrem eigenen Willen nicht, ganz zu schweigen von seinem. In diesem Moment stand Jackson auf, griff nach ihren Taschen und nahm ihre Hand. Sekunden später waren sie an der Rezeption, wo Jackson ein Zimmer buchte. Melody stand neben ihm, unfähig, einen klaren Gedanken zu fassen. Ohne ein weiteres Wort gingen sie nach oben.

Sobald sie das Zimmer betrat, überfielen Melody heftige Zweifel. Ernie wäre zutiefst enttäuscht von ihr. Leicht panisch drehte sie sich zu Jackson um. »Ich sollte besser gehen, Jackson«, sagte sie.

»Bitte bleib, Melody«, bat Jackson und deutete auf das Bett. »Setz dich doch erstmal.«

Melody zögerte.

»Bitte, Melody.« Jackson setzte sich und zog sie neben sich. »Ich kann gar nicht glauben, dass du hier bist, direkt neben mir, erwachsen, eine der schönsten Frauen, die ich je gesehen habe, und zudem die begehrenswerteste …«

Melanie blickte auf ihre Hände, die reglos in ihrem Schoß lagen. »Während meiner ganzen Zeit in Europa habe ich davon geträumt, wie ich nach Hause komme, zu dir, und du diese Worte zu mir sagst«, gestand sie. Es klang absurd in ihren Ohren, aber so war es.

»Wirklich?«, fragte Jackson strahlend. Er legte die Arme um sie. »Hast du davon geträumt, dass ich dich so küsse?« Seine Lippen wanderten zu ihrem Hals und verteilten auf dem Weg zu ihrem Mund hungrige Küsse. »Oh Gott, du bist so wunderschön«, hörte sie ihn heiser murmeln. »Ich brauche dich, Melody. Noch nie habe ich eine Frau so begehrt wie dich.«

Diese Worte, die Worte, nach denen sie sich seit ihrer Schulzeit gesehnt hatte, und die Hitze, die seine Lippen auf dem Weg zu ihren entfachten, waren ihr Verderben. Sie gab sich den köstlichen Gefühlen hin, die sie durchströmten, und jeglichen Widerstand auf. Sie hatte Jackson so lange gewollt. Und jetzt wollte er sie offenbar auch. Nur Sekunden später streiften sie sich die Kleider vom Leib, und von da an gab es für Melody kein Zurück mehr.

Melody lag in Jacksons Armen, überwältigt von ihren Gefühlen. Die Euphorie wich schnell einer Vielzahl an widerstrebenden Emotionen, und sie fühlte sich innerlich wie zerrissen. Ein langgehegter Traum war in Erfüllung gegangen: Der Mann, den sie ihr ganzes Leben lang geliebt hatte, hatte mit ihr geschlafen. Aber da war auch Ernie, der Mann, den sie jetzt liebte, der Mann, den sie auf die schlimmstmögliche Weise betrogen hatte. Das Gefühl von Schuld drohte sie zu erdrücken.

Was habe ich getan?, fragte sie sich voller Selbstverachtung. *Das bin doch nicht ich? Ich bin doch niemand, der andere betrügt! Wie konnte ich Ernie nur so verletzen?* Sie wusste, dass sie ihm damit das Herz brechen würde, aber je länger sie darüber nachdachte, desto klarer stand ihr vor Augen, dass es auch keine gemeinsame Zukunft mit Jackson für sie geben würde. Sie konnte sich nicht vorstellen, dass Jackson das Leben mit Eloise aufgeben würde. Worum also ging es hier?

Sie wandte sich ihm zu. »Warum, Jackson?«, verlangte sie zu wissen. »Warum hast du mit mir geschlafen?«

Der Blick, den Jackson ihr schenkte, war immer noch voller Glückseligkeit. »Weil du unwiderstehlich bist, Melody.« Er zeichnete mit seinem Zeigefinger eine sanfte Spur von ihrer Schulter zu ihren Brüsten.

Melody stieß seinen Finger beiseite. Sie war fassungslos. »Hast du vor, deine Verlobung mit Eloise zu lösen und mich zu heiraten?«, fragte sie direkt. Sie kannte die Antwort, wollte sie aber aus seinem Mund hören.

»Dich heiraten?!«

Die Panik in seiner Stimme bestätigte ihre Befürchtungen. »Das hier war nur … ein Schäferstündchen für dich, oder?«, wagte sie zu fragen.

»Nein, Melody, dafür respektiere ich dich viel zu sehr. Das war wunderschön! Aber …« Er regte sich, sichtlich unbehaglich, »… es hätte nie passieren dürfen.«

»Was?« Melody keuchte auf. Hastig setzte sie sich auf und zog die Laken hoch, um ihre nackten Brüste zu bedecken. Sie fühlte sich mit einem Mal benutzt und schmutzig.

Jackson schluckte. »Wir haben den Kopf verloren«, stieß er hervor. »Beide. Aber ich heirate Eloise in zwei Wochen, und du Ernie gleich darauf. Wie du weißt, wird meine Hochzeit eine riesige Veranstaltung, die monatelang geplant und vorbereitet worden ist. Ich kann jetzt keinen Rückzieher machen. Das verstehst du doch sicher.«

Melodys Verletztheit wandelte sich in Wut. »Aber … warum hast du mich dann mit in dieses Zimmer genommen? Was war das, Jackson?«

»Es war eine Gelegenheit für uns, einander zu lieben, wenn auch nur für den Moment. Aber mehr kann es nicht werden. Eloise und Ernie dürfen nie davon erfahren. Wir wollen sie doch nicht verletzen, oder?«

»Das haben wir doch gerade schon getan.« Melodys Schuldgefühl wuchs ins Unermessliche.

»Nicht, wenn sie es nicht wissen. Sie dürfen es nie erfahren.«

Melodys Augen füllten sich mit Tränen. Sie hatte sich noch nie so verraten gefühlt. »Du hast … mich bloß benutzt.« Die Erkenntnis schmerzte ungemein.

»Nein, natürlich nicht. Aber im richtigen Leben …«

»Im richtigen Leben willst du in den Wohlstand einheiraten. Ist es nicht so?«

»Ich wäre ein Idiot, wenn ich Eloise gehen lassen würde«, gab er zu.

»Ich war die Idiotin, Jackson. Ich habe einen anständigen Mann betrogen. Und wofür?« Sie blickte ihn abfällig an.

»Er braucht es nicht zu wissen.«

»*Ich* weiß es aber. Das hier war ein großer Fehler, einer, den ich für den Rest meines Lebens bereuen werde«, stieß Melody hervor. »Ich wusste, dass es ein Fehler sein würde, mit hier rauf zu gehen, aber ich habe nicht auf meinen Instinkt vertraut. Ich war so dämlich! Du hättest mir unten ruhig sagen können, dass du mich nur ins Bett kriegen wolltest.«

Jackson hatte zumindest den Anstand, zerknirscht dreinzuschauen, aber dadurch fühlte Melody sich auch nicht besser. »Es tut mir leid, Melody. Doch was ich unten zu dir gesagt habe, ist die Wahrheit: Du bist mir nicht aus dem Kopf gegangen. Aber das hier war trotzdem ein Fehler. Wenn ich nüchtern gewesen wäre … hätte ich vielleicht genug Willenskraft gehabt, dich nicht zu verführen.«

Melody schnaubte angewidert. »Du schiebst es auf den Whisky.« Zum ersten Mal in ihrem Leben sah sie Jacksons Fehler. Er war nicht der Mann, den sie immer in ihm gesehen hatte. Sie sprang aus dem Bett und zog sich zitternd die Kleidung an.

Jackson geriet in Panik. »Was hast du vor, Melody? Du darfst es Ernie nicht sagen.«

»Hast du Angst vor dem, was er mit dir machen könnte? Denn das solltest du.«

Kapitel 11

Melody saß allein hinten im Bus und weinte. So grässlich und so wertlos hatte sie sich noch nie in ihrem Leben gefühlt. Nachdem der Bus die Stadt verlassen hatte, bekam sie kaum mit, dass er in kleinen Ortschaften hielt und Fahrgäste aufsammelte. Zum Glück nahmen sie vorne Platz, sodass Melody hinten unbemerkt blieb.

Nach eineinhalb Stunden Fahrt hielt er in Port Wakefield, einem Ort einundsechzig Meilen von Adelaide entfernt. Ein halbes Dutzend Passagiere stiegen ein. Auf der Suche nach einem freien Platz gingen die neuen Fahrgäste nach hinten durch, und eine ältere Frau mit weißem Haar setzte sich auf den Platz neben Melody.

»Hallo, Liebes«, sagte sie fröhlich, bevor sie ihre Tasche zwischen ihren Füßen abstellte.

Melody streifte sie nur kurz mit dem Blick. »Hallo«, murmelte sie höflich, dann drehte sie sich wieder zum Fenster. Die Tränen flossen nicht mehr, aber sie fühlte sich zu elendig für ein belangloses Gespräch.

Die Frau machte es sich bequem und holte ihr Strickzeug aus der Tasche. »Ich muss mich beschäftigen. Ich bin ein nervöser Fahrgast, und das Stricken lenkt mich ab«, erklärte sie. »Deswegen sitze ich auch gern hinten, wo ich die Straße vor uns nicht sehen kann.«

Melody nickte, starrte aber weiter aus dem Fenster. *Vermutlich,* so dachte Melody, *hofft die Frau auch auf eine Ablenkung durch ihre Sitznachbarin.* Sie sollte recht behalten, denn nach einigen Minuten erzählte die Frau ihr, dass sie unterwegs nach Moonta sei, um ihre Schwester zu besuchen.

»Wie nett«, kommentierte Melody. Sie wollte nicht unhöflich erscheinen, war aber nicht in der Lage, Interesse vorzutäuschen. Doch sie spürte, dass die Versuche der Frau, eine Unterhaltung anzufangen, nicht aufhören würden, also versuchte sie, sich zu sammeln.

»Keineswegs! Es wird eine Tortur, das können Sie mir glauben«, klagte die Frau. »Meine Schwester ist der größte Jammerlappen, den man sich nur vorstellen kann. Außerdem ist sie stinkfaul. Ihr Haushalt ist in einem furchtbaren Zustand, denn ihr Ehemann ist genauso faul. Also verbringe ich die gesamte Zeit damit, zu putzen, und dann kehre ich völlig erschöpft nach Hause zurück. Mir graut es jedes Mal davor, sie zu besuchen.«

»Vielleicht sollte Ihre Schwester dann stattdessen Sie besuchen«, meinte Melody abwesend.

»Bitte? Dafür müsste sie doch vom Sofa aufstehen. Eigentlich würde ich sie überhaupt nicht besuchen, wenn ich unserer Mutter vor ihrem Tod nicht versprochen hätte, mindestens einmal im Jahr nach Gwen zu sehen. Dieses Versprechen halte ich. Ich lebe in Mount Gambier, die Fahrt ist also schon weit, aber zumindest habe ich ein reines Gewissen.«

Melody sehnte sich auch nach einem reinen Gewissen, doch wahrscheinlich würde sie nie wieder eines haben.

Die Stille zwischen ihnen dehnte sich aus.

»Wohin sind Sie denn unterwegs?«, fragte ihre Sitznachbarin schließlich.

»Paskeville.«

»Besuchen Sie jemanden? Oder leben Sie dort?«

»Ich lebe dort … im Moment.« Sie war sich nicht mehr sicher, was die Zukunft betraf.

»Sie können mir ruhig sagen, dass es mich nichts angeht.

Aber ich merke, wie aufgewühlt Sie sind – möchten Sie darüber reden?«

Melody wandte sich zum Fenster. Sie stand kurz davor, wieder in Tränen auszubrechen.

»Wenn Sie nicht darüber reden möchten, kann ich schweigend weiterstricken, aber ich garantiere Ihnen, dass Sie sich besser fühlen werden, wenn Sie es sich von der Seele reden, und ich verspreche Ihnen, dass ich nicht über Sie urteilen werde. Aber es ist Ihnen überlassen.«

Melody dachte über den Vorschlag nach. Die Minuten verstrichen, und die Stille wurde nur von dem Klackern der Stricknadeln und dem Summen des Busmotors durchbrochen.

»Ich nehme an, es hat mit einem Mann zu tun«, sagte die Frau schließlich. »Sie sind meistens die Ursache, wenn wir Frauen so verzweifelt sind.«

»Mit zwei Männern«, warf Melody schuldbewusst ein.

»Ah. Sie sind sehr hübsch, das überrascht mich nicht. Lieben Sie beide?«

Melody zögerte. Sie liebte Ernie, aber sie war sich nicht sicher, was ihre Gefühle für Jackson anging. Er hatte sie schwer enttäuscht.

»Hören Sie: Wir kennen uns nicht, und es ist unwahrscheinlich, dass wir uns je wiedersehen«, erläuterte die Frau. »Und ich werde nichts, was Sie sagen, außerhalb dieses Busses wiederholen, das verspreche ich.«

Melody war zunehmend versucht, sich ihr anzuvertrauen. Sie hatte das dringende Bedürfnis, jemandem ihr Herz auszuschütten. Vielleicht war eine Fremde als objektive Zuhörerin dafür die beste Wahl. Und sie hatte recht: Die Wahrscheinlichkeit, diese Frau je wiederzusehen, war sehr gering, immerhin lebte sie im Südosten des Staates. Melody sah sich um, aber die Sitze hinter ihnen waren leer, und der Mann auf der anderen Seite des Ganges schien zu schlafen. Schließlich gab sie sich einen Ruck. »Ich kenne Jackson und Ernie schon mein ganzes Leben. Seine Schwester ist meine beste Freundin, und Ernie lebt und arbeitet auf der Farm ihrer Eltern«, begann sie leise. Dann erzählte sie der Frau die ganze Geschichte bis zu den Geschehnissen am heutigen Tag, als sie Jackson in der Stadt getroffen und er darauf bestanden hatte, dass sie ihn aufs Zimmer begleitete, »um zu reden«.

»Ich hätte nie mit ihm ins Hotel gehen sollen«, sagte sie reuevoll. »Aber genau das habe ich getan.« Sie schluckte. »Als er meinte, er könne nicht aufhören, an mich zu denken, habe ich meinen Verstand verloren … Was sagt das über mich und meine Beziehung zu meinem Verlobten aus?«, fragte sie verzweifelt. Sie wandte den Blick ab, als ihrer Sitznachbarin offenbar dämmerte, dass Melody Ernie untreu gewesen war.

»Dass Sie gewillt waren, Ihre Verlobung aufzulösen, um mit einem Mann zusammen zu sein, in den Sie seit Ewigkeiten verliebt sind?«, schlug die Frau vor.

»Ja. Nein. Ich weiß nicht … Ich wollte Ernie nie verletzen. Ich liebe ihn sehr, aber plötzlich war es, als würde ein alter Traum wahr.« Sie schwieg einen Moment nachdenklich. »Doch dann meinte Jackson, es hätte nie passieren dürfen und sei ein Fehler gewesen. Und das war es ja auch. Ich … schäme mich so.« Sie schluchzte auf.

Die Frau legte einfühlsam eine Hand auf Melodys Unterarm. »Das Verhalten ist typisch Mann«, sagte sie mit geschürzten Lippen. »Er wusste doch, wie Sie als junges Mädchen zu ihm standen, und das hat sein Selbstbewusstsein nur noch verstärkt, als er Sie als hinreißende junge Frau wiedergesehen hat. Dass Sie sich jemand anderem zugewendet haben, hat ihm offenbar gar nicht gefallen. Wahrscheinlich ist er eifersüchtig geworden.«

»Meinen Sie?« Der Gedanke war Melody nie gekommen.

»Natürlich. Da hat er dann entschieden, dass er Sie will. Und als Sie sich ihm hingegeben haben, ist ihm bewusst geworden, dass er Sie nur wollte, weil er glaubte, Sie nicht haben zu können. Es klingt kompliziert, aber das ist es nicht.«

Melody war fassungslos. Das konnte doch sicher nicht wahr sein!

»Noch mal einfach gesagt: Männer sind wie kleine Jungen. Sie wollen das Spielzeug, das man ihnen gibt, nicht, bis ein anderer Junge es will.«

Je länger Melody über die Worte nachdachte, desto wahrer erschienen sie ihr. Doch sie konnte das Geschehen nicht rückgängig machen. »Vermutlich haben Sie recht«, schnaubte sie schließlich. »Und jetzt sitze ich hier, komme mir unendlich dumm vor und muss einem wunderbaren Mann das Herz brechen.«

Die Frau betrachtete sie nachdenklich. »Sie haben die Wahl, wissen Sie.«

»Was meinen Sie?«

»Sie können aufstehen, sich den Staub abklopfen und Ihr Leben mit einem Mann weiterführen, der Sie wirklich liebt. Oder Sie beichten Ihre Sünden, brechen ihm das Herz und stehen am Ende mit keinem der Männer da.«

»Ich verdiene keinen von ihnen.«

»Im Gegenteil. Einer von ihnen hat Sie nicht verdient. Und damit meine ich nicht Ernie.«

»Der arme Ernie. Er ist nett, fürsorglich, liebevoll, ehrlich … Er verdient etwas viel Besseres. Wie könnte ich ihn anlügen? Ich glaube nicht, dass ich es mit meinem Gewissen vereinbaren kann, ihm eine so große Sache zu verheimlichen.«

»Ich befürworte Lügen zwar eigentlich auch nicht, aber wäre es leichter, ihm das Herz zu brechen?«

»Es wäre jedenfalls das Schwierigste, was ich bis jetzt je tun musste.« Melody wusste, dass Jackson Eloise nichts sagen würde, aber sie fand, dass Ernie die Wahrheit verdiente. »Doch ich hatte nicht einmal in Betracht gezogen, *nicht* ehrlich zu ihm zu sein, bevor Jackson mich angefleht hat, nichts zu sagen. Wissen Sie, er und Ernie sind wie Brüder aufgewachsen, und ich habe das Gefühl, einen Keil zwischen sie zu treiben.«

»Für mich klingt es so, als würde Jackson sich bloß sorgen, dass Ernie ihm etwas antun könnte.«

»Genau das habe ich ihm in meiner Wut auch an den Kopf geworfen, aber so ist Ernie nicht«, sagte Melody bestimmt.

»Leidenschaft und Treuebrüche sind die zwei häufigsten Gründe dafür, dass Menschen etwas tun, was man von ihnen nicht erwartet hätte.«

Melody schluckte. Sie erinnerte sich an Jacksons verängstigten Blick bei dem Gedanken, dass sie es Ernie gestehen könnte. »Wie habe ich es bloß geschafft, an einem einzigen Nachmittag so ein Chaos zu stiften? Ich bin entsetzt über mich selbst.« Sie schniefte in ein Taschentuch.

»Wir machen alle mal Fehler, Liebes. Das gehört zum Leben dazu. Sie müssen sich selbst vergeben, auch wenn es schwer ist. Außerdem haben Sie diesen Fehler nicht allein begangen. Sie sind nicht die einzige Schuldige.«

»Vielen Dank, dass Sie mir zugehört und Ratschläge erteilt haben.«

»Sehr gerne«, sagte die Frau und griff nach dem nächsten Wollknäuel in ihrer Tasche.

Melody atmete tief durch. »Darf ich Ihnen auch einen Rat geben?«, fragte sie.

»Natürlich.«

»Verbringen Sie die Zeit bei Ihrer Schwester nicht mit Putzen. Ihre Pflicht ist es nur, nachzusehen, ob es ihr gut geht, das ist alles. Wenn das Haus zu dreckig ist, um darin zu bleiben, dann halten Sie Ihren Besuch eben kurz.«

»Da haben Sie nicht ganz unrecht«, entgegnete die Frau. »Mein Mann sagt das auch jedes Mal, wenn ich erschöpft nach Hause komme. Ich denke, ich sollte auf ihn und auf Sie hören.« Sie lächelte. »Nun, haben Sie schon entschieden, was Sie tun werden, wenn Sie zu Hause sind?«

»Nein, noch nicht«, sagte Melody ehrlich, »aber Sie haben mir viel Stoff zum Nachdenken gegeben.«

»Melody!«, rief Ernie fröhlich, als er sie am nächsten Abend in die Arme schloss. »Ich habe dich schrecklich vermisst.«

Melody hatte seinen Wagen gehört und war auf die Veranda ihres Elternhauses getreten, um Ernie zu begrüßen. »So lange war ich doch gar nicht weg«, entgegnete sie und bemühte sich, ihrer Stimme einen festen Klang zu geben. Sie klammerte sich an ihn und damit an das Gefühl von Sicherheit, das er ihr vermittelte. Sie hatte sich den ganzen Tag das Hirn zerbrochen, und doch war sie immer noch nicht sicher, was sie tun oder sagen wollte.

»Ich weiß, aber ich vermisse dich jede Sekunde, in der wir nicht zusammen sind. Hast du bei deinem Einkauf alles bekommen?«

»Ja, ich denke schon.« Melody senkte den Kopf. Ernie legte den Finger unter ihr Kinn und zwang sie, in seine Augen zu blicken, in denen sie nichts als Liebe sah. In diesem Moment hasste sie sich selbst.

»Du zitterst ja, mein Schatz«, sagte Ernie. »Ist irgendetwas?«

»Ich habe dich nicht verdient, Ernie.«

»Unsinn. *Ich* bin hier der Glückspilz. Ich kann kaum glauben, dass jemand wie du mich heiraten möchte.«

Jemand wie ich! Eine Welle der Scham durchwogte sie. Es

nutzte nichts: Sie musste die Wahrheit loswerden, so konnte sie ihm nicht gegenübertreten. Doch als sie den Mund öffnete, hielten seine Lippen sie vom Sprechen ab. Ernie zu küssen fühlte sich an, als würde ihr Herz nach Hause kommen. Sie war dort, wo sie hingehörte. Wo sie immer hingehört hatte. Ernie war alles, was sie sich je von einem Ehemann wünschen könnte, alles, was sie brauchte. Sie konnte es nicht riskieren, ihn zu verlieren.

»Ich werde mich jeden Tag unseres Ehelebens bemühen, dich glücklich zu machen. Versprochen«, wisperte sie. »Ich werde dir die beste Ehefrau sein, die ich nur sein kann.«

Oktober 1957

Melody verspürte starke Übelkeit, als Ernie das Auto vor Berkshire Hall parkte, wo gerade Jacksons und Eloises Hochzeitsempfang begann. Irgendwie war es ihr gelungen, die Hochzeitszeremonie in St. Peter's Cathedral in Adelaide zu überstehen. Sie hatte sich die ganze Zeit wie betäubt gefühlt und entsetzt zur Kenntnis genommen, wie entspannt und fröhlich Jackson wirkte. Er stand am Altar, wartete auf seine Braut und grüßte Familie und Freunde, einschließlich Ernie und Melody, mit einem Lächeln, das nichts verriet. Es war, als wäre nie etwas zwischen ihnen geschehen, als wäre das alles nur ein Hirngespinst von ihr gewesen. Doch statt erleichtert zu sein, fühlte Melody sich nur noch mehr ausgenutzt und beschämt.

»Plagt dich etwas, Liebling?«, fragte Ernie besorgt, bevor sie ausstiegen. »Du bist ganz blass.«

»Ich bekomme Kopfschmerzen.« Das war nicht gelogen, ihr Kopf fühlte sich an, als würde er gleich explodieren.

»Kein Wunder. Die Zeremonie hat ewig gedauert, und es

war ganz schön warm in der Kirche. Zum Glück wird unsere Hochzeit ganz anders sein.«

Melody antwortete nicht.

»Schade, dass sie nicht zu unserer Hochzeit kommen können.«

»Können sie nicht?«, fragte Melody überrascht.

»Nein. Offenbar reisen sie direkt nach Europa in die Flitterwochen. Habe ich dir das nicht erzählt?«

»Nein.«

»Dann habe ich das wohl vergessen. Georgina hat es mir vor ein paar Tagen gesagt. Ein sehr wohlhabender Freund der Templetons hat Eloise und Jackson für die Flitterwochen seine Yacht angeboten, die in Südfrankreich vor Anker liegt. Einschließlich des Personals. Das Angebot kam sehr kurzfristig, weil jemand anderes abgesagt hatte, und natürlich fanden sie die Gelegenheit zu gut, um sie sich entgehen zu lassen – und wer könnte ihnen das verdenken? Sie werden sich gleich nach dem Empfang hier auf den Weg zum Flughafen machen. Nach einer dreiwöchigen Tour wollen sie durch Europa reisen, sie werden also monatelang unterwegs sein.«

Melody war unendlich erleichtert. Allein die Vorstellung, dass Jackson ihr und Ernie bei der Vermählung zusah, hatte ihr Übelkeit verursacht. Sie wusste nicht einmal, wie sie es überstehen sollte, Jackson und Eloise gleich bei dem Empfang gegenüberzutreten. Gerade posierten die beiden auf der anderen Seite eines riesigen Rasens, wo ein Fotograf Bilder von ihnen schoss. Zwischen den Aufnahmen ordnete einer von Eloises vielen Bediensteten den Saum ihres prachtvollen Kleides sowie den langen Spitzenschleier.

»Du siehst wunderschön aus, Eloise.« Melody küsste Eloise zur Begrüßung auf die Wange und ärgerte sich gleichzeitig darüber, dass ihre Stimme zitterte. Sie und Ernie hatten zwanzig Minuten gewartet, dass der Fotograf seine Arbeit beendete, und sich dann zusammen mit den anderen Gästen angestellt, um dem frisch verheirateten Paar zu gratulieren. Melody hatte sich gefühlt wie auf dem Weg zum Galgen.

»Danke.« Eloise war zu sehr mit ihrem eigenen Glück beschäftigt, um Melodys ungewöhnliches Verhalten zu bemerken. »Ich glaube, es läuft ganz gut. Zumindest bis jetzt.« Sie warf ihrem Ehemann einen liebevollen Blick zu.

»Ja.« Melody vermied den Blickkontakt zu Jackson, ihr war in seiner Nähe erneut übel.

Nun küsste Ernie Eloise zur Begrüßung. »Herzlichen Glückwunsch«, sagte er. »Ich freue mich sehr für dich und Jackson.« Dann gab er Jackson die Hand. »Alles Gute, Kumpel.«

»Danke, Ernie«, erwiderte Jackson. Sein Blick war jedoch auf Melody gerichtet, die nun keine andere Wahl mehr hatte, als ihn zu grüßen.

»Glückwunsch«, sagte sie leise mit einem schnellen Blick. Sie meinte, ein kurzes Aufflackern von Schuld in seinen Augen zu sehen, aber vielleicht war es nur ein Abbild ihrer eigenen. Ein Schauer lief ihr über den Rücken.

»Danke«, sagte Jackson und beugte sich zu ihr, um sie auf die Wange zu küssen.

Melody geriet in Panik und wich zurück.

Bestürzt zuckte Jacksons Blick zu Ernie, der Melody nachdenklich musterte.

»Ist alles okay?«, wisperte Ernie.

Melodys Herz raste, ihre Knie zitterten, und sie fürchtete, das Bewusstsein zu verlieren, aber es gelang ihr zu nicken.

Eloise, die Melodys Reaktion auf Jackson nicht mitbekommen hatte, wandte sich ihnen zu. »Euer großer Tag ist ja auch ganz bald. Es tut mir leid, dass wir ihn verpassen.«

»Ich kann es kaum erwarten«, sagte Ernie. Er legte einen Arm um Melody, und sie sah auf und zwang sich zu einem Lächeln, auch wenn sich ihre Gesichtszüge wie erstarrt anfühlten. Wie hatte sie Ernie nur betrügen können?

Ernie runzelte die Stirn. »Melody, du zitterst ja.«

Melody versuchte, etwas zu sagen, aber kein Ton kam über ihre Lippen. Die Erinnerung daran, wie sie Jackson geküsst und nackt mit ihm im Bett gelegen hatte, durchzuckte sie. Heiße Galle stieg in ihrer Kehle auf, und ihre Knie gaben unter ihr nach.

Zum Glück hatte Ernie immer noch den Arm um sie gelegt, daher fing er sie auf, bevor sie auf dem Boden aufschlug, und hob sie auf seine Arme.

Als Melody wieder zu sich kam, lag sie auf einer Liege am Pool hinter einem Festzelt, verborgen vor den Blicken der anderen Gäste. Ernie saß mit einem Glas Wasser in der Hand neben ihr.

»Da bist du ja wieder, Darling«, sagte er besorgt und bot ihr das Wasser an.

Sie nippte daran. »Was ist passiert?«

Glücklicherweise war Jackson nirgends zu sehen, aber dafür tauchte Eloise an ihrer Seite auf.

»Du hast uns aber einen Schrecken eingejagt, Melody. Ich werde einen der Bediensteten bitten, den Arzt unserer Familie zu rufen«, sagte sie.

»Bitte nicht, mir geht es gut, wirklich«, murmelte Melody. Sie wandte sich Ernie zu. »Ich möchte nicht, dass so viel Aufhebens um mich gemacht wird. Es ist mir so schon schrecklich unangenehm.«

»Das muss es nicht. Vielleicht solltest du dich wirklich untersuchen lassen. Du bist immer noch sehr blass.«

»Das sehe ich genauso«, sagte Eloise.

»Ich würde wirklich lieber nach Hause fahren, wenn es dir nichts ausmacht«, bat Melody Ernie flehentlich.

»Bist du dir sicher? Vielleicht fühlst du dich ja gleich besser.«

»Bitte, Ernie.«

Ernie überraschte ihre Verzweiflung, er wollte ihrem Wunsch aber entsprechen. »In Ordnung. Wir können nach Hause fahren.«

»Es tut mir leid, Eloise. Du vernachlässigst meinetwegen deine Gäste«, sagte Melody. »Geh ruhig wieder zu ihnen. Du musst dir um mich keine Sorgen machen.«

»Jackson ist bei ihnen, aber er macht sich auch Sorgen um dich.«

»Wirklich, das ist nicht nötig«, stieß Melody barscher als beabsichtigt hervor. »Ernie wird sich um mich kümmern.«

»Dann überlasse ich dich seinen fähigen Händen und gehe wieder zu Jackson. Wir sehen uns nach unseren Flitterwochen.«

Melody nickte, und Eloise ging zu ihren Gästen zurück. »Können wir uns ohne einen großen Abschied davonmachen, Ernie?«, bat sie. »Ich möchte den Empfang nicht noch mehr stören, als ich es eh schon getan habe.« Vor allem wollte sie Jackson nicht sehen.

»Okay. Eloise sagt meinen Eltern bestimmt, dass wir die Feier verlassen haben.«

Kapitel 12

Auf der Rückfahrt von Berkshire Hall war Ernie sehr nachdenklich. Ihn beschäftigte schon seit Tagen ein Gedanke, der ihm einfach keine Ruhe ließ. Als sie schließlich die Stadt erreichten, ohne dass Melody auch nur ein Wort gesagt hatte, beschloss er, das Thema anzusprechen.

»Irgendetwas stimmt nicht, Melody, und du solltest mir sagen, was los ist.«

»Mir geht es gut, wirklich …«

»Ich meine nicht deinen gesundheitlichen Zustand, auch wenn der mir ebenfalls Sorgen bereitet.«

In Melodys Hals bildete sich ein Kloß. Ihr wurde zunehmend bewusst, dass es unmöglich sein würde, Ernie ihre Untreue zu verheimlichen, wenn sie permanent damit konfrontiert wurde.

»Was ist denn los?«, fragte Ernie besorgt. Er wäre gerne rechts rangefahren, aber sie befanden sich mitten auf einer Kreuzung in Hackney. Also nahm er Melodys Hand in seine Linke, während er mit der rechten den Wagen lenkte. »Du weißt, dass du mir alles sagen kannst, Darling.«

Melody sog tief die Luft ein. »Ich möchte dich nicht wegen eines dummen Fehlers verlieren«, stieß sie hervor, löste ihre Hand aus seiner und bedeckte ihr Gesicht mit beiden Händen.

Ihre Worte schockierten Ernie. Er steuerte den Wagen eilig auf den Parkplatz des Adelaide Zoos und stellte den Motor aus. Als Melody offensichtlich Schwierigkeiten hatte, die Fassung zu wahren, begann er zu sprechen: »Mir ist aufgefallen, dass du anders bist, seit … du von dem Einkauf in der Stadt zurückgekommen bist. Ich habe versucht, es zu ignorieren, in der Hoffnung, dass ich falschliege …«

Melody hob den Blick und sah ihn an, und ihre Augen füllten sich mit Tränen. Er ahnte die Wahrheit, das sah sie, und es machte ihr Angst. Jetzt hatte sie die Gelegenheit, ihm ihren Fehltritt zu beichten, doch sie fand keine Worte – auch weil sie wusste, dass sie ihm das Herz brechen würden.

»Ich weiß, ich bin nur ein Farmarbeiter und habe nicht gerade viel Erfahrung in Beziehungsdingen, aber in der Stadt ist irgendetwas passiert, oder? Ich vermute, es hat mit Jackson zu tun. Ich habe bemerkt, wie er dich ansieht. Er will dich, seit du aus Paris wiedergekommen bist.«

Melody senkte den Kopf.

»Ich frage dich das nur einmal, Melody, und ich vertraue darauf, dass du ehrlich zu mir bist: Du bist ihm in der Stadt begegnet, und er hat dir Avancen gemacht, nicht wahr?«

Melody nickte.

Ernie spürte Wut in sich aufsteigen, bemühte sich aber, ruhig zu sprechen. Er wollte ihr auf keinen Fall Angst machen. »Du musst dich deswegen nicht schlecht fühlen, Darling. Jackson ist derjenige, der Mist gebaut hat.«

Doch als Melody den Blick hob und Ernie direkt in die Augen sah, erkannte er das schlechte Gewissen darin. Ihr schlechtes Gewissen! Er klammerte sich verzweifelt an die Hoffnung, dass sie ihn nicht betrogen hatte, aber es fühlte sich an, als würde er in Treibsand versinken.

»Es tut mir leid, Ernie«, flüsterte sie.

Ihre Worte waren wie ein Messerstich in sein Herz. Einige Augenblicke saß er still da, während in seinem Inneren ein Wirbelsturm unterschiedlichster Gefühle tobte: Schock, Wut, Enttäuschung und Ernüchterung.

Melody schluckte schwer. »Bitte, sag doch was. Oder schrei

mich an. Ich habe es verdient«, sagte sie leise, bevor sie hinzufügte: »Es ist zwar keine Entschuldigung für das, was passiert ist, aber er hatte getrunken, und ich war schwach. Ich dachte …«

»Bitte erspar mir die Details, Melody«, unterbrach Ernie sie. Er konnte diese Vorstellung nicht zulassen, denn dann würde er sie nie wieder aus dem Sinn bekommen. »Vermutlich dachtest du auch noch, dein größter Traum wäre wahr geworden.«

Melody sah ihn tieftraurig an. »Ich habe mich schrecklich getäuscht! Ich werde mir nie verzeihen, so blind und dumm gewesen zu sein, und ich erwarte auch nicht, dass du mir das verzeihst.« Sie zog ihren Verlobungsring vom Finger und hielt ihn Ernie hin.

Er nahm ihn entgegen. Als seine Augen sich mit Tränen füllten, hatte Melody das Gefühl, in tausend Stücke zu zerbersten.

Eine Weile waren beide zu aufgewühlt, um zu sprechen.

»Willst du mich immer noch heiraten?«, wisperte Ernie schließlich erstickt. »Ja oder nein?«

Melody traute ihren Ohren nicht. Das war das Letzte, was sie zu hören erwartet hatte. »Ja, natürlich«, sagte sie leise.

»Weil … du Jackson nicht haben kannst?«, hakte Ernie nach.

»Nein, weil ich dich liebe!« Sie atmete tief durch. »Aber du möchtest mich jetzt sicher nicht mehr heiraten«, sprach sie die Worte aus, die sie am meisten fürchtete.

Ernie hob den Blick und sah sie an, lange, ohne ein Wort zu sagen, Melody konnte förmlich sehen, dass er einen inneren Kampf ausfocht.

»Ich musste offenbar erst einen Fehler machen, um zu verstehen, wie sehr ich dich liebe, Ernie. Ich hätte nie geglaubt, dass es möglich ist, jemanden so zu lieben«, sagte sie sanft. »Aber ich habe dich nicht verdient. Ich habe mich lächerlich gemacht, und noch viel schlimmer: Möglicherweise habe ich damit auch dich lächerlich gemacht. Du hast keine Ahnung, wie leid es mir tut, dich verletzt zu haben. Ich werde es den Rest meines Lebens bereuen. Ich ziehe wieder nach Paris. Du kannst den Leuten erzählen, was immer du willst – beschreib mich mit den schlimmsten Worten, ich habe es verdient.« Melody war froh, es ausgesprochen zu haben, doch Ernie reagierte nicht. Sie wünschte fast, er würde wütend werden, da sie es kaum ertrug, seinen Schmerz zu sehen. Doch Ernie schwieg.

»Jackson will das Leben, das er mit Eloise geplant hat, sicher nicht verlieren«, sagte er schließlich kühl.

»Nein«, stimmte Melody zögerlich zu. Hatte er vor, die Geschichte zu enthüllen und Jacksons Ehe aus Rache zu zerstören? »Wirst du … es Eloise sagen?«

»Ich werde Jacksons Leben nicht ruinieren, aber ich will verdammt sein, wenn er meins ruiniert!«

Melody hatte keine Ahnung, wovon er sprach. »Was willst du damit sagen?«, fragte sie ängstlich.

Ernie wandte sich zu ihr. »Melody, ich glaube dir, dass es dir leidtut, mich verletzt zu haben«, sagte er ernst. »Aber wir werden trotzdem heiraten und das Leben haben, das wir geplant haben.« Er nahm ihre Hand und steckte ihr den Verlobungsring wieder an.

Melody starrte den Ring und dann ihn an. Sie konnte kaum fassen, wie ihr geschah. »Wirst du … Wirst du mir vergeben?«

»Ja, aber enttäusch mich bitte nie wieder, denn das würde ich nicht überstehen.« Tränen rannen aus seinen großen braunen Augen, und seine Unterlippe bebte. »Und versprich mir, dass du niemandem je erzählst, was zwischen dir … und Jackson passiert ist.«

Melody schlang die Arme um seinen Nacken und umarmte ihn fest. »Versprochen!«

Sie weinten zusammen, bis sie sich schließlich voneinander lösten und ihre Tränen trockneten. Mit einem tiefen Seufzer ließ Ernie den Motor wieder an und fuhr weiter. Melody saß neben ihm und konnte ihr Glück kaum fassen. Sie hatte sich einem anderen Menschen noch nie so nahe gefühlt. Sie hatte nicht gewagt, auf ein Wunder zu hoffen, weil sie nicht der Meinung war, eines zu verdienen. Und dennoch hatte Ernie ihr verziehen. Im Gegenzug schwor sie sich, ihm eine gute Ehefrau zu sein, die Frau, die er verdiente.

An Melodys und Ernies Hochzeitstag schien die Sonne strahlend, die Vögel zwitscherten, und die Kirche St. Luke's war zum Bersten voll mit fröhlichen Familienmitgliedern und Freunden. Mit Bea als Trauzeugin an ihrer Seite schwebte Melody auf Wolke sieben.

Sie war so von ihren Gefühlen überwältigt, dass sie das Ehegelübde nur mit Mühe sprechen konnte. Sie war unendlich froh, vor einem Priester zu stehen und Ernie zu heiraten, und sie würde ihr Leben lang dankbar dafür sein.

Ernie war ebenfalls sehr gerührt und erfüllt von seiner Liebe zu Melody. Er schätzte sich unendlich glücklich, dass er nun die Frau seiner Träume heiraten konnte und Jackson sie ihm nicht vor der Nase weggeschnappt hatte. Er würde sein Bestes geben, um sie glücklich zu machen, und hoffte, dass es reichte, damit sie den Rest ihres Lebens gemeinsam verbringen konnten.

Während der anschließenden Feier im Railway Hotel merkten mehrere Nachbarn Ernie gegenüber an, wie schade es sei, dass Jackson diesen besonderen Anlass nicht mit ihm zusammen feiern könne, wo sie sich doch so nahestünden.

Allein die Erwähnung des Namens genügte, um Ernies Glücksgefühle zu überschatten. Er hatte Jackson tatsächlich wie einen Bruder geliebt, dieser aber hatte ihn auf die schlimmste Art und Weise hintergangen.

Wie sollte er es je schaffen, ihm zu vergeben?

Das frisch verheiratete Paar verbrachte die ersten drei Tage der Flitterwochen im Barossa Valley, wo sie Wein verkosteten, Rad fuhren und inmitten der Weinberge picknickten. Sie genossen die Zeit, aber Melody fiel auf, dass Ernie immer wieder besorgt den Himmel musterte, auf der Suche nach Zeichen für Regen.

»Möchtest du zurück nach Hause, Darling?«, fragte sie am vierten Tag beim Frühstück. »Wenn ja, dann habe ich vollstes Verständnis dafür.«

»Es sind doch unsere Flitterwochen«, sagte Ernie, der ihre Gefühle nicht verletzen wollte.

»Ich weiß, aber es spielt keine Rolle, wo wir sind, solange wir dort zusammen sind. Und ich weiß, dass du dir Sorgen machst, weil Cornell jetzt ein Arbeiter fehlt.«

Es stimmte. Cornell hatte nichts gegen Ernies Reise eingewendet, aber ausgerechnet jetzt war viel zu tun: Die Schafe mussten um den Schwanz herum und zwischen den Hinterbeinen geschoren werden, um sie vor der Fliegenmadenkrankheit zu schützen, darum kümmerte sich Cornell gerade mit Monti, Rex und Jimmy Jarriwal, drei Jackaroos, gleichzeitig musste aber eine Luzernen-Ernte eingefahren werden. Und es würde Regen geben, und der würde das Heu ruinieren, wenn es auf der Koppel liegen blieb. Es wurde jede Hand gebraucht, um es schnell in die Heuschuppen zu schaffen.

Ernie nahm ihre Hand. »Danke für dein Verständnis«, sagte er. »Ich mach es wieder gut, versprochen.«

»Das ist nicht nötig. Ich möchte einfach, dass du zufrieden bist, und solange du dir dasselbe für mich wünschst, werden wir miteinander immer glücklich sein. Darum geht es doch in einer Ehe. Außerdem freue ich mich auch schon darauf, die Vorhänge für unser neues Zuhause zu nähen.«

Ernie lächelte sie an. Er wusste, dass Melody es kaum erwarten konnte, ihr gemeinsames Heim einzurichten. »Ich hätte nie erwartet, dass Cornell uns ein Cottage auf der Farm schenkt«, sagte er. »Das war eine wunderbare Überraschung. Und ziemlich großzügig.«

»Das stimmt. Ich bin gespannt, wie es im Inneren aussieht.«

»Es steht seit Jahren leer und ist ziemlich heruntergekommen. Das Dach muss sicher vollständig ersetzt werden, und im Inneren gibt es mit Sicherheit auch sehr viel zu tun. Du weißt, dass ich nur an den Wochenenden daran arbeiten kann, es wird also vermutlich Monate dauern, bis es in einem bewohnbaren Zustand ist.«

»Ich weiß«, sagte Melody geduldig. »Aber ich freue mich darauf.«

Nach einem langen Tag, an dem sie mit Unterstützung der drei Farmhelfer die Luzernen-Ernte eingebracht hatten, lud Cornell Ernie zu einem Bier auf der Veranda ein. Georgina hielt sich in ihrem Atelier auf, und Vera hatte sich bereits mit Harley in ihr Cottage zurückgezogen. Melody besuchte ihre Eltern und aß mit ihnen zu Abend.

Ernie lehnte sich in seinem Stuhl zurück und ließ seinen Blick über die Weiden schweifen, auf denen die Rinder friedlich grasten. Er trank einen großen Schluck Bier. »Ah, das tut gut. Der Tag war lang. So anstrengend die Arbeit auf der Farm auch ist – ich liebe sie. Ich könnte mir nicht vorstellen, irgendwo anders oder für irgendwen anders zu arbeiten.«

»Ja, ich weiß.« Cornell stieß einen Seufzer aus. »Schade, dass es Jackson nicht genauso geht. Ich kann nachts kaum schlafen, weil ich mir solche Sorgen mache, dass er die Farm verkauft, wenn ich mal nicht mehr bin.« Er trank einen Schluck Bier. »Aber Michael wird eines Tages Wilmot Downs von seinem Vater erben, und das ist auch richtig so.«

Ernie empfand Mitgefühl mit ihm. Die Sorge um die Zukunft der Farm tat seiner Gesundheit nicht gut. »Vielleicht möchte Jackson die Farm ja behalten und stellt einen Vorsteher ein, der sich hier um alles kümmert, während er weiter das Kaufhaus führt«, überlegte Ernie. Er selbst hätte großen Spaß an einer solchen Position und konnte nur hoffen, dass Jackson ihn dafür in Erwägung ziehen würde.

»Das bezweifle ich. Er hat keinerlei Interesse an der Farm.«

»Er weiß aber, dass es auch das Zuhause seiner Mutter ist.«

Cornell legte die Stirn in Falten. »Georgina malt hier wirklich gerne, und sie soll es so lange tun können, wie sie möchte. Aber die Zukunft ist sehr ungewiss, und das bedeutet, dass ich ein paar Entscheidungen fällen muss.«

»Wenn ich dir irgendwie helfen kann, dann tue ich das, das weißt du, oder?«

»Danke. Ich weiß es zu schätzen, dass du einem alten Mann wie mir zugehört hast.«

»Jederzeit«, sagte Ernie. »Was hältst du von einem weiteren Bier?«

Cornell lächelte, doch er empfand Traurigkeit. Niemand würde je verstehen, wie sehr es ihn immer noch schmerzte, dass Jackson gegangen war. Nicht einmal Georgina.

»Es ist ein Wunder, dass das Ding überhaupt noch steht«, sagte Cornell. Er hatte zusammen mit Ernie die Arbeit am Cottage aufnehmen wollen und dabei bemerkt, dass das Gebälk zerfiel. »Es sieht aus, als wären hier drin Termiten sehr fleißig gewesen. Kaum zu glauben, dass das Dach noch nicht eingestürzt ist.«

»Melody wird enttäuscht sein«, sagte Ernie betreten.

»Ich hätte das Cottage prüfen sollen, bevor ich es euch als Hochzeitsgeschenk anbiete. Es tut mir leid, euch zu enttäuschen.«

»Das ist doch nicht deine Schuld, Cornell. Niemand konnte ahnen, dass hier drin so viel kaputt ist. Wir finden ein anderes

Zuhause in der Nähe. Bis dahin können wir weiter bei Mum und Dad wohnen.«

»Es ist doch bestimmt eng zu viert in dem kleinen Cottage, oder?«

»Ja, aber wenn wir Glück haben, und das werden wir, finden wir sehr bald etwas anderes.«

»Mir kommt da gerade eine Idee …«, sagte Cornell, und ein Lächeln breitete sich auf seinem Gesicht aus. »Ich weiß nicht, warum ich nicht früher darauf gekommen bin: Warum zieht ihr zwei nicht zu uns ins große Haus?«

Ernie starrte ihn überrascht an. »Das geht doch nicht.«

»Warum denn nicht? Das Haus ist sehr groß. Die Zimmer auf der Vorderseite nutzen wir gar nicht, da wäre das doch naheliegend. Es sind mehrere Schlafzimmer und ein Wohnzimmer, dort habt ihr garantiert genug Privatsphäre.«

Ernie fand das Angebot verlockend, zögerte jedoch. »Das ist ein sehr großzügiges Angebot, aber solltest du das nicht zuerst mit Georgina besprechen?«

»Sie sieht das sicher genauso wie ich, aber ich spreche mit ihr, wenn du dich damit wohler fühlst.«

»Ja, das wäre mir lieb«, sagte Ernie.

Zur Mittagszeit versammelten sich alle in der Küche, wo Vera kaltes Fleisch, Sauerteigbrot und Salat servierte. Cornell wirkte sehr entspannt, und wie sich herausstellte, hatte er bereits mit Georgina gesprochen und dabei auch Vera einbezogen.

»Es ist alles geklärt«, sagte er mit einem breiten Lächeln, als Ernie und Melody sich an den Tisch gesetzt hatten. »Ihr könnt direkt einziehen.«

»Vielen Dank. Das ist ein sehr großzügiges Angebot«, brachte Melody überwältigt hervor. Sie war überrascht gewesen, als Ernie ihr von dem Vorschlag erzählt hatte.

»Bist du sicher, dass das in Ordnung ist?«, wandte Ernie sich an Georgina.

»Ich freue mich darauf, euch im Haus zu haben. Das wird wundervoll«, erklärte Georgina. »Ich wünschte, ich wäre selbst auf die Idee gekommen.«

Ernie blickte zu seiner Mutter. »Ist das für dich auch in Ordnung, Mum?« Er hoffte, dass sie sich dadurch nicht verletzt fühlte.

»Natürlich! Ich halte es für eine großartige Idee. Und zudem völlig einleuchtend, wo doch die vielen Räume vorne leer stehen. Außerdem bin ich selbst den Großteil des Tages hier, da wird es kaum dazu kommen, dass ich euch vermisse.«

Ernie blickte sie dankbar an, dann legte er lächelnd einen Arm um Melody. »Vielen Dank euch beiden.«

»Sehr gerne.« Auch Georgina lächelte. »Und ich kann es kaum erwarten, wieder ein Baby im Haus zu haben. Also legt am besten bald los«, rief sie.

Melody errötete, und Ernie strich sacht über ihre Schulter.

»Und Melody, du kannst aus dem Stoff, den du für die Vorhänge im Cottage gekauft hast, stattdessen Vorhänge für die Schlafzimmer und das Wohnzimmer hier nähen«, schlug Georgina vor. »Damit kannst du den vorderen Räumen gerne gleich deinen Stempel aufdrücken.«

Kapitel 13

1960

»Wir unterbrechen den musikalischen Nachmittag mit einer Eilmeldung«, ertönte knisternd eine Stimme im Radio. *»Der Sänger Johnny O'Keefe und zwei seiner Begleiter wurden bei einem Verkehrsunfall in der Nähe von Kempsey in New South Wales schwer verletzt.«*

»Hast du das gehört, Melody?«, fragte Vera erschrocken und trat näher an den Radioschrank im Haupthaus der Sunnyvale Farm.

Melody saß mit einer Stickarbeit auf dem Sofa, auf dem Boden neben ihr spielte ihr kleiner Sohn Archie.

»Der Unfall ereignete sich gegen neun Uhr heute Morgen auf dem Weg von der Gold Coast nach Sydney. Die Fahrzeugfront von O'Keefes rotem Plymouth Belvedere wurde schwer beschädigt, als sein Fahrzeug mit einem Lastwagen zusammenstieß. O'Keefe zog sich schwere Verletzungen im Gesicht zu und verlor mehrere Zähne. Die weiteren Insassen, Johnny Greenan und dessen Frau Janice, wurden ebenfalls schwer verletzt. Greenan wurde aus dem Fahrzeug geschleudert und brach sich dabei einen Rückenwirbel. Seine Frau, die auf dem Rücksitz saß, erlitt eine schwere Gehirnerschütterung. Alle drei Fahrzeuginsassen befinden sich inzwischen im Krankenhaus. Wir melden uns mit neuen Informationen, sobald sie uns vorliegen. Bis dahin – zurück zur Musik und Moderator Wilfred Dean.«

»Harley mag Johnny O'Keefe«, sagte Vera ernst. »Er wird schockiert sein.«

»Hoffentlich geht es ihm bald wieder gut«, kommentierte Melody. »Und den anderen beiden auch.«

»Vor ein paar Wochen habe ich im Radio die Meldung gehört, dass Johnny gerade erst aus Amerika zurückgekommen ist. Er hat versucht, dort in der Musikszene Fuß zu fassen.«

»Und, war er erfolgreich?« Melody reichte Archie sein Lieblingsstofftier. Er wurde langsam müde und zunehmend quengelig.

»Offenbar nicht so wie erhofft, und man munkelt, dass er depressiv ist und zu viel trinkt.«

In diesem Moment klingelte das Telefon. Die Frauen zuckten zusammen, und Archie fing an zu weinen. Vera nahm das Gespräch an, während Melody ihren Sohn auf den Arm hob, um ihn ins Bett zu bringen. Sie trug ihn gerade aus dem Zimmer, als sie Vera sagen hörte: »Jackson! Wie schön, von dir zu hören!«

Melody blieb mit klopfendem Herzen an der Zimmertür stehen. Jackson und Eloise hatten ihre Flitterwochen so oft verlängert, dass er jetzt schon seit mehr als zweieinhalb Jahren fort war. Insgeheim hatte sie begonnen zu hoffen, er würde nie zurückkehren. Es hatte ihr gutgetan, durch seine Anwesenheit nicht ständig an ihren Fehltritt erinnert zu werden. Aber allein die Erwähnung seines Namens sorgte dafür, dass ihre Schuldgefühle sie wie eine Welle überrollten. Das Gefühl war fürchterlich, und sie würde es vermutlich nie abschütteln können, Ernies selbstloser Liebe zum Trotz. Er hatte ihr verziehen, sie selbst aber tat sich damit schwer.

Ernie sprach nie über Jackson, nicht einmal, als Melody ihm kurz nach ihrer Hochzeit ihre Schwangerschaft verkündet hatte. Sie hatte gefürchtet, er könnte vielleicht bezweifeln, der Vater des Kindes zu sein, doch zu ihrer großen Erleichterung hatte er das nie getan. Sie selbst wusste mit Sicherheit, dass Archie Ernies Sohn war.

Während Melody Archie in sein Kinderbett legte, bemühte

sie sich, Veras Worte zu verstehen, aber durch die Entfernung und die Wände zwischen ihnen waren sie zu gedämpft.

Als sie einige Minuten später die Küche betrat, kochte Vera gerade Tee. »Habe ich richtig gehört, dass das Jackson am Telefon war?«, erkundigte sie sich betont beiläufig.

»Ja. Er und Eloise kommen bald nach Australien zurück«, sagte Vera und Melodys Herz krampfte sich zusammen.

»Wann?«

»Das hat er nicht genau gesagt.«

»Wie merkwürdig.«

»Er hatte es bisher ja auch nicht gerade eilig, nach Hause zu kommen, oder? Aber das muss er ja auch nicht. Der Geschäftsführer des Kaufhauses macht seine Sache gut, und sie haben natürlich einen Bauleiter eingestellt, der den Bau ihres neuen Zuhauses beaufsichtigt. Jackson und Eloise hatten wirklich Glück, dass Mr Templeton ihnen dieses riesige Grundstück in Springfield zur Hochzeit geschenkt hat. Vierzig Hektar, kannst du dir das vorstellen? Okay, sechsundzwanzig davon sind natürliches Buschland, aber der Rest bietet immer noch genug Platz für weitläufige Gärten.«

Vera drehte sich zu Melody. »Jackson hat mir gerade erzählt, dass das Haus so gut wie fertig ist und sie es unbedingt sehen wollen. Offenbar hat Eloise auf einer Auktion auch eine Treppe und die Eichenvertäfelung eines Anwesens in England erworben, dazu noch Kunstwerke aus der ganzen Welt. Das mit den Kunstwerken kann ich ja noch verstehen, aber wer kauft denn eine ganze Treppe und lässt sie in ein anderes Land bringen? Die muss doch erstmal auseinandergebaut werden, damit sie überhaupt transportiert werden kann.« Sie schüttelte ungläubig den Kopf. »Jackson hat mir auch erzählt, dass Eloise die Gärten gestalten möchte, allerdings bezweifle ich, dass sie sich selbst die Hände schmutzig machen wird.«

»Ihr Beitrag wird darin bestehen, einer riesigen Mannschaft von Gärtnern Anweisungen zu erteilen.« Melody versuchte, nicht verbittert zu klingen. »Es klingt ganz so, als würde ihr Haus genauso luxuriös wie Berkshire Hall, aber das ist ja auch eigentlich kein Wunder, so reich, wie die Familie ist.« Es war naiv von ihr gewesen zu hoffen, Jackson könnte auch nur mit dem Gedanken gespielt haben, ein so privilegiertes Leben an Eloises Seite aufzugeben. Das machte sie nur noch wütender, weil er sie benutzt und in die Irre geführt hatte.

Vera stieß einen Seufzer aus. »Es ist wundervoll, dass sie endlich nach Hause kommen, oder? Georgina und Cornell haben Jackson schrecklich vermisst. Wir auch.«

Melody erwiderte nichts darauf.

Vera machte sich daran, einen Früchtekuchen zu schneiden. »Ich muss zugeben, ich hätte gedacht, Jackson und Eloise wären inzwischen Eltern«, fügte sie hinzu. »Sie könnten sich einen ganzen Haufen Kinder leisten, um die sich natürlich Nannys kümmern würden. Und Platz dafür haben sie auch.«

Melody wollte lieber nicht darüber nachdenken. »Hätte ich auch gedacht«, erwiderte sie kurz angebunden.

»Manchmal lässt sich die Natur einfach Zeit mit diesen Dingen, so wie bei Bea. Nicht jeder hat das Glück, direkt nach der Hochzeit schwanger zu werden, so wie du. Jackson kann es bestimmt kaum erwarten, Archie kennenzulernen.«

»Warum sagst du das?« Melody hörte selbst, wie barsch sie klang.

Vera blickte auf. »Was für eine komische Frage. Jackson und Ernie stehen sich nun mal nahe.«

»Ja, ich weiß.« Melody spürte, dass sie Veras Argwohn geweckt hatte. »Sie … sie hatten einfach nicht viel Kontakt seit Jacksons Abreise, deshalb kann ich mir nicht vorstellen, dass er großes Interesse hat.«

»Natürlich hat er das.«

Melody beschloss, das Thema zu wechseln. Und so stellte sie eine Frage, die sie ohnehin beschäftigte: »Meinst du, Jackson wird wütend, wenn er feststellt, dass ich mit Ernie in seinem Elternhaus wohne?«

»Nein, ganz sicher nicht. Außerdem weiß er das schon, das hat Georgina ihm in einem ihrer Telefonate erzählt.«

»Oh, und es hat ihn nicht gestört?«

»Georgina hat nichts dergleichen erwähnt. Aber warum sollte es ihn stören? Er und seine wohlhabende Frau kommen nach Hause und werden von nun an in einer palastähnlichen Villa leben, die zehnmal so groß ist wie dieses Haus. Außerdem hat Jackson ja auch keinerlei Interesse an der Farm. Das ist traurig für Georgina und Cornell, aber so ist es nun mal. Mach dir also keine Gedanken darüber, dass er es dir und Ernie verübeln könnte, in dieses Haus gezogen zu sein. Das kann ich mir wirklich nicht vorstellen.«

»Oh, wir haben offenbar Besuch«, sagte Vera, als Melody, Archie und sie die Einfahrt zum Haus hinauffuhren und schließlich von einer Staubwolke umgeben neben einem fremden Fahrzeug zum Stehen kamen. Sie hatten im Gemischtwarenladen in Paskeville eingekauft und waren zum Mittagessen bei Melodys Eltern geblieben, die ganz verzückt von ihrem Enkel waren. »Vielleicht sind es ja die Laffertys, das wäre doch mal ein Zufall.« Beim Essen hatte Jane von einem Paar erzählt, das kürzlich eine Farm in der Nähe gekauft hatte und jetzt die anderen Farmen besuchte, um die Nachbarschaft kennenzulernen. Peter und Cynthia Lafferty seien sehr nette Leute, erzählte Jane, gesellig und interessant. Peter war Anglo-Inder und hatte ein Buch darüber geschrieben, wie es für ihn gewesen war, in Indien aufzuwachsen, und Cynthia kam aus Lancashire in England.

»Das Auto ist ein bisschen nobel für einen Farmer, finde ich«, merkte Melody an. Archie quengelte auf ihrem Schoß, es war warm in der Fahrerkabine, und er hatte nicht geschlafen. Melody stieg aus, während Vera schon den Karton mit den Einkäufen hinter dem Fahrersitz hervorholte. Sogleich kam Ernie zu ihnen geeilt. Er küsste Melody zur Begrüßung und nahm dann Vera den Karton ab.

»Wer ist das, Ernie?«, fragte Vera.

»Geh rein und sieh nach«, entgegnete Ernie wenig begeistert. Dann warf er Melody einen merkwürdigen Blick zu, und ihr war sofort klar, dass es keineswegs die Laffertys waren, die zu Besuch waren. Ihr wurde schwer ums Herz.

Vera machte sich auf den Weg ins Haus, die drei anderen blieben zurück.

»Es sind Jackson und Eloise, nicht wahr?«, flüsterte Melody, als sie schließlich die Verandastufen emporstiegen. Sie hielt Archies kleine Hand fest in ihrer. Jacksons Anruf war Wochen her, und Melody hatte gehofft, dass er es sich anders überlegt hatte.

Ernie nickte, seine Gesichtszüge waren angespannt.

Auf der Veranda atmeten sie tief durch. Melody graute davor, Jackson wiederzusehen. Außerdem machte sie sich Gedanken darüber, wie die Begegnung zwischen Ernie und ihm gelaufen war, aber sie wagte nicht nachzufragen. Ernie hatte versprochen, Jackson nicht zur Rede zu stellen, und sie musste ihm vertrauen, auch wenn das Versprechen wahrscheinlich sehr schwer zu halten war.

Die Küche war leer, aber aus dem Wohnzimmer waren Stimmen zu hören. Das verschaffte Melody noch einen Moment mehr Zeit, sich zu sammeln. Sie hörte Vera die Gäste herzlich begrüßen, und dann erklang Georginas Stimme, die interessiert eine Frage zur Reise stellte.

Als Vera kurz darauf in die Küche kam, um eine frische

Kanne Tee zu kochen und Kuchen zu holen, wirkte sie überrascht, Melody und Ernie dort stehen zu sehen. »Worauf wartet ihr? Stellt Jackson und Eloise Archie vor«, ermunterte sie die beiden. »Sie können es kaum erwarten, ihn kennenzulernen.«

Ernie legte den Arm um Melodys Schultern. Sie war dankbar für seine liebevolle Unterstützung, ganz besonders in diesem Moment, der für sie beide schwierig war.

Als sie durch die Tür traten, richtete Melody den Blick fest auf Eloise, hob das Kinn und zwang sich zu einem Lächeln. »Hallo. Willkommen zurück.«

»Hallo, Melody«, erwiderte Eloise mit einem aufrichtigen, warmen Lächeln.

Melody warf Jackson einen kurzen Blick zu und richtete ihre Aufmerksamkeit dann auf ihren Sohn. »Das hier ist Archie«, stellte sie ihn vor. »Ich fürchte, er hatte einen anstrengenden Tag und braucht dringend seinen Mittagsschlaf.«

Jackson stand auf und kam auf sie zu. Melodys Herz hämmerte, als sie feststellte, dass sein Blick an Archies rotbraunem Haar klebte, das seinem farblich glich. Ernie stand regungslos neben ihr.

Glücklicherweise trat Eloise ebenfalls zu ihnen. »Oh, er ist bezaubernd!«, säuselte sie und ging vor Archie in die Hocke. Sie lächelte und sprach leise zu dem Jungen, dann nahm sie ihn auf den Arm.

»Wir sind auch ziemlich stolz auf ihn«, sagte Melody, während ihr Blick von Ernie zu Jackson wanderte. Beide hatten die Brauen zusammengezogen, allerdings aus unterschiedlichen Gründen. »Sind Bea und Michael nicht hier?«, versuchte sie das Thema zu wechseln.

»Ich habe sie angerufen, aber Bea lässt sich entschuldigen, Michael ist erkältet und sehr schlecht zurecht«, erklärte Georgina.

»Oh, wie schade.« Melody hatte ihre Freundin nie dringender gebraucht als in diesem Moment.

»Wie alt ist Archie?«, wollte Jackson wissen.

Die Spannung im Raum war plötzlich deutlich spürbar. Melody hatte diese Frage befürchtet, genau wie Ernie neben ihr. Sie wussten beide, was Jackson dachte, und es war eine furchtbare Erinnerung an Melodys Untreue.

»Er ist gerade zwei geworden«, sagte Georgina unschuldig. »Er ist ein unglaublich friedliches Kind. Ernie und Melody haben wirklich Glück.«

Melody konnte förmlich zusehen, wie Jackson innerlich nachrechnete, und das machte sie wütend.

»Wann genau hat er Geburtstag?«, bohrte Jackson nach.

In diesem Moment wand Archie sich in Eloises Armen, daher nahm Ernie ihn ihr ab, entschuldigte sich kurz und brachte ihn in sein Zimmer.

»Entschuldigt uns bitte, wir bringen *unseren* Sohn ins Bett«, sagte Melody und folgte Ernie eilig.

Melody legte Archie in sein Bett. Ernie stand mit ernster Miene daneben und sagte kein Wort. Sie dachte an den Moment ein paar Tage nach Archies Geburt, als sie ihm versichert hatte, dass er sein Vater war. Er hatte nie gefragt, aber sie war sicher und wollte nicht, dass er zweifelte. So wie jetzt auch, aber gleich was immer sie sagte, würde ihm seinen Schmerz nicht nehmen.

Mehr als den Schmerz aber verspürte Ernie Wut. Wenn er Jackson ansah, stellte er sich vor, wie dieser mit Melody zusammen gewesen war, wie er sie geliebt hatte, und das war schwer zu ertragen.

Aus dem Wohnzimmer drangen Fetzen des Gesprächs durch die angelehnte Tür. Cornell fragte Jackson und Eloise nach ihrem neuen Zuhause, und sie beschrieben es begeistert und in schillernden Farben. Ernies Feindseligkeit und seine Wut wurden noch größer. Jackson hatte alles, was ein Mann sich nur wünschen konnte, und doch nahm er sich das Recht, ihm, Ernie, das Einzige zu nehmen, was ihm wirklich wichtig war: Melody.

Archie schlief beinahe sofort ein, also machten Melody und Ernie sich bald wieder auf den Weg ins Wohnzimmer. Bevor sie Archies Zimmer verließen, drückte Melody Ernies Hand, und er küsste sie auf die Stirn. Ihre Verbindung war stark wie eh und je, und Melody schwor sich einmal mehr, Jackson nie wieder zwischen sie kommen zu lassen.

Noch im Flur hörten sie zu ihrem Entsetzen Vera sagen, dass sie das Abendessen vorbereiten werde. Allein die Vorstellung, ein ganzes Abendessen lang mit Jackson an einem Tisch zu sitzen, war für sie beide unerträglich.

»Wir können leider nicht zum Essen bleiben, Vera«, erklärte Jackson in diesem Moment.

»Seid ihr sicher?« Georgina war hörbar enttäuscht.

»Ich wollte Hühnerpastete machen.« Auch Vera klang enttäuscht.

»Deine Pasteten haben mir gefehlt, aber wir haben heute noch einen Termin mit einigen Landschaftsarchitekten. Sie sind nur wenige Stunden in Adelaide, daher konnten wir den Termin nicht verschieben. Nächstes Mal bleiben wir länger, versprochen.«

»Ein Glück«, wisperte Ernie.

Melody drückte erneut seine Hand. Ihr war nur zu bewusst, dass es ihm alles an Selbstbeherrschung abverlangte, Jackson nicht zu erdrosseln. Je schneller die beiden die Farm verließen, desto besser.

Doch kaum hatten Ernie und Melody das Wohnzimmer betreten, verkündete Ernie plötzlich, dass er nach den neugeborenen Lämmern sehen müsse.

»Das ist nicht nötig«, versicherte Cornell. »Ich war heute Morgen schon bei ihnen.«

»Ich habe heute ein paar Dingos auf dem Grundstück gesehen«, erwiderte Ernie knapp, bevor er auf dem Absatz kehrtmachte. Einen Moment später hörten sie, wie die Fliegengittertür in der Küche ins Schloss fiel.

Cornell runzelte die Stirn. »Das ist das erste Mal, dass ich was von Dingos höre.«

Melody setzte sich neben Georgina. Sie fühlte sich innerlich unruhig.

»Erzähl uns von eurer Hochzeit, Melody«, bat Eloise.

»Oh, da gibt es nicht viel Spektakuläres zu erzählen. Sie war einfach, aber perfekt für uns, genau so, wie wir es wollten.« Sie spürte, wie Jackson sie mit seinem Blick durchbohrte.

»Es war ein wunderbarer Tag«, warf Georgina ein.

»Und wart ihr auch in den Flitterwochen?«, wollte Eloise wissen.

Melody wünschte, sie würde aufhören zu fragen. »Ja, wir haben ein paar wunderschöne Tage im Barossa Valley verbracht.« Sie errötete, weil ihre Aktivitäten während der Flitterwochen sie an das erinnerten, was sie mit Jackson getan hatte. Sie wusste, dass es ihn auch daran erinnern würde, und das war das Letzte, was sie wollte.

»Das klingt sehr schön, es war bestimmt romantisch«, kommentierte Eloise.

»Ja, das war es, aber wir waren nur ein paar Tage fort. Ernie wollte zurück zur Farm, um Cornell bei der Arbeit zu helfen.«

»Oh, da warst du bestimmt enttäuscht«, sagte Eloise.

»Nein, das war schon in Ordnung«, versicherte Melody. »Ich will nur, dass er glücklich ist.«

»Er war noch nie glücklicher als jetzt. Du und Archie seid seine Welt«, fügte Vera liebevoll hinzu.

Melody, die Jacksons Blick immer noch auf sich spürte, sah kurz zu ihm. Vermutlich konnte er nicht verstehen, dass Ernie die romantischen Flitterwochen mit ihr abgebrochen hatte, um die Ernte einzubringen, aber seine Meinung interessierte sie nicht.

Einige Momente herrschte Stille, dann stellte Georgina Eloise Fragen über die Kunstszene in Europa. Das nutzte Melody als Gelegenheit zur Flucht. Sie stand auf und sammelte die Teetassen und Kuchenteller ein, um sie in die Küche zu bringen.

»Das kann ich doch machen«, schlug Vera vor und setzte an, aufzustehen.

»Nein, bleib du mal sitzen«, beharrte Melody.

»Ich helfe dir.« Jackson sprang auf.

»Das ist nicht nötig«, sagte Melody bestimmt. Doch zu ihrem Entsetzen ignorierte er sie, nahm seine und Eloises Tassen, Untertassen und Teller und folgte ihr in die Küche.

»Archie ist ein niedlicher kleiner Kerl«, sagte er, als er das Geschirr auf die Spüle stellte.

»Ja, das ist er«, stimmte Melody zu.

»Ist er von mir?«, fragte Jackson direkt.

Melody starrte ihn böse zu. »Nein, ist er nicht.«

»Bist du sicher?«

»Natürlich!« Melody war dankbar, dass die anderen in die Unterhaltung vertieft waren und Jackson nicht gehört hatten.

»Er hat dieselbe Haarfarbe wie ich, und Ernie sieht er gar nicht ähnlich.«

»Du bist nicht der Vater«, zischte Melody. »Zu deiner Information: Ernies Onkel Robert hatte auch rotbraunes Haar.«

Jackson ging nicht darauf ein. »Wann genau hat Archie Geburtstag?«, verlangte er stattdessen zu wissen.

»Lass es gut sein, Jackson«, stieß Melody zwischen zusammengebissenen Zähnen hervor.

»Wenn er nicht mein Sohn wäre, würdest du nicht zögern, es mir zu sagen.«

»Er wurde in den Flitterwochen gezeugt, wenn du es unbedingt wissen musst.«

Jackson starrte sie an. »Dann kannst du doch gar nicht sicher sein, wer der Vater ist.«

Sie schreckten beide auf, als Eloise im Türrahmen auftauchte. Diese bemerkte die Spannung in der Luft offenbar sofort. »Stimmt etwas nicht?«

»Nein, alles in Ordnung.« Melody drehte sich zur Spüle und stapelte die Teetassen. »Möchtest du doch noch eine Tasse Tee, Eloise?«

»Nein, danke. Wir müssen gleich los, wenn wir pünktlich zu unserem Termin mit den Landschaftsarchitekten kommen wollen. Es ist eine weite Strecke bis in die Stadt.«

»Ja, das stimmt. Wir sollten besser losfahren«, stimmte Jackson zu. »Auf Wiedersehen, Melody. Wie schön, dass wir Archie kennenlernen konnten. Er ist ein ganz besonderer Junge.«

Melody bemühte sich um ein Lächeln, doch es gelang ihr nicht.

Kapitel 14

»Oh, Eloise, diese Treppe ist ein Traum.« Julie Templeton stand in der großen Eingangshalle von Springfield House und starrte die Treppe mit offenem Mund an. »Das ist ein echter Glücksfund!«

»Ja, das ist es in der Tat, Mum.« Eloise war zufrieden mit der Reaktion ihrer Mutter, die ansonsten wahrlich nicht leicht zu beeindrucken war. »Vier Männer haben zwei Wochen daran gearbeitet, sie aufzubauen, aber es war das Warten wert.«

Eloise war schrecklich ungeduldig geworden, als ein Container mit allem, was sie in Europa gekauft hatte, im Hafen von Melbourne angekommen war und dort mehr als zwei Monate gestanden hatte, bevor er zum Hafen in Adelaide transportiert worden war. Glücklicherweise war jetzt alles da, und Springfield House war so weit fertig, dass ihre Eltern sich noch vor der Einweihungsparty alles ansehen konnten.

»Du hast mir ja schon am Telefon von der Treppe erzählt, aber jetzt bin ich auf die Details gespannt. Es hatte irgendetwas mit einem Lord zu tun, oder?«

»Ja. Lord Lindsay Holloway. Wir haben ihn im Carlisle Hotel in London kennengelernt, das habe ich dir erzählt. Es war eine eher zufällige Begegnung, aber sie hat sich als Glücksfall herausgestellt.«

»Ja, ich erinnere mich. Er hat euch bei der Suche nach Kunstwerken geholfen, oder?«

»Ja. Er wusste unter anderem zu berichten, dass einige beeindruckende historische Stücke aus Beaudesert Hall in Staffordshire versteigert werden sollten, einschließlich der Treppe. Diese Gelegenheit konnte ich mir natürlich nicht entgehen lassen, also haben Jackson und ich ein Auto gemietet und sind nach Staffordshire gefahren. Ich konnte die Treppe und einige andere Stücke ersteigern, darunter die Eichenpaneelen und Architraven. Und ich habe noch Unterlagen zur Geschichte von Beaudesert bekommen, die ist tatsächlich sehr interessant. Ich zeige dir die Sachen mal.«

»Du hast nicht nur viel Glück, Eloise, du bist auch hartnäckig, wenn es darauf ankommt, das ist der Schlüssel zum Erfolg.«

Eloise strahlte. »Meine Hartnäckigkeit habe ich von dir, Mum.«

»Ja, das stimmt«, sagte Julie ohne falsche Bescheidenheit.

»Den Großteil der Eichenvertäfelung habe ich im Salon, in der Bibliothek und im Speisezimmer montieren lassen. Komm, ich zeig dir den Salon.« Eloise ging ihrer Mutter voraus. »Wo bleibt eigentlich Daddy? Ich dachte, er und Jackson würden direkt nachkommen.«

»Sie haben sich vorhin über Jacksons neuen Wagen unterhalten, also sind sie wahrscheinlich in die Garage gegangen, damit Jackson ihn ihm zeigen kann.«

»Aber es regnet in Strömen«, sagte Eloise mit einem Blick durch das Fenster. »Und es ist eiskalt.«

»Das wird ihnen nicht einmal auffallen.« Julie verdrehte die Augen.

»Nun, dann machen wir einfach weiter«, sagte Eloise ungeduldig. »Jackson kann Daddy später das Haus zeigen. Bis dahin sitzen wir schon beim Tee.«

»Ich wünschte, wir könnten durch die Gärten laufen, aber es regnet ja nur noch«, merkte Julie an, nachdem sie auch die elegante Bibliothek gesehen hatte, in der Bücherregale vom Boden bis zur Decke reichten und Platz für Hunderte von Büchern boten. Die Hälfte der Regale war schon mit Büchern gefüllt, da Eloise leidenschaftlich gerne las. Nebenan war ein gemütliches Nähzimmer.

Durch die Fenster sahen sie, wie der Regen auf die Wege, die Statuen, Gartenbeete und Wiesen prasselte.

»Wegen des Regens war ich schon seit Tagen nicht mehr draußen«, klagte Eloise. »Aber die Gärtner waren zwischen den Schauern sehr fleißig. Der Garten wird aus verschiedenen Bereichen bestehen, mal mehr, mal weniger geometrisch angelegt. Den Hauptbereich werde ich nach dem Vorbild eines englischen Landschaftsgartens anlegen lassen, mit Pappeln und von Zedern gesäumten Alleen. Ich möchte auch einen Obst- und einen Gemüsegarten, damit wir das ganze Jahr über frisches Obst und Gemüse haben. Außerdem habe ich mir einen Märchenpfad für Kinder ausgedacht, den ich anlegen lassen will.«

»Das klingt interessant.« Auch wenn sie es nie aussprach, um ihre Tochter nicht unter Druck zu setzen, wartete Julie vorfreudig auf Enkelkinder.

Doch Eloise erriet die Gedanken ihrer Mutter und reagierte gereizt. »Ich könnte eines Tages Wohltätigkeitsveranstaltungen in den Gärten abhalten, dann können die Kinder, die dafür zu Besuch kommen, sich auf dem Märchenpfad vergnügen«, erklärte sie.

»Das ist eine bezaubernde Idee. Ich bin stolz auf dich und alles, was du erreicht hast.«

»Danke, Mum. Ich weiß, dass du dir während meiner Jugend Sorgen gemacht hast, was mal aus mir werden soll. Ich war etwas flatterhaft, gelinde gesagt.« Sie lachte verlegen. »Aber seit der Hochzeit mit Jackson fühle ich mich ausgeglichener.«

»Dann fehlt nur noch eure eigene Familie zum Glück«, fügte Julie mit einem Funkeln in den Augen hinzu.

»Ja, das stimmt«, sagte Eloise weitaus weniger enthusiastisch. »Komm, lass uns mal nach oben gehen.«

Sie hatten schon mehrere der sieben Schlafzimmer auf der ersten Etage angesehen, als Julie im Türrahmen des kleinen Zimmers stehen blieb, das direkt gegenüber von Eloises und Jacksons Schlafzimmer lag.

»Das wäre das perfekte Kinderzimmer«, sagte sie nachdenklich.

»Ja«, stimmte Eloise zu. »Aber bisher gibt es kein Kind, und ich werde mich nicht mit der Einrichtung eines Kinderzimmers quälen, bevor ich nicht schwanger bin.« Sie hörte selbst, wie verbittert sie klang.

Ihr Tonfall ließ auch ihre Mutter aufhorchen. »Es gibt doch keine Probleme, oder? Jackson möchte doch Kinder, nicht wahr?«, fragte sie besorgt.

»Ja, er hätte liebend gern eins. Er redet pausenlos von Archie.« Eloise hatte allmählich den Eindruck, dass er besessen von dem Jungen war.

Sie durchquerte den Raum bis zum Fenster, und Julie ließ den Blick über die verregneten Gärten schweifen. »Archie?«

»Ernies und Melodys Sohn«, sagte Eloise, ohne ihre Mutter anzusehen.

Julie trat neben sie. »Ernie war doch der Mann, der für Jacksons Vater auf der Farm arbeitet, oder?« Sie erinnerte sich an ihr erstes Treffen mit ihm dort vor vielen Jahren. Nach diesem eher unschönen Eindruck hatte sie auf der Hochzeit gar nicht weiter auf ihn geachtet.

»Ja, Ernie und Jackson sind zusammen aufgewachsen.«

»Ach so. Wahrscheinlich hängt Jackson deswegen so an dem Jungen. Mach dir keine Sorgen, Liebes. Du wirst ihm schon ein Kind schenken, wenn die Zeit gekommen ist«, sagte sie beruhigend. »Und dann wird er Archie vergessen. Ich war fünf Jahre mit deinem Vater verheiratet, bevor ich schwanger geworden bin.«

Eloise fand, dass sie schon lange genug gewartet hatte. Die Vorstellung, dass es so lange dauern könnte, war entmutigend. Sie wandte sich ihrer Mutter zu. »Warum habt ihr eigentlich nicht mehr Kinder bekommen, Mum?«, fragte sie vorsichtig. Sie hatte sich noch nie getraut, diese Frage zu stellen, weil ihre Mutter selten über solch private Angelegenheiten sprach. Eloise wusste außerdem, dass ihre Eltern seit Jahren in getrennten Betten schliefen, zuletzt sogar in getrennten Räumen.

Julie stieß einen Seufzer aus. »Nun, deine Geburt war sehr schwierig. Ich will es mal so formulieren: Ich war nicht gerade erpicht darauf.« Ihr Tonfall machte deutlich, dass Eloise nicht weiter nachfragen sollte. Eloise konnte nicht wissen, dass sie auch nicht an die Schuldgefühle erinnert werden wollte, die sie so lange geplagt hatten, weil sie ihrer Tochter keine Geschwister geschenkt hatte.

Eloise verstand den Hinweis. Und fasste den Entschluss, sich ihr anzuvertrauen. »Jackson und ich sind seit drei Jahren verheiratet. Langsam frage ich mich, ob ich je schwanger werde.«

»Geh doch mal zu einem Arzt, um sicherzugehen, dass alles in Ordnung ist.«

»Da war ich schon, Mum.«

Julie starrte sie an. »Was hat er gesagt?«

»Dass ich mich entspannen muss und geduldig sein soll, weil es zu früh ist, um über Untersuchungen nachzudenken. Ehrlich gesagt graut mir davor, Jackson zu bitten, sich auch untersuchen zu lassen.«

»Die Potenz eines Mannes anzuzweifeln ist nicht leicht, so viel ist sicher. Sie haben ihren Stolz, manchmal zu viel davon. Aber ich habe tatsächlich vorhin noch gedacht, dass Jackson müde wirkt. Geht es ihm gut?«

»Er macht viele Überstunden, seit wir wieder zu Hause sind.«

»Ist das nötig?«

»Er glaubt, dass der Geschäftsführer sich an der Kasse bedient.«

»Du liebes bisschen! Vielleicht sollte er einen Buchprüfer hinzuziehen.«

»Ich glaube, das hat er auch vor. Wenn er recht hat mit seiner Vermutung, wird er den Mann feuern und ihn natürlich wegen Diebstahls anzeigen. Bislang wissen die Anteilseigner noch nichts davon, aber er muss es ihnen sagen, und das bereitet ihm Sorgen. Doch Jackson hat daraus die Schlussfolgerung gezogen, dass er niemanden damit betrauen kann, das Kaufhaus für ihn zu führen. Also ist er die meiste Zeit in der Stadt, und wir sehen uns nicht oft.«

Julie verstand allmählich, warum ihre Tochter ein bisschen durcheinander war.

»Was ist das denn?« Melody hatte gerade von Vera einen Umschlag entgegengenommen, der an *Mr und Mrs E & M Atwell* adressiert war. Vera hielt ebenfalls einen in der Hand, allerdings geöffnet.

»Eine Einladung zu einer Einweihungsfeier. Nächstes Wochenende.«

Melody war sofort alarmiert. »Die von Jackson und Eloise?«

»Ja, wir sind eingeladen, in Springfield House mit ihnen zu feiern.« Vera machte eine alberne Pose. »Uh, là, là!«

»Oh.« Melody war ganz und gar nicht begeistert. »Und, wirst du hingehen?«

»Mal schauen, was Harley sagt. Aber ich denke schon. Du bist ja sicher auch neugierig auf ihr Haus, oder?«

»Nicht wirklich. Aber Georgina und Cornell möchten das Haus ihres Sohnes bestimmt sehen. Also, wenn du und Harley sie begleiten wollt, bleiben Ernie und ich gerne hier und sehen nach der Farm.«

»Ich kann kaum glauben, dass du nicht neugierig bist!«, erwiderte Vera.

Melody spürte ihr Misstrauen. Aber sie hatte Jackson und Eloise seit etwa drei Monaten nicht gesehen, und das hatte ihr gutgetan. Allein der Gedanke, die beiden zu treffen, ließ sie schaudern. Doch sie bemühte sich, sich nichts anmerken zu lassen, und zuckte mit den Schultern. »Ihr Haus ist bestimmt so ähnlich wie Berkshire Hall, und wenn man eine Villa kennt, kennt man sie alle.«

Vera lachte. »Lass uns beim Mittagessen mal mit den Männern reden.«

»Ich bin sicher, dass Ernie es genauso sehen wird wie ich«, beharrte Melody.

»Ja, vermutlich. Ich finde es schade, dass er und Jackson sich nicht mehr so nahestehen. Aber sie sind ja auch sehr unterschiedlich, also ist es vielleicht auch kein Wunder, dass sie sich auseinandergelebt haben.« Vera hielt inne. »Du bist ganz schön blass geworden. Geht es dir gut?«

»Nein. Ich glaube, ich muss mich übergeben.« Damit rannte Melody ins Bad.

Als sie wiederkam, stellte Vera eine Tasse gesüßten schwarzen Tee vor ihr ab. »Das wird deinen Magen beruhigen. Ist es möglich, dass du wieder schwanger bist?«

»Ja, das ist gut möglich«, gab Melody zu. »Ich bin jetzt zwei Monate überfällig.«

Vera klatschte begeistert in die Hände. »Noch ein Baby im Haus! Wie wunderbar! Ernie ist bestimmt ganz aufgeregt.«

»Er weiß es noch nicht, ich wollte es ihm erst sagen, wenn ich ganz sicher bin. Aber mir ist jeden Morgen übel, manchmal den ganzen Tag lang. Es ist viel schlimmer als während meiner Schwangerschaft mit Archie. Außerdem bin ich furchtbar müde, und meine Brüste sind auch sehr empfindlich.«

»Das tut mir leid. Aber dann willst du bestimmt nicht zur Einweihungsparty gehen, oder?«

»Nein, ich denke nicht«, sagte Melody, erleichtert, eine legitime Begründung zu haben.

»Georgina und Cornell werden aus dem Häuschen sein, wenn sie die aufregenden Neuigkeiten erfahren, aber du musst es natürlich zuerst Ernie sagen«, merkte Vera an. Sie strahlte über das ganze Gesicht.

»Herzlich willkommen«, sagte Jackson, der unter dem Säulenvorbau von Springfield House stand, als Georgina und Cornell zusammen mit Vera und Harley an der äußerst prachtvollen Georgianischen Villa ankamen. Es hatte gerade angefangen zu regnen, und ein beißender Wind pfiff durch die Säulen, daher führte er seine Gäste schnell hinein, wo Eloise in der Eingangshalle darauf wartete, sie zu begrüßen. Dann wies sie einen Bediensteten an, den Gästen die Mäntel abzunehmen.

»Kommen die anderen auch gleich?«, fragte Jackson, während er die Doppeltür schloss, um den Wind auszuschließen.

»Bea, Warren und Michael sollten gleich hier sein«, sagte Georgina. »Sie sind furchtbar aufgeregt.«

Aber Jackson interessierte etwas anderes. »Und was ist mit Ernie, Melody und Archie?« Er hatte keine Antwort auf die Einladung erhalten, war aber davon ausgegangen, dass sie kommen würden.

Georgina blickte ihn überrascht an. »Oh, haben sie euch keine Nachricht geschickt?«

»Nein.«

»Sie kommen nicht.«

»Warum nicht?«, fragte Jackson, ohne seine Enttäuschung

verbergen zu können. Er hatte Melody nicht aus dem Kopf bekommen, sosehr er es auch versucht hatte. Sie hatte seine Gedanken Tag und Nacht beherrscht, sogar noch stärker, seit er Archie kennengelernt hatte. »Wir haben eines der Zimmer oben in ein Spielzimmer für Michael und Archie verwandelt.«

»Das ist ganz allein Jackson zu verdanken«, warf Eloise mit einem milden Vorwurf in der Stimme ein. »Es war seine Idee. Nicht, dass es mich gestört hätte, Platz dafür haben wir ja. Ich hatte bloß nicht erwartet, dass er jedes einzelne Spielzeug mitbringt, das es im Hastings Department Store gibt.«

»Ich kann sie ja wieder zurückbringen«, entgegnete Jackson enttäuscht. »Ich wollte bloß, dass die Kinder sich hier nicht langweilen.«

Eloise wandte sich den Gästen zu. »Kommt doch ins Wohnzimmer«, sagte sie und führte sie in den eleganten, aber gemütlichen Raum, in dem ein Feuer im Kamin prasselte. »Das ist kein sehr angenehmes Wetter heute, oder?«

»Nein, gar nicht.« Georgina machte es sich neben dem Feuer gemütlich. »Was für ein wunderschönes Zimmer! Die großen Fenster gefallen mir, dadurch kommt so viel natürliches Licht herein, und man hat einen großartigen Ausblick auf den Garten.«

Jackson hingegen stand nicht der Sinn danach, die Einrichtung zu diskutieren. »Ist Melody krank? Oder Archie?«, wandte er sich an Vera.

Eloise nahm verwundert die Sorge in seiner Stimme wahr.

»Allen geht es gut«, sagte Vera. »Ernie und Melody haben bestimmt nichts dagegen, wenn wir euch die freudige Nachricht verkünden«, fügte sie hinzu, während sie sich neben Eloise auf ein Sofa setzte.

Betty, die Haushälterin, kam mit Tee und Kuchen herein und unterbrach damit das Gespräch. Jackson stöhnte innerlich auf, er wartete gespannt auf die Erklärung.

»Freudige Nachricht?«, hakte er deshalb nach.

»Setz dich doch, Darling«, bat Eloise.

»Ja, ja«, murmelte er und ließ sich auf einen Stuhl fallen. »Was für eine freudige Nachricht?«

»Melody ist wieder schwanger«, erklärte Vera begeistert. »Wir sind furchtbar aufgeregt.«

»Ja, wir freuen uns, wieder Großeltern zu werden«, fügte Harley hinzu.

»Ich hoffe, dieses Mal wird es ein Mädchen«, warf Georgina ein. »Ich kann es kaum erwarten, Kleidchen und Accessoires zu kaufen.«

»Und ich freue mich darauf, rosafarbene Kleidung zu stricken und zu nähen«, sagte Vera. »Leider ist es dieses Mal schlimm mit der Übelkeit, nicht nur morgens. Melody ist oft den ganzen Tag lang schlecht, deswegen wollte sie die weite Fahrt nicht auf sich nehmen. Es überrascht mich, dass sie euch nicht Bescheid gegeben hat, aber vielleicht hat sie bis zur letzten Minute abgewartet, ob ihr Befinden sich nicht doch noch bessert.«

»Das verstehen wir, nicht wahr, Darling?«, wandte Eloise sich an Jackson.

Doch Jackson hörte sie kaum. Er war wie benommen und hatte Mühe, sich von dem Schlag zu erholen, den die Nachricht ihm versetzt hatte.

»Jackson?«, hakte Eloise nach. »Hast du gehört, was ich gesagt habe?«

»Ja«, stieß er barsch aus. Er atmete tief durch in dem verzweifelten Versuch, seine Gefühle unter Kontrolle zu bringen. »Gratuliert ihnen von uns«, fügte er dann mit ruhiger Stimme hinzu. »Bitte sagt ihnen auch, dass sie uns gerne an einem anderen Wochenende besuchen kommen können, sobald es Melody besser geht.«

»Danke«, sagte Vera. »Das machen wir.«

Kapitel 15

Melody hängte gerade die Wäsche auf, als ihr jemand auf die Schulter tippte. Sie ließ beinahe das saubere Kleidungsstück in den grauen Staub fallen und wirbelte erschrocken herum.

»Jackson!«, stieß sie verärgert aus. »Was machst du hier?« Sie hatte zwar ein Fahrzeug gehört, war aber davon ausgegangen, dass es der von Cornell für diese Woche angekündigte Bekannte war, der ihm ein Ersatzteil für den Traktor bringen wollte.

»Das ist nicht gerade die warmherzige Begrüßung, die ich mir erhofft habe«, sagte Jackson mit einem, wie er hoffte, entwaffnenden Lächeln.

Melody konnte nicht einmal vorgeben, sich über sein Erscheinen zu freuen. »Wo ist Eloise?«

»Ihr geht es nicht gut.«

»Nicht? Ist es etwa … die morgendliche Übelkeit?« Schon seit der Hochzeit der beiden wartete die Familie sehnsuchtsvoll auf die Nachricht einer Schwangerschaft.

»Nein, sie hat sich erkältet. Ist Ernie auch da?« Er sah prüfend zu den Rinderweiden.

»Er ist mit Cornell und Harley auf einer Auktion in Port Wakefield.« Melody war froh, dass ihr Mann in den nächsten Stunden fort war, denn auf Jackson zu treffen hätte ihn sehr verstimmt.

»Das trifft sich gut, denn ich muss mit dir unter vier Augen sprechen.« Sein Blick fiel auf ihren unter dem Kleid bereits leicht gewölbten Bauch, und er verspürte einen Stich von Neid.

»Es gibt nichts, was wir zu besprechen hätten. Schon gar

nicht unter vier Augen.« Energisch hob Melody den leeren Wäschekorb auf.

»Wir wissen beide, dass Archie mein Sohn sein könnte.«

»Hör auf, ständig so etwas zu behaupten«, fauchte Melody.

»Wenn du nicht willst, dass uns jemand hört, müssen wir irgendwo unter vier Augen reden. Zum Beispiel im Stall.«

»Ich wüsste nicht, worüber wir reden sollten. Archie ist nicht dein Sohn.« Sie senkte die Stimme. »Ernie ist sein Vater, ich bin seine Mutter, und ich möchte nichts mehr davon hören. Außerdem habe ich keine Angst, dass Ernie uns hört. Ich habe ihm erzählt, was zwischen uns geschehen ist.« Sie hatte Ernie zwar versprochen, das niemandem zu sagen, hoffte aber, dass Jackson mehr Distanz wahren würde, wenn er es wusste.

Jackson zuckte zusammen. »Dass wir … intim miteinander waren?«

»Ganz genau.«

Jackson starrte sie entsetzt an. »Um Himmels willen, warum hast du das getan?«

»Weil es richtig war. Ich habe einen riesigen Fehler gemacht und musste mich dazu bekennen. Ich hätte nie mit dir ins Hotel gehen sollen. Das werde ich mein Leben lang bereuen. Ich hätte nie gedacht, dass Ernie mich trotzdem noch heiraten würde. Es grenzt an ein Wunder, aber er hat mir verziehen.«

»Natürlich hat er das. Er hat Glück, dass eine so schöne Frau wie du überhaupt in Erwägung gezogen hat, ihn zu heiraten.«

Melody traute ihren Ohren nicht. »Vertrauen ist ein wesentlicher Bestandteil jeder Beziehung«, konterte sie. »Und ich habe meinen Ehemann betrogen. Ich habe so einen guten Mann gar nicht verdient. Er hat mir zwar vergeben, aber ich selbst werde mir das nie verzeihen.«

»Mir hingegen wird er wohl nie vergeben. Kein Wunder, dass er bei meinen Besuchen hier immer so abweisend war. Wahrscheinlich wird er es irgendwann noch Eloise erzählen, und dann wird sie sich von mir scheiden lassen. Und dann könnte sogar die Öffentlichkeit erfahren, was wir getan haben.«

Melody war fassungslos, dass er nicht einen einzigen Gedanken daran verschwendete, wie schwer er Ernie und Eloise hintergangen hatte. Ihm waren allein sein Ruf und der Lebensstandard wichtig, an den er sich so schnell gewöhnt hatte. »Er hat versprochen, es Eloise nicht zu sagen«, zischte sie. »Und das ist mehr, als du verdient hast.«

»Aber du kannst dir doch gar nicht sicher sein, dass er Wort hält.«

»Ich kann nicht garantieren, dass er nichts zu dir sagen wird, vor allem, wenn du ihn provozierst. Doch er hat mir gesagt, dass er nicht vorhat, dein Leben zu ruinieren, und ich glaube ihm. Das Mindeste, was du tun kannst, ist Abstand halten.«

»Ihr lebt bei meinen Eltern, also ist das wohl kaum möglich, oder?«

»Jackson!«, rief Georgina in diesem Moment von der geöffneten Hintertür aus. »Das ist ja eine schöne Überraschung.«

»Wenigstens eine, die sich freut, mich zu sehen«, wisperte Jackson, während er ein gezwungenes Lächeln aufsetzte und sich auf den Weg zur Veranda machte. »Hallo, Mum!«

»Wo ist Eloise?«, wollte Georgina wissen.

»Zu Hause, sie ist erkältet.«

Melody folgte ihnen auf die Veranda und ins Haus, wo sie sogleich auf Vera und Archie trafen. Er war gerade erst von einem Nickerchen aufgewacht und noch ein wenig verschlafen.

»Jackson! Wie schön«, sagte Vera. »Ist … Eloise auch da?«

»Nein.«

»Sie ist erkältet und wollte nicht mitkommen«, erklärte Georgina.

»Wie schade. Aber schön, dich zu sehen«, sagte Vera fröhlich.

»Darf ich Archie mal auf den Arm nehmen?« Ohne eine Antwort abzuwarten, stellte Jackson seine Tasche ab und nahm Vera das Kind ab.

Melody war wütend, hielt sich jedoch zurück.

»Hallo, kleiner Mann.« Jackson küsste Archie auf die Wange und musterte ihn dann eingehend.

Melody wusste nur zu gut, dass er nach Ähnlichkeiten in ihren Gesichtszügen suchte.

Archie sah ihn mit unschuldiger Neugier an, wirkte aber zufrieden.

»Ich hole eben seine Milch und eine frische Kanne Tee«, sagte Vera.

»Für mich noch keinen Tee, bitte«, warf Jackson ein. »Ich möchte erst mit dem Kleinen spielen.«

Er hob seine Tasche auf und nahm Archie mit ins Wohnzimmer, gefolgt von Melody. Es kostete sie all ihre Willenskraft, nicht ihren Sohn zu schnappen und mit ihm zu flüchten. Sie mochte sich Ernies Schmerz gar nicht vorstellen, wenn er Jackson mit seinem Sohn auf dem Arm sah.

Jackson setzte Archie auf dem Boden ab und kniete sich neben ihn. Dann öffnete er seine Tasche. »Ich habe dir ein paar Spielzeuge mitgebracht, Archie.« Er holte einen Kreisel, einen Zug, einen Lastwagen aus Holz, ein Flugzeug und einen Ball heraus.

»Das hättest du nicht tun sollen, Jackson«, mischte Melody sich ein. Sie versuchte, ihre Wut zu verbergen, weil Georgina und Vera in Hörweite waren.

»Unsinn. Es macht mir Freude, ihn ein bisschen zu verwöhnen, und außerdem hatte er von uns doch noch nichts zum Geburtstag, oder?«

Melody schäumte jetzt vor Wut, aber Archies Augen leuchteten, und er griff sofort nach dem Flugzeug. Es war offensichtlich, dass Jackson überzeugt war, Archie wäre sein Sohn. Es würde ein ewiger Kampf bleiben, ihn vom Gegenteil zu überzeugen.

Sie kniete sich neben ihn. »Du hättest keine Spielzeuge mitbringen sollen«, zischte sie. »Ernie wird furchtbar wütend sein. Pack sie wieder ein, bevor deine Mutter oder Vera sie sehen.«

Als er nicht sofort reagierte, stopfte Melody die Spielzeuge schnell wieder in die Tasche, alle bis auf das Flugzeug, das Archie immer noch begeistert in der Hand hielt. Sie brachte es nicht übers Herz, es ihm wegzunehmen.

»Was hast du denn da, mein Kleiner?«, fragte Georgina, die mit einer Tasse Tee ins Wohnzimmer kam. »Ach, ein Flugzeug. Hat Onkel Jackson dir das gegeben?«

»Er scheint ganz begeistert davon zu sein«, erwiderte Jackson glücklich. »Vielleicht haben wir es hier mit einem angehenden Piloten zu tun.« Er warf Melody einen kurzen Blick zu, doch diese blickte nur grimmig zurück.

»Vielleicht fliegt er ja mal Agrarflugzeuge.« Georgina lächelte. »Es war nett von dir, ihm ein Spielzeug mitzubringen.«

Melody wusste, wie sehr sie es bedauerte, dass Jackson noch kein eigenes Kind hatte, das er verwöhnen konnte.

»Was gibt es denn bei dir Neues, Mum?«, wechselte Jackson auch gleich das Thema.

»Ich bin gerade dabei, einige Bilder für meine nächste Kunstausstellung in der Stadt zusammenzustellen. Wie läuft das Geschäft?«

»Ich habe meinen Geschäftsführer Nicholas Bisby gefeuert.«

»Warum das denn?« Georgina war sichtlich überrascht. »Ich habe ihn mehr als einmal getroffen, und er hat auf mich immer einen sehr kompetenten Eindruck gemacht. Und du hast doch von Anfang an auf ihn vertraut.«

»Ja, aber in letzter Zeit nicht mehr. Und die Anteilseigner haben darauf bestanden.«

»Aber wieso?«

»Nun, als ich aus Europa wiederkam, habe ich die Bücher durchgesehen, und dabei bin ich auf Ungereimtheiten gestoßen. Ich habe einen Buchprüfer hinzugezogen, der festgestellt hat, dass große Summen fehlten. In meiner Abwesenheit lag die Verantwortung bei Nicholas Bisby. Ich konnte nicht glauben, dass er mich bestiehlt, daher habe ich einen Detektiv angeheuert, der sich Nicholas' Finanzen ansehen sollte, damit ich ihn als Tatverdächtigen ausschließen konnte. Doch der Bericht war vernichtend.«

»Du liebes bisschen.« Georgina setzte sich. »Was stand denn drin?«

»Nicholas hat, kurz nachdem er angefangen hat, bei uns zu arbeiten, ein Grundstück in Tranmere gekauft, einem wie du weißt recht vornehmen Stadtteil. Mit einer sehr hohen Hypothek. Ich bezahle ihn gut, aber offenbar lebt er weit über seine Verhältnisse und kommt schon seit geraumer Zeit nicht mit den Rückzahlungen hinterher. Er hat sich immer mehr Geld geliehen, bis er bis über beide Ohren verschuldet war. Vor einigen Monaten informierte die Bank ihn über eine drohende Zwangsvollstreckung, wenn er nicht zahlen würde. Zu der Zeit war seine einzige Hoffnung das Erbe seines Vaters, der im Sterben lag. Aber nach dessen Tod stellte sich heraus, dass er sein gesamtes Vermögen an ein Tierheim vermacht hatte. Das war ein herber Schlag für Nicholas. Er hatte sich darauf verlassen, dass das Erbe ihm aus seinen Schwierigkeiten helfen würde. Und in seiner Verzweiflung wurde schließlich im Geschäft, wo er jeden Tag mit viel Geld und großen Summen hantierte, die Versuchung zu groß.« Jackson stieß einen Seufzer aus. »Als ich ihn darauf ansprach, sagte er mir, er hätte sein Haus schon zum Verkauf angeboten, um das gestohlene Geld zurückzuzahlen, aber leider hat er noch keinen Käufer gefunden. Er hat ehrliche Reue gezeigt.« Tatsächlich hatte er an Jacksons Schulter geweint, aber das behielt Jackson für sich.

»Er hat mir mal erzählt, seine Zwillingstöchter würden beide innerhalb weniger Monate heiraten, da war er auch besorgt wegen der Kosten«, sagte Georgina. »Es klingt ganz so, als wäre ihm das alles über den Kopf gewachsen und als hätte er nur deshalb etwas getan, was er ansonsten nie getan hätte und was ihn sicher ins Gefängnis bringen wird.«

»Das glaube ich auch. Es war schwer für mich, ihm zu kündigen. Wenn es nach mir gegangen wäre, hätte er eine zweite Chance bekommen. Er war von Anfang voll dabei, und er hat mir sehr viel beigebracht. Ich habe ihm blind vertraut. Aber letztendlich hat ihn der finanzielle Druck dazu verleitet, die falschen Entscheidungen zu treffen, und er hat die Kontrolle verloren.«

»Das ist traurig, aber gegen das Gesetz zu verstoßen ist nie die richtige Lösung«, wandte Georgina ein.

»Ein Teil der Schuld liegt auch bei mir, Mum.«

»Wie kommst du denn darauf?«

»Er hatte ja erst wegen mir überhaupt die Gelegenheit, der Versuchung nachzugeben. Ich war zu lange fort. Aber ich habe meine Lektion gelernt und mir vorgenommen, das Geschäftliche ab jetzt wieder genauer im Blick zu behalten. Außerdem werde ich Nicholas nicht strafrechtlich verfolgen. Er wird mir alles zurückzahlen, sobald er sein Haus verkauft hat.«

»Da du heute hier bist, nehme ich an, du hast einen neuen Geschäftsführer?«

»Ja«, erwiderte Jackson, doch er klang wenig begeistert. »Die Anteilseigner haben vor zwei Wochen Christopher Webb auf den Posten gehoben. Er hat Erfahrung, wäre aber nicht meine Wahl gewesen. Leider wurde ich überstimmt.«

»Magst du ihn nicht?«

»Irgendetwas an ihm gefällt mir nicht, abgesehen davon, dass er ein Klugscheißer ist, der anscheinend vergessen hat, dass ich den Hastings Department Store selbst aufgebaut und zum erfolgreichsten Laden der Stadt gemacht habe. Wäre das Feuer damals nicht gewesen, hätte ich immer noch die alleinige Kontrolle über meine Firma und könnte mein Personal selbst aussuchen.«

Melody entging der Hauch Verbitterung in seiner Stimme nicht. In dem Moment klingelte das Telefon, und Georgina ging, um das Gespräch anzunehmen. Melody und Jackson konnten ihren Teil der Unterhaltung hören und schlossen daraus, dass es um ihre bevorstehende Ausstellung ging. Kurz darauf hörten sie die Hintertür ins Schloss fallen, was bedeutete, dass Vera nach draußen gegangen war.

»Stellst du dir je vor, was zwischen uns hätte sein können, wenn ich Eloise nicht kennengelernt hätte, Melody?«, fragte Jackson.

»Nein, das tue ich nicht«, entgegnete Melody verärgert.

»Nun, ich hingegen denke unentwegt an dich. Und an Archie. Er ist so ein hübscher kleiner Kerl.«

»Du solltest an keinen von uns denken, vor allem aber nicht an Archie«, wisperte sie. »Du hast bestimmt bald ein eigenes Kind.«

In dem Moment tauchte Georgina wieder auf. »Das stimmt, Jackson«, sagte sie sanft, offenbar hatte sie den letzten Satz gehört. »Eines Tages wirst du eigene Kinder haben, und ehrlich gesagt kann ich es kaum erwarten.«

Melody schlug das Herz bis zum Hals. Wäre Georgina nur einen Moment früher zurückgekommen, hätte sie auch Jacksons Worte gehört.

»Das hoffe ich«, sagte Jackson. »Aber jetzt muss ich erstmal ein Foto von Archie mit seinem Flugzeug machen.« Er blickte zu Melody, der diese Idee ganz und gar nicht gefiel. »Für Eloise«, fügte er eilig hinzu.

Melody glaubte ihm kein Wort, doch sie sah keine Möglichkeit, ihn davon abzuhalten.

Jackson machte mehrere Fotos von Archie und nutzte dann Georginas Anwesenheit als Vorwand, um auch Bilder von Melody zu bekommen. Melody wusste genau, was er wollte, und sie war wütend, doch sie musste ihre wahren Gefühle verbergen und in die Kamera lächeln, weil Georgina zusah.

Während der nächsten Stunde war Melody fortwährend angespannt. Sie konnte nur hoffen, dass Jackson weg sein würde, bevor Ernie auf die Farm zurückkehrte. Wenn Ernie sah, wie Jackson mit Archie »glückliche Familie« spielte, wäre das zweifellos zu viel für ihn.

»Wenn du nicht möchtest, dass dir hier gleich alles um die Ohren fliegt, solltest du jetzt besser gehen, bevor Ernie wiederkommt«, flüsterte sie eindringlich bei der ersten Gelegenheit.

»Du hast doch gesagt, er wird mein Leben nicht ruinieren«, erinnerte Jackson sie.

»Lass es nicht darauf ankommen. Ernie ist auch nur ein Mensch.«

Zu Melodys Erleichterung kam er kurz darauf zur Vernunft. »Ich muss langsam zu Eloise zurück«, verkündete er. »Aber ich hatte gerade eine großartige Idee: Warum kommt ihr drei – und natürlich Archie – nicht mal für einen Tag in die Stadt und in meinen Laden? Ich habe ganz viele spannende neue Artikel für Kinder und außerdem auch moderne Umstandskleidung. Ich könnte in meinem Büro auf Archie aufpassen, während ihr einkauft, und dann könntet ihr die Nacht bei uns in Springfield verbringen und am nächsten Tag nach Hause fahren. Mum, du könntest auch deine Bilder in die Galerie bringen, dann würdest du dir die Fahrt an einem anderen Tag sparen.«

»Das ist eine hervorragende Idee!«, rief Georgina erfreut.

»Die Männer kommen bestimmt auch einen Tag ohne dich zurecht, Vera«, fuhr Jackson fort. »Du hast ja nicht so oft die Gelegenheit zu einer Tour in die Stadt.«

»Das stimmt.« Vera nickte. »Und ich brauche sogar wirklich neue Schuhe.«

Georgina wandte sich Melody zu, die bisher geschwiegen hatte. »Was meinst du, Melody? Würdest du gern in die Stadt fahren? Du hättest doch bestimmt gern ein paar neue Umstandskleider und Ausstattung für das Baby.«

»Es ist eine nette Idee, aber … im Moment werde ich so schrecklich schnell müde«, wehrte Melody ab. Sie war innerlich fuchsteufelswild, weil Jackson genau wusste, dass es Ernie verletzen würde, wenn sie auf seinen Vorschlag eingingen.

»Wir wären ja dabei, um dir mit Archie zu helfen«, versuchte Georgina, sie zu ermuntern.

»Ich werde mal mit Ernie darüber sprechen«, sagte Melody, auch wenn sie keinerlei Absicht hegte, das wirklich zu tun.

Jackson ahnte, dass Melody gar nicht erst mit Ernie über den Vorschlag reden oder Ernie diesem nicht zustimmen würde. Nachdenklich machte er sich auf den Weg zum Auto. Georgina begleitete ihn, während Vera mit den Vorbereitungen für das Abendessen begann und Melody Archie fütterte.

»Versuch doch mal, Melody zu überreden, mit dir und Vera in die Stadt zu fahren, Mum. Es würde ihr guttun«, sagte er.

»Ich versuche es«, versprach Georgina. »Aber sie weiß, was sie will und was ihr guttut.«

»Ist das so?«

»Natürlich.« Georgina runzelte die Stirn. »Warum zweifelst du daran?«

»Ich weiß, dass sie das Farmleben mit Ernie und Archie liebt, aber ein Teil von ihr vermisst seit ihrer Zeit in Paris doch mit Sicherheit auch die Stadt. Jeder braucht ab und an mal einen Tapetenwechsel, aber nicht jeder bemerkt das selbst.«

»Vermutlich hast du recht. Vielleicht kann ich sie ja überzeugen. Ich sage dir Bescheid.«

»Kann sein, dass du deine Überzeugungskraft auch bei Ernie einsetzen musst«, wagte Jackson sich vor.

»Ernie wird nichts dagegen haben, dass Melody sich mal einen schönen Tag in der Stadt macht.«

»Da wäre ich mir nicht so sicher.«

Seine Bemerkung ließ Georgina aufhorchen. »Wie meinst du das?«

»Melody ist eine schöne Frau, da ist er bestimmt ein wenig unsicher.«

»So ein Unsinn«, wehrte Georgina ab. »Ich habe noch nie zwei Menschen gesehen, die so ineinander verliebt sind.«

Jackson ballte vor Eifersucht die Hände zu Fäusten. »Wenn du mir nicht glaubst, sprich das Thema doch heute beim Abendessen an und beobachte, wie er reagiert.«

»Das mache ich.«

Kapitel 16

Julie fand ihre Tochter in Springfield-House im Wohnzimmer, wo sie auf dem Sofa lag. Sie machte einen kläglichen Eindruck, ihre Nase war rot, und ihre Augen tränten.

»Da bist du ja, Eloise. Geht es dir heute etwas besser?«

»Ungefähr genauso wie gestern und vorgestern, und langsam bin ich es leid«, beschwerte sich Eloise.

Julie stöhnte innerlich auf. »Wenigstens liegst du nicht mehr im Bett, Liebes. Das ist doch schon ein Fortschritt«, sagte sie in dem Versuch, die dringend nötige Zuversicht in ihrer Tochter zu wecken. »Wo ist Jackson? Charles hat mir erzählt, dass er heute frei hat, daher hätte ich erwartet, dass er mit Hühnerbrühe bei dir sitzt und dich pflegt.«

»Er hat heute tatsächlich frei.« Eloise schniefte verstimmt. »Sein erster Urlaubstag seit Monaten.«

»Und was macht er dann gerade?« Julie warf einen Blick durch das bodentiefe Wohnzimmerfenster. Vielleicht war Jackson ja irgendwo im Garten und genoss den strahlenden Sonnenschein. Der Garten war wirklich einladend, mit den Blumenbeeten, die in den unterschiedlichsten Farben leuchteten. Selbst durch die Fensterscheibe war zu hören, wie die Vögel sich gegenseitig mit ihren Gesängen überboten.

»Er besucht Archie«, klagte Eloise.

Julie wandte sich ihr zu. »Das verstehe ich nicht.«

»Ich auch nicht. Der Vollständigkeit halber muss ich wohl dazu sagen, dass er auch seine Eltern besucht, aber ich denke, sie stehen auf der Rangliste weit hinter Archie.«

Julie entging die Bitterkeit in der Stimme ihrer Tochter nicht, und sie setzte sich zu ihr aufs Sofa. Sicher übertrieb Eloise in Bezug auf Archie, vielleicht aufgrund ihrer bedrückten Stimmung. »Es ist nett, dass Jackson seine Eltern besucht, Eloise. Sie bekommen ihn nicht oft zu Gesicht, da werden sie sicher sehr erfreut sein.«

Eloise schnaubte. Jackson hatte zahlreiche, sorgsam ausgewählte Spielzeuge mit zur Farm genommen, daher war sie überzeugt, dass der Besuch seiner Eltern nur ein Vorwand war, um Archie zu sehen – und, nicht zu vergessen, dessen wunderschöne Mutter. Eloise war nicht blind, ihr war durchaus aufgefallen, wie er Melody ansah, wie sein Blick dann jedes Mal verträumt wurde. Sie hatte die samtige Wärme in seiner Stimme gehört, wenn er mit ihr sprach, und sie würde nie vergessen, wie offensichtlich es ihn gestört hatte, dass Melody und Archie seine Eltern nicht zur Einweihungsfeier begleitet hatten.

»Ja, für Georgina und Cornell ist es schön«, stimmte Eloise zu. Sie hätte sehr gern mit ihrer Mutter über ihre Verunsicherung gesprochen, aber wie könnte jemand mit so viel Selbstbewusstsein so etwas jemals verstehen? Julie hatte in ihrem ganzen Leben noch nie unter Eifersucht gelitten.

Eloise eigentlich auch nicht – bis jetzt. Und gerade weil dieses Gefühl für sie so ungewohnt war, kam sie kaum damit zurecht. Ihre Mutter würde ihre Bedenken sicher als albern abtun, und sie hätte auch nicht unrecht damit, vor allem, wenn sie erfahren würde, wie tief die Eifersucht reichte, die sie wegen der Gefühle ihres Mannes für das Kind einer anderen Frau hegte. Nein, sie konnte nicht darüber sprechen, nicht mit ihrer Mutter.

Was Eloise jedoch nicht wusste, war, dass ihre Mutter ihre Gefühle nur zu gut verstand. In den fünf Jahren vor Eloises Geburt war Julie neidisch auf jede andere Frau mit einem Kind gewesen. Sie hatte keinen einzigen Kinderwagen anschauen können, ohne von ihren Gefühlen überwältigt zu werden.

Melody badete gerade Archie, als die Männer auf die Farm zurückkehrten, pünktlich zum Abendessen. Als sie die Küche betrat, hatte Georgina bereits den Tisch gedeckt, und Ernie und Cornell warteten auf das Essen, das Vera vorbereitet hatte. Melody war unglücklich über diesen Verlauf, da sie Ernie gerne noch vor dem Abendessen auf schonende Weise von Jacksons nachmittäglichem Besuch auf der Farm erzählt hätte. Sie wollte nicht, dass Georgina ihn mit der Nachricht überrumpelte.

Ernie stand auf und begrüßte Melody mit einem Kuss. Archie rannte zu ihm. »Daddy!«

Ernie hob ihn hoch und gab auch ihm einen Kuss. »Wie war dein Tag, Kleiner?«, fragte er seinen Sohn. Er kitzelte ihn, und Archie kicherte vergnügt.

»Er hatte einen wunderbaren Tag«, erzählte Georgina.

Melody fühlte sofort Panik in sich aufsteigen. »Möchtest du Suppe, Georgina?«, wechselte sie schnell das Thema.

»Ja, bitte.«

Archie begann zu jammern.

»Ist unser Junge müde?«, fragte Ernie.

»Kann sein«, erwiderte Melody vorsichtig.

»Sein neues Flugzeug wird ihn sicher aufheitern«, warf Georgina ein.

»Ich habe ein neues Flugzeug, Daddy«, sagte Archie.

»Ein neues Flugzeug?«, fragte Ernie. »Warst du heute mit Mummy einkaufen?«

»Nein, Daddy.«

Ernie blickte Melody auffordernd an, während sie Suppe in eine Schüssel gab und sie vor ihm abstellte.

»Jackson war heute hier«, erzählte Georgina.

»Wirklich?«, fragte Cornell. »Schade, dass wir ihn verpasst haben. Konnte er nicht zum Essen bleiben?«

Melody blickte zu Ernie, der sichtlich verärgert war.

»Nein«, erwiderte Georgina. »Eloise ist schwer erkältet und zu Hause geblieben, daher wollte er schnell wieder zu ihr zurück.«

»Vielleicht hätte er besser bei ihr zu Hause bleiben sollen«, merkte Ernie an, während er mit dem Löffel in seiner Suppe rührte.

»Ich bin froh, dass er allein gekommen ist«, gestand Georgina. »Eloise ist wirklich nett, aber es war auch schön, mal ohne sie Zeit mit Jackson zu verbringen. Es war wie früher. Und er hat sogar mit Archie gespielt.« Sie wandte sich an Melody, der inzwischen der Appetit vergangen war. »Wo ist das Flugzeug, das Jackson Archie geschenkt hat?«

Melody sah, wie Ernie neben ihr zusammenzuckte. »Das … ist im Wohnzimmer«, sagte sie leise.

»Ich hole es«, bot Georgina an. »Dann ist Archie beschäftigt, während wir essen.« Sie verließ die Küche.

Melody stellte eine Schüssel Suppe vor Cornell ab und nahm Archie von Ernies Schoß, damit dieser seine Suppe essen konnte. Vorausgesetzt, er hatte noch Hunger.

Sie setzte Archie in seinen Hochstuhl, und Georgina reichte ihm das Spielzeug. Da er schon vor dem Bad gegessen hatte, war er sofort zufrieden.

»Na, also«, murmelte Georgina. »Hat doch gut geklappt.«

Melody setzte sich neben Ernie und widmete sich angestrengt ihrer Suppe.

»Jackson hatte eine gute Idee«, fuhr Georgina fort.

Melody starrte angespannt auf ihren Teller.

»Und zwar?«, fragte Ernie bemerkenswert ruhig.

»Also, wie ihr wisst, wird ja bald meine Ausstellung eröffnet, und dafür muss ich noch einige Bilder in die Stadt bringen. Jackson hat vorgeschlagen, dass ich Melody, Vera und Archie mitnehme und wir den Tag in der Stadt verbringen. Und er hat uns angeboten, bei Eloise und ihm zu übernachten und erst am nächsten Tag zurückzufahren. Was haltet ihr davon?«

»Das ist doch eine schöne Idee«, kommentierte Cornell beiläufig.

Ernie sagte nichts, aber Melody bemerkte zu ihrer Verwunderung, dass Georgina ihn beobachtete und dass Ernie zudem keinerlei Anzeichen von Verärgerung oder Unbehagen zeigte.

»Melody meint, ihr wäre der Ausflug vielleicht zu anstrengend, aber Vera und ich haben ihr versichert, dass wir ihr mit Archie helfen«, fuhr Georgina fort. »Laut Jackson gibt es im Hastings Department Store einige schöne neue Artikel fürs Baby und dazu noch elegante Umstandsmode. Es würde dir doch nichts ausmachen, wenn Melody uns begleitet, oder, Ernie?«

Mit jedem ihrer Worte wuchs Melodys Verzweiflung. Sie suchte Ernies Blick, doch ihr Mann wandte sich an Georgina. »Eigentlich sollte es eine Überraschung für Melody sein, aber ich habe geplant, nächste Woche einen Ausflug in die Stadt mit ihr zu unternehmen. Einen Tag dort zu verbringen, fände ich auch toll. Ich dachte, wir könnten mit Archie in den Zoo gehen.« Er wandte sich an Melody. »Was hältst du davon, Darling?«, sagte er sanft.

Eine Welle der Erleichterung durchströmte Melody. »Das klingt wunderbar! Archie würde sich bestimmt freuen, die vielen Tiere zu sehen, und ein gemeinsamer Tag in der Stadt wäre wirklich schön für uns«, sagte sie lächelnd.

»Dann machen wir es so«, sagte Ernie und schenkte ihr einen liebevollen Blick. »Das macht dir doch nichts aus, oder, Cornell?«

»Überhaupt nichts.«

Ernie nahm Melodys Hand, küsste ihren Handrücken und sah ihr tief in die blauen Augen. Er hatte keinen Zweifel daran, dass sie ihn genauso sehr liebte wie er sie. Doch er hatte auch keinen Zweifel daran, dass Jackson mit allen Mitteln versuchte, sich Zeit mit ihr und seinem Sohn zu erschleichen, und Ernie würde den Teufel tun und ihn damit durchkommen lassen.

»Es ist einfach wunderschön zu sehen, wie verliebt ihr zwei seid«, merkte Georgina an.

»Es ist wunderschön, so von diesem Mann geliebt zu werden«, entgegnete Melody.

Am nächsten Abend wählte Jackson die Nummer der Sunnyvale Farm.

»Hallo, mein Lieber«, sagte Georgina hörbar erfreut, ohne zu ahnen, wie enttäuscht ihr Sohn war, dass nicht Melody das Gespräch angenommen hatte.

»Hallo, Mum. Ich rufe an, um zu fragen, an welchem Tag ihr in die Stadt kommen wollt.«

»Wir dachten an nächsten Dienstag, wenn dir das passt.«

»Das ist perfekt«, erwiderte Jackson hocherfreut. »Melody und Archie kommen doch mit, hoffe ich? Es wird Melody guttun, und für Archie wird es ein Abenteuer.« Er freute sich besonders darauf, Archie wiederzusehen.

»Ja, sie kommen mit.«

»Wunderbar«, sagte Jackson mit einem breiten Grinsen.

»Allerdings gab es eine kleine Planänderung.«

Jackson war sofort misstrauisch. »Oh. Und wie lautet die?«

»Ernie fährt uns in die Stadt.«

Jackson traute seinen Ohren nicht. »Ernie? Warum?«

»Er und Melody wollen erst bummeln, und dann gehen sie mit Archie in den Zoo. Vera und ich kommen also allein zu dir ins Geschäft. Wir treffen die drei dann am Nachmittag wieder, und dann fährt Ernie uns nach Hause.«

Jackson war wütend. »Dann hatte ich also recht. Ernie will Melody nicht aus den Augen lassen. Ich habe dir doch gesagt, dass er unsicher ist.«

»Das stimmt nicht. Ernie hatte schon vorher einen Ausflug in die Stadt mit Melody geplant. Es sollte eine Überraschung sein.«

Jackson schnaubte. Wie naiv seine Mutter doch war!

»Ich sehe sie jeden Tag, und die Liebe, die sie füreinander empfinden, ist ihnen anzusehen. Ernie hat überhaupt keinen Grund zu zweifeln.«

Seine Mutter irrte sich gewaltig, da war sich Jackson sicher. Seit Ernie von Melodys Seitensprung wusste, musste dieser Zweifel ihn doch innerlich zerfressen. »Braucht Dad Ernie nicht auf der Farm?«

»Ernie hat so viele Überstunden gemacht, dass dein Vater ihm niemals einen freien Tag verweigern würde.«

Zwei Wochen später war Eloise zwar endlich ihre Erkältung los, nicht jedoch ihre innere Unruhe. Es ging auf Weihnachten zu, daher arbeitete Jackson immer besonders lange, und noch dazu tobte im Moment draußen ein Gewitter, sodass sie auch nicht in den Garten konnte, wo sie sonst gerne umherstreifte und Tiere beobachtete. Das Buschland hinter dem Haus zog eine Vielfalt von wunderschönen Vögeln an, die auch hin und wieder den Garten besuchten. Eloise hatte schon Pennantsittiche zu Gesicht bekommen, Flötenvögel, Kookaburras, Gartenfächerschwänze, Spatzen und Weißstirn-Schwatzvögel. An sehr heißen Tagen, wenn die Temperatur auf über achtunddreißig Grad stieg, kamen auch Koalabären von den Bäumen, um aus dem Teich zu trinken, oft mit einem Baby auf dem Rücken.

Kängurus statteten dem Teich hin und wieder ebenfalls einen Besuch ab.

Da ihre Konzentration nicht ausreichte, sich in ein Buch zu vertiefen, und sie nicht in der richtigen Stimmung zum Stricken oder Nähen war, beschäftigte Eloise sich damit, ihre Abendkleider durchzusehen. Am kommenden Samstagabend würden Jackson und sie einen Ball besuchen, eine Wohltätigkeitsveranstaltung für das Adelaide Children's Hospital, das auf Spenden, Sponsoren und Staatszuschüsse angewiesen war. Sie wollte ein auffallendes schönes Kleid tragen, war aber nicht in der Stimmung, einkaufen zu gehen oder einen Schneider aufzusuchen.

Plötzlich fiel ihr eine Tasche neben dem Schuhregal ins Auge. Es war Jacksons Tasche, die, die er zu seinem letzten Besuch zur Sunnyvale Farm mitgenommen hatte. Sie musste von einem höheren Regalbrett gefallen sein. Eloise bückte sich, um sie wieder hochzulegen, doch sie war schwerer als erwartet, daher sah sie hinein und entdeckte Kinderspielzeug – das Spielzeug, das Jackson für Archie ausgewählt hatte. Eloise wunderte sich, dass er es wieder mit nach Hause gebracht hatte. Hatte er es sich anders überlegt und es dem Jungen doch nicht gegeben? Das erschien ihr merkwürdig und so vollkommen untypisch für den stets so großzügigen Jackson.

Als sie die Tasche schließen wollte, fiel ihr Blick auf ein Päckchen. »Ted's Camera Store« stand darauf. Eloise wusste, dass der Laden nicht weit von Hastings Department Store entfernt auf der Rundle Street lag und Fotoausrüstung verkaufte, aber auch Filme entwickelte. Sie öffnete das Päckchen und entdeckte darin Fotos, die sie mit in einen Sessel am Fenster nahm. Sie setzte sich und sah sie durch. Auf den ersten war Archie mit einem Flugzeug zu sehen, das Jackson für ihn ausgesucht hatte. Sie kam nicht umhin zu bemerken, dass Archie ein hübscher kleiner Junge mit engelsgleichen Zügen war. Er sah keinem seiner

Elternteile besonders ähnlich, schon gar nicht Ernie. Sein Haar war heller und hatte einen rotbraunen Stich. *Fast wie Jacksons Haar*, dachte sie plötzlich. Eloise richtete sich auf, ihr wurde übel. Archie war doch sicher nicht Jacksons Sohn, oder? Konnte das Jacksons tiefe Zuneigung zu dem Kind und die Art, wie er sich zu Melody hingezogen zu fühlen schien, erklären?

Eloise blätterte die Bilder durch und begann zu zittern, als sie auf mehrere von Melody und Archie stieß. Melody sah strahlend und gesund aus. Eloise rechnete im Kopf nach und kam zu dem Ergebnis, dass sie etwa im vierten Monat schwanger sein musste. Überwältigt von ihrem Neid stopfte sie die Fotos wieder in das Päckchen.

Wie an den meisten Abenden aßen Eloise und Jackson auch an diesem zwanglos in einer Nische in der Nähe des Atriums. Das große Esszimmer, in dem achtzehn Personen Platz fanden, nutzten sie nur, wenn sie Gäste hatten. Der Koch servierte zunächst Kartoffeln, Speck und Lauchsuppe, gefolgt von gedünstetem Fisch mit Dillsoße und Blattgemüse, aber Eloise hatte schon eine halbe Flasche Wein geleert, bevor sie bei der Hauptspeise angekommen waren. Für Jackson war es ein langer Tag gewesen. In seiner Erschöpfung entging ihm nun, dass seine Frau mehr trank als gewöhnlich und gedanklich offenbar sehr beschäftigt war.

»Haben Archie die Spielzeuge nicht gefallen, die du ihm mitgebracht hast, Jackson?«, fragte Eloise schließlich direkt.

Jackson hob den Blick und bemerkte, dass sie ihn genau beobachtete. »Das ist eine merkwürdige Frage.«

»Ja? Ich finde es eher merkwürdig, Spielzeuge für ihn einzupacken und sie dann wieder mit nach Hause zu bringen.«

Jackson durchforstete seinen Kopf nach einer guten Erklärung. »Melody dachte, bei zu vielen Spielzeugen könnte Ernie vielleicht ärgerlich werden«, sagte er schließlich. »Also hat Archie das Flugzeug behalten, weil er das besonders gern mochte, und die anderen Spielzeuge habe ich wieder mitgenommen.«

Doch diese Erklärung überzeugte Eloise offenbar nicht. »Warum sollte es Ernie stören, wenn jemand seinem Sohn Geschenke macht? Vor allem du? Ihr seid doch praktisch Familie.«

»Ich schätze, er hat auch seinen Stolz.«

Eloise trank noch einen Schluck Wein. »Archie sieht Ernie nicht sehr ähnlich, oder?«, stellte sie die nächste Frage.

Jackson war sofort auf der Hut. »Nein, nicht besonders«, sagte er vorsichtig. In diesem Moment ging ihm auf, dass Eloise die Fotos gesehen haben musste. Jetzt bemerkte er auch ihre Stimmung und verstand.

»Er sieht auch seiner Mutter nicht sehr ähnlich.« Eloise leerte ihr Glas und schenkte sich sofort nach.

Jackson bemerkte, dass sie ihr Essen kaum angerührt hatte, die Weinflasche jedoch inzwischen beinahe leer war. »Ich finde, er hat ihre Augen«, sagte er. *Wunderschöne Augen.* Er war fertig mit dem Essen und wäre am liebsten geflohen.

»War Ernie auch da, als du zu Besuch warst?«, bohrte Eloise weiter nach.

»Ich habe dir doch erzählt, dass Ernie, Dad und Harley auf einer Auktion waren. Weißt du nicht mehr?«

»Ach, das erklärt dann auch, warum keine Fotos von ihm dabei sind.«

»Ganz genau.«

»Es erklärt allerdings nicht, warum du keine Fotos von Archie mit Georgina oder Vera aufgenommen hast. Wie kommt das?«

Jackson betrachtete Eloise eingehend. Es war offensichtlich, dass der Wein eine starke Wirkung auf sie hatte und dass sie auf Streit aus war. »Da ich Mum mit meinem Besuch überrascht habe, hatte sie sich weder schick angezogen, noch hatte sie sich die Haare frisiert, und sie möchte auf Fotos immer besonders hübsch aussehen. Vera war gar nicht die ganze Zeit dabei. Aber vielleicht beim nächsten Mal. Und wenn du mich jetzt entschuldigen würdest, gehe ich baden und dann ins Bett. Es war ein sehr langer Tag, und ich bin müde.«

Jackson stand vom Tisch auf und ließ Eloise sichtlich unzufrieden zurück.

Kapitel 17

April 1961

»Hallo, Eloise«, sagte Georgina, als diese das Gespräch annahm. »Wie geht es dir, meine Liebe?«

Eloise hörte die Aufregung in ihrer Stimme. »Danke, mir geht es gut. Ich fürchte, Jackson ist noch nicht von der Arbeit zurück. Er kommt freitags immer spät.«

»Oh, dann kannst du ihm ja die gute Nachricht überbringen, wenn er nach Hause kommt.«

»Welche gute Nachricht?« Eloise ahnte, was jetzt kommen würde.

»Ja, Melody hat heute früh am Morgen das Baby bekommen. Ein wunderschönes kleines Mädchen. Mutter und Kind sind wohlauf.«

»Ach, das ist ja wunderbar.« Eloise bemühte sich, erfreut zu klingen, obwohl sie sich innerlich wie ausgehöhlt fühlte. »Haben sie sich schon für einen Namen entschieden?«, fragte sie aus reiner Höflichkeit.

»Ja, sie nennen sie Piper. Melody sagt, dass Vera mal von einer Schauspielerin namens Piper Laurie erzählt hat und ihr der Namen gefällt.«

»Piper Laurie kenne ich. Ein schöner Name, und ungewöhnlich noch dazu.«

»Ernie ist überglücklich über sein kleines Mädchen. Melody auch. Und jetzt kann ich endlich hübsche rosa Kleider einkaufen. Das wollte ich schon so lange!«

»Ich erzähle Jackson die gute Nachricht, sobald er nach Hause kommt.«

Sie hörte selbst den Hauch von Traurigkeit in ihrer Stimme. Und sie war froh, dass Georgina ihr nicht versicherte, dass auch sie eines Tages eine Mutter sein würde, oder überhaupt darauf einging, denn mit der Zeit war Eloise immer weniger gewillt, darüber zu sprechen.

»Hast du kürzlich irgendwelche interessanten Kunstwerke entdeckt?«, fragte Georgina.

Eloise war ihr dankbar für den Themenwechsel. »Ja, zwei besonders gute Funde.«

»Wirklich? Erzähl mir davon.« Georgina klang interessiert, und Eloise war sofort in ihrem Element. »Das eine ist ein Gemälde von Browning, das um die Jahrhundertwende entstanden ist. Ich habe es einer Frau abgekauft, die es nach dem Tod ihres Vaters in der Garage gefunden hat. Sie hätte es fast weggeworfen. Kannst du dir vorstellen, so etwas Wertvolles jahrelang in der Garage rumstehen zu haben, wo es bloß Staub fängt?«

»Nein, aber ich glaube, das ist gar nicht so ungewöhnlich. Die wertvollsten Kunstwerke wirken oft recht unscheinbar. Das weißt du besser als ich.«

»Ja, in der Tat.«

»Musste es restauriert werden?«

»Nein, das Gemälde war in einem überraschend guten Zustand.« Eloise war immer noch erstaunt darüber. »Das andere Bild ist von Ivan Minchin. Er ist ein zeitgenössischer Künstler und sehr gefragt. Ich habe beide mit einem schönen Gewinn verkauft.«

»Gut gemacht, Eloise. Man merkt, dass dir deine Arbeit Spaß macht. Du erzählst immer richtig leidenschaftlich über Kunst.«

»Das liegt daran, dass es wirklich meine Leidenschaft ist. Und du? Arbeitest du im Moment an Werken für eine Ausstellung?«, fragte Eloise.

»Ich habe mich mal an Skulpturen versucht, weil auf dem

Grundstück so viel Holz herumliegt. Ich bin nicht besonders gut darin und sollte mich ans Malen halten, aber es macht Spaß.« Georgina lachte. »Aber noch was anderes: Jackson hat erzählt, dass ihr kürzlich Robert Helpmann und Googie Withers zu Gast hattet! Ich will unbedingt mehr darüber wissen! Es muss doch wahnsinnig aufregend gewesen sein, so berühmte Schauspieler bei sich zu Hause zu haben.«

»Ja, das war vor ein paar Wochen, wir hatten viel Spaß zusammen.« Die Templetons hatten oft bekannte Persönlichkeiten zu Gast, und seit Eloise und Jackson in Springfield House wohnten, galt das auch für die beiden. »Ich erzähle dir das gerne ausführlich, wenn wir uns das nächste Mal sehen. Ich nehme an, Jackson ist noch nicht dazu gekommen, dir zu erzählen, wer letztes Wochenende hier war, oder?«

»Nein. Wer denn?«

»Vivien Leigh.«

»Die Schauspielerin?«

»Ganz genau.«

»Himmel, ich hätte keinen Ton mehr herausgebracht!« Georgina war hörbar begeistert. »*Vom Winde verweht* ist immer noch einer meiner Lieblingsfilme.«

»Ja, meiner auch. Dicht gefolgt von *Endstation Sehnsucht*.«

»Stimmt, den mag ich auch. Wie war sie denn privat?«

»Sie ist die umwerfendste Person, die du dir vorstellen kannst. Jackson hat in ihrer Gegenwart keinen einzigen zusammenhängenden Satz herausgebracht.« Eloise lachte bei dem Gedanken daran, sie hatte ihren Mann noch nie so unsicher erlebt. »Ich kannte Vivien schon von früher, ich habe sie 1948 das erste Mal getroffen, als sie mit ihrem Mann Laurence Olivier auf Tournee war und auch nach Australien gekommen ist. Sie haben während ihres Aufenthalts in Adelaide auf Berkshire Hall übernachtet. So ein charismatisches Paar!«

»Ich bin beeindruckt. Ist Vivien eigentlich Amerikanerin oder Britin?«

»Sie ist in Indien geboren, ein Einzelkind. Ihr Vater, ein Börsenmakler, ist in Schottland zur Welt gekommen, ihre Mutter, übrigens eine strenggläubige Katholikin, ebenfalls in Indien, aber von Eltern mit anglo-indischen und irischen Wurzeln. Vivien bezeichnet England als ihr Zuhause, reist für ihre Filme aber natürlich viel durch die Welt.«

»Ach so. Ich habe mal irgendwo gelesen, dass sie bei den Dreharbeiten nicht gerade umgänglich ist. War sie anstrengend, als sie bei euch war?«, wollte Georgina wissen.

»Überhaupt nicht. Ich fand sie sehr charmant, sie war der perfekte Gast. Ihr ging es allerdings nicht sonderlich gut. Sie hat seit Mitte der Vierzigerjahre jahrelang an wiederkehrenden Ausbrüchen von Tuberkulose gelitten.«

»Oh, du liebes bisschen. Ist sie immer noch mit Sir Laurence Olivier verheiratet?«

»Nein, sie haben sich letztes Jahr scheiden lassen, aber ich glaube, sie hatten schon eine ganze Weile Eheprobleme. Ich erinnere mich, dass Laurence mal darüber geschrieben hat, dass sie selbstmordgefährdet gewesen sei. Jetzt ist er mit der Schauspielerin Joan Plowright verheiratet.«

»Da hat er es ja eilig.«

»Na ja. Aber zu seiner Verteidigung muss ich sagen, dass Vivien mit einigen Unterbrechungen seit 1948 eine Affäre mit Peter Finch hatte. Laurence spielte an Joans Seite, bevor er sich von Vivien scheiden ließ, und sie behauptet, die Beziehung der beiden habe schon am Set begonnen.«

»Es ist gar nicht so leicht, bei den Entwicklungen im Liebesleben von berühmten Schauspielerinnen und Schauspielern hinterherzukommen«, merkte Georgina an.

»Nun, sie sind zwar reich und berühmt, aber ihr Leben

verläuft auch nicht immer reibungslos. Die arme Vivien hatte schon schrecklich viel Pech. Sie erlitt 1945 eine Fehlgeburt und 1956 dann noch eine. Beide Male war sie danach monatelang depressiv.«

»Wie traurig. Hat sie keine Kinder?«

»Sie hat eine Tochter namens Suzanne mit ihrem ersten Ehemann, Leigh Holman. Bei der Scheidung erhielt Leigh das Sorgerecht.«

»Das ist wirklich traurig. So viel Talent und im Privatleben doch so unglücklich.«

»Ja. Vivien hat auch sehr seltsame Stimmungsschwankungen. Sie kann sich in einem Moment richtig in Rage hineinsteigern und sich im nächsten nicht mehr daran erinnern. Wahrscheinlich hat das auch seinen Teil zum Scheitern ihrer Ehen beigetragen.«

»Ja, das kann gut sein«, stimmte Georgina zu. »Du führst ein ganz schön aufregendes Leben, Eloise, und ich habe den Eindruck, dass mein Jackson damit spielend leicht zurechtkommt.«

Eloise lachte. »Ich bin es gewöhnt, berühmte Persönlichkeiten zu treffen, weil meine Eltern sie immer schon zu Gast hatten, aber es gibt tatsächlich Momente, da werden Jacksons Augen so groß wie Untertassen.«

Jetzt lachte auch Georgina. »Das kann ich mir vorstellen. Grüß ihn lieb von mir. Ich hoffe, wir sehen euch beide bald wieder.«

»Ja«, erwiderte Eloise, obwohl ihr davor graute, der Farm einen Besuch abzustatten.

Am folgenden Sonntagabend klingelte das Telefon, während Eloise und Jackson zu Abend aßen. Betty nahm das Gespräch an und verkündete dann, dass es Mr Harley Atwell sei, der Jackson sprechen wolle.

Jackson sah Eloise überrascht an. »Warum ruft Harley denn hier an?«

»Ich weiß es nicht.« Eloise hoffte, dass es nichts mit dem Baby zu tun hatte.

Jackson eilte zum Telefon in der Eingangshalle. »Harley! Ist alles in Ordnung?«

Eloise, die ihm gefolgt war, sah, wie Jackson die Farbe aus dem Gesicht wich. »Geht … es meiner Mutter gut?«, fragte er kurz darauf. »Was sage ich da! Natürlich nicht. Sie ist sicher völlig neben der Spur. Ich mache mich sofort auf den Weg zur Farm.« Er lauschte kurz in den Hörer. »In Ordnung, dann komme ich direkt morgen früh. Danke, dass du angerufen hast.«

Jackson legte auf, verharrte dann aber reglos auf der Stelle, wie unter Schock.

»Was ist passiert?«, fragte Eloise, auch wenn sie sich vor der Antwort fürchtete. »Du bist ja kreidebleich.«

»Dad …«, murmelte Jackson.

»Hat er sich bei einem Arbeitsunfall verletzt?«, fragte Eloise.

»Nein.« Er hielt inne, schluckte.

»Was ist denn passiert?«, drängte Eloise.

»Er … ist vor einer Stunde gestorben.«

Eloise keuchte auf. Sie zog Jackson in eine Umarmung, und er klammerte sich sofort an sie. Sie hielten sich eine Weile fest umarmt, bevor Jackson wieder das Wort ergriff.

»Der Arzt hat die Farm gerade verlassen«, wisperte er. »Er sagt, Dad hatte einen schweren Herzinfarkt. Er hat sich abends an den Tisch gesetzt, und plötzlich war ihm unwohl. Mehr weiß ich nicht, aber natürlich wird es eine Obduktion geben.«

»Es tut mir so leid, Jackson.« Eloise war zutiefst erschüttert. Sie führte ihn zu einem Stuhl und bat Betty, ihm einen Brandy zu bringen. »Was für ein furchtbarer Schock, vor allem für deine Mutter.«

»Es wäre nicht so ein Schock, wenn er vorher schon mal Probleme mit dem Herzen gehabt hätte, aber er war immer kerngesund.«

»Wie geht es Georgina?«

»Dr Rogers hat ihr ein Beruhigungsmittel verabreicht, ich fahre morgen früh direkt zu ihr. Melody und Ernie sind ja im Haus, so ist sie nicht allein, und Vera und Harley sind ja auch in der Nähe.«

»Ich habe erst vorgestern mit ihr gesprochen. Sie war so glücklich, die Nachricht von der Geburt des Babys zu überbringen. Und jetzt das.« Eloise konnte es nicht fassen.

Drei Wochen später parkte Jackson den Wagen in der Grenfell Street direkt vor dem Brookman Building. »Das Büro von Dads Anwalt ist im zweiten Stock«, sagte er zu Eloise, die neben ihm saß. Er war zur Testamentsverlesung geladen worden, genau wie seine Mutter, die von Ernie in die Stadt gefahren werden würde.

»Die letzten Wochen sind unglaublich schnell vergangen«, meinte Eloise.

»Aber wirklich. Es fühlt sich an, als sei Dads Beerdigung erst gestern gewesen, dabei ist das schon zwei Wochen her.« St. Luke's und die Masonic Hall in Paskeville waren zum Bersten voll mit Trauergästen gewesen. So gut wie jeder Bewohner der Halbinsel Yorke war zu Cornells Beerdigung gekommen, ein deutliches Zeichen dafür, wie beliebt und angesehen er gewesen war. »Ich kann immer noch nicht glauben, dass ich ihn nie wiedersehen werde.« Jacksons Stimme brach.

Eloise drückte seine Hand. Er wirkte vollkommen abgekämpft, da er seit dem Tod seines Vaters kaum ein Auge zugetan hatte.

»Ob Ernie und meine Mutter wohl schon hier sind?«, murmelte Jackson.

Eloise warf einen Blick auf ihre Armbanduhr. »Wir sind früh dran, also vermutlich nicht.«

»Ich hätte nicht gedacht, dass dieser Tag so bald kommen würde. Dad und ich hatten unterschiedliche Meinungen in Bezug auf die Farm, und ich glaube nicht, dass er sich je wirklich damit abgefunden hat, dass ich gegangen bin. Vielleicht hat das auf Dauer seinen Infarkt verursacht.«

»Nein, das glaube ich nicht. Er hat körperlich hart und viel gearbeitet. Die Farmarbeit ist ja kein Beruf, den man nur an fünf Tagen die Woche ausübt.«

»Ich habe so oft mit meinen Schuldgefühlen gekämpft, weil ich ihn so enttäuscht habe, aber ich habe immer gehofft, dass er meine Entscheidung eines Tages verstehen würde.«

»Er wirkte doch recht glücklich, ich wette, er hat seinen Frieden mit deiner Entscheidung geschlossen. Er war sehr stolz auf dich und alles, was du ganz allein erreicht hast.«

Sie schwiegen eine Weile und hingen ihren Gedanken nach.

»Meinst du, er hat dir die Farm vererbt?«, fragte Eloise schließlich.

Jackson nickte, aber der Gedanke an dieses Erbe belastete ihn, und gleichzeitig fühlte er sich schuldig, weil er so empfand.

»Wirst du sie verkaufen?« Sie hatten noch nie darüber gesprochen, weil sie nie daran gezweifelt hatten, dass Cornell noch lange leben würde.

Und nun hatte Jackson seit dem Anruf von Magnus Fletcher, dem Anwalt seines Vaters, darüber nachgedacht, was er tun sollte. »Die Farm ist Mums Zuhause, es wäre nicht richtig, sie zu verkaufen. Nicht, solange sie nicht entscheidet, nicht mehr dort leben zu wollen. Bis dahin werde ich einen Vorsteher einstellen. Harley ist die logische Wahl, er arbeitet schon seit mehr als dreißig Jahren als Vorsteher für Dad. Aber die Arbeitsbelastung wäre viel zu hoch für Harley, Ernie und die Aborigine-

Jackaroos. Ich müsste noch einen Mann einstellen, an Stelle von …« Er konnte den Namen seines Vaters nicht aussprechen.

»Das klingt nach ziemlich viel Verantwortung, Jackson, und du hast schon mehr als genug damit zu tun, das Kaufhaus zu führen«, merkte Eloise an.

»Das stimmt, aber die alltäglichen Aufgaben können Harley und Ernie bewältigen, mit links. Ich müsste nur in die großen Entscheidungen einbezogen werden.«

Wenige Minuten, nachdem Jackson und Eloise Magnus Fletchers Büro betreten hatten, kamen auch Ernie und Georgina an. Jackson hatte seit der Beerdigung jeden Tag mit seiner Mutter telefoniert, aber es tat gut, sie in die Arme zu schließen. Sie wirkte erschöpft und traurig. Für sie galt es nun, sich um die organisatorischen Angelegenheiten zu kümmern – als Künstlerin und Frau eines Mannes, der sie nie mit derlei Dingen belastet hatte, fiel ihr das nicht leicht.

»Hallo, Eloise.« Georgina küsste Eloise auf die Wange. »Es war sehr nett von deinen Eltern, zu Cornells Beerdigung zu kommen.«

»Sie wollten für dich und die Familie da sein.« Eloise entging nicht, wie zerbrechlich Georgina wirkte.

»Danke, dass du Mum in die Stadt gefahren hast, Ernie«, sagte Jackson. »Ich nehme an, Melody konnte Archie und das Baby nicht allein lassen.«

»Natürlich nicht«, erwiderte Ernie kühl.

»Vielleicht sollten wir beide im Vorraum warten«, schlug Eloise Ernie vor.

»Mr Atwell müsste hierbleiben«, mischte Magnus Fletcher sich ein. »Sie können auch bleiben, wenn Sie möchten, Mrs Hastings.«

»Oh.« Ein Blick zu Jackson verriet Eloise, dass er ebenso

überrascht war wie sie. »Dann bleibe ich auch.« Eloise setzte sich neben ihren Mann und ihre Schwiegermutter.

Nachdem auch Ernie Platz genommen hatte, öffnete Mr Fletcher den Umschlag mit Cornells Testament.

»Wie Sie vielleicht wissen, hat Cornell letztes Jahr ein neues Testament verfasst.«

»Ein neues? Das wusste ich nicht«, platzte Jackson heraus. Er wandte sich an Georgina. »Meinst du, er wusste, dass er nicht gesund war?«

»Nein«, versicherte sie, ebenfalls überrascht.

»Warum hat er dann ein neues Testament gemacht?«

»Weil er Änderungen vornehmen wollte«, warf Mr Fletcher eilig ein. »Er hatte klare Klauseln formuliert.«

»Was für Klauseln?«

»Dazu komme ich gleich«, entgegnete Magnus Fletcher. »Zunächst einmal gehen alle Ersparnisse, die in der Adelaide Bank deponiert sind, an seine Ehefrau Georgina Hastings, genau wie sein gesamtes persönliches Hab und Gut. Cornell entschuldigte sich dafür, dass es nicht viel ist, witzelte aber, dass Sie ohnehin die Brotverdienerin der Familie seien.«

Georgina lächelte traurig.

»Und jetzt zur Farm. Zu diesem Thema habe ich eine Frage an Sie, Mr Hastings.«

»Was möchten Sie denn wissen?«

»Wie Sie wissen, war es der Herzenswunsch Ihres Vaters, dass die Sunnyvale Farm noch viele Generationen lang in der Familie bleibt.«

Jackson nickte und stieß einen Seufzer aus.

»Diese Frage hier ist von Ihrem Vater. Bitte geben Sie darauf eine eindeutige Antwort.«

»In Ordnung«, stimmte Jackson erwartungsvoll zu.

»Sind Sie gewillt, auf die Sunnyvale Farm zurückzukehren,

sie persönlich zu führen und sie eines Tages an Ihren Erben weiterzugeben?«

»Nein, das kann ich nicht«, antwortete Jackson klar und ohne Zögern. »Ich bin kein Farmer und möchte nie mehr einer sein.«

»Was diese Antwort betrifft, ist der Wille Ihres Vaters eindeutig: Wenn Sie die Farm nicht führen wollen, soll sie an Ernest Atwell gehen.«

Jacksons Kopf schnellte herum, und er sah Ernie direkt an. Eloise bemerkte, dass Ernie genauso schockiert dreinblickte wie ihr Mann.

»Sind Sie sicher?«, fragte Ernie Mr Fletcher ungläubig.

»Ja, Cornell hat seinen Wunsch klar geäußert. Die Farm gehört Ihnen. Seine einzige Bedingung war, dass Georgina Hastings so lange in ihrem Zuhause bleiben kann, wie sie möchte, gegebenenfalls bis an ihr Lebensende.«

»Das ist doch selbstverständlich«, sagte Ernie.

»Dann werde ich die entsprechenden Dokumente aufsetzen, damit die Farm in Ihren Besitz übergeht, und sie Ihnen per Eilpost zuschicken.«

Ernie wandte sich an Jackson. Er schluckte, dann fragte er: »Was sagst du denn dazu? Bist du wütend?«

»Ich bin ehrlich gesagt geschockt, aber du weißt, dass ich nichts mit der Farm zu tun haben wollte, also steht mir keine Meinung dazu zu«, sagte Jackson. Er war vollkommen durcheinander. »Glückwunsch. Du wolltest immer eine eigene Farm, und jetzt hast du eine«, sagte er.

»Danke«, brachte Ernie hervor, dann wandte er sich an Georgina. »Ist das für dich in Ordnung?«

»Natürlich, Ernie.« Sie drückte seine Hand. »Du bist auf Sunnyvale zur Welt gekommen, und ich weiß, wie sehr du die Farm liebst. Außerdem gehörst du zur Familie, das weißt du doch.«

Auf dem Rückweg zu Springfield House brannte Eloise darauf, über das Geschehene zu sprechen, doch Jackson schwieg.

»Wie geht es dir wirklich damit, dass Ernie die Farm deiner Familie erbt?«, fragte sie schließlich.

»Ich bin schockiert, auch wenn ich es nicht sein sollte.«

»Warum nicht?«

»Na ja, Ernie arbeitet schon sein ganzes Leben lang auf der Farm und genießt jeden Tag dort. Er war außerdem an der Seite meines Vaters, seit ich fortgegangen bin, und ich bin mir sicher, dass er ihm eine große Stütze war.«

»Aber er gehört nicht zur Familie. Er ist kein Blutsverwandter.« Für Eloise war das wichtig, und sie wunderte sich, dass Jackson das nicht genauso sah.

»Nein, kein Blutsverwandter, aber er ist auf Sunnyvale geboren.«

»Meinst du, Ernie könnte deinen Vater dazu gebracht haben, ihm die Farm zu vererben?«

»Nein! Er wirkte ehrlich überrascht. Außerdem hatte mein Vater seinen eigenen Kopf.«

»Ich nehme an, diese Regelung ist eine Erleichterung für dich, oder? Das Kaufhaus allein beinhaltet schon eine riesige Verantwortung.«

»Das stimmt. Ich hätte diese zusätzliche Last nicht gebrauchen können, und zumindest kann Mum auf Sunnyvale leben, solange sie möchte. Außerdem ist es auch das Zuhause von Melody, Archie und Piper.« Er seufzte. »Wir müssen Mum öfter besuchen, jetzt, wo Dad fort ist«, merkte er dann an.

Das gefiel Eloise ganz und gar nicht. Sie freute sich darauf, Georgina zu sehen, aber Melody und Archie regelmäßig zu begegnen war das Letzte, was sie wollte. »Du telefonierst doch jeden Tag mit ihr, und Bea ist in der Nähe«, hielt sie dagegen.

»Schon, aber sie soll wissen, dass sie mir wichtig ist.«

»Das weiß sie, Jackson.«

»Taten sagen so viel mehr als Worte«, beharrte Jackson.

»Ja.« Eloise war wütend, presste aber die Lippen zusammen.

»Ist es wirklich in Ordnung für dich, dass Cornell mir die Farm hinterlassen hat, Georgina?«, fragte Ernie auf der Fahrt zurück nach Sunnyvale. »Du kannst mir deine ehrliche Meinung sagen.«

»Natürlich ist das in Ordnung, Ernie. Ich befürworte seine Entscheidung sogar von ganzem Herzen. Er war zutiefst enttäuscht, dass Jackson kein Interesse an der Farm hat, aber es war nur eine Frage der Zeit, bis jemand einer Generation der Hastings die Farm nicht übernehmen möchte.«

»Hat Cornell seine Entscheidungen mit dir besprochen?«

»Nein, nicht direkt. Er hat mir zwar erzählt, dass er sein Testament geändert hat, aber nicht, in welche Richtung. Er meinte nur, ich müsse mir keine Gedanken über die Zukunft machen, falls ihm etwas passieren sollte. Er hat nie irgendwas bezüglich der Farm mit mir besprochen, im Gegenteil, er hat mir immer ermöglicht, mich voll und ganz auf die Kunst zu konzentrieren, und dafür werde ich ihm ewig dankbar sein. Ich habe meine Werke zu guten Preisen verkauft und ihm immer gesagt, wenn er das Geld für die Farm bräuchte, stünde es ihm jederzeit zur Verfügung, aber er hat mich nie danach gefragt, daher bin ich finanziell abgesichert. Ich freue mich sehr für dich, Ernie. Du hast eine bezaubernde Familie, und jetzt ist auch deine Zukunft gesichert.«

Ernie war ihr zutiefst dankbar für ihre Worte. »Ich kann es immer noch nicht glauben, Georgina. Es war mein Lebenstraum, eines Tages ein eigenes Stück Land zu besitzen, wenn auch nicht vergleichbar mit der Sunnyvale Farm. Ich wäre völlig zufrieden gewesen, noch viele Jahre für Cornell zu arbeiten.«

»Das Leben steckt voller Überraschungen, Ernie. Aber du hast dein Leben der Farm verschrieben, und jetzt gehört sie dir. Das müssen wir heute Abend feiern.«

Ernie grinste über das ganze Gesicht. Er konnte es kaum erwarten, Melody und seinen Eltern die Neuigkeiten zu verkünden.

Kapitel 18

Zwei Wochen später rief Jackson wie so oft Georgina an, doch dieses Mal war es Vera, die das Gespräch annahm.

»Wie geht es Mum wirklich, Vera?«, wollte Jackson wissen.

Vera erzählte ihm, dass Georgina seit Cornells Tod keinen Pinsel mehr angerührt hatte. Jackson war zutiefst beunruhigt und entschied, sie zu besuchen. Eloise begleitete ihn, wenn auch widerwillig, da sie, wie bei jedem seiner Besuche auf der Farm, Hintergedanken vermutete.

Georgina saß auf der hinteren Veranda in einem Korbstuhl und freute sich sichtlich, sie zu sehen. Der verlockende Duft von gebratenem Lamm als Sonntagsbraten wehte durch das Küchenfenster, und Jacksons Magen knurrte. Er hockte sich vor ihren Stuhl. Georgina war sichtlich mitgenommen. »Wie geht es dir, Mum?«, fragte er sanft.

Sie küsste ihn zur Begrüßung auf die Wange. »Alles in Ordnung, danke, Liebling.« Sie wandte sich an Eloise. »Hallo, Eloise«, begrüßte sie auch ihre Schwiegertochter.

»Bist du sicher?«, hakte Jackson besorgt nach.

Georgina schloss für einen Moment die Augen. »Ich fühle mich verloren ohne deinen Vater, aber das ist ja nicht anders zu erwarten. Wir haben unser Leben so viele Jahre gemeinsam geführt.« Ihre Unterlippe zitterte.

»Ich weiß.« Er drückte ihre Hand. »Du musst ihn schrecklich vermissen. Ich vermisse ihn auch.«

»Immerhin sind die Kinder im Haus eine wunderbare Ablenkung«, merkte Georgina an. »Archie ist ein lebhafter Wirbelwind, und Piper ist ein unheimlich süßes Baby. Ernie und Melody haben Riesenglück.«

»Wo sind sie?« Jackson stand auf.

»Du bist hier, um deine Mutter zu besuchen«, meldete Eloise sich zu Wort.

Jackson starrte sie finster an, verkniff sich jedoch wegen seiner Mutter einen bissigen Kommentar.

»Melody ist ins Haus gegangen, um Piper zu wickeln, und Archie hat sie begleitet«, beantwortete Georgina seine Frage. »Ernie ist irgendwo auf der Farm unterwegs. Er hat einen neuen Helfer eingestellt, Richie, den Sohn von Jim Bartlet, und weist ihn gerade ein.«

»An einem Sonntag?«, fragte Jackson.

»Ja, Ernie sitzt selten still, vor allem nicht, seit er die Verantwortung für die Farm hat.«

»Er sollte aber doch auch Zeit mit Melody und den Kindern verbringen«, bemängelte Jackson.

»Er verbringt sogar eine Menge Zeit mit ihnen. Aber Richie ist begierig darauf, alles zu lernen«, erklärte Georgina. »Und es wird dauern, bis Ernie sich in seine neue Rolle einfindet. In die Fußstapfen deines Vaters zu treten ist nicht leicht.«

»Ich hätte gedacht, Richies Dad würde wollen, dass er bei ihm einsteigt.«

»Nein, er hat kein Interesse daran, Mechaniker zu werden. Er arbeitet lieber mit Pferden und Rindern.«

Auch wenn Georgina es ganz sicher nicht so gemeint hatte, fühlte Jackson die alte Scham in sich aufsteigen, bei dem Hinweis darauf, dass nicht alle Söhne die Läden ihrer Väter übernahmen.

Kurz darauf stürmte Archie aus der Hintertür, direkt in Jacksons Arme. Dieser hob ihn hoch und küsste seine Pausbäckchen. Der Junge kicherte vergnügt.

Eloise bemerkte sofort, dass Jacksons Gesichtszüge sich aufhellten. Sie selbst suchte eilig nach Ähnlichkeiten zwischen ihm und Archie und meinte, noch mehr zu entdecken als nur ihre Haarfarbe.

Dann trat Melody mit Piper auf dem Arm aus der Hintertür. Beim Anblick ihres Sohnes in Jacksons Armen verdüsterte sich ihre Miene sofort. Sie grüßte Eloise herzlich, aber ihr Tonfall wurde wesentlich kühler, als sie Jackson hallo sagte. Eloise beobachtete das alles aufmerksam. Sie bemerkte, wie Jacksons Blick bewundernd über Melody glitt, und spürte Wut und Eifersucht in sich aufsteigen. Dann lenkte Archie Jacksons Aufmerksamkeit wieder auf sich, indem er spielerisch an seiner Nase zog.

»Wo ist dein Flugzeug?«, fragte Jackson.

»Drinnen«, sagte der Junge.

»Drinnen? Komm, wir holen es mal.« Damit ging er mit Archie ins Haus.

»Piper ist ganz schön gewachsen«, merkte Eloise aus purer Höflichkeit mit einem Blick auf das Baby an.

»Möchtest du sie mal halten?«

Eloise wollte ablehnen, doch bevor ihr eine Ausrede einfiel, hatte Melody ihr das Baby schon in den Arm gedrückt. Sie blickte hinunter in das niedliche Gesicht, die dunklen, neugierig blickenden Augen, die perfekte Haut und die rosigen Lippen. »Sie ist wunderschön«, wisperte sie und wurde mit einem Mal von ihren Gefühlen überwältigt. Ihre Augen füllten sich mit Tränen, die ihr die Sicht verschleierten. Sie war froh, dass in diesem Moment Jackson mit Archie und dessen Flugzeug wiederkam und Georgina und Melody ablenkte.

Die Gegenwart ihres Mannes, der so verzaubert von dem kleinen Jungen war, weckte Eifersucht und das Gefühl der Unzulänglichkeit als Frau in ihr. Gleichzeitig hielt sie ein wundervolles, unschuldiges Baby in ihren Armen, das all ihre Mutterinstinkte weckte. Es war einfach zu viel.

Sie gab Melody Piper zurück und machte sich eilig auf den Weg ins Bad.

Kaum dass sie außer Hörweite war, wandte Melody sich im Vertrauen an Georgina. »Ist mit ihr alles in Ordnung?«

»Sie ist manchmal etwas empfindsam, wenn es um das Thema Kinder oder Babys geht«, wisperte Georgina. »Es macht ihr zu schaffen, dass sie immer noch nicht schwanger geworden ist.«

»Oh! Daran habe ich gar nicht gedacht«, erklärte Melody. »Ich bin einfach davon ausgegangen, dass sie Piper gern halten würde. In Zukunft werde ich etwas einfühlsamer sein.«

Jackson, der jetzt den kichernden Archie in seinen Armen umherschwenkte und tat, als wäre er ein Flugzeug, hatte von der Reaktion seiner Frau nichts mitbekommen.

Irgendwie überstand Eloise den Nachmittag, aber auf der Rückfahrt brodelte die Wut in ihr. Nicht, dass Jackson es bemerkte. Er war in Gedanken noch bei Melody und Archie, und genau davon ging seine Frau auch aus.

Sie kamen erst nach Einbruch der Dunkelheit an, und Eloise stürmte sofort ins Haus. Erst da fiel Jackson ihre finstere Stimmung auf. Er folgte ihr in die Küche, wo Betty ihnen ein leichtes Abendessen aus kaltem Fleisch und Salat bereitgestellt hatte.

Er ging davon aus, dass Eloise den Kessel aufsetzen würde, um Tee zu kochen. Stattdessen verfolgte er überrascht, wie sie sofort zum Schrank mit den Spirituosen ging und sich einen großen Brandy einschenkte.

»Möchtest du nicht lieber einen Tee?«, fragte er.

»Nein, möchte ich nicht«, fauchte sie.

Jackson fand das bedenklich. »Stimmt etwas nicht, Eloise? Du wirkst … aufgebracht.«

»Stimmt etwas nicht?«, äffte sie ihn nach. »Ich dachte, du wärst heute nach Sunnyvale gefahren, um deine Mutter zu besuchen.«

»Bin ich auch«, erwiderte Jackson verblüfft.

»Du hast keine zwei Sätze mit ihr gesprochen. Stattdessen hast du den gesamten Nachmittag damit zugebracht, mit Archie zu spielen.«

»Nun, Ernie war ja nicht da, um das zu machen, oder?«, wandte Jackson ein.

»Das war wahrscheinlich auch gut so.«

»Wieso sagst du das?«

»Weil du nichts anderes getan hast, als seiner Frau schöne Augen zu machen und seinen Sohn zu behandeln, als wäre er dein eigener.«

Jackson starrte sie an und errötete.

Eloise hätte erwartet, dass er ihre Aussage vehement abstreiten würde, doch er sagte nichts. Seine Reaktion machte sie fassungslos. Sie stürzte den Brandy herunter, trat zu ihrem Mann und sah ihn finster an. »Glaubst du, dass Archie dein Sohn ist, Jackson? Bist du deswegen so in ihn vernarrt?«

Jacksons Mund klappte auf, doch er sagte nichts. Eloise fasste das als Bestätigung auf. Ein leiser, erstickter Laut kam aus ihrer Kehle, und sie stolperte zwei Schritte rückwärts. »Du hattest eine Affäre mit Melody, nicht wahr?« Ihre Stimme war nicht mehr als ein heiseres Flüstern.

Jackson durchfuhr eine Welle der Panik. Er vermutete, dass Eloise die Wahrheit herausgefunden hatte und sein Leben von nun an den Bach hinuntergehen könnte. Er fand seine Stimme wieder. »Nein, hatte ich nicht«, stritt er vehement ab.

»Warum bist du dann so verrückt nach Archie?«

»Weil … ich Kinder liebe und es nicht erwarten kann, bis wir selbst welche haben.«

»Ich glaube dir nicht. Ich sehe doch, wie du dich in Melodys Gegenwart verhältst. Nicht einmal auf unserer Verlobungsfeier konntest du den Blick von ihr lösen. Ich habe versucht, dieses Verhalten zu ignorieren, aber damit ist jetzt Schluss. Ich lasse nicht zu, dass du mich zum Narren hältst.«

Jackson war nicht bewusst gewesen, dass Eloise seine Schwärmerei für Melody bemerkt haben könnte, und er rügte sich innerlich dafür, so unvorsichtig gewesen zu sein. »Melody ist Beas beste Freundin, ich kenne sie schon seit unserer Kindheit, Eloise. Wir sind praktisch zusammen groß geworden. Ich hatte jede Gelegenheit, eine Beziehung mit ihr anzufangen, hätte ich das gewollt, aber sie war eher wie eine zweite kleine Schwester.«

»Ich habe gehört, dass deine *Schwester* geradezu aufgeblüht ist, während sie in Frankreich war.«

»Du bist diejenige, in die ich mich verliebt und die ich geheiratet habe«, erinnerte er sie.

Eloise starrte ihn kühl an, und er ging auf sie zu, um sie in den Arm zu nehmen, aber sie wich ihm aus. Es lag ihr auf der Zunge, zu sagen, dass er sie bloß des Geldes wegen geheiratet hatte und dass er nicht alles haben konnte, aber sie brachte die Worte nicht heraus. Sie würde sein fadenscheiniges Leugnen nicht ertragen.

»Wie du schon selbst gesagt hast: Taten sagen so viel mehr als Worte. Du kannst heute im Gästezimmer schlafen.« Damit ließ sie ihn stehen.

Jackson verharrte eine Weile reglos auf der Stelle, unfähig, sich zu bewegen. Sein Verstand sagte ihm, dass er über seine Schwärmerei für Melody hinwegkommen musste, bevor er Eloise und das gute Leben verlor, das mit einer Ehe mit ihr einherging. Leider hörte sein Herz nicht hin.

Eloise saß allein im Wartezimmer einer Klinik in Adelaide. Dann öffnete sich die Tür zum Sprechzimmer des Arztes. »Kommen Sie herein, Mrs Hastings«, rief Dr Millburn, und Eloise folgte der Aufforderung. Sie setzte sich auf einen Stuhl, der seinem Schreibtisch gegenüberstand. Sie konnte kaum atmen, und ihr Magen rumorte.

Eine qualvolle Woche war vergangen, seit sie Dr Millburn zuletzt gesehen hatte. Ihr Leid war nur noch größer geworden durch ihre Gefühle gegenüber Jackson, zu dem sie Abstand gehalten und den sie auch nicht mehr ins Schlafzimmer gelassen hatte. Seine Erklärung, dass er sich nach einer Familie sehnte, sowie die Aufmerksamkeit, die er Archie schenkte, hatten sie letztlich dazu getrieben, eine Antwort auf die Frage zu suchen, warum sie noch nicht schwanger geworden war.

Und nun war sie hier, allein, voller Furcht vor dem, was sie gleich hören würde. Dr Millburn hatte die Fruchtbarkeitsuntersuchung durchgeführt, die teilweise sehr unangenehm gewesen war, und ihr erklärt, dass, wenn ihre Testergebnisse normal seien, Jackson wahrscheinlich das Problem sei. Diese Aussage hatte Eloise nachdenklich gestimmt. Wenn Jackson unfruchtbar war, konnte er nicht Archies Vater sein. Dann war er einfach nur so vernarrt in ihn, weil er selbst Kinder haben wollte. Und wenn einer von ihnen unfruchtbar war, egal wer, würden sie nie Eltern werden.

»Also, ich habe mir Ihre Untersuchungsergebnisse angesehen, Mrs Hastings«, begann Dr Millburn. Er war nicht der Arzt ihrer Familie, und genau aus diesem Grund hatte Eloise ihn aufgesucht. Unglücklicherweise bedeutete das jedoch auch, dass sie ihn nicht gut genug kannte, um seine Miene lesen zu können, und seine Tonlage verriet ebenfalls nichts.

»Stimmt etwas nicht mit mir? Etwas, was behandelt werden kann?«

»Sie leiden am sogenannten polyzystischen Ovarialsyndrom.«

Eloise verstand nicht, was er meinte, aber es klang nicht gut. »Was genau ist das, und was bedeutet das für mich?«

»Es ist eine Erkrankung, bei der aufgrund einer hormonellen Störung mehrere Follikel in den Eierstöcken heranwachsen, es aber jeweils nicht zum Eisprung kommt. Es können sich Zysten an den Eierstöcken bilden, und in schwerwiegenden Fällen wie dem Ihren führt das zur Unfruchtbarkeit. Es tut mir wirklich leid.«

Eloise war wie benommen. Sie starrte auf den Papierstapel auf dem Schreibtisch vor sich. »Da kann man doch sicher etwas machen, oder? Vielleicht operieren? Ich kann für die allerbesten Spezialisten aufkommen, und ich bin gewillt, dafür in andere Länder zu reisen, wenn das nötig ist.«

»Ich weiß«, sagte John Millburn ruhig. »Aber ich fürchte, dass selbst die besten Chirurgen der Welt Ihnen nicht helfen können, Mrs Hastings.« Er schwieg einen Moment, um ihr die Möglichkeit zu geben, die Nachricht zu verdauen. »Sie könnten sich höchstens mit anderen Möglichkeiten auseinandersetzen, eine Familie zu gründen.«

»Andere Möglichkeiten? Meinen Sie … Adoption?« Die Nachricht, unwiederbringlich unfruchtbar zu sein, war schon kaum zu ertragen, aber der Gedanke, dass eine andere Frau ihrem Mann ein Kind schenken könnte, während sie dazu nicht in der Lage war, war unerträglich.

»Genau. Meine Frau ist Kinderärztin, und sie untersucht auch die Kinder in den Waisenhäusern in Adelaide. Dort gibt es viele Kinder und Babys, die dringend ein liebevolles Zuhause brauchen. Vielleicht könnten Sie mit Ihrem Mann über diese Option sprechen.«

Eloise schüttelte heftig den Kopf. »Ich kann und werde nicht akzeptieren, dass nichts getan werden kann.«

»Es ist natürlich Ihr gutes Recht, sich eine zweite Meinung einzuholen, aber ich fürchte, die wird nicht anders ausfallen«, sagte Dr Millburn. »Es tut mir sehr leid.«

Eloise fühlte sich wie betäubt, aber irgendwie gelang es ihr, aufzustehen und die Praxis zu verlassen. Doch statt nach Hause lief sie am Ufer des River Torrens entlang und starrte ins Wasser, ohne wirklich etwas zu sehen. Ein Paar schwarzer Schwäne mit sechs Küken glitt vom anderen Ufer aus auf sie zu, aber sie nahm kaum Notiz von ihnen. Sie tauchte erst wieder aus ihrer Starre auf, als ein Kind »Mummy« rief, und brach sogleich in Tränen aus. Seit Jahren sehnte sie sich danach, dass ein Kind sie »Mummy« nannte. Jetzt wusste sie mit Sicherheit, dass das nie geschehen würde, und das brach ihr das Herz.

In den nächsten zwei Wochen ging Eloise allen aus dem Weg, selbst ihren Eltern. Sie versagte Jackson weiterhin den Zutritt zu ihrem gemeinsamen Schlafzimmer. Eines Tages hörte sie ihn telefonieren. Er fragte Vera, ob ihr Bruder als kleiner Junge rotbraunes Haar gehabt habe, weil Melody das erwähnt habe. Sie hörte Veras Antwort zwar nicht, aber in dem Moment wusste sie, dass er Archie für seinen Sohn hielt, und das bestätigte ihre größte Angst: Er hatte sie betrogen. Es war ein weiterer, sehr schwerer Schlag. Sie hasste Jackson dafür, dass er untreu gewesen war, aber gleichzeitig beneidete sie ihn, weil er ein Kind hatte. Ihr erster Impuls war, Jackson und Melody an Ernie zu verpfeifen, aber Ernie war ein anständiger Mann, und sie brachte es nicht übers Herz, ein Zuhause zu zerstören, in dem Kinder lebten. Stattdessen wurde sie immer feindseliger Jackson gegenüber.

Mehrfach in diesen und den folgenden drei Wochen versuchte Jackson, mit seiner Frau zu sprechen. »Was ist los, Eloise? Bitte, lass uns darüber reden. Ich liebe dich.«

Eloises kornblumenblaue Augen wurden dann stets eisig, und als Nächstes fing sie an zu weinen. Er versuchte, sie zu trösten, aber sie ließ nicht zu, dass er sie berührte. Jackson wollte seine Mutter besuchen fahren, fürchtete aber, dass es die Situation mit Eloise nur verschlimmern würde, deswegen erfand er Ausreden, weshalb er angeblich nicht kommen konnte. Er wurde mit jedem Tag deprimierter. Er konnte sich nicht aufraffen, irgendetwas zu tun, was mit dem Laden in Verbindung stand. Christopher Webb fiel immer mehr Verantwortung zu, während er selbst jeden Tag ins Ambassadors Hotel fuhr, um seine Sorgen im Alkohol zu ertränken. Als letzten Versuch bat er Julie, mit Eloise zu sprechen und herauszufinden, was sie beschäftigte. Damit riskierte er zwar, dass Eloise ihr erzählte, er hätte eine Affäre mit Melody gehabt und Archie wäre das Ergebnis, aber das Risiko musste er eingehen. Er wusste sich einfach nicht mehr zu helfen.

Wenige Tage später erhielt Eloise eine Einladung von ihrer Mutter, die ihr eher wie eine Vorladung erschien, eigenhändig zugestellt durch Bertie, den Butler auf Berkshire Hall. Sie hatte zuletzt keine Anrufe von ihrer Mutter entgegengenommen und Betty gebeten zu behaupten, sie sei nicht zu Hause. Die persönlich überbrachte Einladung wagte sie jedoch nicht abzulehnen, um das Misstrauen ihrer Mutter nicht anzufachen.

»Ich dachte, wir könnten im Garten zu Mittag essen«, sagte Julie fröhlich, als ihre Tochter auf Berkshire Hall erschien. »Es ist so ein wundervoller Julitag! Viel zu schön, um drinnen zu sitzen.«Sie hatte ihrer Tochter bewusst verschwiegen, dass keine weiteren Gäste zugegen sein würden, in deren Beisein sie Eloise ihre Fragen nie hätte stellen können. Sie wusste nur zu gut, dass ihre Tochter dann nicht gekommen wäre.

»Bin ich der einzige Gast?«, fragte Eloise jetzt auch sichtlich entgeistert.

»Ja. Ich habe unsere Treffen zuletzt vermisst, daher dachte ich, es ist an der Zeit für ein Mittagessen zu zweit.«

Eloises Miene nach zu urteilen, teilte sie diese Meinung nicht. »Wo ist Daddy?«

»Es ist Mittwoch, Liebes. Hast du vergessen, dass er da immer Golf spielt?« Das war eine seit langem bestehende Tradition, und Eloise war normalerweise nicht vergesslich, also sah Julie die Frage ihrer Tochter als Zeichen dafür, dass sie vollkommen durcheinander war. Und Julie war fest entschlossen, den Grund dafür herauszufinden.

»Ich habe wohl den Überblick über die Tage verloren«, gab Eloise geistesabwesend zu, während sie sich an den Tisch setzte, den die Haushälterin mit Blick auf den Fischteich und den Berg platziert hatte.

Julie nahm ebenfalls Platz. Es war angenehm kühl unter der massiven Ulme, und das Geräusch des plätschernden Wassers hätte beruhigend sein können, wenn nicht ein Kookaburra in der Baumkrone mächtig Radau gemacht hätte. Ein weiterer in einem Baum auf der anderen Seite der Wiese stimmte in den Lärm ein. Julie klatschte in die Hände, um die Vögel zu verscheuchen.

»Ich dachte, wir könnten ein Glas Wein zum Mittagessen trinken.« Julia schenkte Eloise einen gekühlten Sauvignon Blanc ein, erwartete aber, dass ihre Tochter ihn zurückweisen würde, weil sie normalerweise tagsüber keinen Alkohol trank. Doch Eloise nahm sofort einen Schluck. Jetzt war Julie sicher, dass irgendetwas nicht stimmte.

Die Haushälterin brachte ein Tablett mit gegrillten Garnelen und einem bunten Gartensalat heraus. Sie freute sich, Eloise zu sehen, und begrüßte sie herzlich.

Eloises Reaktion zeugte von wenig Begeisterung.

»Danke, Stella, das ist alles«, entließ Julie die Haushälterin. »Um den Rest kümmere ich mich selbst.«

Während Julie die Teller befüllte, war Eloises Blick starr auf die Gartenbeete auf der anderen Seite der Wiese gerichtet. Sie sah aus, als wäre sie gedanklich meilenweit weg.

»Das Wetter ist diese Woche herrlich, nicht wahr?«, versuchte Julie zunächst noch einmal mit ein bisschen Konversation das Eis zu brechen, als sie mit dem Essen anfingen.

Eloise nickte lediglich und trank noch einen Schluck Wein.

Julies Sorge verstärkte sich. Sie dachte an Jacksons Worte und beschloss, das Thema direkt anzusprechen. »Es wird Zeit, dass du mit jemandem über das sprichst, was dich belastet. Du weißt, dass ich dich unterstützen werde, wo ich kann.«

Eloise schüttelte den Kopf.

Julie interpretierte das so, dass sie nicht über ihre Probleme sprechen wollte. Sie konnte nicht wissen, dass Eloise eigentlich gedacht hatte, keine Unterstützung der Welt könne ihr Problem lösen.

Doch so leicht würde Julie nicht aufgeben. »Habt ihr Probleme, du und Jackson?«, fragte sie direkt. »Ich könnte mit ihm sprechen. Oder dein Vater übernimmt das. Oder gibt es irgendetwas, was ich tun kann, um zu helfen?«

Eloise schluckte, schwieg aber. Dann hob sie plötzlich den Kopf und sah ihrer Mutter direkt in die Augen, und Julie bemerkte tiefe Verzweiflung in ihrem Blick. »Ich bin unfruchtbar, Mum. Das kannst du nicht lösen«, stieß sie hervor.

Julie war schockiert. Jetzt verstand sie, warum ihre Tochter sich zurückgezogen hatte. Sie musste am Boden zerstört sein. »Oh, Liebling, das tut mir leid«, sagte sie sanft. »Woher weißt du das? Warst du beim Arzt?«

»Ja. Ich wurde untersucht. Man kann nichts dagegen tun.«

»Bist du sicher? Wir können die besten Spezialisten Australiens zurate ziehen oder sogar welche im Ausland«, warf Julie hoffnungsvoll ein.

Eloise atmete tief durch. »Nein, Mum. Das habe ich auch gedacht, aber mein Arzt hat mir versichert, dass es reine Zeitverschwendung wäre. Meine Eierstöcke sind irreversibel durch Zysten geschädigt.« Eloises Augen füllten sich mit Tränen. »Die genaue Diagnose lautet polyzystisches Ovarialsyndrom. Ich habe dazu recherchiert und muss akzeptieren, dass nichts getan werden kann.« Eloise begann zu weinen.

Julie nahm ihre Tochter in den Arm, wo diese haltlos schluchzte. »Das tut mir leid, Eloise«, wisperte sie wieder und wieder, während sie ihr beruhigend über das Haar strich.

Nach einer Weile löste Eloise sich aus der Umarmung und schnäuzte sich die Nase. »Ich werde nie ein eigenes Kind haben, Mum«, sagte sie traurig. »Ich habe dieses riesige Haus mit all den Zimmern, die ich so gerne füllen wollte. Ich war mir sicher, dass das Lachen meiner Kinder durch die Flure schallen würde, aber jetzt wird es für immer still bleiben.«

Julie wusste nicht, was sie sagen sollte. Es tat ihr unendlich leid für Eloise und deren Mann, der davon aber offenbar keine Ahnung hatte. »Du hast es Jackson noch nicht gesagt, oder?«

Eloise schüttelte den Kopf.

»Er macht sich Sorgen um dich«, fuhr Julie ernst fort. »Das ist etwas, was du mit ihm besprechen solltest.«

Eloise stand auf und ging ein paar Schritte vom Tisch weg, dann verschränkte sie die Arme vor der Brust. »Er möchte eine eigene Familie, und die kann ich ihm nicht geben«, sagte sie verbittert.

Julie trat zu ihr. »Nun, die könnt ihr ja immer noch haben. Nur eben ein bisschen anders. Er wäre bestimmt mit einer Adoption einverstanden. Hast du darüber schon nachgedacht?«

Eloise schüttelte vehement den Kopf und verschränkte die Arme vor der Brust.

Julie ging auf, dass Eloise erst Frieden mit ihrem Zustand

schließen musste, bevor sie sich für Alternativen öffnen konnte. Und doch war Julie klar, dass Eloise nicht mehr allzu viel Zeit blieb, sonst würde sie von Adoptionsagenturen als zu alt eingestuft werden. Aber das würde sie ihr jetzt natürlich nicht sagen.

»Vielleicht bin ich dazu bestimmt, kinderlos zu bleiben«, riss Eloise Julie aus ihren Gedanken, und schluchzte auf.

»Nein, das kann nicht sein«, entgegnete Julie liebevoll. »Du hast so viel Liebe zu geben, mein liebes Mädchen.«

Eloise senkte traurig den Blick. Ihre Mutter konnte nicht wissen, dass ihr Mann sich schon jemand anderem zugewandt hatte. Und zwar schon bevor festgestanden hatte, dass sie unfruchtbar war. Ihre Ehe war von Beginn an zum Scheitern verurteilt gewesen.

In den letzten Wochen hatte Jackson jeden Abend allein gegessen und war sich dabei reichlich verloren vorgekommen. Er nahm die Nahrung geistesabwesend zu sich, ohne das Essen wirklich zu schmecken. An diesem Abend beobachtete er, wie die Schatten der Dämmerung den Garten langsam einhüllten, und fragte sich, ob sich die Stimmung zwischen ihm und seiner Frau je wieder bessern würde. Plötzlich wurde ihm bewusst, dass jemand direkt hinter ihm stand und über seine Schulter blickte.

Als Eloise vortrat, spürte er Hoffnung in sich aufsteigen. »Bitte, setz dich doch zu mir«, schlug er vor.

Doch sie blieb stehen und sah ihn nicht einmal an. »Ich kann dir keine Kinder schenken«, platzte sie unverblümt heraus.

Jackson war vollkommen überrascht. Immer wieder hatte er sich ein klärendes Gespräch mit ihr vorgestellt, hatte versucht zu verstehen, was genau geschehen war und wie sie es ändern könnten. Mit dieser Aussage jedoch hatte er nicht gerechnet. Er war zutiefst erschüttert. »Gibt es dafür einen medizinischen Grund, oder … möchtest du nicht?«

»Ich habe mich untersuchen lassen. Ich bin unfruchtbar.« Ihre Stimme zitterte, und sie kämpfte eindeutig mit den Tränen.

Jackson bemühte sich, seine tiefe Bestürzung zu verbergen. »Immerhin wissen wir es jetzt«, sagte er ruhig. »Jetzt können wir einen Weg finden, damit umzugehen.«

»Beleidige mich nicht, indem du so tust, als würde es dir nichts ausmachen.« Eloise starrte ihn finster an.

»Ich weiß nicht, was ich sagen soll, Eloise. Du wolltest genauso gerne Mutter sein, wie ich eine Familie mit dir haben wollte. Natürlich bin ich enttäuscht. Aber das ändert nichts an meinen Gefühlen für dich. Das musst du mir glauben.« Er griff nach ihrer Hand, aber sie entzog sie ihm sofort wieder.

»Ich denke, du solltest dieses Haus verlassen«, erklärte sie kalt.

Jackson sprang auf. Das konnte doch nicht ihr Ernst sein! »Das meinst du doch nicht so!«

»Doch. Du warst mir untreu, also ist es aus zwischen uns.«

Jackson fühlte, wie eine Welle der Panik ihn überflutete. »Nein, Eloise, das stimmt nicht«, sagte er eilig.

»Du lügst, das weiß ich. Du glaubst doch, dass Archie dein Sohn ist.«

»Ich habe dir erklärt, warum ich Archie so gernhabe. Ich liebe Kinder, und du und ich könnten doch ein Kind adoptieren. Oder mehrere. Du kannst immer noch Mutter werden, Eloise.«

»Raus!«, rief sie, bevor sie sich umwandte und davoneilte.

Kapitel 19

»Der Quartalsbericht ist regelrecht verheerend«, verkündete Walter Lenswood bei der Aufsichtsratssitzung Anfang Oktober. »Wir haben im dritten Quartal noch mehr Geld verloren.« Empört pfefferte er die Mappe mit dem Bericht auf den Tisch. »In der aktuellen wirtschaftlichen Situation ist das unentschuldbar.«

Jackson war nicht anwesend, auch bei der letzten Sitzung hatte er schon gefehlt. Darüber waren alle Teilnehmenden verstimmt, weil sie ihn nicht zur Rede stellen konnten.

»Ich habe Nachforschungen angestellt«, verkündete Simon Ridgeway. »Und bin zu dem Ergebnis gekommen, dass das alles auf absolute Misswirtschaft zurückzuführen ist. Erstens ist Mr Hastings kaum noch im Laden. Christopher Webb überwacht den täglichen Betrieb. Er ist für das Personal, den Verkauf und die Werbung zuständig, aber was den Laden betrifft, ist Mr Hastings der Verantwortliche, der vor Ort sein sollte.«

»Wissen Sie, warum er den Laden so vernachlässigt?«, fragte Lenswood.

Es folgte ein Moment unbehaglichen Schweigens. »Mir sind Gerüchte zu Ohren gekommen, aber ich spekuliere nicht gern.« Ridgeway verabscheute Klatsch und Tratsch.

Lenswood hingegen war neugierig, wollte aber auch das Problem verstehen. »Unsinn, Mr Ridgeway. Gerüchte entstehen nicht von selbst. Also raus mit der Sprache.«

»Man munkelt, dass Mr Hastings und seine Frau Eheprobleme haben, aber natürlich muss das nicht der Wahrheit entsprechen oder kann übermäßig aufgebauscht sein.«

»Was sagen die Gerüchte über eine mögliche dritte Person?«

»Von Untreue war nicht die Rede, aber man sagt, dass Mrs Hastings sich sehr zurückgezogen hat.«

»Das klingt ja fast nach einer Art psychischer Erkrankung.«

Ridgeway erschrak. »Was immer Sie jetzt auch tun – bringen Sie auf keinen Fall dieses Gerücht in Umlauf«, erwiderte er eilig.

»Natürlich nicht! Aber auch wenn wir Mitgefühl für Mr Hastings empfinden, ist es nicht zu entschuldigen, dass er das Geschäft vernachlässigt.«

»Das stimmt. Wir können nicht immer weiter Geld verlieren, ganz egal, wie es in seiner Ehe gerade aussieht«, stimmte Thornton Beck zu. »Wir versuchen immer noch, das Geld wieder hereinzuholen, das wir verloren haben, als Nicholas Bisby sich an der Kasse bedient hat. Ich schlage vor, dass wir eine Dringlichkeitssitzung einberufen, an der Mr Hastings teilnehmen muss – und zwar bevor wir in ein tiefes Loch fallen, aus dem es kein Zurück mehr gibt.«

»Ist es denn Ihrer Meinung nach so ernst?«, fragte Ridgeway.

»Ja, das ist es. Mit der Geschwindigkeit, in der die Umsätze sinken, wird das Geschäft noch vor Ende des Jahres schließen müssen, und damit ist unsere Investition verloren«, erwiderte Beck.

»Wenn Mr Hastings sich weiter weigert, an den Aufsichtsratssitzungen teilzunehmen, müssen wir die Sitzungen eben zu ihm bringen«, schlug Lenswood vor.

»Zu ihm nach Hause?«, fragte Beck. »Ist das vernünftig, wenn es dort gerade Eheprobleme gibt?«

»Man sagt, er hält sich ab der Mittagszeit und den Großteil des Nachmittags im Ambassadors Hotel auf«, informierte sie Ridgeway.

»Dann schlage ich vor, dass wir dorthin gehen«, sagte Lenswood.

Jackson saß zusammengesunken auf einem Hocker, als die drei Männer die Hotelbar betraten. Er war sogleich alarmiert.

»Wir würden gern mit Ihnen sprechen«, verkündete Walter Lenswood ernst.

Jackson bemerkte die Mappe unter seinem Arm, die vermutlich den Quartalsbericht enthielt. Dass die Männer ihn hier aufsuchten, zudem noch mit dem Bericht, verhieß nichts Gutes. Er stieß einen Seufzer aus und erhob sich schwerfällig. Schicksalsergeben führte er die Männer in den Salon in eine ungestörte Ecke. Nachdem sie sich gesetzt hatten, winkte er dem Kellner, um Getränke zu bestellen, doch Lenswood und seine Begleiter lehnten ab. Jackson deutete das als ein weiteres unerfreuliches Zeichen.

»Ich komme direkt zur Sache, Mr Hastings. Sie haben zwei der vierteljährlichen Sitzungen versäumt. Was ist los?«

»Es tut mir leid. Ich hatte einige … private Schwierigkeiten«, gab Jackson zu.

Die drei Männer tauschten Blicke.

»Dann stimmen die Gerüchte also«, sagte Simon Ridgeway.

Jackson horchte auf. »Welche Gerüchte?«

»In manchen Belangen ist Adelaide nur ein großes Dorf. Die Leute reden. Was glauben Sie denn, woher wir wussten, wo wir Sie finden?«

»Jedenfalls nicht im Büro des Kaufhauses, wo Sie eigentlich sein sollten«, meldete sich Thornton Beck vorwurfsvoll zu Wort.

»Ich dachte, Sie vertrauen darauf, dass Webb den Laden führen kann«, murmelte Jackson und rieb sich über die Bartstoppeln.

Die Männer empfanden sein Desinteresse am Unternehmen als untypisch und äußerst beunruhigend.

»Er ist nur der Geschäftsführer. Sie sind der Inhaber, Sie haben das Sagen, oder zumindest sollte es so sein«, erklärte Beck.

»Ihre privaten Schwierigkeiten haben dazu geführt, dass die Umsätze so rapide sinken, dass Hastings in wenigen Monaten schließen muss«, fügte Simon Ridgeway eindringlich hinzu.

»Sie werden bankrottgehen, und wir verlieren unsere Investitionen in Ihr Geschäft«, sagte Lenswood.

Jackson war sicher, dass er übertrieb. »So schlimm ist es doch sicher nicht.«

»Haben Sie sich die aktuellen Zahlen überhaupt angesehen?«, verlangte Lenswood zu wissen.

Jackson schüttelte nur den Kopf. Warum sollte er noch lügen?

Lenswood schlug die Mappe auf und legte sie vor Jackson auf den Tisch. Dieser ließ seinen Blick zur letzten Zeile wandern, welche die verheerenden Informationen bestätigten. Ihm rutschte das Herz in die Hose, ihm war nicht klar gewesen, dass es so schlecht um den Laden stand.

»Sie sehen, das ist eine ernste Krise. Können Sie die noch abwenden?«, fragte Thornton Beck. »Zum Beispiel, indem Sie selbst etwas Kapital ins Unternehmen investieren«, schlug er vor.

Jackson brauchte nicht einmal darüber nachzudenken. Er selbst hatte kein bedeutendes Vermögen, und Eloise hatte dafür gesorgt, dass er keinen Zugriff mehr auf ihr gemeinsames Konto hatte.

»Ich habe kein Kapital, das ich investieren könnte«, gab er verlegen zu.

Die Männer tauschten ungläubige Blicke aus.

»Dann geben wir Ihnen sechs Wochen Zeit, um sich eine machbare Lösung zu überlegen und sie auf den Weg zu bringen«, sagte Lenswood. »Wenn Sie keine Möglichkeit finden, die Dinge zu ändern, können wir nur noch Schadensbegrenzung betreiben und das Kaufhaus zum Quartalsende schließen.« Die drei erhoben sich.

»Eines noch«, fügte Lenswood hinzu, »bringen Sie Ihre Erscheinung in Ordnung, Mr Hastings. Sie sehen aus wie ein Landstreicher, nicht wie ein Kaufhausinhaber, und das stärkt nicht gerade das Vertrauen der Kunden, meinen Sie nicht?«, merkte er mit kaum verhohlener Verachtung an.

Kaum dass sie gegangen waren, bestellte Jackson noch einen Drink. Es stimmte, dass er sich nicht gut um das Geschäft gekümmert hatte, aber er hätte nie gedacht, dass es davon so großen Schaden davontragen würde. Und er fragte sich, wie so viele Dinge so schnell so schlimm hatten werden können.

In dieser Nacht lag Jackson wach in der Wohnung über dem Kaufhaus, wo er wieder wohnte, seit Eloise ihn aus dem Haus geworfen hatte. Er konnte vor lauter Sorgen nicht schlafen, aber das war nicht ungewöhnlich in letzter Zeit. Seine Welt brach gerade von allen Seiten über ihm zusammen. Er ging davon aus, dass Eloise bald die Scheidung einreichen würde, also war das Kaufhaus alles, was ihm blieb. Wenn er auch das verlor, blieb ihm gar nichts, nicht einmal eine Bleibe.

Nicht in seinen wildesten Vorstellungen hatte Jackson für möglich gehalten, dass er sich in dieser Situation wiederfinden würde. Als die Farm an Ernie gegangen war, hatte es ihn geärgert, aber nicht weiter gestört. Zu der Zeit war er mit einer wohlhabenden Frau verheiratet gewesen, hatte in einer herrschaftlichen Villa gewohnt, und die Geschäfte waren gut gelaufen. Geld war kein Thema gewesen. Das Blatt hatte sich im Handumdrehen vollkommen gewendet.

»Was ist los, mein Junge?«, fragte Harley, als Ernie mit besorgter Miene das Cottage betrat. »Geht es Melody gut?«

»Jackson zieht gegen mich vor Gericht.« Ernie warf ein Schreiben auf den Tisch. »Ich wollte gerade die Post hereinholen, als ein Mann in einem schwarzen Anzug auf mich zukam und mir diese Vorladung reichte.«

»Was?« Harley starrte ihn an. »Wieso?«

In diesem Moment trat Vera aus dem Schlafzimmer, wo sie sich gerade umgezogen hatte. Sie bemerkte die angespannten Mienen ihres Mannes und ihres Sohnes sofort. »Was ist passiert?«, fragte sie besorgt.

»Jackson zieht wegen der Farm vor Gericht.« Ernie ließ sich auf einen Stuhl fallen.

Das konnte doch nur ein Missverständnis sein! »Wegen der Farm? Warum sollte er das tun?«, fragte sie ungläubig.

»Ich schätze, als Cornells Sohn und Erbe findet er, die Farm sollte ihm gehören, und deswegen ficht er das Testament an.«

»Aber Cornells Tod ist doch schon Monate her! Warum tut er das gerade jetzt?«

»Ich weiß es nicht.«

Vera beschloss, mit Georgina zu reden. Sie schnappte sich die Vorladung vom Tisch und verließ das Cottage. Noch während sie auf das Haupthaus zulief, sah sie Georgina auf die Veranda steigen, vermutlich kam sie von einem Spaziergang.

»Ich muss mit dir reden, Georgina!«, rief Vera. Georgina blieb an der Hintertür stehen und wartete.

»Was ist los?«, fragte sie. »Du siehst besorgt aus.«

»Ja, das bin ich. Und es tut mir leid, dass ich das ansprechen muss, aber ich habe keine Wahl.« Vera war sicher, dass auch Georgina geschockt sein würde. »Jackson ficht Cornells Testament an. Hast du eine Ahnung, warum er das tut? Und warum jetzt?«

Georgina starrte sie an. »Nein, das kann nicht sein«, sagte sie ungläubig. »Das würde Jackson bestimmt nicht tun. Als Cornells Testament verlesen wurde, hatte er nichts dagegen, dass Ernie die Farm erbt, und seitdem hat er nichts Gegenteiliges gesagt.«

»Und trotzdem tut er es. Ernie hat gerade die gerichtliche Vorladung bekommen.« Vera zeigte sie Georgina. »Er ist natürlich vollkommen neben der Spur, schließlich muss er eine Familie versorgen.«

Georgina starrte auf die Vorladung. »Warte mal. Er hat ja gar nicht Magnus Fletcher als Anwalt beauftragt. Ich rufe ihn gleich an und finde heraus, was es hiermit auf sich hat.«

Georgina betrat das Haus, und Vera ging zurück zum Cottage.

»Hallo, hier ist Georgina Hastings«, sagte sie am Telefon zu Betty, die das Gespräch in Springfield House annahm. »Kann ich bitte mit meinem Sohn sprechen?« Die Haushälterin erklärte ihr, dass er nicht da sei. »Dann würde ich gerne Eloise sprechen.« Diesmal sagte Betty ihr, dass Eloise in ihr Zimmer gegangen sei und unter keinen Umständen gestört werden wolle.

»Und wann wird Jackson zurückerwartet?«, fragte Georgina.

Die Antwort überrumpelte sie völlig. Mr Hastings wohne nicht mehr in Springfield House, beschied Betty, führte das aber nicht weiter aus.

Georgina wählte sofort die Nummer der Wohnung über dem Kaufhaus, wo Jackson das Gespräch annahm.

»Hallo, Mum«, sagte er. »Ist alles in Ordnung?«

»Offenbar nicht, Jackson.« Georgina fand, dass er anders klang als sonst. »Lass uns mal mit der Frage anfangen, warum du in der Wohnung über dem Kaufhaus bist.«

Jackson seufzte. »Eloise hat mich rausgeworfen. Schon vor Wochen.«

Georgina war schockiert. »Das tut mir leid, aber warum sollte sie das tun?«

»Das ist eine lange Geschichte, Mum. Ich hatte und habe gerade nicht die Energie, sie zu erzählen.«

»Dann sag mir wenigstens, warum du gegen Ernie vor Gericht ziehst. Bei der Testamentseröffnung hattest du nichts dagegen, dass dein Vater ihm die Farm vererbt hat.«

»Nein, zu dem Zeitpunkt nicht. Aber die Dinge haben sich geändert.«

»Deine Trennung hat nichts mit der Farm zu tun, es sei denn, du hast vor, nach Sunnyvale zurückzukehren. Ist das der Fall?«

»Nein«, erwiderte Jackson sofort.

»Warum fichtst du dann das Testament deines Vaters an?«

»Die Farm sollte mir gehören.«

»Du hast überhaupt kein Interesse an der Farm, Jackson!«

»Es tut mir leid, aber ich kann gerade nicht darüber sprechen. Pass auf dich auf, Mum. Ich melde mich.« Damit beendete er das Gespräch.

Georgina hängte nachdenklich den Hörer auf die Gabel. Als sie sich umdrehte, fand sie sich Melody gegenüber. Deren Gesichtsausdruck verriet, dass sie das Gespräch mitbekommen hatte.

»Habe ich richtig gehört? Jackson will Cornells Testament anfechten?«, fragte sie ungläubig. Offenbar hatte Ernie ihr noch nichts davon erzählt.

»Ja, und ich weiß nicht, warum. Er hat mir nichts dazu gesagt, und ich verstehe es nicht. Er hat keinerlei Interesse an der Farm.«

»Er braucht doch kein Geld, oder?«, fragte Melody.

»Ich würde sagen, nein, aber zwischen ihm und Eloise gibt es Probleme.«

»Hat er dir das erzählt?«

»Keine Details. Doch er ist in die Wohnung über dem Kaufhaus gezogen.«

»Wirklich? Warum?«

»Er meinte, Eloise hätte ihn rausgeworfen.«

Melody war sprachlos.

»Ich muss mit Ernie sprechen«, sagte Georgina, als Melody nicht reagierte. Aber sie war sicher, dass Melody dasselbe Bedürfnis verspürte.

In diesem Moment hörten sie, wie die Fliegengittertür sich öffnete und schloss. Sie gingen in die Küche und fanden dort Ernie, Vera und Harley vor.

»Hast du mit Jackson gesprochen?«, fragte Vera sofort.

»Ja. Aber ich kann euch nicht viel sagen, er hat mich einfach abgewürgt. Ich habe allerdings herausgefunden, dass er in der Wohnung über dem Kaufhaus lebt, weil Eloise ihn rausgeworfen hat.« Sie konnte es immer noch nicht glauben.

»Wie bitte? Warum?«, fragte Vera.

»Ich weiß es nicht, das wollte er nicht sagen.«

»Möchte er zurückkommen und die Farm übernehmen?«, fragte Ernie. Er hoffte zwar, dass dem nicht so war, sprach das aber nicht aus. »Wenn dem so ist, hoffe ich, dass er mich nicht wegschickt. Ich brauche einen Job, um meine Familie zu ernähren.«

»Nein, ich glaube nicht. Ernie, ich weiß nicht, was ich dir sagen soll, außer, dass ich falsch finde, was Jackson tut.« Sie sank auf einen Stuhl. »Vielleicht sollte ich in die Stadt fahren und mit ihm sprechen.«

»Wenn Cornell Ernie die Farm vererbt hat, kann Jackson doch sicher nicht erfolgreich Anspruch darauf erheben«, echauffierte sich Harley. Er fragte sich, ob Jackson die Farm verkaufen wollte, aber das sprach er nicht aus. Vera machte sich ohnehin schon genug Sorgen um Ernie, und das würde nur schlimmer, wenn sie auch noch befürchten müsste, ihr Zuhause zu verlieren. Es stimmte ihn furchtbar wütend, dass Jackson gewillt war, das Leben so vieler Menschen durcheinanderzubringen.

»Ich rufe gleich morgen früh Magnus Fletcher an«, sagte Georgina. »Er kann mir sicher sagen, ob Jackson vor Gericht eine Chance hat.«

»Die Mühe musst du dir nicht machen«, sagte Ernie, dessen Schock allmählich in Wut überging. »Jackson ist Cornells und dein Sohn. Wenn er das Testament anficht, wird das Gericht auf seiner Seite sein.«

»Nicht unbedingt«, wandte Vera ein.

»Find dich besser damit ab, Mum«, stieß Ernie hervor, bevor er durch die Hintertür nach draußen stürmte.

Vera wollte ihm nachlaufen, aber Melody hielt sie zurück. »Lass ihn erst einmal«, bat sie. »Wahrscheinlich reitet er aus, das beruhigt ihn meistens.«

»Vermutlich hast du recht«, sagte Vera. »Er macht sich Sorgen um dich und die Kinder.«

»Ich weiß«, sagte Melody. »Aber wir stehen das gemeinsam durch.«

Eine Stunde später klopfte Melody an Georginas Schlafzimmertür.

»Komm rein«, rief Georgina. Sie saß im Morgenmantel auf dem Bett, bürstete sich das Haar und starrte aus dem Fenster, wo ein riesiger Schwarm von Rosakakadus über das Grundstück flog, der den Himmel rosa und grau färbte. Kaum hatte Melody den Raum betreten, erkundigte sie sich nach Ernie. »Er muss schrecklich aufgewühlt sein, und das macht mir zu schaffen«, sagte Georgina. »Andererseits fühle ich mich so machtlos.«

»Ernie ist noch nicht zurück. Wenn er wütend oder traurig ist, reitet er meist lange aus. Das hilft ihm immer.« Sie setzte sich neben Georgina und atmete tief durch. »Ich habe nachgedacht. Vielleicht sollte ich diejenige sein, die mit Jackson redet. Ich weiß, dass Ernie der Gedanke nicht gefallen würde, aber ich könnte mir eine Ausrede einfallen lassen, um in die Stadt zu fahren. Ich glaube, Jackson würde mir sagen, warum er das tut, und vielleicht kann ich es ihm ausreden.«

Georgina ließ sich den Vorschlag durch den Kopf gehen. »Ja, vielleicht ist das eine Möglichkeit. Ich verstehe einfach nicht, warum er mir den Grund nicht verrät«, sagte sie getroffen.

»Vielleicht ist es ihm unangenehm. Ich glaube nicht, dass er die Farm verkaufen will, denn sie ist dein Zuhause, und Ernie sagt, es war Cornells Wunsch, dass das auch so bleibt.«

»Ja, das stimmt. Doch warum will Jackson Ernie dann den Besitz streitig machen?«, fragte Georgina stirnrunzelnd. »Das verstehe ich einfach nicht.«

»Ich auch nicht. Aber ich kann es bestimmt herausfinden«, sagte Melody überzeugt.

»Dann geh du. Ich passe auf die Kinder auf, bis du wieder hier bist.«

Kapitel 20

»Melody! Was machst du denn hier?«, fragte Jackson drei Tage später, als Melody im Türrahmen seines Büros auftauchte. Er saß über Papiere gebeugt an seinem Schreibtisch und versuchte, die Motivation aufzubringen, diese zu bearbeiten.

»Ich glaube, du kennst die Antwort auf deine Frage selbst.« Melody trat ein und schloss die Tür hinter sich.

»Es ist natürlich schön, dich zu sehen, aber wenn du hier bist, um mich zu bitten, das Testament meines Vaters nicht anzufechten, dann verschwendest du deine Zeit.«

Melody ließ sich nicht einschüchtern, obwohl sie sehr angespannt war. »Warum gerade jetzt, Jackson?«, fragte sie rundheraus, während sie sich auf die Kante des Stuhls ihm gegenüber setzte. »Das möchte ich wissen. Es wäre besser zu verstehen gewesen, wenn du bei der Verlesung des Testaments so reagiert hättest.«

»Die Dinge ändern sich, Melody. Ich sollte der Erbe meines Vaters sein.«

»Was für ein Unsinn. Du möchtest die Farm doch gar nicht. Sag mir die Wahrheit.«

»Warum bist du hier und nicht Ernie? Hat er dich geschickt?«

»Natürlich nicht. Er weiß nicht, dass ich hier bin, du kannst dir sicher vorstellen, wie es ihm damit gehen würde.«

Glücklicherweise hatte Melody ihren Mann nicht anlügen müssen, da er mit seinem Vater nach Quorn gereist war, um drei preisgekrönte Schafböcke für die Zucht zu kaufen. Sie würden nicht vor dem frühen Abend wieder auf der Farm sein, und Melody wollte mit dem Bus um zwei Uhr zurückfahren, um vor ihnen dort anzukommen.

»Ich nehme an, meine Mutter hat dir erzählt, dass Eloise mich rausgeworfen hat«, merkte Jackson an. Es war ihm sichtlich peinlich.

Melody nickte. »Ja, das hat sie. Und ich war ebenso überrascht wie sie. Wir dachten alle, ihr wärt glücklich verheiratet.«

»Eloise glaubt, du und ich hätten eine Affäre gehabt«, verriet Jackson.

Melody starrte ihn an. »Aber sie weiß doch nichts von diesem einen Mal, oder?«

»Nein, natürlich nicht.«

»Und wie kommt sie dann darauf?«

»Sie hat bemerkt, wie gern ich Archie habe, und ihr gefiel die Art und Weise nicht, in der ich dich ansehe.«

»Nun, das hast du dir selbst zuzuschreiben«, sagte Melody ohne Mitgefühl.

»Ich habe es wohl verdient. Meine Schwärmerei für dich war mein Untergang. Ich habe den Laden vernachlässigt, und jetzt laufe ich Gefahr, auch das Kaufhaus zu verlieren.«

Melody verstand, worauf er hinauswollte. »Dann geht es dir also ums Geld. Du möchtest die Farm verkaufen.«

»Dazu könnte es kommen, wenn ich keine Hypothek darauf aufnehmen kann.«

Melody war entsetzt. »Wenn du die Farm verkaufst, was wird dann aus uns allen, einschließlich deiner Mutter?«

»Ich kümmere mich um meine Mutter. Und Ernie und Harley finden mit Sicherheit woanders Arbeit. Aber ich kann das Kaufhaus nicht verlieren, Melody. Es ist mein Leben und alles, was mir noch bleibt, wenn Eloise sich von mir scheiden lässt.«

Melody war entsetzt über sein egoistisches und kurzsichtiges

Verhalten, auch wenn es sie eigentlich nicht überraschen sollte. »Kann ich dich noch irgendwie umstimmen?«

»Leider nicht. Die Aufsichtsräte sitzen mir im Nacken und drohen, den Laden zu schließen. Ich habe keine Wahl.«

»Dann arbeite doch härter. Du warst derjenige, der das Geschäft überhaupt erst zum Erfolg geführt hat. Das kannst du sicher noch einmal schaffen.«

»Dafür stehen die Dinge schon zu schlecht. Und die Summe, die ich in den Laden investieren muss, ist sehr hoch.«

Melody konnte nicht glauben, dass er wegen des Geldes die Farm und das Wohl aller, die auf ihr lebten, aufs Spiel setzte. »Deine reiche Frau wird dir da doch sicher helfen. Oder ihre Familie. Du musst sie bloß davon überzeugen, dass zwischen dir und mir nichts ist. Und du bist nicht Archies Vater.«

»So einfach ist es nicht. Ihre Eifersucht hat auch damit zu tun, dass sie keine Kinder haben kann.«

Melody blickte ihn überrascht an. »Wie meinst du das? Ist sie unfruchtbar?«

»Ja. Ich habe mittlerweile ein bisschen was dazu gelesen. Es ist eine Hormonstörung, Zysten haben ihre Eierstöcke zu stark geschädigt.« Er zuckte die Schultern, aber Melody sah die Traurigkeit in seinem Blick. »Bitte erzähl es niemandem, nicht einmal meiner Mutter oder Vera«, fügte er fast flehentlich hinzu.

»Natürlich nicht«, versprach Melody. »Das tut mir wirklich sehr leid, Jackson, aber sie kann doch trotzdem noch eine Familie mit dir haben. Ihr könntet Kinder adoptieren.«

»Das habe ich auch vorgeschlagen, aber Eloise will nichts davon wissen. Sie hat mich gebeten, zu gehen, und mir zudem sämtliche finanzielle Unterstützung entzogen.«

In Melodys Kopf rasten die Gedanken. Mehr und mehr sah sie die Wahrheit hinter Jacksons Versuch, die Farm zu bekommen.

»Wenn Dad mir die Farm vererbt hätte, so wie ich es erwartet habe, dann hätte Ernie doch sowieso woanders Arbeit finden oder seine eigene Farm kaufen müssen. Ich rücke die Dinge nur an ihren rechten Platz, so, wie sie eigentlich sowieso hätten sein sollen.«

Melody sah sich in ihren Überlegungen bestätigt. »Du weißt, wie Cornell zu der Farm stand, und er wusste auch, wie du dazu stehst. Das war der Grund dafür, dass er sie nicht dir vererbt hat«, sagte sie entrüstet und stand auf. »Halte es mal nicht für zu selbstverständlich, dass der Prozess zu deinen Gunsten verläuft«, fügte sie hinzu.

»Ich denke, du weißt genauso gut wie ich, dass die Richter hinter mir stehen werden, da ich Dads einziger Sohn bin.«

Melody wurde schwer ums Herz. Ohne ein weiteres Wort verließ sie sein Büro.

»Ich mache mir Sorgen um Harley«, gestand Vera Georgina nach einem ruhigen gemeinsamen Mittagessen am selben Tag. Archie spielte auf dem Boden mit seinen Fahrzeugen, und Piper schlief. »Er macht sich ganz verrückt, weil Ernie so deprimiert ist.«

Georgina war auch schon aufgefallen, dass Ernie mit jedem Tag niedergeschlagener wirkte. »Harley ist Ernie eine große Stütze. Mir war nicht bewusst, dass es ihn auch so mitnimmt.«

»Nach außen hin gibt er sich stark für Ernie. Aber er schläft nicht und isst zu wenig, das alles kostet ihn viel Kraft, er baut immer mehr ab. Das geht seit Tagen so. Ich weiß, dass auch Ernie das mitkriegt und sich Sorgen um ihn macht. Es ist verrückt, aber Ernie hat das Gefühl, alle zu enttäuschen.«

»Das ist tatsächlich verrückt, er kann doch nichts dafür.«

»Natürlich nicht. Und ich mache mir wirklich Sorgen um die beiden, das macht mir sehr zu schaffen. Aber das zeige ich natürlich nicht.«

»Das alles tut mir schrecklich leid. Ich verstehe meinen Sohn einfach nicht.« Georgina hatte täglich mit Jackson telefoniert. Er hatte sich höflich nach ihrem Befinden erkundigt, sich aber stets geweigert, über die bevorstehende Gerichtsverhandlung zu sprechen, und so waren ihre Unterhaltungen immer sehr kurz geblieben.

Leider hatte Georgina Ernie auch die Nachricht von Magnus Fletcher übermitteln müssen, dass Jackson tatsächlich eine reelle Chance hatte, das Testament für unwirksam erklären zu lassen. Diese Nachricht war ein schrecklicher Schlag gewesen, vor allem für Ernie.

»Niemand macht dir einen Vorwurf, Georgina«, sagte Vera. »Wenn Jackson die Farm verkauft, wird dein Leben genauso durcheinandergebracht wie unseres. Das wissen wir. Das Schlimmste daran ist im Moment diese Unsicherheit.«

Georgina bemerkte, dass sie kurz davorstand, in Tränen auszubrechen, und nahm Vera in den Arm.

Melody kehrte am frühen Nachmittag aus der Stadt zurück und berichtete Georgina und Vera, was sie über Jackson und seine geschäftlichen Probleme in Erfahrung gebracht hatte. Die Frauen waren entsetzt, dass Jackson nicht nur von Eloise getrennt, sondern auch finanzielle Schwierigkeiten hatte, doch zumindest wussten sie nun, warum er das Testament seines Vaters anfocht. Harley und Ernie, die kurz darauf mit den neuen Böcken aus Quorn wiederkamen, erzählten sie jedoch nichts davon.

Was die Frauen nicht wussten, war, dass Harley und Ernie die Situation auf der langen Fahrt in Richtung Flinderskette besprochen hatten und zu dem Schluss gelangt waren, dass Jacksons Motiv finanzieller Art sein musste. Er wollte nicht die Farm, er wollte das Geld aus dem Verkauf der Farm. Harley nannte Jackson habgierig, während Ernie ihn vor allem als herzlos empfand, da Jackson doch wusste, dass er, Ernie, eine junge Familie zu versorgen hatte.

Ernie dachte darüber nach, Jackson auszukaufen, aber die Farm hatte inzwischen einen sehr hohen Wert. Er hatte bei der Bank angerufen und sich nach einem Kredit erkundigt, doch ihm war gesagt worden, er sei nicht kreditfähig für so eine hohe Summe. Georgina hatte ihm Hilfe angeboten, doch auch wenn ihn ihr großzügiges Angebot tief berührt hatte, hatte er es abgelehnt.

Nach dem Mittagsessen am Sonntag gingen Georgina, Vera und Melody mit den Kindern spazieren. Archie besuchte liebend gern die Hühner und lief danach immer zu dem größten der drei Stauseen auf dem Grundstück, um die wilden Enten zu beobachten, die sich oft dort aufhielten.

Harley legte sich sonntagnachmittags meistens zu einem Schläfchen hin, aber heute war ihm nicht danach. Richie war zum Mittagessen bei seinen Eltern, um den Geburtstag seiner Mutter zu feiern, daher machte Harley sich auf die Suche nach Ernie. Er wollte ihm vorschlagen, Karten zu spielen, um sich damit ein wenig von ihren Problemen abzulenken.

Er vermutete Ernie in der Sattelkammer, aber dort war er nicht. Doch dann hörte er seine Stimme im Stall nebenan. Er stellte sich an den Türrahmen und beobachtete ihn ruhig. Ernie striegelte sein Pferd und sprach leise zu ihm, sagte ihm, was für ein guter Junge er sei. Harley kam der Gedanke, dass sein Sohn zu einem großartigen Mann herangewachsen war, und er platzte beinahe vor Stolz. In letzter Zeit hatte er oft gedacht, dass Jackson es nicht einmal im Ansatz mit ihm aufnehmen konnte.

Als Ernie den Kopf an den Hals des Pferdes schmiegte, sah Harley, dass er weinte. Seinen starken Sohn so aufgelöst zu sehen war zu viel für ihn. Seine Augen füllten sich mit Tränen.

Hastig wandte er sich um und lief zurück zum Haus. Noch im Flur wischte er sich die Tränen von den Wangen, bevor er nach dem Telefonhörer griff und die Nummer der Wohnung über dem Kaufhaus wählte. Jackson nahm das Gespräch an.

Auf ihrem Weg zurück vernahmen die Frauen schon von weitem wütendes Geschrei.

»Gütiger Himmel, was ist denn da los?« Besorgt sah Georgina zu Vera und Melody.

»Das ist Harley«, stieß Vera ungläubig aus und beschleunigte ihre Schritte.

Einen Moment später flog die Hintertür fast aus den Angeln, als Harley herausstürmte. Er war so aufgebracht, dass es schien, als würde er jeden Moment vor Wut explodieren.

»Was ist los?«, wagte Vera zu fragen.

Er setzte zu einer Antwort an, sagte dann aber nichts und rauschte an ihnen vorbei auf die Scherschuppen zu.

»Er hat sich doch bestimmt nicht mit Ernie gestritten«, merkte sie verwirrt an. Ein Blick zur Einfahrt verriet Georgina, dass Jacksons Auto nicht dort stand.

Vera eilte ins Haus und kam kurz darauf wieder auf die Veranda. »Niemand da, er muss telefoniert haben.«

»Im Moment gibt es nur einen Menschen, der ihn so wütend machen könnte, und das ist Jackson«, sagte Melody.

»Ich rufe ihn an, vielleicht kann ich herausfinden, was passiert ist«, bot Georgina an.

»Dann helfe ich dir, die Kinder ins Bett zu bringen, Melody«, erklärte Vera.

Glücklicherweise schliefen Archie und Piper schnell ein. Als Vera und Melody in die Küche kamen, saß Georgina am Tisch und trank Tee. Entgegen ihrer sonstigen Art wirkte sie angespannt.

»Was hat Jackson gesagt?«, fragte Melody zaghaft.

»Er ist nicht rangegangen«, erwiderte Georgina. In diesem Moment ging die Hintertür auf. Doch es war nicht Harley, der eintrat, sondern Ernie.

»Hast du deinen Vater gesehen?«, fragte Vera besorgt.

»Nein.« Er musterte sie. »Ihr seht besorgt aus. Stimmt etwas nicht?«

»Wir haben von draußen gehört, wie er im Haus jemanden angeschrien an. Wir glauben, dass er mit Jackson telefoniert hat, sind uns aber nicht sicher.«

Ernie runzelte die Stirn. »Es sieht Dad gar nicht ähnlich, Jackson anzuschreien«, sagte er nachdenklich.

»Nein, wirklich nicht«, stimmte Vera zu. »Kurz darauf ist er ohne ein Wort aus dem Haus gestürmt und zu den Scherschuppen gelaufen.«

»Ich sehe dort nach«, bot Ernie an.

»Und ich gehe ins Cottage«, sagte Vera. »Vielleicht ist er ja dort.«

Als Vera Harley nicht im Cottage fand, ging sie zurück zum Haupthaus. Doch kaum hatte sie die Veranda betreten, als sie Ernie hysterisch rufen hörte. Er rannte auf das Haus zu, wedelte wild mit den Armen und schien zu schluchzen.

Eine Welle der Panik durchfuhr Vera. So schnell sie konnte, rannte sie ihm entgegen. »Was ist passiert?«, rief sie.

»Ich … habe Dad gefunden. Er … ist nicht ansprechbar. Wir brauchen sofort einen Arzt.«

»Oh Gott!« Vera war wie gelähmt vor Schock.

»Was ist los?«, rief Melody von der Veranda, offenbar ebenfalls alarmiert durch Ernies Rufe.

»Es geht um Harley. Ruf den Arzt!«, schrie Vera, bevor sie mit Ernie zum Scherschuppen rannte.

Harley lag reglos auf dem Boden. Vera setzte sich, nahm behutsam seinen Kopf auf ihren Schoß und sprach beruhigend auf ihn ein. Er musste einfach durchhalten. »Der Arzt ist unterwegs, mein Schatz«, sagte sie schluchzend, während sie sein Gesicht und sein Haar streichelte.

Als sie den Blick hob, bemerkte sie, dass auch Ernie weinte. »Was hat er, Mum?«, fragte er ängstlich. »Ich sehe keine Anzeichen einer Verletzung. Glaubst du, er hatte einen Herzinfarkt?«

»Ich weiß es nicht.« Vera ließ ihren Blick über Harley gleiten und sah erst jetzt, dass die eine Gesichtshälfte schlaff und sein Mund leicht schief war. »Es sieht nach einem Schlaganfall aus«, sagte sie. Tränen liefen unablässig über ihre Wangen, und sie schluchzte auf. »Verlass uns nicht, Harley«, flehte sie. »Bitte verlass uns nicht.«

Als der Arzt endlose fünfundvierzig Minuten später erschien, wusste Vera längst, dass es zu spät war. Harley hatte aufgehört zu atmen. Ernie war vollkommen verstört.

Der Arzt sagte, es sei sehr sicher, dass Harley einen schweren Schlaganfall gehabt hatte, eine Obduktion darüber aber endgültig Aufschluss geben würde.

»Aber dafür ist er viel zu jung. Er ist erst dreiundfünfzig«, wandte Vera schluchzend ein.

»Leider nicht, Mrs Atwell. Leider können Menschen jeden Alters einen Schlaganfall erleiden«, erklärte der Arzt. Er bot Vera und Ernie Beruhigungsmittel an, aber beide lehnten ab und tranken stattdessen einen Whiskey, den Georgina ihnen reichte.

Nachdem der Arzt den Abtransport von Harleys Leichnam in die Leichenhalle des Krankenhauses in Kadina organisiert hatte, wo vor der Beerdigung die Obduktion durchgeführt werden würde, geleitete Ernie seine Mutter schweren Herzens zum Cottage. Georgina und Melody saßen in der Küche des Farmhauses.

»Was für ein furchtbares Jahr«, sagte Georgina. »Es war schon schrecklich, dass wir Cornell verloren haben, und jetzt ist auch noch Harley gestorben. Und höchstwahrscheinlich verlieren wir sogar noch die Farm. Wie viel mehr sollen wir noch ertragen?«

»Was oder wer hat Dad so aufgeregt?«, ertönte in diesem Moment Ernies Stimme von der Hintertür aus. Die Frauen fuhren herum.

Melody bemerkte einen Ausdruck in seinen Augen, den sie noch nie zuvor bei ihm gesehen hatten. »Das wissen wir nicht.« Sie versuchte, seine Stimmung einzuschätzen. »Wir haben nur gehört, wie er im Haus geschrien hat.«

»Und wen hat er angeschrien?«, verlangte Ernie zu wissen.

»Es war niemand im Haus, deine Mum hat nachgesehen«, entgegnete Melody.

»Dann hat er also telefoniert. Und es gibt nur eine Person, mit der er sich gestritten haben kann«, schloss Ernie mit finsterem Blick.

»Ich habe Jackson sofort danach angerufen, aber er ist nicht ans Telefon gegangen. Seitdem habe ich es nicht noch einmal versucht«, sagte Georgina.

Ernies Gesichtszüge verhärteten sich. »Ich bleibe heute Nacht im Cottage, falls Mum mich braucht«, sagte er zu Melody.

»Natürlich«, antwortete sie, woraufhin Ernie das Haus verließ.

»Ich glaube, er denkt, dass Harley sich am Telefon mit Jackson gestritten hat, und jetzt macht er Jackson für den Schlaganfall verantwortlich, ist es nicht so?«, fragte Georgina.

»Er ist aufgebracht und sucht nach Erklärungen«, sagte Melody, und wusste doch, dass Georgina recht hatte. Der Tod seines Vaters war nur noch ein weiterer Grund für ihn, Jackson zu hassen.

Kapitel 21

Jackson wartete, bis die Trauernden den Friedhof verließen, bevor er zögerlich neben Ernie an Harleys Grab trat. Zwei Totengräber warteten in respektvollem Abstand darauf, den Sarg vollständig mit Erde zu bedecken.

»Das mit deinem Dad tut mir sehr leid«, sagte er ehrlich. »Eloise geht es nicht gut, deswegen konnte sie nicht kommen, aber sie lässt ihr Beileid ausrichten.« Er hatte mit seiner Mutter gesprochen, bevor sie und Melody Vera ins Auto gesetzt und nach Hause gebracht hatten. Ernie war zurückgeblieben, um noch allein am Grab seines Vaters zu verweilen.

Ernie, der in Gedanken versunken gewesen war, schreckte zusammen. Er glaubte nicht, dass es Eloise nicht gut ging, verkniff sich aber einen Kommentar.

»Harley war immer so gesund, das war wirklich ein Schock«, fuhr Jackson fort. »Es ist kaum zu glauben, dass wir beide innerhalb so kurzer Zeit unsere Väter verloren haben.« Jackson blickte über den Friedhof in Richtung des Grabes seines eigenen Vaters.

Ernie wandte sich zu ihm um und bedachte ihn mit einem finsteren Blick. »Du warst das«, beschuldigte er Jackson verbittert.

Jackson war vollkommen überrascht. »Wovon sprichst du?«

»Du hast meinen Vater auf dem Gewissen.«

»Wie bitte? Ein Schlaganfall hat gesundheitliche Ursachen. Wie kannst du mich dafür verantwortlich machen?«

»Mein Vater war gesund und in guter Verfassung. Es ging

ihm am Sonntag den ganzen Tag gut, bis er sich mit dir gestritten hat. Ich weiß nicht, was du zu ihm gesagt hast, aber laut meiner Mutter war er danach außer sich vor Wut.«

Jackson versuchte, sich an ihr Streitgespräch zu erinnern. Harley hatte ihm einen Racheakt aus Eifersucht vorgeworfen, indem er das Testament seines Vaters anfechte, obwohl er die Farm gar nicht wolle. Jackson hatte entgegnet, dass das Erbe der Farm sein Geburtsrecht sei, aber Harley hatte ihn der Habgier beschuldigt und ihn daran erinnert, dass auch Ernie auf Sunnyvale zur Welt gekommen sei und jeden Tag mit hohem Einsatz an Cornells Seite gearbeitet habe. Indem Jackson Ernie die Farm wegnehme, nehme er dessen gesamter Familie die Sicherheit, hatte er gesagt. »Dein Dad hat seinen Standpunkt deutlich gemacht und ich meinen. Mehr war es nicht«, verteidigte Jackson sich nun.

»Deine Herzlosigkeit und Gier hat uns allen übel mitgespielt, aber dir sind alle egal außer dir selbst. Ich werde dich immer für den Tod meines Vaters verantwortlich machen.«

Jackson entging die Bitterkeit in seinen Worten und in seiner Stimme nicht. »Das ist schade, aber ich habe jedes Recht dazu, das Testament anzufechten, Ernie. Ich bin sein *einziger* Sohn. Die Farm sollte mir gehören. Aber das ist nicht der richtige Ort oder die richtige Zeit für dieses Gespräch.«

»Am besten gehst du mir ab jetzt aus dem Weg, Jackson«, stieß Ernie eine Warnung aus.

Jackson kam der Gedanke, dass Ernie vermutlich vor Kummer nicht ganz bei Sinnen war und deswegen so um sich schlug. Deshalb ging er ohne ein weiteres Wort davon.

»Du warst eine große Enttäuschung für deinen Vater!«, rief Ernie ihm hinterher.

Jackson erstarrte, schockiert über die kalte Feindseligkeit in seiner Stimme und über die verletzende Bemerkung.

»Du hast ihm das Herz gebrochen, weil du keine Ahnung hattest, wie viel ihm die Farm bedeutet hat«, fügte Ernie hinzu. »Wenn er wüsste, was du gerade tust und welche Pläne du für die Farm hast, würde er sich im Grabe umdrehen.«

»Er war *mein* Vater, nicht deiner, vergiss das nicht«, schoss Jackson zurück und verließ den Friedhof.

»Weißt du, wo Ernie ist, Melody?«, fragte Vera. Er war weder zum Frühstück noch zum Mittagessen ins Farmhaus gekommen.

Melody wiegte Piper, die gerade zahnte und deshalb weinerlich war, in den Armen. »Nein, aber sein Pferd ist noch im Stall und das Auto ist da, also wo auch immer er ist, ist er zu Fuß. Vor etwa zwanzig Minuten habe ich im Stall mit Richie gesprochen. Er sagt, er hätte Ernies Pferd die ganze Woche gepflegt und gefüttert.«

»Das sieht Ernie aber nicht ähnlich. Das macht er doch immer selbst, er liebt sein Pferd.«

»Ich weiß. Richie meinte auch, dass Ernie seit Tagen nicht gearbeitet und ihm auch keine Arbeitsanweisungen gegeben hat.«

Veras Beunruhigung stieg mit jedem Wort.

»Er schläft auch nicht«, fügte Melody besorgt hinzu. »Und er redet einfach nicht mit mir. Ich weiß nicht, was ich machen soll.«

»Nun, er kann nicht weiterhin Mahlzeiten versäumen und gleichzeitig bei Kräften bleiben. Wenn das so weitergeht, ist er als Nächster unter der Erde.« Vera riss sich die Schürze ab und stürmte zur Hintertür.

Sie lief eine Stunde suchend über die Farm, bis sie Ernie auf einem Steinhaufen sitzend fand, von wo aus er die Hereford-Rinder des Nachbarn beim Grasen auf ihrer Koppel beobachtete. Der Schweiß lief in Strömen an ihr hinab, und sie war außer Atem. Als sie sich neben ihm niederließ, nahm er kaum Notiz von ihr. Sie schwieg, auch um wieder zu Atem zu kommen.

Ernie sah fürchterlich aus. Sein Gesicht war von Bartstoppeln übersät, seine Haare ungekämmt, und er war dünn geworden.

»Was machst du hier, Mum?«, fragte er schließlich.

»Dasselbe wollte ich dich fragen. Du hast heute noch nichts gegessen, oder? Möchtest du krank werden?«

Ernie zuckte mit den Schultern.

»Es ist sehr viel passiert, und das alles innerhalb sehr kurzer Zeit. Das hat uns alle erschüttert, Ernie.«

»Ich weiß, Mum. Cornell und Dad haben eine große Lücke in unserem Leben hinterlassen.«

»Ja, das stimmt. Aber das Leben geht weiter, und wir müssen auch weitergehen. Wenn die Leitung der Farm dir zu viel ist, kannst du das gerne sagen.«

»Mit der Leitung der Farm komme ich zurecht. Ich habe bei Cornell und Dad von den Besten gelernt. Es ist die Unsicherheit in Bezug auf die Zukunft, die mir zu schaffen macht. Mehr, als ich gedacht hätte.«

»Noch hast du nichts verloren.« Vera spürte seinen Kummer, war aber auch ein wenig ungehalten. »Ich hätte gedacht, du würdest kämpfen.«

»Was sollte das bringen? Jackson kriegt immer, was er will, also wird er vor Gericht auch die Farm bekommen.«

»Natürlich wird er das, wenn du nicht dagegen kämpfst. Ich verstehe dich nicht, Ernie. Ich an deiner Stelle würde alles in meiner Macht Stehende tun, um ihn aufzuhalten.«

Ernie stieß ein Schnauben aus. »Lass es uns mal realistisch betrachten: Was soll ich machen? Er ist Cornells und Georginas Sohn, und ich bin bloß ein Farmhelfer.«

»Sag das nicht. Du warst für die beiden viel mehr als das.«

»Das ist eine Tatsache, Mum! Die beiden haben mich vielleicht wie einen Sohn behandelt, aber ich bin nicht ihr Sohn. Der Richter wird ohne jeden Zweifel zu Jacksons Gunsten entscheiden, weil er Cornells Blutsverwandter ist.«

Vera sah ihn an, während in ihrem Kopf die Gedanken rasten. »Glaubst du das? Dass nur ein Sohn ein Recht auf die Farm hätte?«

»Wenn die Entscheidung zwischen einem Sohn und einem Farmhelfer gefällt werden muss, dann ja. Natürlich wird der Sohn gewinnen.«

»Aber Cornell hatte besondere Gründe, dir die Farm zu vererben.«

»Und Jackson hat das Recht, diese Gründe anzufechten.«

Vera musste ihm innerlich zustimmen, und das bereitete ihr Sorge.

»Jackson kriegt immer, was er will, so oder so. Er hat sich sogar das genommen, was mir am wichtigsten auf der Welt ist«, sagte er niedergeschlagen.

Vera wusste nicht, worauf er hinauswollte. »Und was ist das?«, fragte sie verwirrt.

»Melody.«

»Melody? Wie meinst du das?«

»Ich habe nie nachgefragt, und das werde ich auch nie tun, und sie hat mir versichert, dass es nicht so ist, aber Jackson könnte Archies Vater sein.«

»Nein!«, rief Vera, zutiefst erschrocken.

Ernie wandte sich ab. »Ich habe ihr noch vor unserer Hochzeit verziehen, also bitte behalt es für dich.«

»Ja, natürlich. Ich werde nichts sagen, Ernie«, versprach sie. »Mir steht es auch gar nicht zu, jemanden zu verurteilen«, fügte sie beinahe entschuldigend hinzu.

Ernie sah auf. »Warum sagst du das?«

Vera senkte den Blick und atmete tief durch.

»Was ist, Mum?«, fragte Ernie sanft.

Vera hob den Kopf und begegnete dem liebevollen Blick ihres Sohns. Eine Welle der Zärtlichkeit durchfuhr sie. Er war ein wundervoller Mensch, und sie war stolz auf ihn. Sie konnte nur hoffen, dass er seine Meinung über sie nicht ändern würde, wenn sie ihm gestand, dass sie ihn sein ganzes Leben lang angelogen hatte. Sie atmete noch einmal tief durch. »Ich werde dir jetzt etwas sagen, Ernie, etwas, das ich nie erzählen konnte, solange Harley am Leben war.« Sie hielt mit rasendem Herzen inne und blickte über die Weide, während sie Mut sammelte.

»Du kannst mir alles sagen«, versicherte Ernie ihr.

Sie drückte dankbar seine Hand. »Es geht um Cornell«, wisperte sie.

»Was ist mit ihm?«

Vera atmete tief durch. »Als er sich in Georgina verliebt hat, haben seine Eltern sie nicht akzeptiert. Sie meinten, eine Künstlerin sei keine geeignete Frau für einen Farmer. Du hast seinen Vater nie kennengelernt. Er war ein guter Mann, aber auch sehr respekteinflößend. Zuerst hat Cornell sich gefügt und seine Beziehung zu Georgina beendet.« Vera war unentschlossen, ob sie fortfahren sollte, aber es war an der Zeit, Ernie davon zu erzählen. Sie seufzte. »In der Zeit, in der sie getrennt waren, trafen Cornell und ich uns heimlich.«

»*Du* und Cornell.« Ernie starrte sie mit großen Augen an.

»Ja, wir hatten eine kurze Beziehung. Sie hielt etwa drei Monate lang.«

»Weiß Georgina davon?«

Vera schüttelte den Kopf. »Ich wusste die ganze Zeit, dass er sie noch liebte, und schließlich widersetzte er sich seinen Eltern und heiratete sie.« Vera hoffte, dass Ernie Verständnis für das haben würde, was als Nächstes kam.

»Hat er dir das Herz gebrochen?«, fragte Ernie.

»Nein. Es war richtig, dass er Georgina geheiratet hat.«

»Okay.« Ernie musterte sie von der Seite. »Aber warum wirkst du dann so gequält?«

Vera schloss für einen Moment die Augen. »Keiner von uns beiden wusste ... dass ich schwanger war«, sagte sie leise.

»Schwanger!« Ernie schluckte. »Willst du sagen ...?«

»Ja, Ernie. Cornell ist dein Vater, nicht Harley.«

Ernie starrte sie an, sichtlich erschüttert, während er offenbar versuchte, ihre Worte zu verarbeiten.

»*Du* bist sein Sohn, Ernie. Und zwar sein erstgeborener Sohn«, erklärte Vera.

Ernie schüttelte den Kopf. »Das denkst du dir doch aus. Das kann nicht stimmen!« Er stand auf.

Vera nahm seine Hand. »Doch, es stimmt, Ernie. So wahr ich hier sitze. Du weißt, dass ich meinen Eltern nie sonderlich nahestand und dass mein Vater nichts mit mir zu tun haben wollte. Ich habe dir nie wirklich erklärt, warum. Ich habe es monatelang geschafft, meine Schwangerschaft geheim zu halten, bevor meine Eltern es bemerkt haben, und dann gab es schrecklichen Ärger. Meine Mutter beharrte darauf, dass ich den Vater des Babys heiraten sollte, was ich natürlich nicht tun konnte. Mein Vater wollte seinen Namen wissen, um ihn umzubringen. Schließlich hat er mich aus dem Haus geworfen.« Vera erinnerte sich noch gut daran, wie verzweifelt sie gewesen war. »Zufälligerweise fuhr Cornell an mir vorbei, als ich mit meinem Koffer die Straße entlanglief. Er hatte mich lange nicht gesehen. Ich erzählte ihm, dass mein Vater mich rausgeworfen hatte, weil ich den Namen des Kindsvaters nicht verraten wollte. Mehr musste ich nicht sagen. Er bot mir ein Dach über dem Kopf und für die

Zeit nach der Geburt eine Stelle als Haushälterin an. Wir haben nie darüber gesprochen, dass du sein Kind bist, aus Respekt vor seiner Frau. Als Harley eingestellt wurde, warst du zwei Monate alt. Wir haben uns verliebt und geheiratet.«

»Wusste er, dass Cornell … mein Vater ist?« Es fühlte sich merkwürdig an, diese Worte laut auszusprechen.

»Nein. Ich habe ihm gesagt, dein Vater sei nicht Teil meines Lebens, und er hat es akzeptiert und dich wie seinen eigenen Sohn aufgezogen.«

»Und Georgina?«

»Du weißt ja, wie unvoreingenommen und tolerant Georgina ist. Sie hat mich nie nach deinem Vater gefragt. Wahrscheinlich dachte sie, dass ich ihr davon erzähle, wenn ich es möchte. Ich glaube auch nicht, dass Cornell mit ihr darüber gesprochen hat. Ich war froh, dass du mit deinem Vater aufwachsen konntest, und er hat dich nie anders behandelt als Jackson.«

Ernie schwieg eine Weile nachdenklich. »Das stimmt«, sagte er schließlich. »Cornell hat mir immer das Gefühl gegeben, zur Familie zu gehören. Ich wünschte nur, ich hätte es vor seinem Tod erfahren.«

»Wenn Harley zuerst gestorben wäre, hätte ich es dir vielleicht erzählt, aber ich wollte ihn oder Georgina nicht verletzen. Harley war ein wunderbarer Mann und Partner, und Georgina war immer so gut zu uns.«

»Dann darf die Wahrheit nicht ans Licht kommen«, sagte Ernie bestimmt. Er seufzte. »Also ändert sich nichts.«

»Vielleicht, wenn Jackson es wüsste …«

»Er wird es nicht glauben.«

»Ich würde in so einer Sache nie lügen, Ernie.«

»Ich weiß, aber es steht viel auf dem Spiel. Da Cornell nicht mehr da ist, bräuchtest du jemanden, der deine Geschichte bestätigt. Und es gibt niemanden außer ihm, der das könnte, oder?«

»Ich wollte nur, dass du es weißt.« Vera fühlte sich erleichtert. »Du bist nicht nur ein Farmhelfer«, sagte sie liebevoll. »Du bist Cornells Sohn. Er hat dir die Farm vererbt, weil sie dir genauso viel bedeutet wie ihm und weil du sein Sohn bist.«

Vera nahm Ernie in den Arm, und er legte den Kopf auf ihre Schulter. Sie konnte nur hoffen, dass die Wahrheit ihm den Anreiz geben würde, sich vor Gericht gegen Jackson zu wehren.

Ernie war am nächsten Morgen in der Küche, als Vera vom Einkaufen wiederkam. »Ich hoffe, es stört dich nicht, aber ich habe heute Morgen Magnus Fletcher angerufen, während Georgina und Melody mit den Kindern unterwegs waren«, sagte er sofort.

Vera war überrascht. »Ja? Warum?«, fragte sie neugierig.

»Ich habe ihm gesagt, was du mir erzählt hast. Dass Cornell mein Vater ist. Er sagte, das könne vor Gericht von großem Vorteil sein, aber nur, wenn du ihn auf meiner Geburtsurkunde als meinen Vater eingetragen hast. Hast du das?«

Eine Welle der Scham durchfuhr Vera. »Nein«, musste sie zugeben. »Ich habe das Feld leer gelassen, in das ich seinen Namen hätte eintragen können. Ich wollte niemandem unnötig Schmerz zufügen, aber wie es scheint, habe ich auf lange Sicht genau das getan.«

»Es wäre heute hilfreich gewesen, aber du hast damals getan, was du für richtig gehalten hast«, sagte Ernie.

Vera war erleichtert, dass er ihr keinen Vorwurf daraus machte. Und sie freute sich, dass er offenbar entschieden hatte, den Kampf aufzunehmen. »Hat Mr Fletcher dir denn sonst Hoffnung machen können?«

»Er sagte, der Prozess könnte so oder so ausgehen, aber ich

glaube, er wollte mir nur ein gutes Gefühl geben.« Er stieß einen Seufzer aus und verließ die Küche.

Vera war verzweifelt. Sie überlegte eine Weile und fasste schließlich einen Entschluss. Nach einem kurzen Blick auf die Wanduhr schrieb sie eine Notiz für Melody und verließ die Küche.

Kapitel 22

»Vera, was machst du denn hier?«, fragte Jackson, als sie gut zwei Stunden später sein Büro betrat.

»Ich muss mit dir reden.« Vera setzte sich unaufgefordert auf den Stuhl ihm gegenüber. Ihre Hände zitterten, als sie die Hutnadel entfernte und die Handtasche neben sich auf den Boden stellte. »Ich brauche eine Tasse Tee, Jackson«, sagte sie. »Wenn es dir nichts ausmacht.« Sie hatte große Bedenken, was ihren Plan anging, sprach sich jedoch immer wieder damit Mut zu, dass sie Ernie dadurch vielleicht helfen konnte.

»Lass uns in die Wohnung oben gehen, da sind wir unter uns«, schlug Jackson vor. Ihm fiel auf, dass Vera blass aussah. In der kurzen Zeit seit Harleys plötzlichem Tod hatte sie sich verändert, fand er. Sie hatte abgenommen, und ihre Züge wirkten angespannt.

Während Jackson den Kessel aufsetzte, sah Vera sich um. Sie war schon im Kaufhaus gewesen, allerdings noch nie in seiner Wohnung. Die Zimmer waren gemütlicher und geräumiger, als sie gedacht hatte. »Es ist schön hier«, sagte sie ehrlich. »Wie ist es für dich, in der Stadt zu leben?«

»Mir gefällt es.« In Springfield gefiel es ihm noch besser, doch das sagte er nicht.

»Ist es nicht laut hier?«

»Ich mag die Geräusche des Verkehrs draußen. Ich könnte nie wieder auf dem Land leben.« Er hielt mitten in der Bewegung inne, als würde ihm erst in diesem Moment bewusst, was er gesagt hatte.

Vera konnte sich gerade noch verkneifen, zu fragen, warum er dann überhaupt die Farm haben wolle. Sie blickte ihn nur böse an und setzte sich aufs Sofa.

Jackson reichte ihr eine Tasse Tee.

»Danke«, sagte sie ernst, bevor sie einen Schluck des belebenden Tees trank.

»Ich weiß, warum du hier bist, Vera, aber …«

»Nein, das weißt du nicht«, unterbrach sie ihn.

Jackson blickte sie überrascht an.

»Ich möchte dir etwas erzählen. Etwas, was du noch nicht weißt«, fuhr sie fort.

»Oh. Geht es um Mum? Stimmt etwas nicht?«

»Nein, es geht nicht um deine Mutter, zumindest nicht direkt.« Vera zögerte und schob ihre Bedenken ein letztes Mal beiseite. »Ich habe viele Jahre lang ein Geheimnis gewahrt, weil ich Harley und deine Mutter nicht verletzen wollte.« Ein Blick zu Jackson verriet ihr, dass sie seine volle Aufmerksamkeit hatte. Sie las Argwohn in seinem Blick. »Und das, was ich dir jetzt sagen werde, könnte dich vielleicht in deinem Vorhaben umstimmen, Cornells Testament anzufechten.«

»Das bezweifle ich, aber fahr fort«, beschied Jackson knapp.

Vera atmete tief durch. »Bevor deine Eltern geheiratet haben, hatte ich eine romantische Beziehung mit Cornell«, sagte sie, ohne Jackson aus den Augen zu lassen. Kurz huschte ein überraschter Ausdruck über sein Gesicht, dann schüttelte er den Kopf.

»Wenn du mir erzählen willst, dass Ernie das Resultat dieser *romantischen Beziehung* ist, spar dir die Mühe.«

Jetzt war es an Vera, überrascht zu sein. Diesen Verlauf der Unterhaltung hatte sie nicht erwartet.

»Das wolltest du doch sagen, oder?«, fragte Jackson, als sie nicht reagierte.

»Ja, aber woher wusstest du das?« Hatte Cornell Jackson ihr Geheimnis etwa verraten?

Jackson lächelte süffisant. »Nun, ich habe damit gerechnet, dass du alles tun wirst, um mich davon abzuhalten, Ernie die Farm zu nehmen.«

Vera gefiel sein überheblicher Ton ganz und gar nicht. »Das hier ist keine List! Ernie ist Cornells erstgeborener Sohn, ob du es glauben willst oder nicht«, erklärte sie.

»Ich glaube dir nicht.«

»Es ist die Wahrheit, das schwöre ich dir.«

Jackson stieß ein Schnauben aus. »Ha! Gibt es dafür irgendwelche Beweise? Ist zum Beispiel der Name meines Vaters in der Geburtsurkunde eingetragen?«

»Nein. Mein Vater durfte unter keinen Umständen erfahren, wer der Vater meines Kindes ist. Hätte ich ihn eingetragen, wärst du jetzt nicht hier.«

»Kann denn irgendjemand deine Geschichte bestätigen?«

»Dein Vater kannte die Wahrheit.« Vera spürte, dass sie wütend wurde.

»Wie praktisch«, erwiderte Jackson sarkastisch. »Es tut mir leid, dass du deine Zeit mit diesem Ausflug vergeudet hast, aber genau das hast du getan.«

Vera stand auf. »Ernie ist dein Halbbruder, Jackson«, sagte sie eindringlich. »Deswegen hat dein Vater ihm die Farm vererbt. Du weißt, dass er ihn immer wie einen Sohn behandelt hat. Er hat ihn sehr geliebt.«

»Das bestreite ich gar nicht, und Ernie war immer gut zu Dad. Aber er ist nicht sein Sohn.«

Vera ging auf, dass Jackson ihr die Wahrheit nie glauben würde. Sie hatte in der Tat ihre Zeit vergeudet.

Niedergeschlagen stieg Jackson die hölzerne Treppe in Springfield House hinauf. Die bedrückende Traurigkeit zwischen den Wänden seines eleganten Zuhauses war beinahe körperlich greifbar. Betty hatte ihn, entgegen den Anweisungen ihrer Arbeitgeberin, eingelassen, weil sie sich Sorgen um Eloise machte, die sich von einer selbstbewussten, lebensfrohen Frau zu einer Einsiedlerin entwickelt hatte.

Jackson fand die Schlafzimmertür angelehnt vor und drückte sie leise auf. Im Zimmer war es fast dunkel, die Vorhänge ließen nichts von der schönen Nachmittagssonne herein, daher war die schmale Figur, die auf dem Himmelbett zusammengekauert war, kaum auszumachen.

Er trat ein. »Eloise«, flüsterte er.

Sie zuckte zusammen und drehte sich zu ihm. »Was machst du hier?«, fragte sie kalt. »Ich habe Betty gesagt, sie soll dich nicht reinlassen.«

»Sie sorgt sich um dich, genau wie ich.« Er hatte Betty gefragt, ob Julie sich um Eloise kümmerte, doch Betty hatte erzählt, dass die Templetons übereilt zu Charles' schwer erkranktem Bruder gereist waren.

»Ich wüsste nicht, warum. Wie du siehst, geht es mir gut.«

»Es ist helllichter Tag, und du liegst im Dunkeln auf dem Bett.«

»Es ist nicht verboten, tagsüber ein Nickerchen zu halten«, zischte Eloise ungehalten. »Und jetzt geh bitte.«

Jackson lief zum Fenster und zog die Vorhänge auf. Er drehte sich wieder zu ihr um und bemerkte, wie blass sie war. »Für dich hatte der Tag nie genug Stunden. Wo ist die lebhafte Frau hin, die ich geheiratet habe?«, fragte er sanft.

Eloise wandte sich verlegen von ihm ab.

»Vermisst du mich genauso sehr wie ich dich?«, fragte er leise.

Sie schwieg stur.

»Schließ mich nicht aus, Eloise«, flehte er und lief um das Bett herum, um ihr wieder ins Gesicht zu sehen. »Mein Leben fühlt sich ohne dich leer an.«

»Unsere Ehe hat keinen Sinn mehr, Jackson. Geh und such dir eine Frau, die dir Kinder schenken kann.«

»Ich möchte keine Familie mit einer anderen Frau«, rief Jackson impulsiv.

»Du kannst es dir ja leisten, das zu sagen, nicht? Du hast ja schon einen Sohn mit einer anderen«, warf ihm Eloise verbittert vor und schwang die Beine aus dem Bett.

Jackson ging auf, dass die Unterhaltung ihm gerade entglitt. »Nein, Eloise. Ernie und Melody sind Archies Eltern«, beschwichtigte er geduldig.

»Das liegt nur daran, dass Ernie keinen Schimmer hat, was du und seine Frau hinter seinem Rücken getrieben habt. Und jetzt verlass das Haus und komm nie wieder.«

Jackson konnte Eloise unmöglich sagen, dass Ernie die Wahrheit kannte und Melody vergeben hatte, denn damit würde er seine Schuld eingestehen, was Eloise ihm nie verzeihen würde.

Als er ihrer Aufforderung, zu gehen, nicht nachkam, sprang Eloise auf. »Geh jetzt sofort«, verlangte sie und zeigte auf die Tür.

Jackson setzte sich in Bewegung. Kurz vor der Tür hielt er jedoch noch einmal inne und sah über die Schulter zurück. »Ich liebe dich, Eloise, und ich will mein Leben mit dir verbringen, mit oder ohne Kinder. Ich glaube ehrlich, dass wir eine gute Ehe und ein wunderbares Leben zusammen führen könnten. Aber du musst auch daran glauben.« Damit verließ er das Zimmer.

Auf dem Rückweg zum Kaufhaus war Jackson ernüchtert. Er hatte auf ein kleines Zeichen gehofft, dass Eloise sich für die Idee erwärmte, wieder mit ihm zusammenzukommen, aber jetzt erkannte er, dass ihre Ehe vorbei war, und das musste er akzeptieren. Alles, was ihm blieb, war das Geschäft, und das hing bereits am seidenen Faden. Er dachte an Veras Besuch. Was, wenn es wirklich stimmte, dass Ernie und er den gleichen Vater hatten? Dann würde dieser seidene Faden reißen. Aber es stimmte nicht. Vera hatte sich lediglich an den letzten Strohhalm geklammert, und das enttäuschte ihn.

Auf dem Weg zum Hastings Department Store lief Melody am Ambassadors Hotel vorbei. Sie zögerte. Eigentlich sollte Jackson gerade daran arbeiten, dem Geschäft wieder zu Gewinn zu verhelfen, aber es war fast Mittag, und Melody beschlich die Ahnung, dass sie ihn an der Hotelbar finden würde. Sie lief durch die Eingangstür und spähte in die Bar. Jackson saß tatsächlich zusammengesunken auf einem Hocker, und es schien fast, als täte er das schon seit einer Weile.

»Ist das dein Plan, mit dem du das Kaufhaus retten willst?«, fragte sie wütend, kaum dass sie hinter ihm stand.

Jackson wirbelte überrascht herum. »Melody!«

Da Frauen der Zutritt zur Hotelbar nicht gestattet war, hatte sie die Aufmerksamkeit mehrerer Gäste und des Barkeepers erregt, der sie finster anstarrte.

»In der Zwischenzeit schuftet mein Mann wie ein Irrer, damit die Farm weiterhin läuft. Die Farm, die du ihm wegnehmen willst.«

Jackson, dem bewusst war, dass die anderen Gäste jetzt aufmerksam lauschten, rutschte vom Hocker und führte sie in den Salon.

»Was machst du in der Stadt?«, fragte er, nachdem sie in einer ruhigen Sitzecke Platz genommen hatten.

»Ich habe dich gesucht, und ich wusste genau, wo ich dich finden würde«, erwiderte sie vorwurfsvoll.

Jackson vergrub den Kopf in den Händen. »Ich finde es schwer, meine Begeisterung für das Geschäft aufrechtzuerhalten, während ich mir so große Sorgen um Eloise und unsere Ehe mache.«

»Was fehlt Eloise denn?«

»Sie ist depressiv, weil sie keine Kinder bekommen kann. Ich habe sie vor ein paar Tagen besucht, und sie lag bei zugezogenen Vorhängen im Bett. Ich habe ihr gesagt, dass ich sie vermisse, doch sie hat als Antwort bloß vorgeschlagen, dass ich mir eine andere Frau suchen soll, mit der ich eine Familie gründen kann. Zwar habe ich direkt gesagt, dass ich das nicht will, aber sie glaubt immer noch, dass wir beide eine Affäre hatten und Archie daraus hervorgegangen ist.«

»Sie ist nicht die Einzige, die das glaubt, oder?«, fragte Melody.

»Du musst schon zugeben, dass Archie mir ähnlicher sieht als Ernie.«

»Nur in deiner Fantasie, Jackson. Archie ist Ernies Sohn, das habe ich dir schon ein paarmal gesagt.«

»Natürlich wünschst du dir das, aber er könnte auch mein Sohn sein.«

»Ich weiß mit Sicherheit, dass Archie Ernies Sohn ist, weil ich nach unserem gemeinsamen Nachmittag hier meine Monatsblutung bekommen habe. Das war noch vor Ernies und meiner Hochzeit. Es besteht also keinerlei Zweifel daran, wer Archies Vater ist.« Es war ihr unangenehm, mit einem Mann über etwas so Persönliches zu sprechen, aber diese Angelegenheit musste ein für alle Mal geklärt werden.

Jackson sah in Melodys blaue Augen und erkannte, dass sie die Wahrheit sagte. »Verstehe.« Er schluckte schwer. »Bist du hier, um mich zu bitten, das Testament meines Vaters nicht anzufechten?«

»Würdest du es dir noch einmal überlegen?«

»Das hätte ich vielleicht, wenn Eloise und ich wieder zusammenkommen wären, aber es sieht nicht so aus, als würde das passieren. Das Kaufhaus ist alles, was ich noch habe«, stieß er hervor.

Melody stand auf und verließ ohne ein weiteres Wort das Hotel.

»Mrs Hastings empfängt keine Besucher«, sagte Betty, als sie Melody eine Stunde später die Tür öffnete. Melody war einen Teil der Strecke mit dem Bus gefahren und den Rest von der Portrush Road aus gelaufen.

»Geht es ihr nicht gut? Liegt sie im Bett?«

»Genau. Es tut mir sehr leid.« Betty schlug ihr die Tür vor der Nase zu.

Melody war enttäuscht, aber nicht bereit, aufzugeben. Dafür stand zu viel auf dem Spiel. Sie trat ein paar Schritte von der Haustür zurück und sah am Gebäude zu den zahlreichen Fenstern hoch. Bei so vielen Zimmern im Obergeschoss war es unmöglich, zu erraten, hinter welchem Eloise sich gerade befand.

Sie lief den Weg entlang und erhaschte einen Blick auf einen Teil des Gartens und eine Bank unter einem Baum. Diese steuerte sie an.

»Sie dürfen hier nicht sein, Mrs Atwell«, rief Betty zwanzig Minuten später aufgeregt, als sie Melody bemerkte.

»Ich bleibe hier, bis ich mit Eloise gesprochen habe«, beharrte Melody. »Also sagen Sie ihr doch bitte, dass ich hier bin.«

Doch bevor Betty reagieren konnte, ertönte eine andere Stimme. »Melody! Was machst du in meinem Garten?« Eloise lief in Nachthemd und Hausschuhen auf sie zu.

Melody erschrak über ihren Anblick. Eloise war immer tadellos zurechtgemacht gewesen und war jetzt kaum wiederzuerkennen mit dem ungekämmten Haar, ungeschminkt und in einem Nachthemd, das aussah, als hätte sie es schon viele Tage getragen. »Ich wollte mit dir reden«, sagte sie freundlich.

»Hat Betty dir nicht gesagt, dass ich keinen Besuch empfange?« Der Blick, den sie Betty zuwarf, war vorwurfsvoll.

»Doch, hat sie. Sie hat mich nicht hereingelassen, also bin ich hintenrum gegangen.«

»Ich hoffe, du hast einen guten Grund dafür, mein Grundstück unerlaubt zu betreten.«

»Möchten Sie, dass ich die Polizei rufe, Mrs Hastings?«, fragte Betty schüchtern.

»Nein, Betty. Setz schon mal Teewasser auf, das hier dauert nicht lange.«

Betty ging, und Eloise setzte sich neben Melody. »Warum bist du hier?«

»Wir müssen ein paar Dinge klären.«

»Zum Beispiel?«, fragte Eloise eisig.

»Ich liebe meinen Mann sehr …«

»Schön für dich«, unterbrach Eloise sie.

Melody ließ sich nicht beirren. »Und ich kann dir versichern, zu einhundert Prozent, dass er der Vater meines Sohnes ist.«

Eloise schien nicht überzeugt, ihr Blick war skeptisch. Und Melody konnte es ihr nicht verdenken. Vermutlich ging sie nach Jacksons Besuch davon aus, dass sie mit ihm gesprochen hatte, und fürchtete, dass sie sich eine Geschichte zurechtgelegt hatten. »Hattest du jemals romantische Gefühle für meinen Mann?«, wollte sie wissen.

»Ja«, gab Melody zu. Sie bemerkte die Enttäuschung in Eloises blauen Augen. »Ich war während meiner gesamten Jugend in Jackson verliebt, aber er hat mich nicht einmal zur Kenntnis genommen. Ich war nicht mehr als die lästige Freundin seiner kleinen Schwester, die immer da war. Aber Ernie bin ich aufgefallen, und als ich aus Paris wiederkam, habe ich erkannt, was für ein wunderbarer Mann er ist. Ich liebe ihn von ganzem Herzen, und das wird sich nie ändern. Ich bin die glücklichste Frau der Welt, weil ich so einen guten und liebevollen Mann geheiratet habe.«

Eloise ließ den Blick über den Garten schweifen, und Melody war klar, dass ihr Bekenntnis dieses tiefen Glücks sie schmerzen musste. »Bist du hergekommen, um mir das zu sagen?«, fragte Eloise schließlich kalt.

»Ja, aber da ist noch etwas: Du weißt, dass Jackson das Testament seines Vaters anficht, oder?«, fragte Melody.

Eloise blickte sie erstaunt an. »Nein, das wusste ich nicht.«

»Er hat das Kaufhaus vernachlässigt, und der Aufsichtsrat droht damit, es zu schließen. Er braucht Geld, und zwar aus dem Verkauf der Farm.«

»Ich wusste auch nicht, dass es Schwierigkeiten mit dem Kaufhaus gibt. Er hat gar nichts gesagt …«

»Vielleicht hatte er keine Gelegenheit dazu«, merkte Melody an.

»Nein, die hatte er wohl nicht«, gab Eloise sichtlich beschämt zu.

»Aber es geht noch weiter, Eloise. Wenn er die Farm verkauft, was passiert dann mit uns allen? Er sagt, er kümmert sich um seine Mutter, aber was bedeutet das? Sie liebt das Land. Dort findet sie die Inspiration für ihre Bilder. Und was passiert mit uns?«

»Willst du sagen, das wäre meine Schuld, weil ich Jackson hinausgeworfen habe?«, rief Eloise empört.

»Nein. Ich möchte nur, dass du diese Dinge weißt. Wenn du Jackson wegen mir und Archie rausgeworfen hast, dann beruht das auf einer falschen Annahme«, sagte Melody ruhig. »Aber als wäre das alles nichts, kommt dazu noch, dass Ernie Jackson für den Tod seines Vaters verantwortlich macht.«

»Warum?«

Melody berichtete ihr von dem vermuteten Streit zwischen Jackson und Harley. »Die Sorge darüber, dass wir alle die Farm verlieren könnten, belastet alle schwer. Das kann ich zwar nicht ändern, aber du solltest zudem wissen, dass die Angst, dich zu verlieren, Jackson auch sehr belastet. Und das ist alles unnötig«, schloss sie.

Eloise stand auf und verschränkte die Arme vor der Brust. »Meine Eifersucht war ganz sicher ein Thema zwischen Jackson und mir, ob sie nun begründet ist oder nicht. Aber da ist noch mehr. Ich kann Jackson keine Kinder schenken, und die möchte er, also gibt es für uns keine gemeinsame Zukunft«, stieß sie hervor.

Melody erhob sich ebenfalls. »Das tut mir sehr leid zu hören, aber ihr könntet trotzdem eine Familie haben.«

»Falls du von Adoption sprichst: Das ist ja wohl kaum dasselbe, oder?«

Melody sah den Schmerz in ihrem Blick. »Die Waisenhäuser sind voller Kinder, die geliebt werden wollen«, sagte sie sanft. »Sie warten nur auf eine Mutter wie dich. Du hast unglaublich viel zu geben, Eloise.« Sie legte ihr eine Hand auf den Arm. »Denk darüber nach«, bat sie eindringlich und wandte sich ab, um zu gehen.

»Danke, dass du hergekommen bist«, sagte Eloise ernst. »Es tut mir leid, was gerade mit der Farm passiert, aber ich glaube einfach nicht, dass Jackson und ich eine gemeinsame Zukunft haben.«

Kapitel 23

»Ihre Mutter ist am Telefon, Mrs Hastings«, sagte Betty zu Eloise, die im Garten die Sterne betrachtete, tief in Gedanken versunken. Das Gespräch mit Melody am Nachmittag hatte sie aufgewühlt, es aber nicht geschafft, ihre Stimmung zu bessern.

Eloise verzog das Gesicht bei der Vorstellung, dass ihre Mutter ihr zum wiederholten Male einen Vortrag über den Zustand ihrer Ehe halten würde. »Kannst du ihr bitte sagen, ich wäre schon ins Bett gegangen und melde mich morgen bei ihr?«

»Sie sagte, es sei dringend, und wenn Sie schon im Bett seien, solle ich Sie wecken.«

»Dringend?« Sofort kam Eloise der Gedanke, dass sich der Gesundheitszustand ihres Onkels verschlechtert haben könnte. Sie stürmte ins Haus und schnappte sich den Telefonhörer. »Hallo, Mum«, stieß sie atemlos hervor. »Geht es Onkel Martin gut? Er ist doch nicht …?«

»Er hat das Schlimmste Gott sei Dank überstanden und ist auf dem Wege der Besserung. Deswegen rufe ich nicht an.«

»Betty sagte, es sei dringend.«

»Ist es auch. Mir ist gerade eingefallen, dass meine Schulfreundin Carmel Laveda aus Perth morgen früh zu uns kommt, aber ich bin ja gar nicht zu Hause.«

Eloise versuchte vergeblich, sich an jemanden mit diesem Namen zu erinnern. »Kannst du sie nicht anrufen und ihr sagen, dass du in Victoria bist?«

»Sie müsste schon unterwegs sein, vermutlich sitzt sie schon im Zug von Westaustralien zu uns. Außerdem hatte ich Stella die Anweisung gegeben, während unserer Abwesenheit die Teppiche und Vorhänge reinigen zu lassen. Deswegen wurden alle Möbel nach oben auf die Räume ohne Teppiche gebracht, einschließlich der Betten. Und die Vorhänge und Querbehänge wurden zur Reinigung abgenommen. Wahrscheinlich kannst du dir denken, weshalb ich jetzt anrufe.«

»Du möchtest, dass Carmel hier übernachtet.« Eloise versuchte, sich ihre Niedergeschlagenheit nicht anmerken zu lassen. Sie war überhaupt nicht in der Stimmung, eine Besucherin zu empfangen.

»Es wäre nur für ein paar Tage, und du geisterst doch im Moment ohnehin ganz allein durch das riesige Haus, nicht wahr?« Julie war zu Ohren gekommen, dass Eloise seit Wochen nirgendwo gesehen worden war, daher nahm sie an, dass sie überhaupt keine sozialen Kontakte pflegte, und das bereitete ihr Sorge.

Innerlich stöhnte Eloise auf, dass ihre Mutter so wenig einfühlsam auf Jacksons und ihre Trennung anspielte. »Ja, natürlich kann sie hier übernachten«, sagte sie leidenschaftslos. »Aber ich kann mich beim besten Willen nicht erinnern, sie schon mal getroffen zu haben, Mum.«

Julie lachte. »Das wundert mich nicht. Wenn, dann war das vermutlich auch nur ein einziges Mal, als du noch sehr jung warst. Es ist auch schon gut zehn Jahre her, seit ich sie zuletzt gesehen habe, daher war ich recht überrascht, als sie mich vor einem Monat angerufen hat. Ich glaube, sie kommt für eine Veranstaltung oder ein Seminar nach Adelaide, aber ich bin nicht ganz sicher.«

»Wann kommt ihr nach Hause?«

»Das kann ich noch nicht genau sagen. Bei Martin stehen heute noch Untersuchungen an. Wenn die Ergebnisse gut sind, machen wir uns an die Organisation der Heimreise.«

»Wie kommt denn Tante Freda zurecht?«

»Sie ist ziemlich durcheinander, aber das war ja nicht anders zu erwarten. Sie schafft es einfach nicht, die Dinge rund um seine medizinische Versorgung zu regeln, und ihre Kinder sind ihr auch keine Hilfe. Trevor versinkt seit dem Scheitern seiner letzten Ehe – der dritten – in Depressionen, und Wilma hat einen Sohn, von dem wir gar nicht erst reden müssen. Basil ist jetzt dreieinhalb, und er schreit ununterbrochen. Er ist noch nicht einmal trocken. Sie bezeichnet ihn als ›sehr aktiv!‹, aber ehrlich gesagt denke ich, dass er bloß ein äußerst freches Kind ist, dem ein wenig Disziplin guttun würde. Ich glaube, in seiner Gesellschaft ist wirklich jeder schon nach nur fünf Minuten vollkommen mit den Nerven am Ende, also kannst du dir vorstellen, was das mit seiner Großmutter macht. Kein Wunder, dass Freda sich so auf deinen Vater und mich verlässt, was Martins Termine und die Gespräche mit den Spezialisten betrifft.«

»Tante Freda ist eine gute Seele, aber sie war schon immer recht schnell überfordert«, kommentierte Eloise unverblümt. »Ehrlich gesagt weiß ich gar nicht, wie der arme Onkel Martin es mit ihnen allen aushält.«

»Ja, das stimmt. Ich weiß nicht, wie sie ohne ihn zurechtkämen«, bestätigte Julie. »Aber wie geht es dir denn? Ich habe das Gefühl, wir haben schon seit Ewigkeiten nicht mehr miteinander gesprochen.«

»So lang war es nicht, Mum, und bei mir ist alles in Ordnung. Du musst dir keine Sorgen machen.« Sie hörte selbst, dass sie nicht besonders selbstsicher klang.

»Es ist meine Aufgabe, mich um dich zu sorgen. Hast du mit Jackson gesprochen?«

»Ja, er war vor ein paar Tagen hier.«

»Wie geht es ihm?«

»Er hofft, dass ich wieder mit ihm zusammenkomme, aber das wird nicht passieren. Er meint, es macht ihm nichts aus, wenn wir keine Kinder haben, aber ich glaube ihm nicht.«

»Vielleicht meint er es aber so, Eloise.« Julie war ihr Schwiegersohn ans Herz gewachsen, ebenso wie ihrem Mann. Sie hofften auf eine Versöhnung der beiden.

»Mum, was er jetzt sagt, könnte sich deutlich von dem unterscheiden, wie er in zehn Jahren darüber denkt.«

»Du solltest dir nicht zu viele Sorgen um die Zukunft machen. Niemand weiß, was vor uns liegt. Onkel Martin ist das beste Beispiel dafür. In einem Moment sitzt er am Tisch und genießt sein Essen, im nächsten kämpft er auf einem OP-Tisch um sein Leben. Aber ich muss jetzt los, wir müssen in fünf Minuten zum Krankenhaus fahren, und ich muss mich noch schnell frisch machen.«

»Grüß Onkel Martin und Tante Freda von mir«, sagte Eloise und beendete das Gespräch.

Kurz nach Eröffnung des Ladens am nächsten Morgen erschien Thornton Beck in der Tür von Jacksons Büro des Hastings Department Store. Er wirkte ernst, allerdings konnte Jackson sich nicht daran erinnern, jemals ein Lächeln in seinem Gesicht gesehen zu haben.

»Guten Tag, Mr Beck. Kann ich Ihnen behilflich sein?«

»Mr Ridgeway hat mir gesagt, dass Sie um mehr Zeit gebeten haben, um Ihre Angelegenheiten in Ordnung zu bringen.«

Jackson hatte den Aufsichtsräten erklärt, dass er das Testament seines Vaters anfechten würde, um an Kapital zu kommen.

»Das ist richtig«, antwortete Jackson zurückhaltend. »Mein Anwalt sagte, dass die Gerichtsverhandlung verschoben wurde.«

»Und wer versucht da, Zeit zu schinden?« Beck selbst tippte auf Jackson.

»Ich bin mir nicht sicher. Aber es soll in zwei bis drei Wochen losgehen.«

»Seien Sie ehrlich, Mr Hastings: Wie groß ist Ihre Chance, das Testament erfolgreich anzufechten?«

»Ich bin der Sohn, Ernie Atwell ist bloß ein Farmarbeiter, also halte ich den Prozess für sehr aussichtsreich«, erklärte Jackson überzeugt.

Beck hielt seinen Optimismus für unberechtigt, schließlich hatte der Vater ihm die Farm trotzdem nicht von vorneherein vererbt. »Ich hoffe, dass Sie recht behalten. War diese Woche viel los im Laden?«

»Ja, wir hatten die ganze Zeit einen stetigen Kundenstrom. Ich habe diese Woche Kleidung und Spielzeuge reduziert, das hat viele Kunden angelockt.«

»Wir sehen Ende nächster Woche, wie sich die Umsätze entwickeln«, sagte Beck. »Wenn sie nicht gestiegen sind, ist es für uns alle sinnlos, Kapital in das sinkende Schiff zu investieren. Ich denke, da stimmen Sie mir zu.« Er wandte sich ab.

»Warten Sie. Noch eine Sache, Mr Beck.«

»Was denn?«

»Ich werde Christopher Webb entlassen. Ich bin der Meinung, dass ich keinen Geschäftsführer mehr brauche.« Er verschwieg, dass er und Webb, der ein schrecklicher Besserwisser war, ständig aneinandergerieten. »Sollte ich in Zukunft verreisen wollen, werde ich mich darum kümmern, für diese Zeit jemanden einzustellen.«

Becks Miene verdüsterte sich. »Das halte ich nicht für sonderlich klug, Mr Hastings.«

»Ich denke, es ist eine vernünftige und wirtschaftliche Entscheidung. Ich zahle ihm Gehalt für etwas, das ich auch selbst tun kann. Vergessen Sie nicht, dass ich dieses Geschäft anfangs mit nur zwei Angestellten geführt habe.«

»Ich finde, wir sollten dieses Thema bei der nächsten Aufsichtsratssitzung besprechen, *bevor* Sie ihn entlassen.«

»Das sehe ich anders.«

Beck war sichtlich verärgert. »Wenn Sie keinen Geschäftsführer mehr haben, können Sie immerhin keine ausgedehnten Mittagspausen im Ambassadors Hotel mehr einlegen, das ist das Gute daran.« Er wandte sich zur Tür.

Jackson fühlte sich gedemütigt. »Ich habe nicht die Absicht, weitere ausgedehnte Mittagspausen einzulegen, Mr Beck.«

»Das wird sich zeigen.«

»Ja, das wird sich zeigen«, brummte Jackson.

»Mrs Hastings, an der Tür fragt jemand nach Ihnen«, sagte Betty, doch ihre Stimme klang beunruhigt.

Eloise las gerade Zeitung. »Das ist sicher Mums Freundin«, sagte sie, müde nach einer fast schlaflosen Nacht. »Lass sie herein.« Sie hatte den ganzen Morgen auf Carmel Laveda gewartet, inzwischen war es schon fast Mittag.

Betty zögerte.

»Worauf wartest du?«, fragte Eloise schroff.

»Ich glaube nicht, dass es die Freundin Ihrer Mutter ist, Mrs Hastings.«

Eloise runzelte die Stirn. »Herrgott noch mal. Wer ist es denn?«

Betty sah sie verdutzt an. »Ich habe nicht nach dem Namen gefragt.«

»Vergiss es. Ich geh selbst an die Tür.« Eloise stand auf und schritt in die Eingangshalle.

»Oh«, stieß sie aus, als sie an der Tür vor einer Frau in einem schwarzen Gewand, weißer Haube und schwarzem Schleier stand. Mit einer Nonne hatte sie nicht gerechnet. »Kann ich Ihnen helfen, Schwester?«

»Mir wurde gesagt, ich soll hierherkommen, also hoffe ich das doch sehr. Ich bin Schwester Mary Angela.«

»Es tut mir leid, Schwester, aber nun bin ich verwirrt. Wer hat Ihnen denn gesagt, dass Sie herkommen sollen?«

»Die Haushälterin … von Berkshire Hall. Ich meine, sie heißt Stella.«

»Das ist richtig, aber ich erwarte eine Dame namens Carmel Laveda, eine Freundin meiner Mutter. Kommen Sie an ihrer Stelle?«

Die Nonne lachte. »Ah, jetzt verstehe ich Ihre Verwirrung. Ich bin Carmel Laveda. Ich bin vor sieben Jahren Nonne geworden. Bei meiner Einkleidung habe ich den Namen Mary Angela angenommen. Ich hätte Ihre Mutter vorwarnen sollen, aber ich neige dazu, zu vergessen, wem ich das schon erzählt habe.«

Eloise war sich sicher, dass ihre Mutter sehr überrascht sein würde. »Ach so. Das ist schon in Ordnung. Ich bin Eloise. Bitte, kommen Sie herein.«

»Danke. Sie haben ein sehr prachtvolles Haus. Es würde sich wunderbar als Kloster machen oder vielleicht als Heim für unverheiratete Mütter.«

Eloise war sprachlos.

»Das war nur ein Scherz«, sagte Schwester Mary Angela lächelnd und sah sich staunend um. Ihr Blick verweilte insbesondere auf der umwerfenden Dekoration und der prächtigen Treppe. »Sie haben sicher eine sehr große Familie, dass Sie ein Haus in dieser Größenordnung brauchen.«

»Eigentlich lebe ich hier allein«, gab Eloise verlegen zu. Ihr Lebensstil musste einer Nonne unverhältnismäßig vorkommen. *Dabei*, so dachte sie zynisch, *ist es hier drin so still wie in einer Kirche*. Sie ging Schwester Mary Angela voraus durch die Räume.

»Wirklich? Das ist erstaunlich. Sie sind doch so hübsch.

Warum stehen an der Haustür nicht potenzielle Ehemänner Schlange?«

Eloise gelang es nicht, ihre Traurigkeit zu verbergen. Mary Angela blieb stehen und stellte den Koffer ab. »Habe ich eine unpassende Bemerkung gemacht? Ich mache gern meine Witzchen, aber ich werde versuchen, mich etwas zurückzuhalten.«

»Sie haben nichts Beleidigendes gesagt, Schwester. Ich habe nur leider kürzlich meinen Sinn für Humor verlegt, auch wenn ich hoffe, dass ich ihn bald wiederfinde.« Sie überlegte, ob sie dieser Fremden etwas über ihre persönliche Situation erzählen sollte, entschied sich aber dagegen, da das Thema ihres Familienstandes sicher in den nächsten Tagen noch einmal aufkommen würde.

Schwester Mary Angela schien ihre Gedanken zu erraten. »Machen Sie sich keine Gedanken. Sie schulden mir keinerlei Erklärung.«

»Mein Ehemann und ich haben uns vor kurzem getrennt«, platzte Eloise dann doch heraus.

»Oh, das tut mir sehr leid«, sagte Schwester Mary voller Mitgefühl. »Dann kamen meine Scherze zu einem ungünstigen Zeitpunkt. Vielleicht gilt dasselbe für meinen Besuch. Die Haushälterin Ihrer Mutter erzählte, Julie sei fort, weil ihr Schwager krank ist, und jetzt dränge ich mich Ihnen in so einer schwierigen Zeit auf.«

»Vielleicht ist der Zeitpunkt genau richtig, Schwester Mary Angela. Ein bisschen Ablenkung könnte genau das sein, was ich brauche«, sagte sie lächelnd.

»Ich werde mein Bestes geben, eine angenehme Besucherin zu sein, Liebes. Und bitte, nennen Sie mich Mary, wenn wir unter uns sind. Schwester Mary Angela ist so umständlich.«

»In Ordnung, Mary. Möchten Sie sich vor dem Mittagessen in Ihrem Zimmer einrichten?«

»Gerne. Ich würde mich auch gern etwas frisch machen.«

»Direkt gegenüber von ihrem Zimmer ist ein Bad. Betty hat schon frische Handtücher bereitgelegt. Wenn Sie Kleidung haben, die gewaschen werden soll, legen Sie sie einfach in den Korb. Das Mittagessen ist in einer Stunde fertig.«

»Gott segne Sie, Eloise.«

Eloise rief nach Betty, damit diese Schwester Mary auf ihr Zimmer begleitete.

»Möchten Sie zum Essen eine Tasse Tee oder vielleicht ein kühles Getränk, Mary?«, fragte Eloise, als sie eine Stunde später auf die rückseitige Terrasse hinausgingen, wo Betty den Tisch gedeckt hatte.

»Wenn Sie ein Glas Wein zum Essen trinken, nehme ich auch eins«, sagte Mary zu Eloises Überraschung.

»Wein?«

»Trinken Sie keinen?« Mary setzte sich.

»Doch, natürlich, aber ich hätte nicht gedacht, dass Nonnen Wein trinken.«

»Warum nicht?«

»Ich weiß nicht … Ich dachte, Sie entsagen derlei Genussmittel.«

»Wir können uns selbst keinen Wein leisten, aber ich persönlich lehne nie ein Glas ab, wenn mir eins angeboten wird.«

Eloise wandte sich an die Haushälterin. »Betty, hol uns doch bitte eine Flasche Chardonnay aus dem Kühlschrank.«

Betty war sichtlich überrascht, eilte jedoch ins Haus.

»Wie war die Zugfahrt aus Perth hierher?«, erkundigte sich Eloise.

»Der Zug war zu teuer, sogar teurer als Fliegen, also bin ich mit dem Bus gefahren. Sie können sich gar nicht vorstellen, was drei Tage in einem heißen und vollen Bus durch die Nullarbor-

Ebene mit einem machen. Ich würde es als Hölle auf Erden beschreiben.«

»Vor allem in dieser Kleidung«, kommentierte Eloise gedankenlos, legte sich aber sofort erschrocken die Hand vor den Mund. Sie konnte nur hoffen, Mary nicht beleidigt zu haben.

Doch Mary lachte. »Da haben Sie wirklich recht. Das ist der Preis dafür, Gott dienen zu dürfen.«

»Wenn ich gewusst hätte, wann Sie am Busbahnhof ankommen, hätte ich Sie abholen können, aber Mum hat mir keine Uhrzeit genannt.«

»Das konnte sie ja auch gar nicht. Ich habe gar nicht mit ihr darüber gesprochen, weil ich zu dem Zeitpunkt noch nicht wusste, wie ich anreisen würde. Ich habe es in Gottes Hände gelegt.«

»Und er hat Ihnen einen Einblick in die Hölle gewährt«, sagte Eloise in der Annahme, dass Mary wieder scherzte.

Mary blickte sie überrascht an, und Eloise fürchtete schon, jetzt tatsächlich ins Fettnäpfchen getreten zu sein, als Mary herzhaft auflachte.

Betty schenkte ihnen Wein ein, und Eloise hob ihr Glas.

»Auf einen erfolgreichen Besuch, Mary.«

»Amen«, sagte Mary und stieß mit Eloise an.

»Welche Pläne haben Sie für Ihren Aufenthalt hier?«, fragte Eloise, während sie ihr den Salat reichte.

»Darüber wollte ich mit Ihnen sprechen, Eloise. Ich nehme an, wenn Sie ein Haus wie dieses besitzen, haben Sie sicher auch ein schönes Auto, oder?«

»Ja, ich habe einen Mercedes. Möchten Sie ihn sich leihen?«

»Himmel, nein. Ich könnte Ihnen den Wagen gar nicht in einem Stück zurückgeben, nachdem ich hinter dem Steuer gesessen habe.« Mary lachte. »Ich wollte Sie bitten, mich zu meinen Terminen zu fahren. Wären wir in der Stadt, würde ich nicht fragen, dann könnte ich den Bus nehmen, aber von hier aus ist es etwas schwierig, an die jeweiligen Orte zu kommen. Allein Ihre Einfahrt ist ja praktisch eine eigene Straße.«

»Ich fahre Sie gern.«

»Sind Sie sicher, dass ich Ihnen damit nicht zu große Umstände mache? Falls doch, ziehe ich in ein Hostel in der Stadt.«

»Ein Hostel?«

»Ich kann mir kein Hotel leisten.«

»Sie bleiben hier. Und seien Sie versichert, dass ich Sie zu Ihren Terminen bringe.«

»Wunderbar.« Mary nippte an ihrem Wein. »Sehr lecker. Das ist kein billiger Fusel, stimmt's?«

Eloise schüttelte lächelnd den Kopf.

»Also, was machen Sie so, wenn Sie nicht gerade Besuch haben, der Ihre Zeit in Anspruch nimmt?«

»Ich kaufe und verkaufe Kunstwerke«, verkündete Eloise, und zum ersten Mal seit Wochen verspürte sie so etwas wie Stolz.

»Kunstwerke? Sie meinen … Bilder, die an der Wand hängen?«

»Genau. Am liebsten spüre ich wertvolle Gemälde auf, aber es macht mir auch Spaß, neue Talente zu entdecken.«

»Ich war mal in der Kunstgalerie in Perth. Einige der Bilder sind brillant, aber viele hätten auch genauso gut von einem Kindergartenkind gemalt werden können«, erklärte Mary freiheraus.

Eloise starrte sie ungläubig an und begann dann schallend zu lachen.

»Finden Sie nicht auch, dass manche Bilder völliger Schund sind?« Mary trank ihr Weinglas fast leer.

Eloise hatte Mühe, sich zu beruhigen. »Nun, es gibt unendlich viele verschiedene Techniken, die Künstler anwenden, um sich auszudrücken, und das auf einer Vielzahl unterschiedlicher Oberflächen. Außerdem gibt es massenweise Kunststile – Pop-Art, Kubismus, Surrealismus, Expressionismus, abstrakte Kunst und so weiter. Einige Künstler bleiben bei einem Stil, andere kombinieren verschiedene Stile.«

»Und am Ende sieht es dann aus wie ein Kinderbild.« Mary lachte. »Tut mir leid. Das zeigt nur meine Ignoranz. Ich würde ja vorschlagen, dass Sie mir mehr über Kunst beibringen, aber ich fürchte, ich bin ein hoffnungsloser Fall.«

Eloise lächelte. »Sie wissen aber, dass meine Eltern Kunsthändler sind, oder?«

»Wirklich? Möglicherweise hat Ihre Mutter das mal erwähnt, aber ich kann mich nicht daran erinnern. Scheint ja ein sehr einträglicher Beruf zu sein, wenn man sich Ihre Häuser ansieht. Was machen Sie denn sonst noch, Eloise?«

»Wie meinen Sie das?«

»Was fangen Sie mit Ihrer freien Zeit an? Ich gehe mal davon aus, dass Sie das Haus nicht selbst putzen. Dafür braucht es bestimmt eine ganze Armee.«

»Ich unterstütze einige Wohltätigkeitsorganisationen, zum Beispiel das Rote Kreuz und The Smith Family.«

»Oh. Ich habe durch meine Arbeit mit Kindern aus schwierigen Verhältnissen zu beiden viel Kontakt. Beide Organisationen sind bewundernswert.«

»Ich bin auch Mitglied im Ausschuss der Hospital Research Foundation und helfe bei der Organisation von Benefizveranstaltungen.«

»Das ist ja wunderbar. Dann haben Sie die gute Arbeit der Organisationen ja schon mit eigenen Augen gesehen.«

»Um ehrlich zu sein, stelle ich mein Geld und meine Zeit zur Verfügung, aber ich hatte noch nicht die Gelegenheit, mir die Arbeit vor Ort anzusehen.«

Mary sah sie überrascht an. »Das müssen wir ändern«, verkündete sie.

Eloise wusste nicht genau, was sie meinte, fragte aber nicht. Sie schenkte ihnen nach.

»Also, Eloise, wie lang waren Sie verheiratet, wenn ich fragen darf?« Mary trank von ihrem zweiten Glas Wein.

»Sie dürfen«, antwortete Eloise und meinte es auch so. Der Wein und die warme Windbrise entspannten sie. Sie hörte das Plätschern des Wassers im Springbrunnen und die Vögel in den Bäumen. Außerdem war Marys Gesellschaft angenehm, und weil sie eine Nonne war, war Eloise sicher, dass sie ihre Unterhaltung vertraulich behandeln würde. »Jackson und ich waren vier Jahre verheiratet.«

»Sie sagten, Sie leben hier alleine. Ich nehme an, das heißt, Sie haben keine gemeinsamen Kinder. Oder leben diese bei ihrem Vater?«

Eloise zögerte. Die Wunde war immer noch frisch. »Wir wollten eine Familie, aber ich habe kürzlich herausgefunden, dass ich keine Kinder bekommen kann.«

»Haben Sie sich deswegen getrennt?«

Eloise störte sich nicht an der persönlichen Frage. »Als ich erfahren habe, dass ich unfruchtbar bin, war ich zutiefst verunsichert. Ich dachte zudem, mein Mann würde eine andere Frau lieben. Tatsächlich dachte ich sogar, er hätte ein Kind mit ihr. Aber es hat sich herausgestellt, dass beides nicht stimmt. Ich habe mich selbst nie als unsicher empfunden, aber ich denke, meine Irrationalität rührte daher, dass ich mich als Frau unzulänglich gefühlt habe, weil ich meinem Mann kein Kind schenken kann.«

»Das ist gut möglich. Lieben Sie ihn noch?«

Eloise zuckte mit den Schultern. »Es spielt keine Rolle, was ich fühle. Er möchte Kinder, also gebe ich ihn frei, damit er wieder heiraten und die Familie gründen kann, die er sich wünscht.«

»Und wie steht er dazu?«

»Er liebt mich und versteht nicht, dass es so das Beste ist, aber ich möchte nicht, dass er in zehn Jahren bereut, bei mir geblieben zu sein, wenn er nicht die Kinder hat, die er immer wollte.«

»Und Sie? Sie wollten doch wahrscheinlich auch Kinder.«

Eloise senkte den Blick. »Ich bin immer noch dabei, mich mit der Vorstellung abzufinden, dass ich nie welche haben werde.«

»Nicht jeder ist dazu bestimmt, Mutter oder Vater zu werden, Eloise. So funktioniert es nicht.«

Eloise beschlich der Verdacht, dass Mary auf sich selbst anspielte. Und doch fand sie diese andere Sichtweise sehr erfrischend.

»Es gibt viele Möglichkeiten, Kinder in seinem Leben um sich zu haben, auch ohne sie selbst gezeugt zu haben. Eine Lehrerin zum Beispiel verbringt den ganzen Tag mit Kindern. Eine Kinderärztin kümmert sich auch um Kinder. Und ich arbeite mit Kindern in misslichen Lebensumständen. Manchmal ist das schwer, aber es kann auch sehr erfüllend sein, dazu beizutragen, ihr Leben zu verbessern.«

»Wir legen in meinem Garten einen Märchenpfad für Kinder an«, erzählte Eloise. »Sobald er fertig ausgebaut ist, möchte ich den Garten gerne für Besucher öffnen.«

»Na, sehen Sie. Das ist ein gutes Beispiel. Die Kinder der Besucher werden ihn großartig finden. Sie könnten vermutlich sogar Kindergeburtstage hier auf Ihrem wunderschönen Grundstück veranstalten lassen.«

»Das ist eine gute Idee!«, rief Eloise begeistert. »Mit Ponyreiten.«

»Ja … und Clowns. Kinder lieben Clowns, nicht wahr?« Mary lachte.

Eloise stimmte in ihr Lachen ein. »Ich bin wirklich froh, dass Sie hier sind, Mary. Ich bin schon seit Wochen niedergeschlagen, und es ist ein gutes Gefühl, mal wieder zu lachen.«

»Gottes Wege sind unergründlich«, sagte Mary und trank einen großen Schluck Wein.

Kapitel 24

»Hallo, Mum«, sagte Eloise am nächsten Morgen hörbar gut gelaunt, als sie das Gespräch annahm. »Wie geht es Onkel Martin?«

»Heute Morgen geht es ihm schon besser, aber die Untersuchungsergebnisse liegen noch nicht vor. Ist Carmel bei dir angekommen?«

»Ja, sie ist hier. Wir haben gerade nett zusammen gefrühstückt, und jetzt unterhält sie sich mit einem der Gärtner über die Pflanzen im Kräutergarten.«

Julie fand, dass Eloise so fröhlich klang wie lange nicht mehr. Damit hätte sie nicht gerechnet. »Wie lange bleibt sie?«

»Ich bin mir nicht sicher, wir haben nicht darüber gesprochen. Ich nehme an, ein paar Tage.«

»Es tut mir leid, dass ich nicht zu Hause bin, um sie zu empfangen, Eloise.« Julie hatte ein schlechtes Gewissen. Und sie hätte Carmel wirklich gerne getroffen, weil sie sich aus ihrer Schulzeit noch daran erinnerte, dass sie anders war als die meisten ihrer Schulfreundinnen. Als Jugendliche hatte sie keinerlei Interesse an den Dingen gehabt, für die sich junge Mädchen normalerweise interessierten, wie Mode, Tanzveranstaltungen oder Feiern. Sie hatte lieber ältere Menschen besucht und war mit ihnen einkaufen oder mit den Hunden der Nachbarn Gassi gegangen. Bei ihrem letzten Treffen vor zehn Jahren war sie immer noch ledig gewesen, hatte eine langweilige Stelle in einer Marmeladenfabrik gehabt und nicht recht gewusst, was sie mit ihrem Leben anfangen sollte. Je länger Julie darüber nachgedacht hatte, hatte sie sich zunehmend Sorgen gemacht, dass Eloise sich in Carmels Gesellschaft langweilen könnte.

»Ist schon in Ordnung, Mum. Wir haben gestern zusammen auf der Terrasse zu Abend gegessen und zwei Flaschen Wein getrunken. Ich hätte bei einer Nonne weder einen so guten Sinn für Humor erwartet noch, dass sie Wein trinkt, aber wir haben fast bis Mitternacht geredet und viel gelacht. Heute Morgen, als ich aufgestanden bin, hat sie Klavier gespielt und gesungen. Das war ein wahres Vergnügen. Sie hat meine Stimmung enorm aufgehellt. Ich freue mich, dass sie hier ist.«

Julie war zutiefst erleichtert, dass es Eloise offenbar besser ging. Eine Frage jedoch blieb. »Entschuldige, Liebes. Hast du gerade eine … Nonne erwähnt? Ich dachte, wir sprechen über meine Freundin Carmel Laveda.«

»Ja, Carmel Laveda heißt jetzt Schwester Mary Angela.«

»Bitte? Seit wann?«

»Seit sieben Jahren. Du kannst dir vorstellen, wie überrascht ich war, als plötzlich eine Nonne vor meiner Tür stand, vor allem, weil du mich überhaupt nicht vorgewarnt hast.«

»Das hätte ich getan, wenn ich es gewusst hätte.«

»Ich muss jetzt Schluss machen«, sagte Eloise in diesem Moment. »Sie hat mich gebeten, sie zu ihren Terminen zu fahren, und wir müssen gleich los. Ruf doch heute Abend noch mal an, dann kannst du selbst mit ihr sprechen.«

»In Ordnung, Liebes. Grüß sie schon mal von mir.«

»Mach ich, Mum. Wiederhören.«

Der erste Halt auf Eloises und Schwester Marys Tour war ein Smith-Family-Geschäft am Stadtrand, wo Freiwillige gebrauchte Kleidung sortierten und an Schulkinder verteilten. Außerdem packten sie auch Kisten mit Grundnahrungsmitteln und gaben sie an bedürftige Familien.

»Von dem Geld, das Sie an diese Organisation spenden, wird der Unterricht von Kindern bezahlt, deren Eltern sich das Schuldgeld nicht leisten können, Eloise«, sagte Mary, nachdem Eloise den Wagen zum Stehen gebracht hatte. »Wissen Sie, wie diese Organisation entstanden ist?«

»Sie wurde von fünf Geschäftsmännern gegründet, nicht?«

»Genau. Sie waren bestürzt angesichts der Armut in Familien direkt vor ihrer Haustür und besuchten mit Spielzeugen, Kleidung und Süßigkeiten im Gepäck ein Waisenhaus. Bei der Antwort auf die Frage, wem die Kinder denn dafür danken konnten, wollten sie jegliche öffentliche Anerkennung vermeiden, deshalb antworteten sie alle ›Mr Smith‹ und behaupteten, aus derselben Familie zu stammen. Und bei dem Namen ist es dann geblieben. Es ist eine zauberhafte Geschichte.«

Sie betraten das Geschäft, und Mary stellte sich und Eloise den anwesenden drei Freiwilligen vor. Der Geschäftsführer war hinten im Büro.

Eloise ließ ihren Blick durch das Geschäft wandern. »Sind alle diese Dinge gebraucht?«, fragte sie.

»Ja. Das meiste wurde gespendet, einschließlich der Schuluniformen, die an Kinder gegeben werden, deren Eltern sie nicht bezahlen können«, erzählte Mary. »Sie können sich bestimmt vorstellen, wie sich ein Kind fühlt, das nicht die richtige Uniform hat und anders aussieht als die anderen Kinder.«

Eloise mochte nicht zugeben, dass sie sich genau das nicht vorstellen konnte. So wie sie aufgewachsen war, wäre sie nie in eine solche Situation gekommen.

Ihre Miene spiegelte offenbar ihre Gedanken. »Oder vielleicht auch nicht«, schob Mary eilig hinterher, bevor sie hinzufügte: »Entschuldigen Sie mich bitte, ich möchte mich mit dem Geschäftsführer unterhalten.« Damit machte sie sich auf den Weg ins Büro.

Eloise lächelte die Freiwilligen unangenehm berührt an und versuchte, sich möglichst unsichtbar zu machen in ihrer Designerkleidung, die ein Vermögen gekostet hatte, das Mary-Quant-Mini-Blusenkleid, die blickdichte Strumpfhose und die Lackschuhe.

Verstohlen sah sie sich um. Um sie herum standen Regale mit nach Größen sortierter Kleidung sowie Reihen voller Schuhe. Mary hatte recht: Eloise konnte sich kaum vorstellen, wie es sich anfühlen musste, ohne all das auszukommen, was für sie immer selbstverständlich gewesen war. Sie hatte in ihrem ganzen Leben noch kein gebrauchtes Kleidungsstück tragen müssen.

Die Türklingel läutete, und eine Frau trat mit einem etwa siebenjährigen Kind an der Hand ein. Eloise verzog sich hinter ein Regal, von wo aus sie die zwei beobachtete. Beide wirkten verwahrlost, die Haare des kleinen Mädchens mussten gekämmt werden, und sie trug keine Schuhe. Das Kleid der Mutter sah aus, als wäre es mehrere Jahre alt, ihre Wangen waren eingefallen, ihre Augen waren stumpf und zeugten von ihren alltäglichen Sorgen. Während die Frau hinter dem Tresen mit der Mutter deren Bedarf besprach, ließ das Mädchen die Hand der Mutter los und betrachtete die Waren, als befände es sich in Aladdins Schatzhöhle. Als sie auf Eloise traf, wanderte ihr Blick zu deren glänzenden Lackschuhen. Sie starrte wie gebannt darauf, bis sie nach einer langen Weile langsam den Blick hob und staunend das Blusenkleid mit dem kecken Muster am Saum in Augenschein nahm. Als sich ihre Blicke trafen, lächelte Eloise sie an, doch das kleine Mädchen erwiderte das Lächeln nicht. In ihren blauen Augen standen nur Traurigkeit und Verzweiflung geschrieben.

»Du hast hübsche Schuhe«, wisperte sie.

In diesem Moment rief ihre Mutter sie zu sich, und kurz darauf reichte die Frau hinter der Ladentheke dem Mädchen ein

Paar Schuhe. Sie waren verkratzt und schlicht, schwarz und vorn mit einer Schnalle versehen. Das Mädchen setzte sich auf einen Stuhl, um sie anzuprobieren. Eloise spähte um das Kleiderregal herum, während die Mutter prüfte, ob die Schuhe richtig saßen. Sie seien etwas groß, sagte sie, aber das Mädchen werde ja hineinwachsen. Das Mädchen hingegen wirkte wenig begeistert.

Eloise war zum Weinen zumute. Ihrer Meinung nach verdiente es jedes kleine Mädchen, zumindest ein Paar schöne Schuhe zu besitzen. Als die Frau, die auch eine Kiste mit Lebensmitteln trug, und das Kind zur Ladentür liefen, warf das Mädchen einen letzten Blick auf Eloises Schuhe. Die Sehnsucht in ihrem Blick zerriss Eloise das Herz.

Später, als sie Schwester Mary zu ihrem nächsten Termin in Richtung Plympton fuhr, erzählte Eloise ihr von dem Erlebnis.

»Nun, es gibt unheimlich viele Kinder, denen es so geht wie dem Mädchen«, erklärte Mary. »Wir tun, was wir können, aber wir können nicht allen helfen.«

Sie schwiegen eine Weile, jede in Gedanken versunken. »Und wohin fahren wir jetzt?«, wollte Eloise dann wissen.

»336 Marion Road. Da ist ein Kloster, das von den Schwestern des Ordens Der gute Hirte geführt wird. Es ist als The Pines bekannt.«

»Klingt nett.« Eloise stellte sich einen ruhigen, von Kiefern umgebenen Ort vor.

»Es beherbergt auch eine Besserungsanstalt für Jugendliche, die Staatsmündel sind«, berichtete Mary nüchtern. »Ich glaube, im Moment leben dort etwa achtzig Mädchen.«

»Oh!« Eloise war überrascht. »Wieso sind denn so viele Mädchen in der Obhut des Staates?«

»Nun, manche von ihnen wurden krimineller Vergehen beschuldigt, andere wurden als schwer erziehbar oder vernachlässigt eingestuft. Es gibt viele Gründe dafür, dass sie in dieser Situation sind.«

»Und was ist das Ziel unseres Besuchs im Kloster?«

»Es gibt Probleme, weil es vollkommen überfüllt ist, und das wirkt sich natürlich auf die Mädchen aus. Sie leiden außerdem unter Hoffnungslosigkeit, darunter, keine Aussicht auf eine angenehme Zukunft zu haben. Ich gehöre dem Orden der Schwestern der Barmherzigkeit an, wir arbeiten in Perth in ähnlichen Institutionen. Also möchten wir Ideen austauschen, um zu schauen, ob wir einander helfen können.«

Als Eloise endlich vor den schmiedeeisernen Toren des Klosters The Pines hielt, löste der Anblick des grauen Backsteingebäudes sofort das Gefühl überwältigender Traurigkeit in ihr aus.

Mary bemerkte ihren Gesichtsausdruck. »Haben Sie etwas anderes erwartet?«

»Ja, Kiefern.«

»Ich ehrlich gesagt eigentlich auch. Aber das Grundstück ist neunzehn Morgen groß, vielleicht stehen sie hinten.«

»Ich finde es schade, dass der Garten auch so farblos ist. Sonst würde er die Bewohnerinnen vielleicht zumindest ein bisschen erfreuen«, merkte Eloise an.

»Wahrscheinlich. Aber wer sollte den Garten pflegen? Das Kloster kann sich keinen Gärtner leisten. Alles, was getan werden muss, müssen die Nonnen und die Mädchen selbst erledigen. Ich weiß, dass sie einen Waschsalon führen, um Geld für den Unterhalt zu verdienen. Ich nehme an, die Mädchen sind diejenigen, die von montags bis freitags die Wäsche machen und bügeln.«

»Zahlt die Regierung denn kein Geld für den Unterhalt der Mädchen?«

»Sie zahlen Beihilfe für jedes Mädchen. Deshalb wird von der Hausmutter auch erwartet, dass sie sie informiert, wenn eines der Mädchen fortläuft oder krank wird.«

»Fortläuft! Wollen Sie damit sagen, dass Mädchen von hier fliehen?«, fragte Eloise schockiert.

»Ich weiß nicht genau, wie oft das passiert, aber es kommt vor. Eloise, es ist eine Besserungsanstalt. Hier drin sind viele Mädchen mit Problemen, und sie können manchmal auch sehr schwierig sein.«

Eloise war sicher, es gab gute Gründe dafür, dass die Mädchen fortliefen, wollte aber lieber nicht darüber nachdenken, welche das sein konnten.

Mary öffnete die Autotür. »Kommen Sie, wir gehen rein.«

Auf ihrem Weg zur vorderen Veranda versuchte Eloise sich vorzustellen, wie ein junges Mädchen sich fühlen müsste, das zum ersten Mal hier ankam und wusste, dass The Pines für eine unbestimmte Zeit sein Zuhause sein würde. Sicher war es verängstigt. Selbst als erwachsene Besucherin fürchtete sie sich ein wenig vor dem, was sie hinter diesen Mauern erwartete.

Schwester Mary Teresa nahm sie an der Tür in Empfang. Ihre Züge waren verhärmt, sie war schon etwas älter und trug eine schlichte Brille. Aber sie freute sich, Schwester Mary Angela zu sehen. Diese stellte Eloise als ihre Gastgeberin vor, die sie zu ihren Terminen fuhr.

»Möchten Sie einen Tee, bevor wir mit dem Gespräch anfangen?«, fragte Schwester Mary Teresa.

»Das wäre nett«, sagte Mary. »Wie sieht es bei Ihnen aus, Eloise?«

»Nein, danke. Wäre es in Ordnung, wenn ich mich umsehe?«

»Ja, natürlich«, erwiderte Schwester Mary Teresa. »Wir sind in meinem Büro, kommen Sie einfach dorthin, wenn Sie fertig sind.«

Eloise machte sich auf den Weg. Sie lief durch die Flure und blickte in die Räume hinein. Der erste war ein sehr großes Speisezimmer mit in Reihen aufgestellten Holztischen und Stühlen. In diesem Raum befanden sich vier Mädchen, zwei wischten die Tische ab und legten sauberes Besteck aus, die anderen putzten die Fenster. Sie bemerkten Eloise nicht, aber ihr fiel auf, dass sie sich nicht unterhielten oder lachten, wie man es von Mädchen dieses Alters erwarten würde. Stattdessen war der Ausdruck auf ihren Gesichtern so nichtssagend wie die grauen Kleider, die sie trugen.

Eloise ging nachdenklich weiter. Sie kam an einer riesigen Küche vorbei, in der auf mehreren Öfen zahlreiche große, dampfende Töpfe standen. Acht Mädchen in weißen Schürzen über den ausgewaschenen grauen Kleidern arbeiteten hier, angeführt von einer Nonne, die ihnen Anweisungen erteilte. Sie schnitten Gemüse und Fleisch, rollten Teig aus oder spülten. Auch hier gab es weder Geschnatter, noch lächelte jemand. Eloise ging weiter, erfüllt von dem Gedanken, dass The Pines ein bedrückender Ort war.

Sie folgte einem weiteren Flur mit abgetretenen Holzdielen bis zu einer Hintertür. Erleichtert, der Bedrücktheit entkommen zu können, trat sie hinaus ins Sonnenlicht. Im Garten führten Wege zu zahlreichen Wäscheleinen, die über und über mit Wäsche behängt waren. Darum herum wuchs Gras, aber weder Büsche noch Bäume. Eloise machte sich auf den Weg zu einer Leine, an der zwei Mädchen schweigend mit Holzklammern weiße Laken befestigten.

»Hallo«, sagte Eloise.

Die Mädchen wandten sich abrupt um und musterten sie ungeniert, aber sichtlich beeindruckt. »Hallo«, murmelte die Ältere. Eloise schätzte sie auf etwa fünfzehn Jahre, die andere auf etwa dreizehn.

»Haben Sie sich verlaufen?«, wollte das ältere Mädchen wissen. Sie starrte Eloises Kleid an, als hätte sie noch nie ein so wundervolles gesehen.

»Nein, ich sehe mich bloß um. Ich habe eine Schwester hergefahren, sie trifft sich mit Schwester Mary Teresa. Mein Name ist Eloise Hastings.«

Das ältere Mädchen sah kurz zu dem jüngeren, dann warf es nervös einen Blick über die Schulter. »Ich bin Kathy, und das ist Sheryl«, sagte sie beinahe zögerlich. »Ihr Kleid ist sehr hübsch.«

»Vielen Dank. Wie lange bist du schon hier, Kathy?«, fragte Eloise.

»Ich weiß nicht. Vielleicht fünf Jahre oder so?«

»Das ist eine ganz schön lange Zeit.«

»Fühlt sich an wie eine Ewigkeit«, erwiderte Kathy ausdruckslos, während sie ein weiteres Laken aus dem Wäschekorb nahm.

»Und du, Sheryl? Wie lange bist du schon hier?«

»An Weihnachten drei Jahre«, hauchte Sheryl traurig. Sie reichte Wäscheklammern an Kathy weiter, die das Laken damit aufhängte.

»Mir wurde gesagt, dass hier etwa achtzig Mädchen leben. Stimmt das?«

»Dreiundachtzig«, sagte Kathy. »Sechsunddreißig arbeiten in der Wäscherei.« Sie deutete auf das große, quadratische Gebäude im Hintergrund. In diesem Moment kamen vier Mädchen mit Körben heraus und nahmen trockene Wäsche von einer Leine etwa zwanzig Fuß von ihnen entfernt. Sie falteten die Wäsche und trugen sie hinein, wo sie gebügelt werden sollte. »Wer nicht in der Wäscherei arbeitet, muss Böden wischen, Badezimmer putzen, Betten machen oder in der Küche helfen.«

»Und im Gemüsegarten«, fügte Sheryl hinzu. »Das ist harte Arbeit.«

»Ja, da auch«, sagte Kathy. »Das will niemand machen.«

»Bekommt ihr auch Unterricht?«, fragte Eloise.

»Die Nonnen bringen den Neuen immer ein bisschen Schreiben und Lesen bei, aber danach wird nur noch gearbeitet.«

Eloise sah deutlich, wie unglücklich sie waren. »Und unternehmt ihr an den Wochenenden irgendwas, was euch Spaß macht?«, fragte sie, um sie aufzuheitern.

Der Blick, mit dem sie Eloise ansahen, verriet ihr, dass Spaß ihnen völlig fremd war.

»Wir müssen jeden Morgen und Abend beten. Sonntags nach dem Essen haben wir ein paar Stunden frei, aber hier gibt es nichts zu erleben, und wir dürfen nirgendwo anders hin«, erzählte Kathy.

»Die, die Briefe schreiben können, müssen es sonntags machen, aber nicht an Jungs«, sagte Sheryl. »Schwester Mary Pia prüft alle Briefe.«

Eloise beschlich der Verdacht, dass die Besserungsanstalt wie ein Gefängnis geführt wurde. »Darf ich dich etwas Persönliches fragen?«, wandte sie sich an Kathy.

»Was denn?«, fragte diese vorsichtig zurück.

»Du musst es mir nicht erzählen, wenn du nicht möchtest, aber ich würde gern verstehen, wie es dazu gekommen ist, dass du hier bist?«

Kathy klemmte ein Laken an die Leine, während sie sichtlich mit sich rang. »Ich habe acht Brüder und Schwestern. Mum war immer traurig, weil Dad abgehauen ist. Sie meinte, das sei unsere Schuld, weil wir uns nicht benehmen könnten. Es gab nie genug zu essen im Haus, meine Geschwister hatten ständig Hunger. Die Kleinen haben viel geweint.« Sie hielt inne, als müsse sie Mut sammeln, ihr Verbrechen zu gestehen.

Eloise konnte sich denken, was sie getan hatte, und wollte es ihr leichter machen. »Wenn du Essen gestohlen hast, um deine Geschwister zu ernähren, kann man dir daraus doch keinen Vorwurf machen.«

Ein beschämter Ausdruck flackerte in Kathys Augen auf. »Ich wurde mehrmals erwischt, dann hat die Wohlfahrt eingegriffen und uns alle von Mum weggeholt. Weil ich für das Klauen vor Gericht musste, wurde ich hergeschickt.«

Eloise war entsetzt. »Was ist mit dem Rest deiner Familie geschehen?«

»Ich glaube, sie sind alle zu unterschiedlichen Pflegefamilien gekommen. Wo auch immer sie sind, geht es ihnen jedenfalls besser als zu Hause.«

Eloise spürte einen Kloß im Hals und schluckte. »Ich hoffe, dass du deine Geschwister eines Tages wiedertriffst«, sagte sie ernst. Sie wandte sich an Sheryl. »Und du? Warum bist du hier?«

»Mein Dad war immer betrunken und hat uns Kinder und Mum geschlagen. Wenn einer meiner Brüder abgehauen ist, hat er mir den Hintern versohlt, weil ich sie nicht davon abgehalten habe. Also bin ich auch immer wieder abgehauen, aber die Polizei hat mich jedes Mal gefunden und wieder nach Hause gebracht.« Sie senkte den Blick, und Eloise vermutete, dass sie gnadenlos für das Weglaufen verprügelt worden war. »Beim letzten Mal, als ich abgehauen bin, hat Dad den Polizisten geschlagen, der mich zurückgebracht hat. Danach bin ich hierhergekommen.«

Eloise schwieg einen Moment in dem Versuch, sich zu sammeln. Sie ging davon aus, dass die anderen Mädchen auch alle schreckliche Geschichten zu erzählen hatten. »Wie alt seid ihr, wenn ihr dieses Haus verlassen dürft?«, wollte sie schließlich wissen.

»Ich darf mit sechzehn gehen. Aber dafür muss ich eine Stelle haben. Wenn ich selbst keine finde, stecken die Nonnen mich irgendwohin. Alles, was ich kann, ist waschen und bügeln, also werde ich wohl in einer Wäscherei landen.«

»Wenn du was anderes machen könntest, was würdest du dann am liebsten tun?«

»Weiß nicht. Ich komme ja nie raus, deswegen weiß ich gar nicht, was man sonst so machen kann.«

Eloise starrte sie an. »Du meinst, ihr macht nie Ausflüge?«

»Nein, nie. Ich habe schon vergessen, wie es da draußen ist.«

»Ehrlich gesagt habe ich Angst davor, hier wegzugehen«, gab Sheryl besorgt zu.

Eloise war erschüttert. Die Mädchen hatten keinerlei Selbstvertrauen und keine Hoffnung für die Zukunft. Daran musste sich dringend etwas ändern.

Tief in Gedanken versunken machte Eloise sich auf den Weg zu Schwester Mary Teresas Büro und setzte sich zu den Nonnen. Nach ihrem Gespräch schienen die beiden guter Dinge zu sein, doch bei Eloise war genau das Gegenteil der Fall.

»Kann es sein, dass die Mädchen überhaupt keine Ausflüge unternehmen, Schwester Mary Teresa?«, begann sie, in der Hoffnung, nicht anklagend zu klingen.

»Wir haben nicht die Mittel dafür«, gestand Schwester Mary Teresa entschuldigend. »Ich wünschte, es wäre anders, aber wir sind nun einmal auf Gelder angewiesen. Wir hatten mal einen Bus, den ich immer gefahren bin, aber er ist vor Jahren kaputtgegangen, und wir hatten nie das Geld, ihn reparieren zu lassen oder einen neuen zu kaufen.«

Eloise war entsetzt. Sie fasste einen Entschluss. »Ich möchte helfen«, erklärte sie bestimmt. »Ich könnte Ihnen mit Sicherheit einen neuen Bus beschaffen und Spenden für einen Fahrer in Festanstellung sammeln.«

Schwester Mary Teresa klatschte in die Hände, als wären ihre

Gebete endlich erhört worden. »Das wäre großartig!«, rief sie begeistert.

Doch Eloise war noch nicht fertig. »Schwester, lernen die Mädchen hier eigentlich irgendwelche Fähigkeiten, die ihnen später dabei helfen könnten, Arbeit zu finden?«

»Ja. Kochen, putzen und Wäsche waschen. Sie bekommen auch ein bisschen Nähunterricht, weil sie lernen sollen, bei Bedarf ihre Socken zu stopfen und die Kleider zu reparieren.«

»Das ist gut. Aber was würden Sie sagen, wenn ich ein paar Menschen organisieren würde, die ihnen Fertigkeiten beibringen, die ihnen in der Welt draußen von Nutzen sein könnten?«

»Was für Fertigkeiten meinen Sie?«, fragte Mary Teresa, jetzt deutlich zurückhaltender.

»Nun, zum Beispiel auf einer Schreibmaschine zu schreiben und die Buchführung zu beherrschen. Das ist nützlich für Arbeiten im Büro.«

»Wir haben aber nicht die Mittel, Schreibmaschinen anzuschaffen. Und wer sollte ihnen das auch beibringen?«

»Ich könnte nach jemandem Ausschau halten, der Schreibmaschinen stiftet, und eine Lehrerin organisieren, die herkommt. Einige meiner Bekannten führen Läden verschiedener Art und modernisieren aus steuerlichen Gründen regelmäßig ihre Büroausstattung. Dabei sortieren sie auch Schreibmaschinen, Aktenschränke und Schreibtische aus, die noch vollkommen intakt sind.«

Schwester Mary Teresas Augen begannen zu glänzen. »Meinen Sie, Ihre Freunde würden uns all diese Dinge spenden?«, fragte sie ungläubig.

Eloise nickte eifrig. »Ja, da bin ich mir sicher.« Ihre Begeisterung wuchs mit jedem ihrer Worte, und ihr kamen immer neue Ideen. »Und wie fänden Sie es, wenn ein Bäckermeister herkommt, um einigen der Mädchen beizubringen, wie man

Torten für spezielle Anlässe wie Hochzeiten oder Geburtstage dekoriert? Damit könnten sie sich später für eine Stelle in einer Bäckerei bewerben.«

Die Schwester starrte sie an. »Ich persönlich würde jede Hilfe dankend annehmen, die Sie anbieten. Aber ich müsste natürlich erst noch die Genehmigung der Entscheidungsträger einholen«, sagte sie eifrig.

»Bekannte von mir führen Friseursalons. Sie könnten sicher einen oder zwei Lehrlinge annehmen, wenn eine von den Mädchen Interesse an diesem Gewerbe hat.«

»Das ist eine nützliche Fertigkeit«, stimmte Schwester Mary Teresa zu, und auch Mary Angela nickte.

Eloise war zufrieden. »Und ich hätte noch eine andere Idee, Schwester.«

»Und zwar?«

»Ich könnte mir vorstellen, dass ein schöner Vorgarten mit Blumen gut für die Stimmung aller wäre. Deshalb wäre ich bereit, Pflanzen zu spenden und einen meiner Gärtner für ein paar Stunden pro Woche herzuschicken, um den Garten in Schwung zu bringen. Man weiß ja nie, vielleicht würde eines der Mädchen auch gern in einem Blumenladen arbeiten, da wäre es doch gut, etwas über das Gärtnern zu wissen.«

Doch dieses Mal war Mary Teresa nicht überzeugt. »Das ist eine nette Idee, aber die Mädchen haben nicht wirklich viel Zeit zum Gärtnern, Mrs Hastings. Ich fürchte, der Garten würde nicht lange überleben, vor allem in den Sommermonaten. Und wie gesagt, Ihre Ideen müssen erst abgesegnet werden.« Sie hatte zuvor zusammen mit Schwester Mary Angela überlegt, wie sie Geld beschaffen konnten, um den Betrieb der Klöster aufrechtzuerhalten und vielleicht Sport- und Erholungsangebote anzubieten – an kostspieligere Möglichkeiten hatten sie nicht einmal zu denken gewagt.

»So oder so bin ich sehr froh, dass Schwester Mary Angela Sie heute mitgebracht hat«, fuhr sie fort. »Wenn nur eine Ihrer Ideen Früchte trägt, sind wir schon unendlich dankbar.«

»Ich werde mein Bestes geben, um zu helfen«, versprach Eloise. »Ich habe Schwester Mary Angela schon erzählt, dass ich Wohltätigkeitsveranstaltungen besuche und Geld spende, aber noch nie gesehen habe, was mit diesem Geld passiert. Mein Besuch hier hat mir die Augen geöffnet. Jetzt weiß ich, wo Geld ausgegeben werden sollte und wie ich damit helfen kann.«

»Gott segne Sie, mein Mädchen«, sagte Schwester Mary Teresa, und ihre Augen füllten sich mit Tränen.

Kapitel 25

Eloise saß in der Bibliothek an ihrem Schreibtisch und notierte geschäftig die Namen der Menschen, die sie anrufen und um Hilfe bitten wollte, als Betty an die Tür klopfte.

»Mrs Hastings, Mrs Templeton ist am Telefon.«

»Danke, Betty.« Eloise ging zum Telefon, gespannt auf die Neuigkeiten über ihren Onkel Martin. Julie erzählte ihr, dass die Untersuchungsergebnisse vielversprechend seien und sie in wenigen Tagen nach Hause zurückkehren würden.

»Ich bin erleichtert, dass Onkel Martin auf dem Weg der Besserung ist«, sagte Eloise.

»Wir auch, Liebes, und wir freuen uns auch auf zu Hause.«

Eloise kannte ihre Mutter gut genug, um zu wissen, dass ihre Geduld mit ihrer Tante sowie den Cousins und Cousinen erschöpft war.

»Wie war dein Tag mit Carmel?«, fragte Julie.

»Du meinst Schwester Mary Angela«, verbesserte Eloise sie lächelnd.

»Ja, vermutlich. Daran muss ich mich erst noch gewöhnen.«

»Wir hatten einen erlebnisreichen Tag. Er hat mir richtig die Augen geöffnet, Mum.« In diesem Moment erschien Mary auf der Treppe. »Ich erzähle dir demnächst gerne mehr darüber, aber jetzt sag erst einmal deiner Freundin hallo.«

Eloise reichte Mary den Hörer. »Es ist Mum«, sagte sie und ging zurück in die Bibliothek, wo sie sich erneut ihrer Liste widmete.

Durch die geöffnete Tür hörte sie Mary erklären, warum sie

Nonne geworden war. Dann erzählte sie, was sie den Tag über gemacht hatten. Sie versicherte Julie, dass sie eine wunderbare Tochter großgezogen habe, auf die sie sehr stolz sein könne, nicht nur wegen Eloises großzügigen Angebots. Leider stellte sich in der Folge des Gesprächs heraus, dass Mary nicht lange genug in Adelaide bleiben würde, um Julie noch zu treffen, was beide sehr bedauerten. Schließlich rief Mary nach Eloise, weil ihre Mutter noch mal mit ihr sprechen wollte, und ging zurück auf ihr Zimmer.

»Kann Carmel dich hören?«, fragte Julie.

»Nein, warum?«

»Nun, Menschen mit einer besonderen Berufung neigen manchmal dazu, andere in ihre Vorhaben einzuspannen«, sagte sie. »Nicht, dass das ein schlechtes Vorhaben wäre, aber du weißt schon, was ich meine, Eloise. Du tust schon mehr als genug für wohltätige Zwecke.«

Eloise war überrascht. »Nein, so ist es überhaupt nicht«, erklärte sie. »Ich hatte in der Besserungsanstalt die Gelegenheit, mich mit zwei jungen Mädchen zu unterhalten. Was sie mir erzählt haben, hat mich entsetzt. Sie hatten beide eine schreckliche Kindheit und haben jetzt nicht einmal Hoffnung auf eine vernünftige Zukunft, weil sie keinerlei Ausbildung erhalten. Das Schlimmste ist, dass sie gar nicht aus dem Kloster rauskommen und schon gar nicht mehr wissen, wie man außerhalb dieses Gemäuers lebt. Ja, ich unterstütze wohltätige Zwecke. Ich ziehe unanständig teure Ballkleider an und besuche Empfänge, auf denen der Champagner nur so fließt, und ich spende Geld, aber ich habe noch nie mitbestimmt, wie es verwendet wird. Ich glaube, ich kann im Leben dieser Mädchen etwas bewirken, und ich möchte meine Bekannten dazu überreden, mir dabei zu helfen.«

Julie hörte die Leidenschaft in der Stimme ihrer Tochter und musste sich eingestehen, dass diese ihr weitaus besser gefiel als die Verzweiflung, die in der letzten Zeit immer mitgeklungen hatte. »In Ordnung, mein Schatz, wenn es dir so viel bedeutet, dann tu es. Wenn ich dich irgendwie unterstützen kann, sag Bescheid.«

»Oh, das mache ich, Mum.« Eloise dachte an die vielen Kontakte ihrer Mutter. »Danke.«

Am nächsten Morgen bat Mary Eloise, sie zum Waisenhaus St. Vincent de Paul in Goodwood zu fahren.

»Es wird von den Schwestern der Barmherzigkeit geführt«, erzählte sie. »Aber ich möchte Sie vorwarnen. Was Sie dort zu sehen bekommen werden, könnte durchaus traumatisch für Sie sein.«

»Wieso traumatisch?«

»Ich war zwar noch nie in dieser Einrichtung, aber ich habe viel Zeit in Waisenhäusern in Westaustralien verbracht. Das sind sehr traurige Orte. Ich habe vollstes Verständnis dafür, wenn Sie im Auto auf mich warten möchten. Ich würde Ihnen das sogar empfehlen.«

»Ich werde schon damit zurechtkommen«, sagte Eloise tapfer. »Ich bin stärker, als Sie glauben.«

Mary hielt Eloise in diesem Fall für naiv, wusste aber nicht, wie sie die junge Frau abhalten sollte. »In Ordnung, aber sagen Sie nicht, ich hätte Sie nicht gewarnt.«

Goodwood lag nicht weit außerhalb der Stadt, und Eloise fand problemlos zu dem Waisenhaus. Sie war sogar schon oft daran vorbeigefahren, ohne dass es ihr jemals aufgefallen war. Als sie auf den Parkplatz zusteuerte, begann ihr Herz plötzlich zu rasen, und ein ungutes Gefühl beschlich sie.

Mary entging das nicht. »Sie wirken angespannt. Wahrscheinlich fühlen Sie sich gerade so, wie ich mich jedes Mal fühle, wenn ich ein Waisenhaus betrete«, sagte sie, als sie aus dem Auto stieg und sich zu Eloise an die Fahrertür stellte.

»Und wie genau fühlen Sie sich dann?«, fragte Eloise neugierig.

»Tieftraurig darüber, dass es solche Orte überhaupt geben muss. Auch wenn hier die Grundbedürfnisse der Kinder gestillt werden, herrscht innerhalb solcher Mauern immer ein Mangel an Liebe. Es ist tragisch, aber die Menschen, die in Waisenhäusern arbeiten, müssen ihre Herzen ein Stück weit verschließen, um damit fertigzuwerden. Das wiederum ist aber nicht gut für die Kinder, oder was meinen Sie?«

»Nein, das denke ich auch«, stimmte Eloise zu. Kurz fragte sie sich, ob sie wirklich damit zurechtkommen würde, die Verzweiflung in den Augen der Kinder zu sehen, aber sie folgte Mary dennoch zum Hauptgebäude.

»Stellen Sie sich vor, Sie müssten sich mit anderen Kindern in eine Reihe stellen, wenn potenzielle Pflegeeltern kommen. Die schauen Sie dann einmal an – und dann werden Sie nicht ausgesucht«, sagte Mary auf dem Weg zur Eingangstür. »Das muss das Selbstwertgefühl eines Kindes doch zerstören.«

»Läuft es wirklich so ab?«, fragte Eloise ungläubig. »Müssen die Kinder sich in eine Reihe stellen, wenn eines ausgewählt wird?«

»Ich weiß nicht, wie es hier läuft, aber in Westaustralien habe ich es so erlebt.«

Eloise war entsetzt. »Das ist furchtbar traurig.«

Sie öffneten selbst die Eingangstür und betraten ein großes Foyer. Draußen in der Sonne war es warm, aber im Gebäude war es kühl.

Eloise erschauderte. »Es ist still hier«, sagte sie mit gesenkter Stimme und meinte, ein Echo wahrzunehmen. »Ich frage mich, wo die Kinder sind.« Ihr Blick fiel auf eine Wandtafel.

Tagesplan und Bemerkungen

1. *7 Uhr Ende der Bettruhe*
2. *Waschen, Ankleiden und Gebet*
3. *8 Uhr Frühstück*
4. *9 Uhr Unterrichtsbeginn mit Gebet*
5. *11 Uhr Spielstunde*
6. *12 Uhr Mittagessen*
7. *15 Uhr Unterrichtsende mit Gebet*
8. *17 Uhr Abendessen. Jüngere Kinder dürfen bei Bedarf essen.*
9. *Im Anschluss Abendgebet. Für Kinder über vier Jahren gilt Bettruhe um 21 Uhr, für Kinder unter vier Jahren um spätestens 19 Uhr.*
10. *Mädchen werden in Nähen, Kochen und sonstigen notwendigen Haushaltsarbeiten unterrichtet.*
11. *Jungen lernen nützliche Tätigkeiten und werden sorgfältig auf Berufe vorbereitet.*
12. *Ohne schriftliche behördliche Anordnung darf die Hausmutter weder Kinder aufnehmen noch abgeben.*
13. *Bedienstete und alle anderen Bewohner des Waisenhauses unterstehen dem Gebot der Hausmutter.*

Eloise und Mary tauschten einen Blick.

»Die Kinder sind in der Schule«, sagte Mary. »Deswegen ist es so still.« Sie ging an den Empfangstisch und erklärte der Frau dahinter, dass sie mit der Hausmutter sprechen wolle.

»Werden Sie erwartet, Schwester?«, fragte die Frau.

»Ja, sie weiß von meinem Besuch. Ich habe ihr keinen genauen Zeitpunkt genannt, aber sie weiß, dass ich diese Woche komme.«

»Bitte nehmen Sie im Wartebereich Platz«, sagte die Frau distanziert. »Ich erkundige mich, ob Sie für ein Gespräch mit Ihnen zur Verfügung steht.«

Mary und Eloise setzten sich auf eine Bank, die aussah wie eine Kirchenbank. Zu ihrer Rechten befand sich ein langer Flur mit vielen Türen, vor ihnen ein Fenster, durch das sie auf einen quadratischen Innenhof blickten, hinter dem ein zweistöckiges Schlafsaalgebäude aufragte. Der Innenhof war aus Beton, und nirgendwo lag Spielzeug für die Kinder. Eloise fragte sich, was sie taten, wenn sie zum Spielen nach draußen gingen.

Nach einigen Minuten rief die Empfangsdame nach Mary und führte sie in ein Büro auf der anderen Seite des Empfangsbereichs. Eloise blieb auf der Bank sitzen und wartete. Die Minuten zogen sich, bis plötzlich Kindergeschrei ertönte. Während Eloise noch versuchte auszumachen, woher die Schreie kamen, öffnete sich die Eingangstür, und zwei Frauen traten mit zwei Kindern ein, einem kleinen Jungen und einem Mädchen. Beide schienen das Schulalter noch nicht erreicht zu haben. Sie klammerten sich aneinander, das Mädchen schluchzte, und der Junge weinte ebenfalls.

Die Frauen, deren Kleidungsabzeichen sie als Mitarbeiterinnen des Jugendamts auswiesen, versuchten zunächst, die Kinder auseinanderzuziehen, gaben jedoch auf, als diese immer aufgebrachter wurden.

Der Junge hielt das kleine Mädchen fest, als hinge sein Leben davon ab, und auch das Mädchen hatte die Arme fest um ihn geschlungen.

Eine der Frauen wandte sich an die Empfangsdame. »Das sind Tommy und Charlotte Granger. Wir konnten keine Verwandten ausfindig machen, die sie bei sich aufnehmen können.« Sie reichte einige Papiere über den Tisch.

Die Empfangsdame blätterte darin. »Ich rufe Mrs Rogers, damit sie sie holt«, sagte sie schließlich und griff zum Telefon.

Eloise konnte den Blick nicht von den verängstigten Kindern lösen. Das kleine Mädchen rief ständig nach seiner Mutter.

Die beiden Frauen tauschten mitleidige Blicke aus, dann kniete sich eine von ihnen neben die Kinder, die sie aus tränenüberströmten Gesichtern anstarrten. »Eure Mami kommt nicht wieder, meine Kleinen«, erklärte sie sanft.

»Warum nicht?«, fragte der Junge kummervoll.

»Weil sie nicht kann.«

»Sie wird nach uns suchen, das weiß ich«, sagte der kleine Junge bestimmt.

»Es tut mir leid, Schatz, aber deine Mami ist gestorben. Ihr müsst jetzt erstmal eine Weile hierbleiben. Hier kümmert man sich aber um euch, das verspreche ich.«

»Ich will aber Mami!«, schrie der Junge.

Die Frau stand auf, und die Kinder klammerten sich weinend aneinander.

Eloise keuchte auf, als sie mit ansehen musste, wie ein Licht in den Augen des kleinen Jungen erlosch. Tränen verschleierten ihr die Sicht, und sie musste sich abwenden. Als sie wieder sehen konnte, hatte das Mädchen den Kopf an der Schulter ihres Bruders vergraben und schluchzte. Er hielt sie fest, und auch an seinen Wangen strömten weiter die Tränen hinab.

»Nehmt mir nicht Lottie weg!«, rief er kläglich. »Mami sagt immer, ich muss auf sie aufpassen.«

Eloise hörte seine verzweifelten Worte, und erneut kamen ihr die Tränen. Es kostete sie all ihre Willenskraft, nicht zu ihnen hinzugehen und sie in den Arm zu nehmen. Dann waren Schritte zu hören, und eine Frau kam vom anderen Ende des Flurs auf sie zu. Je näher sie kam, desto deutlicher erkannte Eloise ihren kalten und distanzierten Gesichtsausdruck.

Sie ging an Eloise vorbei, ohne sie eines Blickes zu würdigen, und beachtete auch die Kinder kaum, während diese ängstlich zu ihr aufblickten.

Eine der Frauen vom Jugendamt reichte ihr Papiere. »Das

hier sind die Granger-Kinder, Mrs Rogers, Tommy und Charlotte.«

»Sie haben das Feuer in North Adelaide überlebt«, fügte die andere Frau leise hinzu. Eloise fragte sich, ob sie hoffte, der Frau damit endlich eine natürliche Reaktion wie Mitleid oder Mitgefühl zu entlocken. Es schien nicht zu funktionieren.

»Verstehe«, sagte Mrs Rogers. Sie klemmte sich die Papiere unter den Arm und löste eine Hand des Jungen von seiner Schwester. »Kommt, Kinder. Wir stecken euch mal in die Badewanne, und dann könnt ihr etwas essen.«

Charlotte schrie so laut, dass ihr kleines Gesicht ganz rot wurde.

Mrs Rogers hob sie auf den Arm, woraufhin Charlotte Tommys Namen rief und Tommy verzweifelt aufkreischte.

»Nehmt mir nicht Lottie weg!«, rief er schluchzend, während Mrs Rogers ihn schon auf dem Weg durch den Korridor hinter sich herzerrte.

Mrs Rogers schien zu entgehen, dass Tommy seine Schwester genauso sehr brauchte wie sie ihn. Und sie waren doch beide noch so jung! Eloise war erschüttert über diese Behandlung, zumal die beiden ganz offensichtlich zutiefst verzweifelt waren. Sie stand auf, konnte sich aber gerade noch davon abhalten, hinter ihnen herzurennen. Eine der beiden Frauen unterschrieb noch Papiere für die Empfangsdame, die andere stand ein paar Schritte daneben und beobachtete die Kinder und Mrs Rogers auf ihrem Weg durch den Korridor bis zu dessen Ende, wo sie abbogen.

Eloise ging zu ihr. »Entschuldigen Sie, aber was ist mit den Eltern dieser Kinder geschehen?«, fragte sie. »Ich habe gehört, dass Sie ein Feuer erwähnten.«

Die Frau musterte sie. »Wer sind Sie?«

»Mein Name ist Eloise Hastings. Ich bin mit Schwester

Mary Angela hergekommen, sie hat gerade eine Besprechung mit der Hausmutter.«

»Oh.« Die Frau kam offenbar zu dem Schluss, dass sie Eloises Frage beantworten durfte. »Ihre Mutter ist vor zwei Tagen bei einem Feuer in ihrem Haus ums Leben gekommen.«

Eloise keuchte auf. »Was ist mit ihrem Vater?«, fragte sie in der Annahme, dass er so bald wie möglich kommen und die Kinder holen würde.

»Nachdem er die Kinder aus dem Haus gebracht hatte, versuchte er, seine Frau zu retten. Dabei hat er schwere Verbrennungen erlitten. Er ist letzte Nacht gestorben.«

»Das ist ja furchtbar! Kein Wunder, dass die Kinder so verstört sind.« Eloise empfand tiefes Mitleid mit den beiden.

»Sie wissen nicht, was mit ihren Eltern passiert ist, weil sie geschlafen haben, als ihr Vater sie mitten in der Nacht aus ihren Betten geholt hat. Ein Nachbar hat sie aufgenommen, bis wir sie bei ihm abgeholt haben. Daher verstehen sie natürlich nicht, weshalb sie hier sind.« Sie senkte die Stimme. »Die schlimmste Wirkung auf ihre Psyche wird allerdings dieser Ort hier haben.«

Eloise war beunruhigt. »Was meinen Sie?«

»Sie sind hier in Sicherheit, und sie werden hier versorgt, aber der kleine Tommy möchte bloß bei seiner Schwester sein und sie beschützen. Das ist hier jedoch nicht möglich, weil sie sofort in unterschiedliche Schlafsäle müssen. Und zudem könnten sie sogar getrennt voneinander in Pflegefamilien kommen. So läuft es leider.«

»Geschwister sollten nicht getrennt werden«, stieß Eloise wütend aus. »Das ist grausam.«

Die Frau zuckte mit den Schultern. »Wenn es zwei Jungen oder zwei Mädchen wären, würde das auch nicht passieren, aber Brüder und Schwestern können hier drin nicht zusammen untergebracht werden.«

Nachdem die Papierarbeit erledigt war, verließen die beiden Frauen vom Jugendamt das Gebäude. Kurz darauf kam auch Mary von ihrem Gespräch mit der Hausmutter zurück.

»Sie wirken aufgewühlt. Was ist passiert?«, fragte sie auf dem Weg über den Parkplatz.

Eloise brach in Tränen aus. »Ich hätte nicht herkommen sollen. Was ich gerade mit angesehen habe, wird mich für immer verfolgen.« Schluchzend setzte sie sich ins Auto.

Mary wartete geduldig, bis Eloise sich beruhigte. Es dauerte ein paar Minuten, aber schließlich schnäuzte Eloise sich die Nase und atmete zittrig ein.

»Können Sie mir erzählen, was passiert ist?«, fragte Mary. »Obwohl, Moment, ich kann dieses Auto nicht fahren, also warten Sie damit besser, bis wir wieder bei Ihnen sind.«

Eloise nickte, und sie fuhren los.

Als sie am Haus ankamen, hatte Eloise ihre Emotionen wieder unter Kontrolle, ihr Entsetzen aber blieb.

Betty fragte, ob sie eine Kanne Tee wollten.

»Vielleicht lieber etwas Stärkeres«, schlug Mary vor.

Eloise nickte. »Sehen Sie sich hier doch mal um«, sagte sie dann zu Mary. »Das alles gehört mir, während so viele arme Seelen gar nichts besitzen. Ich fühle mich furchtbar schuldig.«

»Sind Sie deswegen so aufgebracht? Weil Sie sich plötzlich schuldig fühlen, so viel zu besitzen?«

»Ja, auch.« Eloise lief in die Küche, gefolgt von Mary. Sie bat Betty um die Zeitungen der letzten beiden Tage, legte sie auf dem Küchentisch aus und überflog sie hektisch.

»Wonach suchen Sie?«, fragte Mary verwundert.

»Nach einem Bericht über einen Hausbrand.«

»Darüber wurde gestern berichtet, Mrs Hastings«, warf Betty ein. »Auf der fünften oder sechsten Seite.«

Eloise blätterte und fand den Artikel. Sie begann zu lesen, kam jedoch nicht weit, weil Tränen ihr die Sicht verschleierten.

Mary blickte über ihre Schulter, und Eloise zeigte auf den Artikel über das Feuer in North Adelaide.

Mary las ihn und sah dann wieder zu Eloise. »Wurden die Kinder während meiner Besprechung mit der Hausmutter ins Waisenhaus gebracht?«

Eloise nickte. »Sie waren vollkommen durcheinander. Sie schluchzten und klammerten sich panisch aneinander, es war herzzerreißend. Und wissen Sie, was passieren wird? Sie werden getrennt! Wie können die Leute im Waisenhaus so grausam und unsensibel mit dem Kummer der beiden Kleinen umgehen?«

»Sie können ein Mädchen und einen Jungen nicht in demselben Raum schlafen lassen«, erklärte Mary sanft.

»Sie sind doch noch so klein«, fuhr Eloise auf. »Hier steht, dass Tommy fünf Jahre alt ist und Charlotte drei. Wem würde es schaden, sie zusammen unterzubringen?«

»Sie wollen doch nicht, dass ein kleines Mädchen in einem Schlafsaal mit vielleicht einem Dutzend Jungen schläft, von denen einige schon zwölf oder dreizehn sind, oder?«

Das hatte Eloise nicht bedacht, trotzdem sorgte sie sich. »Diese armen Kinder. Vielleicht müssen sie sogar in unterschiedliche Pflegefamilien!«

»Das könnte passieren, aber das Waisenhaus wird sicher versuchen, sie zusammen zu vermitteln, auch wenn das schwer wird.«

»Als hätten sie durch den Verlust der Eltern auf so tragische Weise nicht schon genug Leid erfahren!«

Betty stellte zwei Gläser Wein vor ihnen ab und machte sich an die Vorbereitung des Mittagessens.

»Ihre Eltern waren Ärzte.« Mary deutete auf den Artikel. »Doktor Eric Granger arbeitete im Kinderkrankenhaus, und seine Frau hatte gerade eine Arztpraxis eröffnet. Sie sind erst vor vier Monaten aus England hergezogen, um hier ein neues Leben zu beginnen. Das ist furchtbar traurig.«

»Meinen Sie, das Waisenhaus wird versuchen, Familienmitglieder in England zu kontaktieren?«, fragte Eloise mit einem leisen Hoffnungsschimmer.

»Vielleicht. Aber es könnte sehr lange dauern, bis sie jemanden finden, der blutsverwandt mit ihnen ist.«

»Das, was in naher Zukunft mit ihnen geschieht, könnte ihnen für den Rest ihres Lebens Schaden zufügen«, merkte Eloise traurig an. »Ich habe mich noch nie so machtlos gefühlt, Mary. Diese Kinder haben ihre Eltern verloren – die zwei Menschen, die sie lieben und beschützen sollten. Jetzt wollen sie unbedingt zusammenbleiben, und das wird ihnen nicht gestattet. Das ist so ungerecht!«

»So ist das Leben manchmal«, erwiderte Mary traurig.

»Aber so sollte es nicht sein! Ich wünschte, ich könnte etwas tun.«

»Sie können nicht ändern, was geschehen ist, Eloise. Niemand kann das. Beten Sie für sie.«

Kapitel 26

Spät in der darauffolgenden Nacht saß Jackson in seiner Wohnung über den Schreibtisch gebeugt und prüfte die monatlichen Umsatzzahlen. Sie hatten sich zwar gebessert, aber nicht wesentlich. Bekümmert gestand er sich ein, dass sein Gemütszustand das Geschäft negativ beeinflusste. Er betrauerte seine gescheiterte Ehe, und wenn er ehrlich zu sich war, lag ihm der Gedanke, seiner Mutter und den Atwells die Farm zu nehmen und sie zu verkaufen, schwer im Magen. Es war bedauerlich, dass er keine Wahl hatte, und er konnte sich des Gefühls nicht erwehren, dass sein Vater sehr enttäuscht von ihm wäre.

Er musste dringend die Begeisterung wiederfinden, die er einmal für das Kaufhaus empfunden hatte, doch es fiel ihm schwer. Wenn er mehr Geld ins Geschäft investierte, aber nicht die Entschlossenheit aufbrachte, die für den Erfolg nötig war, würde er das Geld praktisch zum Fenster hinausschmeißen. Er fühlte sich, als wäre er in einen Abgrund der Verzweiflung gefallen, aus dem es kein Entkommen gab.

Später im Bett konnte er nicht einschlafen und warf sich nur unruhig umher. Schließlich, unbeobachtet und allein, gab er dem Druck nach und weinte. Er fühlte sich schrecklich einsam. Er sehnte sich nach jemandem, dem er sich anvertrauen konnte, jemandem, der ihn wirklich verstand. Es gab nur eine Person, die ihn schon immer verstanden hatte: seine Mutter. Er entschied, der Farm am nächsten Tag einen Besuch abzustatten. Es war ohnehin Samstag, und er würde hinfahren, sobald das Kaufhaus mittags schloss.

Auch Eloise konnte nicht schlafen. Jedes Mal, wenn sie die Augen schloss, sah sie Charlotte in einem Bett im Schlafsaal vor sich, wie sie sich die Augen ausweinte, voller Sehnsucht nach ihrer Mutter und ihrem Bruder. Sie stellte sich vor, wie es dem armen Tommy erging mit dem Gefühl, seine Schwester im Stich gelassen zu haben und seine Eltern zu enttäuschen, weil er sie nicht beschützen konnte. Eloise ertrug diese Vorstellungen kaum.

Als Mary am nächsten Morgen nach unten kam, suchte sie nach Eloise, konnte sie aber nirgendwo finden.

»Betty, wo ist Eloise?«, fragte sie die Haushälterin. »Ist sie noch im Bett?«

»Nein, Mrs Hastings ist heute schon früh aus dem Haus gegangen, Schwester Mary. Sie hat mir nicht gesagt, wohin sie wollte oder wann sie wiederkommt.«

Mary war verwirrt und besorgt, da Eloise am Vorabend so aufgewühlt gewesen war. »Wie ging es ihr denn heute Morgen?«

»Sie wirkte sehr müde. Wenn Sie irgendwohin müssen, Schwester – ich habe ein Auto. Ich kann Sie fahren.«

»Danke für das freundliche Angebot, Betty, aber ich habe alle Termine in Adelaide wahrgenommen. Morgen fahre ich nach Hause zurück.« Ihr graute schon vor der Busfahrt, deshalb hatte sie sich für den Tag vorher bewusst nichts vorgenommen, um noch etwas entspannen zu können.

»In Ordnung, Schwester. Dann bereite ich Ihnen jetzt das Frühstück zu.«

Als Eloise auf den Parkplatz des Waisenhauses einbog, beschlich sie dasselbe unangenehme Gefühl wie am Tag zuvor. Sie fischte eine Tasche vom Rücksitz des Mercedes und lief zum Haupteingang. Sie hörte die Kinder im Innenhof spielen, bezweifelte aber, dass die Granger-Kinder unter ihnen waren.

Im Inneren des Gebäudes ging sie zum Empfangstisch, wo dieses Mal eine andere Frau saß.

»Guten Morgen«, grüßte Eloise.

»Guten Morgen. Wie kann ich Ihnen weiterhelfen?«

»Ich würde gern zwei Kinder besuchen, die gestern aufgenommen wurden«, informierte Eloise die Frau.

»Sind Sie eine Verwandte?«

»Nein.«

»Eine angehende Pflegemutter?«

Eloise starrte die Frau einen Moment lang verdutzt an. »Ich war gestern hier, und die Kinder waren sehr aufgebracht. Ich wollte ihnen bloß etwas geben … wenn das erlaubt ist.«

»Wie heißen die Kinder denn?«

»Tommy und Charlotte Granger.«

»Haben Sie bitte etwas Nachsicht, ich bin nur samstagmorgens hier und weiß nicht, was unter der Woche geschehen ist.« Die Frau sah in einem großen Buch nach, in dem die Namen der Waisenkinder in alphabetischer Reihenfolge notiert waren. »Ich finde sie nicht.«

Eloise wurde unruhig. »Denken Sie, sie wurden schon vermittelt?«

»Das ist sehr unwahrscheinlich. Die Papiere sind normalerweise erst nach ein paar Tagen fertig. Wenn sie gestern hergekommen sind, wie Sie sagen, dann könnte das die Erklärung dafür sein, dass ihre Namen hier noch nicht aufgeführt sind.« Sie griff zum Telefonhörer und wählte eine kurze Nummer. »Sarah, kannst du mal bitte zum Empfang kommen?« Sie legte auf und wandte sich wieder an Eloise. »Sarah Mills ist gleich hier. Sie wird Ihnen wahrscheinlich weiterhelfen können.«

»Vielen Dank.« Eloise war nervös, aber gleichzeitig erleichtert, dass nicht die gefühlskalte Mrs Rogers erscheinen würde. Denn nun, da sie hier war, wusste sie nicht, wie sie damit zurechtkommen sollte, die Kinder wiederzusehen, vor allem, wenn sie immer noch so aufgewühlt waren wie am Vortag.

Kurz darauf hörte sie Schritte im Flur, und eine Frau um die vierzig kam auf sie zu. Eloise stellte sich vor und erläuterte ihr Anliegen. »Ich würde Tommy und Charlotte gern besuchen und schauen, wie es ihnen geht«, schloss sie. »Ich habe ihnen ein Geschenk mitgebracht, etwas, das ihre Laune heben soll. Sie sind doch noch hier, oder?«

»Ja, natürlich sind sie hier. Die Hausmutter erlaubt in den ersten Tagen allerdings keine Besuche, bis die Kinder richtig angekommen sind«, erklärte Sarah Mills.

»Bitte«, flehte Eloise. »Ich habe letzte Nacht vor Sorge um die beiden kein Auge zugetan.«

Mills schwieg eine Weile. »In Ordnung. Die Hausmutter ist ja nicht hier«, sagte sie schließlich leise. »Aber das hier ist inoffiziell«, fügte sie eilig hinzu. »Und wenn die Kinder unruhig werden, müssen Sie sofort wieder gehen.«

»Natürlich.«

Eloise folgte Sarah Mills durch den Korridor. Auf der rechten Seite befanden sich einige Türen, aber zur Linken gaben zahlreiche Fenster den Blick auf den Innenhof frei. Kinder rannten umher, die älteren spielten recht grob. Zwei Jungs schoben und schubsten sich. Ein kleines Mädchen stand ihnen im Weg, sie stießen es einfach um. Das Mädchen schlug sich das Knie auf dem Beton auf und fing an zu weinen. Die Jungs lachten über sie, machten aber keine Anstalten, ihr zu helfen. Eloise wurde wütend. Sie stellte sich vor, wie Charlotte von den anderen Kindern umgestoßen wurde. Allein der Gedanke schmerzte.

Am Ende des Korridors öffnete Sarah Mills eine Tür und schob Eloise in einen Gemeinschaftsraum, in dem Sofas, Stühle und Tische mit Gesellschaftsspielen standen. Die Wände waren grau gestrichen und frei von jeglicher Dekoration. Eloise hatte bei kahlen Wänden immer sofort das Gefühl, dass sie förmlich nach Kunstwerken schrien.

Während sie durch den Raum schritten, suchte Eloise ihn nach Tommy und Charlotte ab. Ihr fiel auf, dass einige Kinder allein dasaßen, mit traurigen und verlorenen Gesichtern, während andere in kleinen Gruppen zusammensaßen, sich unterhielten oder ein Gesellschaftsspiel spielten.

»Wissen Sie, wie die Nacht für die Granger-Kinder war?«, fragte Eloise.

»Ich nehme an, sie haben viel geweint. Das ist meistens so, wenn ein Kind herkommt. Aber sie kommen darüber hinweg und gewöhnen sich innerhalb einer Woche an die Routinen und an das, was hier von ihnen erwartet wird.« Sie sah sich um. »Ah, da sind sie ja.« Sie zeigte auf einen großen Sessel in einer Ecke, wo Tommy und Charlotte zusammengekauert saßen. »Sie haben sich heute Morgen vor dem Frühstück gefunden und seitdem jede Sekunde zusammen verbracht.« Sie wandte sich an Eloise. »Würden Sie mir bitte zeigen, was Sie ihnen mitgebracht haben? So sind unsere Regeln.«

»Natürlich.«

Sarah Mills spähte in Eloises Tasche. »Ich kann nicht garantieren, dass die anderen Kinder ihnen das nicht wegnehmen, aber Sie dürfen jetzt zu ihnen.« Damit ging sie davon.

Die Vorstellung, dass andere Kinder den Geschwistern die Spielzeuge sofort wegnehmen würden, stimmte Eloise wütend und traurig. Den beiden war schon genug genommen worden. Sie beobachtete sie für einen Moment aus der Distanz. Charlotte hatte blonde Locken, die bestimmt wunderschön aussähen, wenn sie mit der Aufmerksamkeit einer Mutter gebürstet worden wären. Tommy hatte braune Haare und war ein hübscher kleiner Junge. Sie trugen dieselben Kleider wie am Vortag. Eloise fragte sich, warum sie nicht von einer Mitarbeiterin betreut wurden. Immerhin war dies ihr erster Tag im Waisenhaus, und sie waren furchtbar verängstigt. Tommy hatte den Arm um Charlottes kleine Schultern gelegt, und sie umklammerte seine Taille. Auf ihren Gesichtern stand Entsetzen geschrieben, und es fiel ihnen offenbar schwer, nicht zu weinen.

Eloise ging zu ihnen und setzte sich neben sie. »Hallo Tommy, hallo Charlotte«, sagte sie mit einem warmen Lächeln.

Die beiden starrten sie ängstlich an. Eloise konnte ihre Gedanken förmlich lesen, während sie den Griff umeinander verstärkten: Sie hatten Angst, dass Eloise sie wieder voneinander trennen wollte. Dabei war sie seit dem Tod ihrer Eltern doch vermutlich die erste Person, die nett zu ihnen war.

Sie verspürte das große Bedürfnis, die beiden in die Arme zu nehmen und festzuhalten. Sie wollte ihnen versichern, dass alles gut werden würde, aber wie sollte sie das, wo ihre Zukunft doch so ungewiss war?

»Ich heiße Eloise«, begann sie. Es lag ihr auf der Zunge, zu fragen, wie es ihnen ging, aber das wäre geradezu lächerlich. »Ihr müsst keine Angst haben, ich bin hier nur zu Besuch. Und ich habe euch etwas mitgebracht, und ich hoffe, dass es euch gefällt«, sagte sie freundlich und holte einen rosa-weißen, kuschligen Stoffhasen aus ihrer Tasche. »Der hier ist für dich, Charlotte. Er kann dir Gesellschaft leisten, wenn du nicht bei Tommy sein kannst.« Sie bot dem kleinen Mädchen den Hasen an. Charlotte betrachtete ihn, verstärkte dann aber den Griff um Tommy. Offenbar hatte sie entschieden, dass sie ihren Bruder dringender wollte als den Hasen. Eloise legte ihn auf Charlottes Schoß. »Für dich habe ich auch etwas, Tommy.« Wieder langte sie in ihre Tasche. »Du magst doch bestimmt Autos, deshalb habe ich dir ein paar Matchbox-Autos mitgebracht.« Sie holte drei der neuesten Modelle hervor und legte sie ihm auf den Schoß. Er sah sie an, und sie meinte, kurz ein

Leuchten in seinen Augen zu sehen, bevor sie wieder dumpf wurden.

Eloise überlegte noch, was sie sagen sollte, als ein etwa siebenjähriges Mädchen zu ihnen trat. Sie zeigte auf den kuschligen Hasen: »Der ist ja schön.«

»Danke«, sagte Eloise.

Plötzlich schnappte sich das Mädchen den Hasen von Charlottes Schoß und rannte damit davon.

Eloise streckte noch die Hand aus, um sie aufzuhalten, war aber nicht schnell genug. »Der gehört Charlotte!«, rief sie ihr hinterher. »Gib ihn bitte zurück.« Doch das Mädchen umklammerte den Hasen fest und blickte sie verärgert an. Eloise war sicher, dass sie ihn nicht zurückgeben würde, ohne Theater zu veranstalten. Eloise ging auf, dass Charlotte alles, was Eloise ihr geben würde, jeden Moment wieder genommen werden konnte, solange sie im Waisenhaus war. Auch Tommys neue Spielzeuge konnten schnell wieder weg sein.

Sie beugte sich zu den beiden vor. »Ich weiß, dass ihr gerade traurig seid, und das ist vollkommen verständlich, aber es wird besser werden, das verspreche ich.« Sie hätte ihnen gerne noch viel mehr versprochen, doch das konnte sie nicht. »Ich habe die ganze Nacht an euch gedacht«, erzählte sie. »Was euch passiert ist, tut mir schrecklich leid. Ich weiß, dass ihr euch ganz verlassen fühlt, aber ich verspreche euch, dass ich euch besuchen komme, sooft ich kann.« Eloise wandte sich ab und schluckte die Tränen herunter.

»Geh nicht«, sagte Tommy leise. »Lass uns nicht hier, bitte.«

Eloise blickte ihn überrascht an. »Ich wollte noch gar nicht gehen.« Ihr Herz zog sich zusammen.

»Sie lassen Lottie nicht bei mir sein«, erzählte Tommy, und seine Augen füllten sich mit Tränen. »Warum darf sie nicht bei mir bleiben?«

Eloise hatte plötzlich einen dicken Kloß in der Kehle. »Das habe ich mich auch gefragt, Tommy. Es liegt daran, dass nachts große Jungs mit dir im Zimmer sind, und Charlotte darf nicht bei den großen Jungs sein«, sagte sie so ruhig wie möglich.

Tommy schwieg einen Moment. »Ich beschütze sie«, sagte er schließlich.

»Es ist für sie nachts sicherer, wenn sie bei den Mädchen ist, aber tagsüber kann sie bei dir sein.«

»Lottie hat Angst ohne mich«, erklärte er. Seine Unterlippe bebte, ganz offensichtlich hatte er ohne sie ebenfalls Angst.

»Ich weiß«, sagte Eloise.

»Wo ist Dad?«, fragte Tommy. »Warum hat er uns noch nicht abgeholt?«

Eloise atmete tief durch. Der Junge verdiente die Wahrheit, und irgendjemand musste sie ihm sagen. »Euer Haus hat gebrannt, Tommy. Dein Dad hat dich und Charlotte rausgebracht, um euch zu retten. Und dann hat er versucht, eure Mum zu holen, aber er konnte ihr nicht helfen. Er hat sich am Feuer verbrannt, also hat er entschieden, zu eurer Mum in den Himmel zu gehen und sich dort um sie zu kümmern. Jetzt sind sie Engel dort oben. Aber sie werden immer auf euch beide aufpassen. Verstehst du das?« Sie wusste, dass das viel verlangt war von jemandem, der noch so jung war, aber sie musste ehrlich zu ihm sein. Nur so würde Tommy verstehen, dass sein Dad ihn nicht verlassen hatte.

»Dann … haben wir keine Mummy und keinen Daddy mehr.« Erneut füllten sich Tommys Augen mit Tränen.

Auch Eloises Augen füllten sich mit Tränen. Sie breitete die Arme aus, und nach einem kurzen Moment des Zögerns lehnten die beiden sich in ihre Umarmung. Sie küsste sie auf den Kopf und hielt sie fest.

»Müssen wir jetzt hier wohnen?«, fragte Tommy nach einer

langen Weile mit zittriger Stimme. Die Vorstellung behagte ihm offenbar ganz und gar nicht.

Eloise zögerte einen Moment. In diesem kurzen Augenblick traf sie eine Entscheidung, die sie selbst überraschte. Ihre nächsten Worte kamen wie von selbst: »Ich weiß, dass ihr mich nicht kennt«, sagte sie sanft, während sie ihnen über das Haar strich, »aber ich fände es schön, wenn Charlotte und du bei mir wohnen würdet.«

Tommy hob den Kopf von ihrer Schulter und starrte sie für einen Moment ungläubig an. Dann blickte er zu Charlotte, die aufgehört hatte zu weinen.

»Ich habe keine Kinder, dafür aber ein sehr großes Haus und einen riesigen Garten, in dem sehr viel Platz zum Spielen ist«, fuhr Eloise fort. »Ihr könntet dort die ganze Zeit zusammen sein. Ihr müsstet nie getrennt voneinander sein, das verspreche ich.«

»Dann müssen wir nicht hierbleiben?«, fragte Tommy zur Sicherheit. »Ich mag es hier nicht.«

Eloise erkannte, wie reif er für sein Alter war. »Nein. Ich muss erst noch ein paar Dinge klären, damit ich euch mitnehmen darf, und ich weiß nicht, wie lange das dauert, aber sobald ich das gemacht habe, könnt ihr mit mir nach Hause kommen. Vielleicht sogar schon heute, aber das kann ich nicht versprechen.«

Tommy schlang die Arme um Eloise und drückte sie, so fest er konnte. Sie schloss die Augen und war sich ohne jeden Zweifel sicher, dass sie die richtige Entscheidung getroffen hatte.

Am Nachmittag betrat Eloise ihr Zuhause mit einem strahlenden Lächeln und zwei Kindern an der Hand. Sie zeigte ihnen zuerst das Wohnzimmer.

»Tommy, Charlotte, das hier ist mein Zuhause, und ab jetzt teile ich es mit euch«, sagte sie. »Wie gefällt es euch?«

Die Kinder sahen staunend zu den großen, gemütlichen Sofas, dem Kamin, den Fenstern mit Blick auf den wunderschönen Garten, und zum ersten Mal sah Eloise ein Lächeln auf ihren Gesichtern.

»Gefällt es euch hier?«

Tommy sah zu ihr auf und nickte, während Charlotte nur ihre Hand drückte.

»Das hier ist Betty«, fügte Eloise hinzu, als die Haushälterin zu ihnen trat. »Sie kümmert sich um den Haushalt und kocht für uns. Sie ist eine sehr gute Köchin. Sie macht den besten Schokoladenkuchen der Welt.« Sie wandte sich an Betty, die sie mit großen Augen anstarrte. »Betty, darf ich vorstellen: Das sind Tommy und Charlotte. Sie wohnen ab jetzt bei uns.«

Betty schlug die Hände zusammen. »Was haben Sie getan, Mrs Hastings?«

»Für den Moment habe ich diese beiden wunderbaren Kinder zur Pflege aufgenommen, aber ich werde sie so bald wie möglich adoptieren.«

Betty klatschte aufgeregt in die Hände. Sie hoffte schon lange auf Kinder im Haus. »Möchtet ihr etwas Milch und Kekse, Kinder?«

»Sie haben heute noch nicht viel gegessen, mach ihnen doch bitte ein Sandwich. Später können sie Kuchen essen.«

»In Ordnung, Mrs Hastings.«

Eloise ging vor den Kindern in die Hocke. »Wenn ihr etwas gegessen habt, zeige ich euch das Spielzimmer oben.« Sie freute sich, dass der Raum, den Jackson für Archies und Michaels Besuche eingerichtet hatte, genutzt werden würde. »Da sind jede Menge Spielsachen, und sie sind nur für euch.« Eloise küsste sie auf die Wangen, ihr Herz quoll über vor Liebe. Sie war sich nicht sicher, wann genau sie die beiden Kinder so liebgewonnen hatte, wahrscheinlich war es schon am Vortag passiert.

Nun trat auch Mary zu ihnen. Sie fand, dass Eloise im Gegensatz zum Vortag vollkommen verändert wirkte, sorgte sich aber, dass sie zu impulsiv gehandelt hatte.

Als die Kinder zu einem großen Fenster gingen, um den Garten anzuschauen, fand Mary ihre Stimme wieder. »Wie haben Sie das denn hingekriegt? Die Hausmutter lässt Kinder nie aus dem Waisenhaus, bevor der Papierkram erledigt ist, und das kann Tage dauern.« Das hatte sogar schon auf der Tafel in der Eingangshalle gestanden, wie sie sich erinnerte.

Eloise dachte an all die Hindernisse, die sie hatte überwinden müssen, als sie das Waisenhaus mit den Kindern verlassen wollte, aber sie war fest entschlossen gewesen, sich durchzusetzen. »Mein Patenonkel ist Familienrichter und ein sehr guter Freund meiner Eltern. Ich habe ihn vom Waisenhaus aus angerufen und ihn angefleht, sich einzuschalten, damit ich die Kinder noch heute mit nach Hause nehmen kann. Ich konnte sie einfach nicht dort lassen, Mary. Das hätte mich umgebracht.«

»Wie hat die Hausmutter denn reagiert?«

»Nennen Sie es einen glücklichen Zufall, aber sie war heute nicht da. Doch selbst wenn sie da gewesen wäre, hätte Richter Reynolds sich durchsetzen können. Natürlich muss ich die Formalitäten schnellstmöglich erledigen, und das werde ich auch.« Eloise wandte sich an die Kinder. »Kommt, wir gehen ins Bad. Da könnt ihr euch die Hände waschen, bevor ihr das Sandwich esst.« Als sie loslief, hörte Mary, wie sie ihnen versprach, dass sie gleich am Montagmorgen neue Kleidung kaufen würden.

Mary runzelte die Stirn. Eloise war eine großzügige Frau und offenbar intuitiv eine gute Mutter, aber sie würde mal ein ernstes Wörtchen mit ihr reden.

»Es ist wunderschön, sie so friedlich schlafen zu sehen.« Eloise stand neben Mary im Türrahmen des großen Schlafzimmers, nachdem sie die Kinder ins Bett gebracht hatte. Sie hatte ihnen erlaubt, im Doppelbett im Zimmer neben ihrem eigenen zu schlafen – so waren sie in ihrer Nähe und konnten sich sicher fühlen. Auch ein Spielzeug aus dem Spielzimmer hatten sie sich aussuchen und mit ins Bett nehmen dürfen. Die Wahl war auf einen Teddybären und einen Stoffelefanten gefallen, die nun zwischen ihnen lagen. Die Geschwister hielten sich immer noch an den Händen. Eloise hatte Betty zu den Nachbarn geschickt, um Schlafanzüge für die Kinder zu leihen, und ihre Kleider in die Wäsche gegeben. Die Kinder der Nachbarn, Clayton und Melissa, waren etwa in demselben Alter.

»Sobald sie sich hier sicher genug fühlen, können sie sich jeder ein eigenes Zimmer aussuchen. Ich freue mich jetzt schon darauf, sie einzurichten.«

»Sie sind ziemlich schnell eingeschlafen«, bemerkte Mary.

»Sie haben seit dem Feuer sicher kaum geschlafen. Und in ihrer ersten Nacht im Waisenhaus haben sie wahrscheinlich nur geweint.« Allein der Gedanke war schauderhaft. Eloise zog die Tür zu, hatte aber eine Lampe im Zimmer angelassen, falls die Kinder zwischendurch wach wurden. Sie nahm an, dass sie noch eine ganze Weile von Albträumen geplagt werden würden, aber zumindest waren sie zusammen und in Sicherheit.

»Ich vermute, dass Sie letzte Nacht auch nicht geschlafen haben«, riet Mary, während sie zur Treppe gingen.

»Stimmt. Kein bisschen. Heute wird das anders sein. Wie wäre es mit einem Sherry, bevor wir zu Bett gehen?«

»Das wäre nett. Ich würde mich sowieso noch gern mit Ihnen unterhalten.«

Eloise hörte, dass Mary etwas auf der Seele lag. »Ja, gern.«

Im Wohnzimmer holte Eloise eine Flasche Sherry aus der Hausbar, öffnete sie und schenkte ihnen beiden ein. Die Vorhänge waren noch geöffnet, und Mondlicht schien durch die großen Fenster herein. Über den Bäumen funkelten Millionen von Sternen.

»Wie schade, dass Sie morgen schon abreisen müssen«, sagte sie, während sie Mary ihr Glas reichte. »Aber wir können Sie ja nicht noch mal diese Hölle im Bus durchmachen lassen, deshalb habe ich Ihnen ein Flugticket gekauft, Mary«, sagte sie und ließ sich auf das Sofa sinken.

»Ach, das ist aber sehr großzügig, danke«, sagte Mary erleichtert und setzte sich in einen Sessel. »Sie haben wirklich ein großes Herz, Eloise.«

Eloise wies das Kompliment zurück. »Es ist einfach schön, dass ich jetzt Kinder im Haus habe, Mary. Und sie sind so wunderbar.« Sie bemerkte Marys besorgten Blick. »Sie sind der Meinung, ich hätte zu impulsiv gehandelt, nicht wahr?«

»Der Gedanke kam mir in der Tat. Bei unserem Besuch in The Pines sind Sie gleich in den Helfermodus gesprungen. Ich glaube, hier haben Sie dasselbe getan, nur dass es etwas anderes ist, Kinder bei sich aufzunehmen. Damit geht man eine Verpflichtung für das ganze Leben ein.«

»Das ist mir bewusst. Ich wünsche mir seit Jahren eine Familie. Die Nachricht, dass daraus nichts wird, hat mir das Herz gebrochen. Der Anblick von Tommy und Charlotte, die so verzweifelt sind und so dringend eine Mutter brauchen, hat mein Herz wieder geöffnet.« Eine Welle der Liebe durchfuhr sie. »Aber ich bin heute nicht mit der Absicht ins Waisenhaus gefahren, sie zu mir zu holen. Ich wollte sie nur besuchen und sie wissen lassen, dass jemand an sie denkt. Doch dann bat Tommy mich, zu bleiben. Da war dieser kleine Junge, der mich um Hilfe bat, der mir sein Vertrauen schenkte. Er konnte die Last der Verantwortung für Charlotte nicht tragen. Es war einfach zu viel. Er hat mich gefragt, warum sein Vater noch nicht gekommen sei, um sie abzuholen, und ich musste ihm erklären, was passiert ist. Ich habe mit ihnen geweint, und im nächsten Moment hielt ich die beiden im Arm. Der Kummer in seiner Stimme auf die Frage, ob sie jetzt im Waisenhaus leben müssten, hat mir den Rest gegeben. Ich konnte nicht einfach gehen und sie zurücklassen. Das hätte ich nicht ausgehalten. Also habe ich ihnen ein Zuhause angeboten. Sie haben mich so fest gedrückt, Mary.« Beim Gedanken an diesen Moment begann Eloise vor Rührung zu weinen. »Ich weiß, dass sie noch eine lange Zeit um ihre Eltern trauern werden, aber ich bin für sie da und hoffe, dass sie eines Tages ihre Herzen auch für mich öffnen und mich als ihre Mutter ansehen.«

Mary schwieg. »Ich habe mich geirrt«, sagte sie schließlich und trocknete ihre eigenen Tränen. »Sie haben das Richtige getan, und ich freue mich sehr für Sie.« Sie drückte Eloises Hand. »Sie sind ein ganz besonderer Mensch, wissen Sie das?«

»Danke. Aber Sie waren es, die seit Ihrer Ankunft hier mein Leben verändert hat. Vielleiht hat Gott es ja so eingerichtet, dass wir Zeit miteinander verbringen.«

»Meinen Sie?« Mary lächelte.

»Ja. Ohne Sie wäre ich niemals zu The Pines oder dem Waisenhaus gefahren. Ich hätte Tommy und Charlotte nie kennengelernt. Ihnen habe ich es zu verdanken, dass ich diesen Kindern eine Mutter sein darf. Ein größeres Geschenk hätten Sie mir gar nicht machen können.«

Kapitel 27

Als Jackson auf der Farm ankam, stand der Pick-up nicht an seinem Platz. Er hoffte deshalb, dass Ernie nicht zu Hause war, denn einer Konfrontation fühlte er sich an diesem Tag in seinem zerbrechlichen Zustand nicht gewachsen.

Er parkte und ging zur hinteren Veranda. Das Erste, worauf sein Blick fiel, war der leere Sessel seines Vaters. Jackson blieb wie angewurzelt stehen. Der Sessel hätte glückliche Erinnerungen in ihm wecken sollen, stattdessen aber drohten ihn nun die schwere Last der Trauer und Schuldgefühle zu überwältigen. Er wandte den Blick ab.

Die Hintertür war, wie immer auf dem Land, nicht abgeschlossen, doch die Stille im Haus war ungewöhnlich. Wider Erwarten war Vera nicht mit Backen oder den Vorbereitungen für das Abendessen beschäftigt in der Küche vorzufinden. Er rief nach seiner Mutter, erhielt jedoch keine Antwort. Er wandte sich um, um draußen weiterzusuchen, doch am Küchentisch hielt er inne. Er erinnerte sich an die vielen Male, an denen sie alle zusammen daran gesessen hatten. Er versuchte, sich vorzustellen, wie die Familie sich hier versammelte, ohne Harley und seinen Vater mit seiner einnehmenden Persönlichkeit. Es war beinahe unmöglich.

Auf seinem Weg zu den Ställen lief Jackson an einer Wäscheleine vorbei, auf der Archies und Pipers kleine Kleidungsstücke hingen, und sofort überkam ihn das Gefühl von Verlust. Es bezog sich auf Eloise, nicht auf Archie. Wenn er nicht so besessen von Archie gewesen wäre, hätte er seine Frau nicht verloren.

Zum ersten Mal seit sehr langer Zeit fand er Trost in der Stille auf dem Land, die nur hin und wieder von dem vertrauten Muhen einer Kuh, dem gelegentlichen Krächzen eines Kakadus und dem Gackern der Hühner durchbrochen wurde. Ernies Pferd stand weder im Gatter noch im Stall, deshalb nahm Jackson an, dass er irgendwo auf dem Gelände unterwegs war und die Frauen mit dem Pick-up weggefahren waren. Er lief zu der Pferdebox, in der immer Major, das Pferd seines Vaters gestanden hatte, in der Erwartung, sie leer vorzufinden. Zu seiner Überraschung stand der dreizehn Jahre alte graue Hengst jedoch dort. Er schnaubte, als er Jackson bemerkte.

»Hallo, alter Junge, du erinnerst dich noch an mich, nicht wahr?« Er streichelte den Hals des Pferdes, froh, dass Ernie es nicht verkauft hatte. Ein Kloß formte sich in seiner Kehle. »Vermisst du Dad?«, wisperte er und sah dem Pferd in die großen braunen Augen. »Also ich vermisse ihn sehr.« Inmitten des Geruchs nach Sattelseife und Heu hatte er plötzlich das Gefühl, sein Vater wäre anwesend. Und in diesem Moment wurde ihm bewusst, dass, sollte er sich vor Gericht durchsetzen, alles verkauft werden würde, einschließlich Major. Überwältigt von Scham, verließ Jackson den Stall.

In jedem Quadratmeter der Farm steckten so viele Erinnerungen, wunderbare Bilder auch aus seiner Kindheit, an fröhliche Weihnachtsfeiern, Geburtstage, Lagerfeuer, Grillabende und die Feste auf der Veranda, so viele schöne Momente. Jackson empfand eine geradezu schmerzhafte Mischung aus Nostalgie und Schuld. Vielleicht war es doch keine gute Idee gewesen, nach Sunnyvale zu fahren.

Auf dem Weg zum Haus sah er in der Ferne auf einem kleinen Hügel unter einem Baum eine Gestalt. Er erkannte das lange blonde Haar seiner Mutter.

Sie malte. Sie hatte ihr Interesse an der Kunst nach dem Tod seines Vaters lange verloren, und es freute ihn, sie wieder vor einer Leinwand zu sehen.

»Hallo, Mum«, sagte er, als er sie erreicht hatte.

Überrascht blickte Georgina auf. »Jackson! Was machst du denn hier?«

»Ich wollte dich besuchen.«

»Das ist schön, aber warum hast du mir nicht vorher Bescheid gesagt?«

»Das war eine spontane Entscheidung. Wo sind denn die anderen?«

»Melody ist mit Vera und den Kindern zum Tee zu ihren Eltern gefahren, und Ernie ist irgendwo auf der Farm unterwegs.«

Jackson lehnte sich gegen den Baum und ließ seinen Blick über das Grundstück gleiten. Ihm waren jede Koppel, jedes Tor und jeder Zaunpfahl vertraut. »Wie ist es dir in letzter Zeit ergangen, Mum?«, fragte er sanft.

»Das Leben geht weiter, und ich versuche, mitzugehen. Ich dachte, wenn ich jetzt schon mal die Gelegenheit dazu habe, könnte ich auch mal wieder malen. Du kannst dir sicher vorstellen, dass hier mit kleinen Kindern auf der Farm nicht besonders oft Ruhe herrscht.« Sie lächelte. »Das macht aber nichts. Sie sind eine wahre Freude.« Georgina musterte ihren Sohn. »Wirst du mir jemals erzählen, warum Eloise und du euch getrennt habt?«

»Sie kann keine Kinder bekommen. Sie meint deshalb, sie muss mich freigeben, damit ich mit einer anderen Frau eine Familie gründen kann.«

»Willst du das denn?«

»Nein, Ich will ein Leben mit Eloise. Ich wäre glücklich, wenn wir Kinder adoptieren würden, aber sie will nicht einmal darüber reden.«

»Ich habe gesehen, wie sie reagiert hat, als du mit Archie gespielt hast. Damals hatte ich schon das Gefühl, dass sie eifersüchtig war, aber ich hatte gehofft, mich zu täuschen.«

»Du hast dich nicht getäuscht«, sagte Jackson, ohne auf Eloises Verdacht einer Affäre einzugehen. »Ich vermisse sie fürchterlich, Mum, aber sie hat mir unmissverständlich klargemacht, dass unsere Ehe vorbei ist.«

»Das ist ziemlich selbstlos von ihr, wenn man mal genauer darüber nachdenkt.«

»Vielleicht. Aber ich liebe sie immer noch. Und ich kann mir nicht vorstellen, dass sich das jemals ändert.«

Georgina nickte traurig. »Ich möchte einfach, dass du glücklich bist.«

»Ich weiß. Ich sehe im Moment nur nicht, wie das gehen soll.« Er sah sich um. »Hier kommen so viele Erinnerungen hoch.«

»Ja. Sunnyvale ist schon sehr lange unser Zuhause.«

Jackson hörte die Traurigkeit in der Stimme seiner Mutter, und er wusste, dass er dafür verantwortlich war. Sie hatte ihm nie vorgeworfen, dass er versuchte, Ernie die Farm wegzunehmen, sie vielleicht sogar zu verkaufen. Warum? Jackson dachte an seine letzte Unterhaltung mit Vera. Er glaubte ihre Geschichte nicht, aber wenn er die richtigen Fragen stellte, würde seine Mutter vielleicht sogar indirekt bestätigen, dass Vera log. »Wie würdest du dich fühlen, wenn Dad ein Kind mit einer anderen Frau gehabt hätte?«

»Wenn das vor unserer Heirat geschehen wäre, könnte ich das akzeptieren«, sagte Georgina, ohne zu zögern.

»Einfach so?« Jackson war überrascht. Er wusste, dass seine Mutter in vielen Dingen sehr tolerant war, bei diesem Thema aber hatte er sie konventioneller eingeschätzt.

»Ja. Jeder hat eine Vergangenheit, und manchmal beinhaltet diese Vergangenheit auch Kinder.«

»Was, wenn du es zum Zeitpunkt der Hochzeit nicht gewusst, sondern erst Jahre später erfahren hättest?«

»Das wäre nie passiert, weil dein Vater und ich keine Geheimnisse voreinander hatten.« Sie fügte ihrem Bild noch ein paar Striche hinzu, während Jackson versuchte, das Gesagte innerlich zusammenzusetzen. Wenn das stimmte, dann hatte Vera eine Geschichte erfunden, um zu erreichen, dass die Farm in Ernies Besitz blieb. Dahinter stand sicher tiefe Verzweiflung, aber Jackson missbilligte es trotzdem.

»Es gibt da etwas, was du nicht weißt, und ich denke, es ist an der Zeit, das zu ändern«, unterbrach Georgina seine Gedanken. Sie legte den Pinsel zur Seite und wandte sich ihrem Sohn zu. »Ich bin mir nicht sicher, ob es etwas an deiner Sichtweise über bestimmte Dinge ändert, aber es könnte durchaus so sein.«

Jackson horchte auf. »Was denn?«

Georgina suchte seinen Blick. »Kurz bevor dein Vater und ich heirateten, waren wir eine Weile getrennt, weil seine Eltern eine Künstlerin nicht als Ehefrau für ihn akzeptieren wollten. Wir dachten beide, unsere Beziehung wäre vorbei. In dieser Zeit hatte dein Vater eine Beziehung mit einer anderen Frau, die er aber nicht geliebt hat. Im Gegenteil, er hatte nie aufgehört, mich zu lieben, genauso wenig wie ich ihn. Nach drei Monaten entschied er, sich seinen Eltern zu widersetzen und mich trotzdem zu heiraten, ungeachtet aller möglichen Konsequenzen. Da hatte er die Beziehung zu der anderen Frau schon beendet. Wir haben geheiratet, und Monate später fand er heraus, dass die andere Frau schwanger war, als er sie verließ. Er erzählte mir sofort davon. Unsere Beziehung basierte auf Ehrlichkeit, Jackson, und ich war nicht eifersüchtig, weil ich wusste, dass er mich liebte. Sechs Wochen später kam ein kleiner Junge zur Welt, der erstgeborene Sohn deines Vaters.«

Jackson starrte sie mit offenem Mund an. Vera hatte die Wahrheit gesagt!

»Falls du dich fragst, warum dir nie jemand gesagt hat, dass du einen Bruder hast – das liegt daran, dass seine Mutter geheiratet hat, als der Junge gerade ein paar Monate alt war, und er in dem Glauben aufgewachsen ist, dass ihr Mann sein Vater wäre. So einfach ist das.«

Sie sprach von Harley! Vera hatte gesagt, er habe nicht gewusst, dass Cornell Ernies Vater war. Vera glaubte auch, dass Georgina nichts davon wusste.

Jackson war wie gelähmt. Ernie war sein … Bruder, und sie waren zusammen aufgewachsen, ohne dass es ihnen bewusst war. Er stand schwankend auf. »Ich muss jetzt gehen, Mum.«

»Warte Jackson, bleib bitte noch ein bisschen …«

»Ich kann nicht. Ich muss zurück«, sagte er, bevor er davoneilte.

»Aber ich habe dir noch gar nicht gesagt …« Ihre Stimme wurde leiser, als Jackson sich, so schnell er konnte, entfernte.

Doch auf dem Weg zurück zum Haus zitterte Jackson so heftig, dass er nicht Auto fahren konnte. Er stolperte zum Stall und in die Box neben das Pferd seines Vaters, wo er auf dem Stroh zusammensank. Von Scham und Reue übermannt, brach er in Tränen aus. Er war drauf und dran gewesen, Ernies Leben zu ruinieren, ohne auch nur einen Gedanken daran zu verschwenden, was das für Ernie bedeuten würde. Er hatte gewusst, dass es falsch war, sich aber eingeredet, keine Wahl zu haben. Was er gerade erfahren hatte, ließ ihm sein Verhalten nur noch verabscheuungswürdiger erscheinen.

»Mein eigener Bruder!«, stieß er schluchzend aus. »Wie konnte ich meinem eigenen Bruder das antun?«

Er hatte Ernie immer als einen durch und durch anständigen Menschen erlebt. Er arbeitete hart und verhielt sich jedem gegenüber freundlich und respektvoll. Es war nicht überraschend, dass er auch ein wunderbarer Vater und Ehemann war. Er hatte Melody sogar vergeben, dass sie ihn auf schlimmste Art und Weise betrogen hatte, und Jackson bewunderte ihn dafür. Er dachte daran, wie nahe sie sich in ihrer Kindheit und Jugend gestanden hatten. Wenn er ehrlich war, hatte er sich als Cornells Sohn immer ein winziges bisschen überlegen gefühlt, obwohl die Farm stets genauso sehr Ernies Zuhause gewesen war wie sein eigenes. Es widerte ihn an, dass er gedacht hatte, er hätte als Cornells Sohn das Recht, Ernie die Farm wegzunehmen. Und dabei war tatsächlich Ernie Cornells erstgeborener Sohn. Wie Vera gesagt hatte, hatte *ihrer beider Vater* ihm auch aus diesem Grund die Farm vererbt, nachdem Jackson selbst sie nicht gewollt hatte. Jackson fühlte sich, als hätte ihn jemand hart von seinem hohen Ross heruntergestoßen. Aber das hatte er verdient.

Es gelang ihm nicht, sich zu beruhigen. Er hatte sein Leben auf ganzer Linie in den Sand gesetzt. Er hatte eine gute Ehe und ein erfolgreiches Geschäft geführt, und er hatte in seiner Dummheit alles aufs Spiel gesetzt, hatte seinen Bruder verraten und war von dessen Frau wie besessen gewesen. Noch nie in seinem Leben hatte er sich so wertlos gefühlt wie jetzt.

Als Ernie wenig später von der Überprüfung der Zäune auf dem Gelände zurückkehrte, bemerkte er sofort Jacksons Auto neben dem Haus. Er stellte sein Pferd in ein Gatter und machte sich im Haus auf die Suche nach Jackson. Danach warf er einen schnellen Blick in den Stall. Doch gerade, als er wieder zum Haus gehen wollte, hörte er eine gedämpfte Stimme, gefolgt von einem gequälten Laut und atemlosen Schluchzern.

Ernie spähte leise in jede Box. Er war schockiert, als er Jackson schließlich entdeckte, in einem zutiefst verletzlichen Zustand, schluchzend und völlig aufgelöst. Sein Schmerz war nahezu greifbar und berührte Ernie. Er wusste, dass Jacksons Ehe gescheitert war und er in finanziellen Schwierigkeiten steckte – ganz offensichtlich kam er nicht damit zurecht. In dem Moment verpufften Ernies Wut und Groll gegenüber Jackson. Es hatte doch auch gute Zeiten mit ihm gegeben, voller Lachen und Verbundenheit. Er dachte daran, wie sehr er Jackson bewundert und geliebt und wie oft er sich gewünscht hatte, dass sie Brüder wären. Wie sich herausgestellt hatte, war sein Wunsch in Erfüllung gegangen, doch nun waren sie zerstritten.

Jackson trocknete die Tränen auf seinem Gesicht mit einem Taschentuch. Als er aufblickte, sah er Ernie an der Tür zur Box stehen. Er fühlte sich gedemütigt und bemühte sich, wieder auf die Beine zu kommen.

»Was machst du hier?«, wollte Ernie wissen, während Jackson sich noch sammelte.

Jackson kam der Gedanke, dass Ernie glauben könnte, er wäre wegen Melody hergekommen. Wer hätte ihm das verdenken können? »Ich musste mit meiner Mutter sprechen.«

»Hast du sie gefunden?«

»Ja. Sie malt.«

»Geht es … dir gut?«

Jackson atmete tief durch. »Sieht nicht wirklich so aus, oder?« Er konnte Ernie kaum in die Augen schauen und strich sich verlegen das Stroh von der Hose.

»Kann ich irgendetwas für dich tun?«

Jackson war überrascht, dass Ernie fragte, in Anbetracht all der Dinge, die Jackson ihm angetan hatte. Er sah Ernie an, zum ersten Mal als seinen richtigen Bruder. »Nein … aber danke.«

»Du solltest wissen, dass ich für die Farm kämpfen werde«,

verkündete Ernie. »Mein Leben ist hier, und ich habe eine Familie, die ich versorgen muss.«

Jackson atmete tief durch. »Ich gehe nicht vor Gericht, Ernie. Ich hätte nie auch nur darüber nachdenken dürfen. Es tut mir leid, dass ich dir und deiner Familie unnötig so viel Sorge bereitet habe.«

»Das freut mich.« Ernie war erleichtert. »Aber … Ich habe gehört, dass das Kaufhaus nicht gut läuft?«

»Das stimmt, und das ist meine Schuld. Ich war eine ganze Weile nicht mit dem Herzen dabei.«

»Woran lag das?«

»Zum Großteil hat es mit dem Scheitern meiner Ehe zu tun.«

»Also wolltest du die Farm, weil du Geld brauchtest.«

Jackson nickte. »Ich weiß zwar nicht, woher ich das Geld jetzt nehmen soll, aber ich werde es auf keinen Fall aus dem Verkauf der Farm beziehen. Ich schäme mich dafür, dass ich das überhaupt in Erwägung gezogen habe.«

»Deine Ehrlichkeit ehrt dich«, sagte Ernie. »Vielleicht kann ich dir finanziell aushelfen. Die Farm läuft gut, wir könnten den Gewinn teilen, bis du wieder auf eigenen Beinen stehst.«

Jackson war überrascht. »Warum solltest du das tun, Ernie … nach allem, was ich dir angetan habe?«

Ernie lächelte. »Na ja. Wir sind zusammen aufgewachsen. Eigentlich sollte es selbstverständlich sein, dass wir einander helfen, wenn einer von uns in Schwierigkeiten steckt.«

Überwältigt vor Scham schloss Jackson die Augen und sammelte seinen Mut. Jetzt, da die Wahrheit niemanden mehr verletzen konnte, war es an der Zeit, sie zu teilen. »Ich hatte gerade ein Gespräch mit meiner Mutter, das mich wirklich schockiert hat«, sagte er leise. »Anscheinend haben du und ich denselben Vater. Wir sind Brüder, Ernie. Und ich bin zutiefst erschüttert, weil ich nicht glauben kann, was ich meinem Bruder antun wollte, und ich schäme mich sehr dafür, die Konsequenzen für deine Familie und meine Mutter einfach ignoriert zu haben. Um ehrlich zu sein, bin ich selbst entsetzt von meinem Verhalten.« Er schwieg, reglos, wartete auf eine Reaktion von Ernie, doch diese blieb aus. Langsam öffnete Jackson die Augen. »Überrascht dich das nicht?«

»Ich hatte kürzlich dieselbe Unterhaltung mit meiner Mutter«, sagte Ernie ruhig. »Glaub mir, ich war genauso überrascht wie du jetzt. Mich wundert nur, dass deine Mutter es weiß.«

»Dad hat es ihr wohl gesagt, sobald er von der Schwangerschaft deiner Mutter erfahren hatte.«

»Und sie hat nie auch nur einen Ton zu meiner Mutter gesagt. Sie hat uns ohne jede Bitterkeit, ohne Groll zusammen aufwachsen lassen. Sie ist wirklich eine besondere Frau.«

»Das ist sie«, stimmte Jackson zu.

»Meine Mutter hat mir nur die Wahrheit erzählt, weil ich mich nicht würdig fühlte, die Farm zu erben. Ich habe mir Sorgen um meine Familie gemacht und die Farm vernachlässigt. Ich dachte, du würdest den Prozess ohnehin gewinnen, weil ich bloß ein Farmhelfer bin. Das hat sich geändert, als ich die Wahrheit kannte. Denn auch wenn ich nicht beweisen konnte, dass Cornell mein Vater ist, hat es mir das Selbstvertrauen verliehen, für die Farm zu kämpfen.«

»Du warst immer ein würdiger Erbe der Farm, Ernie. Du liebst sie genauso wie Dad. Ich hätte nie in Betracht gezogen, das Testament anzufechten, wenn mein Leben nicht so den Bach hinuntergegangen wäre. Dafür kann ich allerdings niemand anderem als mir selbst die Schuld zuschreiben.« Er trat aus der Box heraus. Sie sahen sich an. »Kannst du mir je verzeihen, dass ich so ein Bastard war?«

Ernie zögerte nur kurz. »Natürlich kann ich das. Lässt du mich dir helfen?«

»Ich verdiene es zwar nicht, aber ich wäre dir sehr dankbar.« Jackson trat auf Ernie zu und schloss ihn in die Arme.

Georgina war zum Haus gerannt, überzeugt, dass die Information zu viel für Jackson gewesen war, bei allem, was er ansonsten gerade noch in seinem Leben durchmachte. Als sie ihn im Haus nicht fand, lief sie zu den Ställen und erreichte die Tür gerade in dem Moment, als Jackson und Ernie einander umarmten. Ihre Versöhnung erfüllte Georgina mit tiefer Freude.

Kapitel 28

Eloise spielte gerade mit den Kindern im Garten, als sie ihre Mutter auf der Terrasse bemerkte. »Kommt, Kinder.« Sie nahm die beiden an die Hand. »Ich möchte euch einen ganz besonderen Menschen vorstellen.«

»Hallo, Mum!« Sie küsste ihre Mutter auf die Wange. »Seit wann seid ihr zu Hause?«

»Erst seit ein paar Stunden, Liebes. Du wirkst viel fröhlicher als zuletzt«, sagte Julie. »Und wen haben wir hier?«, fragte sie mit einem neugierigen Blick auf die Kinder.

»Das sind Charlotte und ihr Bruder Tommy«, sagte Eloise stolz. »Kinder, das ist meine Mutter, Julie.« Sie hoffte, sie würden sie eines Tages Grandma nennen.

Julie war entzückt. »Hallo, ihr zwei.« Sie beugte sich hinunter und lächelte sie an. »Habt ihr schön gespielt?«

Tommy nickte schüchtern und klammerte sich an Eloises Rock. Charlotte umfasste seine Hand und senkte den Blick.

Julie stellte sich wieder aufrecht hin. »Sie sind schüchtern, nicht?«, sagte sie zu Eloise. »Passt du auf sie auf?«

»Nein«, erwiderte Eloise schnell.

Betty trat auf die Terrasse. »Soll ich Tee aufsetzen, Mrs Hastings?«

»Ja, bitte, Betty, und bring doch zwei Gläser Limonade für die Kinder mit raus. Und Schokoladenkuchen.«

»Soll ich die Kinder mitnehmen, damit sie sich die Hände waschen?«, fragte Betty.

»Ja, bitte.« Eloise kniete sich hin. »Geht eben mit Betty mit, und wenn ihr zurückkommt, gibt es Limonade und Kuchen, und dann können wir noch ein bisschen im Garten spielen, ja?«

Die Kinder nickten.

»Dann ab mit euch«, sagte Eloise. »Ich warte hier auf euch.«

Sobald sie außer Hörweite waren, sah Julie Eloise an. »Zu wem gehören sie denn, Liebes? Ich bin jetzt im Kopf alle deine Freundinnen durchgegangen, die Kinder haben, aber ich kenne sie nicht.«

»Sie gehören zu mir. Oder vielmehr: das werden sie, sobald alle Formalitäten erledigt sind«, verkündete Eloise. »Dann wirst du ihre Großmutter sein.«

Julie fiel aus allen Wolken. »Wie bitte? Du adoptierst sie?«

»Ich hoffe es, aber bis dahin sind sie bei mir zur Pflege.«

Julie setzte sich auf einen Stuhl. »Wann ist das alles passiert?«

»Ich habe sie am Samstag aus dem Waisenhaus mit nach Hause genommen.«

»Ich hatte keine Ahnung, dass du vorhattest, Kinder zu adoptieren! Als ich das letzte Mal mit dir darüber gesprochen habe, schien dir die Idee nicht zu gefallen.«

»Das hatte ich auch nicht. Es war nicht geplant, es ist einfach passiert. Ich erkläre dir das gern.«

»Ich bitte darum.«

Eloise setzte sich ebenfalls hin und erzählte ihrer Mutter von den Geschehnissen.

»Vielleicht ist es gut, dass sie noch so jung sind«, warf Julie ein, als sie geendet hatte. Sie dachte an das Feuer und konnte nur hoffen, dass die Erinnerung daran verblassen würde.

»Ja, bestimmt. Sie haben meine Sicht auf das Leben jedenfalls gewaltig verändert. Ich habe es immer geliebt, Kunst zu kaufen und zu verkaufen und interessante Menschen kennenzulernen, aber all das hat in mir nie die Freude ausgelöst, die ich fühle, seit die beiden in mein Leben getreten sind. Ich kann es gar nicht richtig erklären.«

»Mir musst du das nicht erklären, Eloise«, sagte Julie lächelnd.

»Oh, natürlich, du verstehst das ja.« Eloise drückte die Hand ihrer Mutter. »Ich empfinde so viel Liebe, und die möchte ich gerne geben.«

»Natürlich. Ich freue mich sehr für dich.« Julie bedachte sie mit einem liebevollen Blick.

»Wo ist Dad?«, fragte Eloise. »Ich würde ihm Charlotte und Tommy gern vorstellen.«

»Er hat vergessen, dass er heute einen Termin mit seinem Steuerberater hat, aber er will dich später besuchen.«

In diesem Moment kamen die Kinder zurück. Betty brachte ein Tablett mit Tee, Limonade und Kuchen.

Julie beobachtete Eloise. Es überraschte sie nicht, dass ihre Tochter hervorragend mit den Kindern umgehen konnte und die Kinder liebevoll auf sie reagierten.

Während Charlotte und Tommy den Schokoladenkuchen genossen, fragte Eloise nach ihrem Onkel und ihrer Tante.

»Onkel Martin kommt heute wieder nach Hause, zurück in dieses Irrenhaus.« Julie verdrehte die Augen. »Er hat uns einen ordentlichen Schrecken eingejagt. Wir sind froh, dass es ihm besser geht, aber auch dankbar, dem Wahnsinn dort endlich zu entfliehen.«

Eloise lächelte. Ihre Mutter liebte ihre Familie, aber sie empfand sie auch als anstrengend, jedes Mal.

Kaum hatten Tommy und Charlotte aufgegessen, wischte Betty die schokoladenbeschmierten Gesichter und Hände der beiden mit einem Tuch ab. Dann reichte sie Tommy einen Ball. Er nahm Charlotte an die Hand und führte sie wieder zum Spielen auf den Rasen.

Julie und Eloise beobachteten, wie Tommy versuchte, seiner Schwester beizubringen, wie man einen Ball warf.

»Ich lasse eine Schaukel und eine Rutsche im Garten aufbauen«, erzählte Eloise ihrer Mutter. »Und einen Sandkasten für Tommy, in dem er mit seinen Spielzeugtrucks spielen kann. Charlotte kann sich gerne mit einem Eimer und einer Schaufel dazugesellen.«

»Damit werden sie sicher viel Spaß haben«, kommentierte Julie, die bemerkte, wie aufgeregt Eloise klang.

»Ja. Und das ist mir wichtig.« Sie schwieg einen Moment. »Ich weiß tief in meinem Herzen, dass es richtig war, die beiden bei mir aufzunehmen«, sagte sie schließlich.

»Ich hatte mir eher vorgestellt, dass du eines Tages ein kleines Baby adoptierst«, gestand Julie ehrlich.

»Charlotte und Tommy sind zwei wunderbare Kinder, die eine Mutter brauchen, und ich bin fest entschlossen, diese Mutter für sie zu sein.«

»Was ist mit einem Vater?«

»Nichts! Ich kümmere mich allein um sie, Mum. Das muss reichen.«

Es stand außer Zweifel, dass Eloise nicht über Jackson reden wollte, also wechselte Julie das Thema. »Es überrascht mich, dass du sie sofort mitnehmen durftest. Du bist ja nicht einmal mit ihnen verwandt, da gibt es doch bestimmt Regeln.«

»Onkel Samuel hat mir geholfen«, sagte Eloise. »Ich habe ihn gestern noch mal angerufen und mich bei ihm bedankt. Da hat er mir auch den Adoptionsvorgang im Detail erklärt.« Ihre Miene wurde ernst. »Natürlich wird er tun, was immer in seiner Macht steht, um mir den Weg zu ebnen, aber es gibt eine Sache, die nicht beiseitegeschafft werden kann.«

»Und zwar?«

Eloise betrachtete die Kinder, die sorglos über den Rasen

rannten. »Nun, ich darf sie nicht adoptieren, bevor ihre Verwandten in England nicht über meine Absicht informiert worden sind. Sie können Einspruch erheben oder den Kindern ein Zuhause bei sich anbieten.«

Julie runzelte die Stirn. »Und wie wahrscheinlich ist das?«

»Ich weiß es nicht. Im Waisenhaus sagte eine Frau vom Jugendamt, dass hier keine Verwandten gefunden wurden, die die Kinder bei sich aufnehmen könnten. Ich weiß aber, dass die Familie erst seit ein paar Monaten in Australien ist, daher nehme ich an, dass es in England noch Verwandte gibt, und vielleicht haben die etwas dagegen, dass ich die beiden adoptiere.«

»Wie könnte irgendjemand etwas dagegen haben, wo du doch die Mittel hast, ihnen ein wunderbares Leben zu ermöglichen?«

»Onkel Samuel sagt, wenn ein Verwandter aus England sie aufnehmen möchte, wird derjenige mir gegenüber bevorzugt behandelt.«

»Aber die Verhältnisse desjenigen spielen dabei doch bestimmt auch eine Rolle.« Julie wollte sich den Herzschmerz nicht vorstellen, der ihre Tochter möglicherweise erwartete.

»Ich finde, sie sollen einfach nur ein Zuhause auf Dauer haben«, sagte Eloise.

»Wer nimmt den Kontakt mit ihnen auf?«

»Onkel Samuel sagt, das Rote Kreuz soll sie ausfindig machen und sie über den Tod der Eltern informieren. Und dabei ist es ja nur natürlich, dass sie auch wissen wollen, was mit den Kindern geschehen ist und wo sie sind.«

»Meinst du, sie kommen zur Beerdigung nach Adelaide?«

»Ich weiß es nicht, aber sie müssten sich beeilen.«

»Wenn es hier keine Verwandten gibt, wer organisiert denn dann die Beerdigung?«

»Das weiß ich auch nicht, aber ich werde mich danach erkundigen. Ich möchte gerne hingehen, doch ich finde, die Kinder sind zu jung dafür. Es könnte traumatisch für sie sein.«

»Da stimme ich dir zu. Aber warum möchtest du hingehen?«

»Ich nehme an, dass dort Freunde oder Kollegen der Grangers sind. Ich möchte mit ihnen sprechen und mehr Informationen über die Familie und die Verwandten in England herausfinden. Ich möchte einfach vorgewarnt sein, wenn jemand die Kinder bei sich aufnehmen möchte.«

Julie stieß einen Seufzer aus. »Das klingt irgendwie doch ziemlich kompliziert«, merkte sie an.

»Der ganze Adoptionsvorgang könnte Monate dauern, so lange hänge ich in der Luft.« Eloises Augen füllten sich mit Tränen. »Ich wäre am Boden zerstört, wenn Tommy und Charlotte mir weggenommen werden sollten, Mum. Ich habe sie richtig liebgewonnen.«

»Das ist nicht zu übersehen, Liebes. Wir kriegen das schon hin. Was weißt du über ihre Eltern?«

»Nur das, was ich in der Zeitung gelesen habe, in einem Artikel über das Feuer.«

»Hast du den noch?«, fragte Julie neugierig.

»Ja.« Eloise rief nach Betty und bat sie, ihn zu bringen.

»Das ist wirklich tragisch«, sagte Julie, nachdem sie den Ausschnitt gelesen hatte.

»Es hätte noch viel schlimmer sein können, wenn ein Kind oder gar beide ihr Leben verloren hätten.« Eloise konnte den Gedanken kaum ertragen. »Wenn sie alt genug sind, um es zu verstehen, werde ich ihnen erzählen, dass ihr Vater ein Held war, als er sie aus dem brennenden Haus gerettet hat.«

»Er hat getan, was jeder Vater und jede Mutter in seiner Situation getan hätten«, meinte Julie.

»Ja, vermutlich. Natürlich hat er als Erstes an die Kinder gedacht, aber er ist danach sogar noch mal ins Haus gegangen, um ihre Mutter zu retten, und das hat ihn das Leben gekostet. Deswegen ist er ein Held.«

»Ja, das stimmt. Aber jetzt haben sie gar nichts mehr. Hast du ihnen neue Kleidung gekauft?«

Eloises Miene hellte sich auf. »Ja, wir waren gestern einkaufen. Es hat einen Riesenspaß gemacht, Kleidung für die beiden auszusuchen.«

»Die Kinder sind wirklich hübsch angezogen. Wart ihr auch im Hastings Department Store?«

»Nein!«, entgegnete Eloise vehement. »Von dort habe ich mich ferngehalten, weil ich Jackson nicht sehen wollte.«

»Schon gut«, beschwichtigte Julie sie.

Eloise lenkte die Unterhaltung wieder auf die Kinder. »Wir mussten sie ganz neu einkleiden, einschließlich Unterwäsche und Schuhe. Ich muss zugeben, dass es mir sogar noch mehr Spaß gemacht hat, als für mich selbst einzukaufen.«

»Das ist ja kaum zu glauben, Du hast es immer geliebt, Dinge für dich zu kaufen.« Julie lächelte.

»Das lag daran, dass ich keine zwei wunderschönen Kinder hatte, für die ich einkaufen gehen konnte«, beharrte Eloise. »Ist das zu glauben, Mum? Wenn ich die beiden adoptiere, habe ich meine eigene kleine Familie.«

»Die hast du.« Julie lächelte. »Aber vergiss nicht: Als Großmutter darf ich sie auch verwöhnen.«

»Ich habe gerade mit Samuel telefoniert, Charles«, sagte Julie am selben Nachmittag zu ihrem Mann, dem sie die frohe Botschaft direkt nach seiner Rückkehr verkündet hatte. »Das hat meine Sorge nur verstärkt, dass Eloises Herz bricht, wenn ein Verwandter die Kinder zu sich holen möchte. Sie könnte vor Gericht natürlich dagegen vorgehen, aber wenn sie das tut und trotzdem verliert … das würde sie nicht verkraften.«

»Zumindest weiß sie um die Möglichkeit, dass ein englischer Verwandter die Kinder aufnehmen wollen könnte«, sagte Charles. »Mir ist bewusst, wie wenig tröstlich das ist, aber es ist immer noch besser als überrumpelt zu werden.«

»Die Ungewissheit, ob es einen solchen Verwandten gibt, ist das Schlimmste daran. Noch ist kein Termin für die Beerdigung angesetzt, aber Eloise möchte auf jeden Fall hingehen, und ich werde sie begleiten. Unter uns gesagt hoffe ich, dass wir von den Trauergästen mehr Informationen bekommen.« Sie seufzte. »Aber erst einmal hat Eloise uns heute Abend zum Essen eingeladen, damit du die Kinder kennenlernst.«

»Ich freue mich darauf«, rief Charles begeistert. »Ich habe unser Mädchen sehr vermisst.« Auch er hatte Sorge, dass sie verletzt werden würde.

Die Kinder kamen zur Tür gerannt, sobald Eloise ins Haus trat, und umarmten sie stürmisch. Sie befanden sich seit zwei Wochen in ihrer Obhut und hatten sich gut eingelebt. Während der ersten Woche war Charlotte einige Male nachts aufgewacht und hatte weinend nach ihrer Mutter verlangt, aber schon in der zweiten Woche hatte sie besser geschlafen. Eloise würde die beiden nicht zwingen, in getrennten Räumen zu schlafen. Es sollte ihre eigene Entscheidung sein, sobald die Zeit dafür reif war, aber es gab schon erste Hinweise darauf, dass das nicht mehr lange dauern würde.

Eloise hatte das Zimmer, das Charlotte sich ausgesucht hatte, rosa und weiß streichen lassen und mit vielen hübschen Dekorationsartikeln geschmückt, was dem Mädchen sehr gefiel. Tommys Zimmer war in kräftigen Farben gestrichen und sah auch sonst ganz anders aus. Eloise hatte einen Schreiner beauftragt, Regale für seine neuen Spielzeuge zu bauen. An die Decke hatte sie Flugzeuge gehängt.

Eloise hatte an diesem Morgen zusammen mit ihrer Mutter der Beerdigung von Charlottes und Tommys Eltern beigewohnt und fühlte sich nach der traurigen Zeremonie erschöpft.

Die Andacht für die Grangers hatte in St. Peter's Cathedral in North Adelaide stattgefunden. Danach hatten sich die Trauergäste im angrenzenden Saal zum Tee versammelt. In den Gesprächen dort hatten Eloise und Julie sich diskret erkundigt, wer die schöne Andacht organisiert hatte. Sie erfuhren, dass das nicht wie vermutet ein Verwandter der Grangers gewesen, sondern dass Dr Grangers Einstellung im Krankenhaus mit einer Lebensversicherung einhergegangen war und die Versicherungssumme die Kosten für die Beerdigung gedeckt hatte. Auch seine Frau hatte eine bescheidene Lebensversicherung abgeschlossen. Dr Grangers Kollegen, die eine sehr hohe Meinung von ihm hatten, hatten die Beerdigung organisiert und für die Blumen zusammengelegt. Verwandte waren jedoch keine gekommen.

Zuvor war Eloise durch Zufall auf der Suche nach einem Parkplatz an den verkohlten Trümmern des Hauses vorbeigefahren, in dem die Grangers gelebt hatten. Der Anblick des vom Feuer verwüsteten Hauses hatte sie schrecklich traurig gestimmt. Es war ein kleines Haus mit einem winzigen Vorgarten und einem nicht wesentlich größeren Garten. Es hatte vorn und hinten jeweils nur eine Tür und ein Fenster, und zwei Seitenfenster waren mit Gittern versehen. Eine Nachbarin erzählte ihr, dass die Grangers das Haus gemietet hatten und ein Brandermittler herausgefunden hatte, dass defekte Stromleitungen das Feuer verursacht hatten.

Es grenzte an ein Wunder, dass die Geschwister überlebt hatten. Eine Umarmung der Kinder war genau das, was Eloise jetzt brauchte.

»Wart ihr lieb zu Betty?«, fragte sie die beiden.

Sie nickten fröhlich.

»Sie waren kleine Engel, Mrs Hastings«, rief Betty von der Wohnzimmertür aus. Sie genoss es ebenso sehr wie Eloise, Kinder im Haus zu haben.

»Findest du, sie haben sich eine Belohnung verdient, Betty?« Eloise beobachtete, wie sich die Gesichter noch weiter erhellten, als sie in ihre Handtasche langte und eine Schachtel Smarties herausholte. »Die sind zum Teilen, ja?«, sagte sie und reichte Tommy die Schachtel. Sie wusste, dass er großzügig sein würde. Charlotte kam bei ihm immer an erster Stelle.

»Danke, Eloise«, sagte Tommy, bevor er mit Charlotte im Schlepptau davonraste.

Eloise fühlte einen Stich im Herzen. Sie seufzte.

»Was ist los?«, fragte ihre Mutter, die hinter ihr eingetreten war.

»Ach, ich sehne mich nach dem Tag, an dem sie mich Mummy nennen.«

»Das wird schon noch passieren«, sagte Julie. »Du brauchst nur etwas Geduld.«

»Möchten Sie Tee, Mrs Hastings?«, fragte Betty.

»Oh ja, den brauche ich jetzt dringend.« Eloise atmete tief durch. »Bleibst du noch zum Tee, Mum?«

»Ja, sehr gerne, danke.« Julie sorgte sich um Eloise, die auf der Fahrt nach Hause sehr still gewesen war.

Die Frauen zogen die schwarzen Hüte und Mäntel aus und reichten sie Betty. Dann traten sie durch die Küche auf die Terrasse. Eloise bat auch die Kinder zum Spielen nach draußen. Von hier aus würden sie sie gut im Blick haben. Da das Grundstück groß war und hinten einige Morgen natürliches Buschland waren, wollte Eloise, dass sie da spielten, wo sie sie auch sehen konnte.

»Ich bin froh, dass ich das hinter mir habe«, sagte Eloise,

als sie sich in die Sonne setzten. »Aber es ist schon traurig, dass keine Verwandten anwesend waren.«

»Zumindest waren Dr. Grangers Kollegen vom Krankenhaus da, und auch die Nachbarn der Grangers.«

»Ja, und sie wollten alle wissen, wo die Kinder sind.«

»Sie fanden es gut, dass sie bei dir in Pflege sind. Das hat mich gefreut«, erwiderte Julie.

»Ja, das stimmt.«

»Immerhin kennen sie dich als Schirmherrin der Krankenhausstiftungen ziemlich gut, einigen hast du sogar schon Kunstwerke verkauft.«

»Nur schade, dass niemand etwas über die Familie der Grangers in England wusste«, merkte Eloise besorgt an. »Ich hatte gehofft, wir würden etwas in Erfahrung bringen.«

»Es scheint, als hätten die Grangers nicht viel über ihre Familie gesprochen. Warum das so war, wissen wir nicht.«

»Es muss einen Grund dafür geben. Vielleicht hatten sie nicht viele Verwandte, vielleicht standen sie sich auch nicht nahe.«

»Hallo, ihr beiden!«, rief Charles, der in diesem Moment auf die Terrasse trat. »Ich habe mir schon gedacht, dass ich euch hier in der Sonne finde.«

»Dad!« Eloise stand auf und begrüßte ihn mit einer Umarmung.

Er beugte sich hinunter, um Julie auf die Wange zu küssen, dann winkte er den Kindern zu. »Wie war die Beerdigung?«, fragte er leise.

»Sehr traurig, aber schön organisiert«, antwortete Julie. »Viel über die Geschichte der Grangers haben wir allerdings nicht herausgefunden.«

»Wir haben aber erfahren, dass Dr Granger mit den Kindern im Krankenhaus ganz wunderbar umgegangen ist«, sagte Eloise.

»Er hatte Sinn für Humor und hat die Kinder und das Pflegepersonal ständig zum Lachen gebracht. Wenn er schon länger in Australien gewesen wäre, hätte ich ihn und seine Frau bestimmt bei einer der Wohltätigkeitsveranstaltungen des Krankenhauses kennengelernt.«

»Mrs Granger hatte gerade eine kleine Praxis in Prospect eröffnet«, erzählte Julie. »Ihre Patienten waren überwiegend älter. Ein paar von ihnen waren auf der Beerdigung und haben erzählt, dass sie sehr fürsorglich war und sogar samstags Hausbesuche durchgeführt hat, bei denen sie manchmal eines oder beide Kinder mitgebracht hat, worüber sich ihre Patienten sehr gefreut haben.«

»Wusste irgendjemand etwas über ihr Leben in England?«, fragte Charles.

»Nein, leider nicht.«

»Vielleicht kann ich euch an dieser Stelle weiterhelfen.«

Eloise setzte sich auf. »Du? Wie denn?«

»Du hast mich zum Nachdenken gebracht an dem Abend, als ich Tommy und Charlotte kennengelernt habe. Und dabei fiel mir ein, dass Monty doch Engländer ist und einige Kontakte im Vereinigten Königreich hat.« Monty Drysdale war schon seit vielen Jahren der Anwalt der Familie. »Er hat in England studiert und erzählt ständig haarsträubende Geschichten über seine unendlich vielen exzentrischen Verwandten dort.« Charles legte eine Pause ein. »Und da dachte ich, er kennt bestimmt auch einen Privatdetektiv.«

Eloise starrte ihn an, sie wartete gespannt auf die Fortsetzung.

»Und, kannte er einen?«, fragte nun auch Julie.

»Ja. Der Bruder des Ehemannes einer seiner Cousinen ist tatsächlich Privatdetektiv, also habe ich ihm die Namen der Grangers gegeben. Monty hat mich vorhin angerufen und mir erzählt, was er bisher herausgefunden hat.«

Eloises Mund war auf einmal trocken. Sie sah zu den Kindern und fürchtete sich zugleich ein wenig vor dem, was sie gleich hören würde.

»Sag mir, wenn ich zu weit gegangen bin, Eloise«, bat Charles, der bemerkte, wie angespannt sie war. »Du weißt, dass ich gern gründlich nachforsche, und ich wollte dir nur helfen.«

Eloise schluckte. »Nein, Dad, ich bin froh, dass du das gemacht hast. Was hast du herausgefunden?«

»Keine Sorge, Darling. Das, was ich dir gleich erzähle, wird dich beruhigen.«

»Jetzt mach es nicht so spannend, Liebling«, drängte Julie.

»Ja, gut. Also: Dr Grangers Eltern und seine beiden jüngeren Brüder sind 1956 bei einem Flugzeugabsturz in Indien ums Leben gekommen. Er war zum Glück zu der Zeit an der Universität, sonst hätte er sie vielleicht begleitet. Aber von diesem Moment an war er auf Stipendien angewiesen, um sein Studium abschließen zu können.«

»Wie entsetzlich! Was hat die Familie denn in Indien gemacht?«, fragte Eloise.

»Urlaub. Es war der Lebenstraum von Eric Grangers Mutter, den Taj Mahal zu sehen. Sie waren gerade mit dem Zug von Agra nach Delhi gefahren, wo sie dann ein Flugzeug bestiegen, das nach London fliegen sollte. Das Flugzeug stürzte jedoch gleich nach dem Start ab. Es gab keine Überlebenden.«

»Das ist schrecklich traurig.« Eloise schwieg einen Moment. »Was ist mit den Verwandten von Tommy und Charlottes Mutter?«

»Justine Grangers Eltern sind im Abstand von neun Monaten gestorben, als sie zwanzig Jahre alt war. Die Mutter hatte Eierstockkrebs, und der Vater litt an einer fortschreitenden Nervenerkrankung. Sie hatte zwei Schwestern, eine jüngere und eine ältere.«

Eloise wurde schwer ums Herz.

»Die ältere Schwester, Gaby Watson, lebt in South Queensferry in Schottland. Sie hat seit Jahren nahezu gar nichts mit der Familie zu tun. Die meisten Menschen, mit denen der Detektiv gesprochen hat, denken, dass das an ihrem aktuellen Ehemann liegt.«

»Ihrem aktuellen? Wie viele hatte sie denn?«, fragte Eloise.

»Sie war dreimal verheiratet und hat drei Kinder aus den ersten beiden Ehen. Ihr aktueller Mann ist wesentlich älter und hat selbst erwachsene Kinder aus erster Ehe. Laut zuverlässiger Quellen ist er wohlhabend und zahlt dafür, dass Gabys Kinder auf ein Internat gehen können, damit er sich nicht mit ihnen abgeben muss. Daher kannst du dir recht sicher sein, dass er seiner Frau nicht gestatten wird, zwei weitere Kinder bei sich aufzunehmen.«

Eloise verspürte Erleichterung. »Und die andere Schwester?«

»Alma Faustine scheint eine eher unangenehme Person zu sein. Ihr Ehemann hat sie vor Jahren verlassen, und jetzt zieht sie allein acht Kinder groß.«

»Erzählst du mir jetzt, dass sie die perfekte, geborene Mutter ist?«

»Ganz im Gegenteil! Sie lebt in Armut in einem Sozialbau in Essex, wo die Kinder Berichten zufolge verwahrlosen. Aber bevor du Mitleid empfindest: Einer der Nachbarn hat dem Privatdetektiv erzählt, dass sie Justine ständig um Geld angebettelt hat, um die Rechnungen bezahlen zu können, das Geld dann aber für Zigaretten und billigen Wein ausgegeben hat. Justine bezeichnet sie als faul und als nachlässige Mutter. Ihre älteren Jungs haben oft Ärger mit der Polizei. Seit einem sehr heftigen Streit vor einem Jahr hat Justine ihr jegliche finanzielle Hilfe verweigert.« Er schwieg einen Moment. »Man kann irgendwie verstehen, warum die Grangers ausgewandert sind, oder?«

»Hältst du es für wahrscheinlich, dass Alma Charlotte und Tommy bei sich haben möchte?« Eloise war entsetzt von der Vorstellung.

»Die Chancen gehen gegen null.«

»Es klingt doch so, als käme sie nicht einmal mit den Kindern zurecht, die sie schon hat«, sagte Julie in der Hoffnung, Eloise zu beruhigen. »Wohnungen in Sozialbaukomplexen sind sehr klein, also hat sie wahrscheinlich auch gar keinen Platz.«

»Ich hoffe sehr, dass du recht hast, Mum.« Eloise stand auf und ging auf die Wiese zu den Kindern, um mit ihnen zu spielen.

»Glaubst du, die Kinder sind sicher vor Alma, Charles?«, fragte Julie leise.

»Ich bin überzeugt, dass sie Charlotte und Tommy nicht zu sich holen will, aber ich fürchte, wenn sie herausfindet, dass Eloise wohlhabend ist, könnte sie die Kinder benutzen, um ihr Geld abzuknöpfen. Sie scheint der Typ dafür zu sein.«

Julie blickte ihn entsetzt an. »Können wir dagegen irgendetwas tun?«

»Ich fürchte nicht«, erwiderte Charles.

Kapitel 29

Als Vera vom Einkaufen zurückkehrte, fand sie das Haus verlassen vor. »Wo sind denn alle?«, fragte sie Georgina, die gerade ihre Pinsel in der Spüle auswusch.

»Ernie, Melody und die Kinder sind zum Damm gegangen, um die neuen Babyenten zu sehen«, erwiderte diese.

Vera war froh darüber, sie hatte lange auf die Gelegenheit gewartet, sich unter vier Augen mit Georgina zu unterhalten. Entweder war Melody oder einer der Nachbarn hier, oder Georgina war draußen und malte. Sie waren selten zu zweit.

Ernie hatte Vera von seiner Vereinbarung mit Jackson erzählt, den Gewinn der Farm zu teilen. Auch dass Jackson nicht vor Gericht ziehen würde, erleichterte Vera zutiefst. Doch als Ernie sagte, Jackson wüsste von Georgina, dass er und Ernie den gleichen Vater hatten und dass sie es die ganze Zeit über gewusst hatte, war Vera schockiert gewesen, unangenehm berührt und beschämt. Sie hatte gewartet, dass Georgina sie darauf ansprechen würde, doch diese hatte einfach weitergemacht, als wäre alles wie immer.

Vera war plötzlich nervös. »Das ist gut. Ich hatte gehofft, dass wir mal in Ruhe miteinander reden können, Georgina. Wenn ich ehrlich bin, ist es mir bisher schwergefallen, den Mut dafür aufzubringen.«

»Worüber möchtest du denn sprechen?« Wenn Georgina eine Ahnung hatte, dann ließ sie es sich nicht anmerken.

»Nun … Ernie hat mir erzählt, dass Jackson und er sich vertragen haben«, umschiffte Vera das Thema zunächst.

»Ja, das hat er mir auch erzählt, und ich finde es ganz wunderbar.« Sie lächelte.

»Ernie hat mir außerdem gesagt, dass du ein … offenes Gespräch mit Jackson geführt hast.« Vera wand sich und konnte Georgina kaum in die Augen sehen.

»Geht es darum, dass Cornell Ernies Vater ist?«, sprach Georgina das aus, was Vera nicht über die Lippen kommen wollte.

Vera nickte und atmete tief durch. »All die Jahre hatte ich keinen blassen Schimmer, dass du die Wahrheit wusstest.«

»Cornell und ich hatten keine Geheimnisse voreinander.«

»Warum hast du nie mit mir darüber geredet?«

»Weil du dich unwohl gefühlt hättest … wie jetzt. Und es war nicht nötig.«

»Nicht nötig! Ich wäre wahrscheinlich gar nicht hiergeblieben, weil ich immer das Gefühl gehabt hätte, das wäre für dich seltsam gewesen.«

»Dann war es ja gut, dass ich kein Wort darüber verloren habe.« Georgina lächelte freundlich. »Wir hatten all die Jahre so eine schöne Freundschaft, und unsere Söhne sind zusammen aufgewachsen, bei ihrem Vater. Ich nehme an, du hast Harley nie die Wahrheit gesagt?«

»Nein. Ich habe ihm gesagt, dass der Vater meines Kindes nicht Teil meines Lebens war, und er hat es akzeptiert. Hätte ich ihm die Wahrheit gesagt, hätte er mich zwar sicher trotzdem geheiratet, aber vermutlich hätte er darauf bestanden, die Farm zu verlassen. Aber wir waren so glücklich hier, und für Ernie war es wunderbar, hier aufzuwachsen. Harley war ihm ein großartiger Vater. Ernie hat nie auch nur den leisesten Verdacht gehabt, sie könnten nicht verwandt sein.«

»Harley war ein guter Dad«, stimmte Georgina zu. »Und ich bin froh, dass Ernie mit Cornell zusammengearbeitet hat und sie eine enge Beziehung zueinander hatten.«

Vera war beeindruckt von Georginas großzügiger Einstellung. »Weißt du eigentlich, was für ein besonderer Mensch du bist, Georgina? Es gibt nicht viele Frauen, die in ihrem Zuhause eine Frau willkommen heißen würden, die das Kind ihres Mannes in sich trägt.«

»Du konntest nirgendwohin, und mein Mann hat dich ja erst in diesen Zustand gebracht, da hatte ich das Gefühl, dass wir dir etwas schulden. Außerdem war ich mir sehr sicher, was Cornells Gefühle für mich betraf. Unsere Beziehung war besonders.«

»Das war sie wirklich. Ich bin froh, dass wir endlich darüber reden können. Und ich bin froh, dass unsere Söhne die Wahrheit kennen. Ich hoffe, es bringt sie einander wieder näher. Ernie hatte das Gefühl, die Farm gar nicht zu verdienen, und ich habe mir lange große Sorgen um ihn gemacht. Deswegen musste ich ihm auch schließlich die Wahrheit sagen. Für ihn war es entscheidend, zu wissen, dass er Cornells Sohn ist, selbst wenn er es vor Gericht nicht hätte beweisen können.«

»Ich habe Jackson die Wahrheit gesagt, weil ich gehofft habe, dass er sich noch mal überlegt, ob er Cornells Testament anficht und Ernie damit verletzt. Zum Glück hat das Wissen ihn umgestimmt.«

»Ja. Jetzt muss Jackson nur noch die Begeisterung wiederfinden, die er hatte, als er das Kaufhaus gegründet hat.«

»Sein Herz ist immer noch gebrochen, nachdem er Eloise verloren hat, oder? Meinst du, es besteht die Chance, dass sie sich noch einmal versöhnen?«, fragte Vera.

»Es kann leider gut sein, dass dieser Teil des Märchens kein gutes Ende findet«, erklärte Georgina. »Ich möchte einfach, dass er wieder glücklich ist, ob mit oder ohne Eloise, und das wird er, wenn er das Kaufhaus wieder zum Erfolg führt.«

»In den letzten Tagen hat das Geschäft einen deutlichen Aufschwung erlebt, Mr Hastings«, sagte Walter Lenswood, als er das Kassenbuch durchsah. »Es ist noch zu früh, zu behaupten, Sie hätten das Blatt gewendet, aber Sie sind auf jeden Fall auf dem richtigen Weg. Das gibt Hoffnung. Trotzdem wird es ein paar umsatzstarke Monate brauchen, Mr Ridgeway und Mr Beck davon zu überzeugen, den Laden nicht verkaufen zu müssen, also machen Sie weiter so.«

Jacksons Ehrgeiz war neu erwacht, und seitdem hatte er schwer gearbeitet. Jeden Morgen, wenn er die Augen aufschlug, fühlte er sich aufgeregt und wie verjüngt. Das Wissen um Ernies Unterstützung gab ihm den entscheidenden Schub, nicht nur in finanzieller Hinsicht, sondern auch, weil er ihn als Bruder und Vertrauten hatte. Sie hatten oft telefoniert, und Ernie war vor einem Zoobesuch mit Melody und den Kindern sogar einmal im Kaufhaus zu Besuch gewesen. Sein Vertrauen bedeutete Jackson unendlich viel.

»Ich werde hart arbeiten und Hastings noch erfolgreicher machen, als es je war. Darüber hinaus habe ich vor, Ihnen dreien die Anteile abzukaufen und wieder der alleinige Geschäftsinhaber zu werden.«

Lenswood starrte ihn an. »Sie haben ziemlich ehrgeizige Ziele?«

»Das kommt, weil ich in einer schwierigen Zeit in meinem Leben keine Kontrolle mehr über das Geschäft hatte, das ich aufgebaut habe. Das wiederum hat den Druck nur noch vergrößert und beinahe dazu geführt, dass ich etwas tue, über das ich nie auch nur hätte nachdenken dürfen.«

»Das Testament Ihres Vaters anzufechten?«

»Ja, ganz genau. Ich war im Unrecht.« Jackson ging bewusst nicht ins Detail, weil er nicht wollte, dass Lenswood oder sonst irgendjemand über die Familie tratschte.

»Vergessen Sie nicht, dass wir drei in einer anderen schwierigen Zeit in Ihrem Leben, als das Geschäft abgebrannt war, Anteile gekauft haben.«

»Das habe ich nicht vergessen, und ich werde Ihnen für Ihre Investitionen immer dankbar sein. Aber ich habe auch nicht vergessen, wie es sich anfühlt, der alleinige Inhaber zu sein. Das Gefühl möchte ich wieder haben. Ich hoffe, Sie haben dafür Verständnis.«

»Das habe ich, Mr Hastings. Kapitän seines eigenen Schiffes zu sein ist eine wunderbare Sache.«

Januar 1962

»Siehst du den Koala dort im Baum, Tommy?« Eloise zeigte auf einen der Eukalyptusbäume im Buschland auf ihrem Grundstück. Es war ein wunderschöner Nachmittag für einen Spaziergang mit den Kindern und Julie. Die Sonne schien, aber da sie unter den schattigen Bäumen liefen, war die Temperatur sehr angenehm. Die Kinder hatten Spaß daran, Moos und Farne zu entdecken. Charlotte hatte voller Aufregung Schmetterlinge ausgemacht, und Tommy war vom Anblick einer gut getarnten Echse zwischen den Blättern begeistert gewesen.

»Ja«, sagte Tommy erfreut. »Siehst du ihn auch, Charlotte?« Als seine Schwester verneinte, warf er Eloise einen hilflosen Blick zu.

»Sie wird schon noch Koalas sehen, sobald sie an einem heißen Tag zum Trinken an den Teich kommen«, versicherte Eloise ihm. »Manchmal kommen auch Kängurus, einige von ihnen sind ganz schön groß.«

»Von denen müsst ihr euch aber fernhalten. Die ganz großen können gefährlich sein«, warnte Julie.

Während sie weiterliefen, die Kinder einige Schritte vor ihnen, hielt Eloise, auf den Weg konzentriert, Ausschau nach Schlangen. Schließlich blieb sie stehen. »Mum, ich muss dir etwas erzählen«, sagte sie aufgeregt. »Charlotte hat mich heute Morgen Mummy genannt, als ich sie angezogen habe«, wisperte sie gerührt. »Mein Herz ist vor Liebe fast übergelaufen.«

Julie lächelte und drückte ihren Arm. »Das freut mich für dich, Darling.«

Sie liefen schweigend weiter. Plötzlich kam Eloise ein Gedanke. »Ich kenne nicht mal die Geburtstage der Kinder, und ich kann noch nicht ihre Geburtsurkunden anfordern, bevor sie offiziell von mir adoptiert sind.«

»Daran habe ich noch gar nicht gedacht.«

»Wäre es nicht schrecklich, wenn ich ihren Geburtstag verpassen würde, ohne es zu wissen?«

»Du kannst sie ja nachfeiern, sobald du es herausfindest«, schlug Julie vor.

»Ja, das könnte ich. Wenn alles gut geht und ich sie offiziell adoptieren kann, veranstalten wir eine große Feier.« Doch so richtig enthusiastisch war sie nicht. Sie konnte nicht aufhören, an Alma Faustine zu denken. Sie hatte sogar schon Albträume, in denen diese nach Australien kam, um ihr die Kinder wegzunehmen.

Ein Monat war vergangen, ohne dass Neuigkeiten aus England gekommen waren. Die Warterei war eine Qual für Eloise.

»Gibt es irgendwelche Neuigkeiten, Mum?«, wandte sie sich an ihre Mutter. In diesem Moment fielen ihr die dunklen Ringe unter Julies Augen auf. »Du siehst müde aus«, fügte sie hinzu.

»Nein, alles in Ordnung«, erwiderte Julie leichthin. »Ich habe letzte Nacht nicht sonderlich gut geschlafen, aber das ist nicht ungewöhnlich.« Sie hatte vor Sorge um Eloise und das, was auf sie zukommen könnte, kaum ein Auge zugetan, wollte das jedoch nicht zugeben.

»Hat Daddy geschnarcht?«

»Nein, mein Kopf kam einfach nicht zur Ruhe, aber das passiert mir öfter.«

Eloise hörte eine Spur Traurigkeit aus ihrer Stimme heraus. »Irgendetwas stimmt nicht, Mum. Raus mit der Sprache.«

»Es ist alles in Ordnung«, beharrte Julie.

»Das glaube ich dir nicht. Du verheimlichst mir etwas.« Eloise war sofort alarmiert. »Hat es mit Alma Faustine zu tun?«

»Du lässt aber auch nicht locker, oder?« Julie stieß einen Seufzer aus. »Also, ja, leider stimmt etwas nicht. Alma wurde mitgeteilt, dass du die Kinder adoptieren möchtest, und sie stellt Fragen. Mehr weiß ich nicht.«

»Aber das ist doch nur normal, oder?«, fragte Eloise.

»Ja, natürlich.«

»Also ist da noch etwas.« Sie kannte ihre Mutter gut genug, um zu wissen, dass sie ihr noch mehr verschwieg.

»Dein Vater und ich haben Sorge, dass sie versuchen wird, dir als Gegenleistung für die Kinder Geld abzuknöpfen.«

Eloise war schockiert. »Das wäre ja skrupellos«, stieß sie hervor.

»Ja, das stimmt, aber selbst ihre Schwester war ja der Meinung, dass Alma Faustine keine Skrupel hat, oder? Deswegen hat sie den Kontakt zu ihr abgebrochen.«

»Ich werde ihr die Kinder nicht geben«, sagte Eloise so leise, dass sie es nicht hören konnten.

»Natürlich nicht, aber du kannst auch nicht anfangen, ihr Geld zu geben. Das würde niemals aufhören.«

Eloise wurde wütend.

»Dein Vater hatte die Idee, eine einmalige Zahlung zu veranlassen und sie unterschreiben zu lassen, dass es keine weiteren geben wird. Er wollte das mit Monty besprechen, um zu klären, wie man das am besten formuliert.«

»Es wäre falsch, ihr Geld zu geben, und es wäre auch falsch, wenn Daddy derjenige wäre, der es ihr gibt«, sagte Eloise aufgebracht. »Abgesehen davon – sie hat doch noch nicht nach Geld gefragt, oder?«

»Nein.«

»Bist du sicher, Mum? Du würdest es mir doch sagen, oder?«

»Ich sage es dir, Darling, keine Sorge«, versprach Julie und hakte sich bei Eloise unter.

Jackson schlief nachts nicht mehr als fünf Stunden. Nach Ladenschluss arbeitete er lange an neuen Werbekampagnen, und tagsüber hieß er die Kundinnen und Kunden im Laden persönlich willkommen. Sein Geist sprühte nur so vor Ideen, und das Geschäft florierte. Er hatte Werbung im Radio geschaltet und war damit ein finanzielles Wagnis eingegangen. Die Anteilseigner hatten sich wegen der Kosten dagegen ausgesprochen, aber er hatte sich ihnen widersetzt. Glücklicherweise war die Kampagne so erfolgreich gewesen, dass er drei neue Mitarbeiter hatte einstellen müssen. Doch statt erfahrene Verkäuferinnen dafür auszuwählen, vergab er die Stellen an drei junge Schulabgänger. Auch damit waren die Anteilseigner nicht einverstanden, und erneut setzte Jackson sich durch. Den Schulabgängern musste er nicht nur weniger zahlen als erfahrenem Personal, sie brachten zusätzlich durch ihre Jugend und ihren Elan frischen Wind in den Laden. Darüber hinaus umwarb Jackson die örtlichen Journalisten, die Zeitungsartikel über das Kaufhaus veröffentlichten, was ebenfalls gute Werbung war.

Nachts, wenn er allein im Bett lag, dachte er jedes Mal unweigerlich an Eloise. Ihr galt sein letzter Gedanke am Abend und sein erster an jedem Morgen. Tagsüber war er glücklicherweise abgelenkt, weil so viel zu tun war. Er hatte seit Monaten nichts von ihr gehört oder gesehen und rechnete jeden Tag damit, die Scheidungspapiere zu erhalten. Die Nachricht von ihrer Trennung hatte sich längst herumgesprochen. Da Eloise keinen Veranstaltungen beiwohnte, wurde gemunkelt, dass sie sich mit jemandem traf, und das ärgerte Jackson, machte ihn jedoch gleichzeitig interessant für alleinstehende Frauen. Diese kamen nun scharenweise zum Einkaufen in den Hastings Department Store. Sie suhlten sich in der Aufmerksamkeit, die der Ladenbesitzer ihnen schenkte, und kamen oft wieder, was sich hervorragend auf die Verkaufszahlen auswirkte. Jackson erhielt Einladungen zu zahlreichen gesellschaftlichen Anlässen, lehnte jedoch stets ab, weil ihm nicht der Sinn danach stand und er auch gar keine Zeit dafür hatte.

Samstagnachmittags fuhr er oft zur Farm und blieb über Nacht. Er verbrachte dort eine schöne Zeit mit seiner Familie. Manchmal sattelte er sogar Major und ritt mit Ernie zusammen aus. Die Farm entwickelte sich sehr gut. Im gleichen Maße, in dem Jackson sich keine Sorgen mehr machte, das Kaufhaus zu verlieren, verspürte auch Ernie wieder neuen Schwung bei der Farmarbeit. Er wollte den Gewinn sogar steigern, um Jackson dabei zu helfen, den Investoren ihre Anteile abzukaufen.

»Eloise, ich war heute in der Stadt und bin am Hastings Department Store vorbeigekommen. Ich habe dort noch nie so viele Kundinnen gesehen«, sagte Julie. Sie saß neben ihrer Tochter auf einer Gartenbank und sah den Kindern beim Spielen in ihrem neuen Sandkasten zu.

»Das freut mich«, erwiderte Eloise kühl. »Jackson arbeitet sicher hart dafür.«

»Es waren überwiegend Frauen, die hineingegangen sind«, betonte Julie. *»Junge, attraktive Frauen.«*

Eloise warf ihr einen scharfen Blick zu. »Ich bin nicht eifersüchtig.«

»Das ist gut, denn ich habe nicht das Gefühl, dass Jackson lange allein bleiben wird. Ich habe gehört, dass Caroline Swanson es auf ihn abgesehen hat.«

Eloise kannte Caroline. Sie waren nie befreundet gewesen, aber seit ihr Mann vor drei Jahren verstorben war, kreuzte sie bei jedem gesellschaftlichen Anlass auf. »Sie sollte besser zu Hause auf die Kinder aufpassen. Er ist immer noch ein verheirateter Mann.«

»Sie ist auf der Jagd nach einem Vater für ihre Kinder, und zu ihrem Glück ist sie attraktiv genug, einen zu finden. Wenn Jackson ihr in die Falle tappt, hat er direkt eine komplette Familie.«

»Er möchte eigene Kinder, nicht die von jemand anderem«, erwiderte Eloise.

»Bist du dir da sicher?«

Eloise stand auf und trat an den Rand des Sandkastens. Sie stellte sich Jackson mit Caroline Swanson vor. Sie war sehr attraktiv, die beiden würden ein hübsches Paar abgeben. Eloise hatte Monty gebeten, die Scheidungspapiere aufzusetzen, aber sie hatte bisher gezögert, sie Jackson zuzuschicken. Sie redete sich ein, das liege an Jacksons geschäftlichen Schwierigkeiten und daran, dass sie seinen Kummer nicht noch vergrößern wollte. Aber wenn er bereit war, weiterzuziehen, und das Geschäft gut lief, war vielleicht die Zeit gekommen, ihn offiziell freizugeben.

Kapitel 30

Die Kinder waren schon im Bett, und Eloise hatte Betty für den Abend nach Hause geschickt, als es überraschend an der Haustür klopfte. Davor standen ihre Eltern in Begleitung von Monty Drysdale.

»Hallo, Darling«, begrüßte Julie sie. »Wir müssen mit dir reden.«

Eloises Herz begann zu rasen. »Kommt herein.« Sie führte sie ins Wohnzimmer. »Möchtet ihr etwas trinken?«

»Noch nicht, Darling«, sagte Charles.

»Bitte, nehmt doch Platz.« Eloise zitterte und war froh, sich in einen Sessel fallen lassen zu können. »Ihr habt Neuigkeiten von Alma Faustine, nicht wahr?«

»Ja«, sagte Charles. »Sie möchte mit dir Kontakt aufnehmen. Sie wird dich anrufen, vielleicht sogar schon heute Abend. In England ist es schließlich schon Morgen.«

»Wir wollten dich darauf vorbereiten«, fügte Julie hinzu.

»Oh Gott, Dad, will sie die Kinder?« Eloise war schlecht vor Angst.

»Wir glauben, dass sie Geld möchte und davon ausgeht, dass du ihr welches anbietest, wenn sie dir nur genug Angst einjagt. Ich habe Monty gebeten, einen Vertrag vorzubereiten, in dem steht, dass du ihr eine Summe anbietest, als einmalige Zahlung. Wir denken, zehntausend Pfund sollten dafür sorgen, dass sie dich nie wieder belästigt.«

Eloise sprang auf. »Was für eine Person nimmt Geld im Austausch für Kinder?«, fragte sie wütend.

»Nun, wie wir wissen, hat sie ihre Schwester ziemlich ausgenommen«, erinnerte Monty sie. »Das allein zeigt schon, was für eine Person sie ist. Ich denke aber, mit einer einmaligen Zahlung werden wir sie los.«

»Wie hoch ist die Wahrscheinlichkeit, dass sie die Kinder möchte, Monty?«

»Ich würde sagen: gleich null. Der Privatdetektiv sagt, dass sie in einer Dreizimmer-Sozialwohnung in der sechsten Etage eines neunstöckigen Gebäudes wohnt, mit acht Kindern, jeweils vier Jungen und vier Mädchen. Da könnt ihr euch die Lebensumstände ja vorstellen. Es ist mit Sicherheit sehr beengt, in jedem der Kinderzimmer müssten vier Betten stehen.«

»Mit je einem weiteren Jungen und Mädchen muss sie also Platz für ein zusätzliches Bett in jedem dieser Räume finden«, überlegte Eloise.

»Genau«, sagte Monty. »Das einzige mögliche Motiv dafür, die Kinder bei sich aufzunehmen, wäre für sie, noch mehr Sozialhilfe beziehen zu können, aber ich glaube nicht, dass sie Platz für die beiden hat.«

Eloise war übel. Sie dachte an Tommy und Charlotte, die in ihren wunderschön eingerichteten großen Zimmern schliefen. Die beiden waren so glücklich! Und sie auch. Sie stand auf und ging zur Hausbar. Sie nahm sich selbst einen Sherry, trank ihn und schenkte sich gleich nach. »Möchte noch jemand einen Sherry oder einen Scotch?«

»Ich nicht«, erwiderte Julie, die sie besorgt beobachtete.

»Ich nehme einen Scotch, Darling«, bat Charles.

»Ich auch«, sagte Monty. »Möchtest du, dass ich ihr dieses Angebot unterbreite, Eloise?«

Das schrille Klingeln des Telefons zerriss die Luft, und Eloise wich jegliche Farbe aus dem Gesicht.

»Soll ich abheben?« Monty machte Anstalten, aufzustehen.

»Nein.« Eloise hob die Hand. »Ich gehe.« Sie hörte selbst, dass ihr Tonfall eisern und ruhig klang.

Sie empfand auch Wut, während sie zum Telefon in der Eingangshalle ging und den Hörer abhob.

Ihre Eltern und Monty warteten im Wohnzimmer, und Eloise wusste, dass ihre Worte durch die Stille im Haus zu ihnen dringen würden.

»Eloise Hastings am Apparat«, sagte sie so ruhig wie möglich.

»Mrs Hastings, hier ist Alma Faustine«, erwiderte eine Frau mit englischem Akzent.

»Ah, Mrs Faustine. Wie schön, von Ihnen zu hören.«

»Wie geht es den Kindern meiner Schwester, Tony und Charlotte?«

»*Tommy* und Charlotte geht es sehr gut, vielen Dank.« Eloise war wütend, dass sie nicht einmal den Namen ihres Neffen kannte. »Mein aufrichtiges Beileid zum Verlust Ihrer Schwester und Ihres Schwagers.«

»Eloise klingt so ruhig«, wisperte Julie Charles zu. »Überraschend ruhig.«

»Ja, das finde ich auch«, wisperte Charles. »Ich vermute, sie ist einfach zuversichtlich, dass eine einmalige Zahlung Alma Faustine zufriedenstellen wird.«

»Danke, Mrs Hastings. Ich bin am Boden zerstört, meine Schwester und ich standen uns sehr nahe.«

»Das verstehe ich.« Eloise fand, dass die Frau eine schlechte Lügnerin war.

»Ich möchte Ihnen danken, dass Sie so gut auf die Kinder aufgepasst haben«, sagte Alma.

»Es war mir eine Freude«, erwiderte Eloise. Sie klang ruhig, doch ihr Magen schlug Purzelbäume vor Nervosität.

»Sie verstehen aber sicher, dass es das Beste ist, wenn sie bei ihrer Familie aufwachsen«, sagte Alma.

Eloise hatte Mühe, ihre Stimme zu kontrollieren. »Ich verstehe, dass Sie die Kinder Ihrer Schwester aufziehen wollen, aber aus der Entfernung können Sie natürlich auch nicht wissen, wie traumatisiert die beiden nach dem Feuer waren. Es hat gedauert, doch jetzt haben sie sich hier gut eingelebt. Es wäre grausam, sie schon wieder aus ihrem Umfeld zu reißen.«

»Bei allem Respekt, Sie sind nicht ihre Familie, oder? Also haben Sie in dieser Sache nichts zu sagen. Die Kinder sollten bei ihrer Familie sein«, beharrte Alma.

Eloise ging auf, dass Alma nicht nachgeben würde. Und es war klar, dass sie nicht im Mindesten an der seelischen Gesundheit der Kinder interessiert war. »Ich finde es schade, sie gehen lassen zu müssen. Es war ein wahres Vergnügen, sie hier zu haben, aber ich verstehe natürlich den Wert einer Familie. Rufen Sie an, um ihre Reise nach England zu organisieren?«

»Was tut sie denn da?«, fragte Julie mit aufgerissenen Augen.

Charles runzelte die Stirn. »Ich weiß es nicht«, erwiderte er ebenso verwirrt.

»Ja, aber ich möchte auch nicht herzlos sein. Sie haben die beiden bestimmt schon ins Herz geschlossen«, sagte Alma, jetzt in einem völlig veränderten Tonfall. »Es sind so liebe Kinder.«

»Natürlich habe ich das«, sagte Eloise. »Und ich finde es traurig, mich von ihnen verabschieden zu müssen, aber ich werde mich mit dem Wissen trösten, dass in den Waisenhäusern hier so viele Kinder sind, die auf ein schönes Zuhause warten. Es würde mir nicht im Traum einfallen, mich Ihnen, als ihre Blutsverwandte, in den Weg zu stellen. Sie mussten schon genug durchmachen, nachdem Sie Ihre Schwester auf so tragische Weise verloren haben.«

Es folgte eine Pause, dann endlich sprach Alma weiter. »Ich habe acht Kinder, da machen zwei keinen großen Unterschied«, bluffte sie. »Und natürlich würde meine liebe Schwester wollen, dass sie bei mir leben.«

»Das ist wirklich sehr löblich von Ihnen, Mrs Faustine. Sie scheinen Kinder sehr zu lieben, wie wunderbar! Dann haben Tommy und Charlotte ja richtig viele Cousins und Cousinen, mit denen sie spielen können. Lassen Sie es mich wissen, sobald Sie die Vorkehrungen für ihre Reise nach England getroffen haben.« Eloise bemerkte jetzt ihre Mutter in der Tür, ihr Mund stand offen, vermutlich fragte sie sich, ob Eloise den Verstand verloren hatte.

»Nun, sehen Sie, Mrs Hastings, Geld ist im Moment ein kleines Problem«, begann Alma jetzt.

Eloise wappnete sich innerlich. Jetzt ging es also los mit der Erpressung.

»Ich kann ihre Flugtickets bezahlen, wenn das hilft, Mrs Faustine. Das ist das Mindeste, was ich tun kann«, schlug Eloise vor.

»Oh, na ja, also ich muss ihnen ja auch noch Betten und Bettwäsche kaufen. Was ich eigentlich brauche, ist ein größeres Haus, aber die Gemeindeverwaltung will mir keins geben«, sagte sie in gespielter Verzweiflung.

Innerlich kochte Eloise vor Wut, und es fiel ihr zunehmend schwer, sie zurückzuhalten. »Vielleicht ist es dann am besten, wenn die Kinder so lange hierbleiben, bis Sie Ihre finanziellen Schwierigkeiten und Ihre Wohnsituation geklärt haben.«

»Vielleicht könnten Sie mir helfen … wenn es Ihnen nichts ausmacht. Die Kinder können bei Ihnen bleiben, bis ich hier alles für sie vorbereitet habe.«

Eloise biss sich auf die Zunge. Alma wollte die Kinder eindeutig nicht. Sie wollte nur Geld, und sie würde sich nicht mit wenig zufriedengeben. Sie würde ständig nach mehr fragen.

»Es wäre nicht richtig, die Kinder noch weiter an dieses

Umfeld zu gewöhnen, wenn ich sie nicht adoptiere, Mrs Faustine. Die Gefühle der Kinder stehen an erster Stelle. Meinen Sie nicht auch?«

»Na ja, schon …«

»Wenn Sie sie aufnehmen, müssen Sie sie direkt zu sich holen und in Ihren aktuellen Umständen damit zurechtkommen. Wenn das nicht möglich ist, sollte ich sie adoptieren. Diese beiden Möglichkeiten sind das Beste für sie. Also, welche soll es sein?«

Es folgte eine Stille, in der Eloise die Luft anhielt, während Alma offenbar über ihren nächsten Schritt nachdachte. Eloise erwartete, dass sie noch einen weiteren Versuch unternehmen würde, ihr Geld abzuluchsen, auch wenn das natürlich bedeutete, weiter so zu tun, als wollte sie die Kinder wirklich zu sich holen.

Und richtig: »In Ordnung, dann kommen sie zu mir«, sagte Alma prompt.

Eloise schwieg einen Moment, um Alma in Sicherheit zu wiegen. »Sehr schön«, sagte sie dann. »Sie holen sie ja vom Flughafen ab, nicht wahr?«

»Ja … natürlich.«

Eloise hatte weiche Knie. »Gut, und wann sollen sie dann losfliegen?«

»Ich rufe Sie an und lasse es Sie wissen. Wiederhören.«

»Wiederhören, Mrs Faustine.«

Eloise hängte auf. Sie hatte das Gefühl, sich gleich übergeben zu müssen.

»Eloise! Jetzt bin ich vollends verwirrt«, sagte Julie von der Tür aus. »Ich denke, ich nehme jetzt doch einen Sherry.«

Eloise folgte ihr ins Wohnzimmer. Ihre Beine zitterten, ihr Mund war trocken.

»Du lässt sie auflaufen, oder?«, fragte Charles.

»Ich hatte keine Wahl. Sie hat darauf bestanden, dass die Kinder bei ihrer Familie sein sollten. Dabei liegt ihr das Wohlbefinden von Tommy und Charlotte gar nicht am Herzen. Sie bekommt keinen Penny von uns, und die Kinder bekommt sie auch nicht«, sagte Eloise entschlossen.

»Du hast Glück, dass sie diese Unterhaltung nicht aufgenommen hat«, meinte Monty.

»Natürlich hat sie das nicht«, entgegnete Eloise. »Sie ist davon ausgegangen, dass ich direkt in ihre Falle tappe, und das wäre auch passiert, wenn ich mit dem Herzen gehandelt hätte. Ich musste meine Gefühle beiseiteschieben und einen kühlen Kopf bewahren, was gar nicht so leicht war. Ich hoffe nur, dass es funktioniert.«

»Wann hast du dir diesen Plan denn überlegt?«, fragte Julie, während Eloise ihnen beiden einen Sherry einschenkte.

»Ich hatte keinen Plan, Mum. Ich habe nur die Taktik geändert, als ich gemerkt habe, dass sie nicht mit sich reden lassen wird. Es macht mich unglaublich wütend, dass sie versucht, mir Geld für die Kinder abzunehmen. Die Gefühle der beiden interessieren sie überhaupt nicht.«

»Was glaubst du, passiert jetzt?«, fragte Julie.

»Sie wird meine Worte wahrscheinlich erst verdauen müssen und sich vielleicht noch einmal einen anderen Plan überlegen. So oder so, sie wird weder Geld noch die Kinder bekommen.«

»Mir scheint, sie hat in dir eine würdige Gegnerin gefunden«, sagte Monty beeindruckt.

Drei quälende Wochen lang hörte Eloise nichts mehr von Alma Faustine. Sie fragte sich oft, ob sie mit ihrem Täuschungsmanöver das Richtige getan hatte. Um sich abzulenken, machte sie es sich zur Aufgabe, ihre private Kunstsammlung zu verkaufen, darunter auch einige sehr wertvolle Gemälde. Sie wollte Geld sammeln, um einen neuen Flügel im Kinderkrankenhaus von Adelaide errichten zu lassen, in dem Krebspatienten behandelt werden sollten. Sie wollte ihn den Granger-Flügel nennen, in Gedenken an Eric und Justine Granger.

Die konkrete Arbeit an einem so wichtigen Projekt gefiel ihr. Das galt auch für ihre Unterstützung in Bezug auf The Pines. Dort war sie, nicht zuletzt dank der Kontakte ihrer Mutter, sehr erfolgreich gewesen. Mittlerweile hatte sie einen Bus gekauft und einen Fahrer angestellt, sodass die Mädchen Ausflüge unternehmen konnten. Ein Bekannter hatte zehn Schreibmaschinen gestiftet, auf denen die Mädchen das Tippen erlernten. Und drei von ihnen hatten bereits eine Lehrstelle als Friseurin in der Stadt. Um die Entwicklung voranzutreiben, hatte Eloise eine Freundin eingebunden, die bei einer Arbeitsagentur arbeitete. Zusammen würden sie vielen Mädchen zu einer guten Zukunft verhelfen.

Fünf Wochen nach ihrem Telefonat mit Alma begann Eloise allmählich, sich zu entspannen. Sie gelangte zunehmend zu der Überzeugung, dass Alma ihr Manöver aufgegeben hatte. Eloise bat Monty, sich um die Vorbereitung der Adoption zu kümmern. Er versprach es.

In der Zwischenzeit luden Julie und Charles Eloise eines Abends zum Essen ein, zusammen mit einem anderen Gast, dem australischen Schauspieler Barry Humphries, Komiker, Satiriker und Autor, der in London groß herausgekommen war. Julie war im Vorstand der State Theatre Company in Adelaide, daher kannte sie in dieser Branche viele Menschen.

»Du hast das Haus kaum verlassen, seit du die Kinder hast, Eloise«, behauptete Julie. »Und ich garantiere dir, dass ein Abend mit Barry unterhaltsam sein wird. Er ist intelligent, witzig und sehr warmherzig. Er ist nur für eine sehr kurze Zeit bei der State Theatre Company, also lass dir die Gelegenheit nicht entgehen. Die Kinder werden ohnehin schlafen.«

»In Ordnung, Betty macht es sicher nichts aus, ein paar Stunden auf die Kinder aufzupassen, und ich habe wirklich lange nichts mehr unternommen.«

Der Abend war wunderbar. Wie erwartet war Barry Humphries' Gesellschaft äußerst angenehm. Er war geistreich und warmherzig und sprach sehr offen über die vielen Freundschaften mit berühmten Persönlichkeiten, die er seit seinem Umzug nach London 1959 aufgebaut hatte, unter ihnen Peter Cook, Dudley Moore und Spike Milligan. Mit Judy Garland, Sean Connery, Roger Moore und Jane Seymour hatte er entweder bereits gearbeitet, oder eine Zusammenarbeit war in Planung.

»Ich bin ein großer Fan von Judy Garland«, erklärte Julie erfreut.

»Sie ist 'ne tolle Frau.« Barry zwinkerte.

»Wir haben sie einmal persönlich getroffen, allerdings nur ganz kurz, in den Vereinigten Staaten«, erzählte Julie.

»Stimmt. Im Palace Theatre in New York«, sagte Charles. »Als wir mit ein paar Freunden im Backstage-Bereich waren. Ich war so aufgeregt, ich habe wie ein Vollidiot gebrabbelt. Und ich erinnere mich noch daran, dass sie ziemlich klein war«, erzählte er lachend.

Barry unterhielt sie mit lustigen Geschichten über sein Leben in London und natürlich über seine Karriere. Ihnen kamen vor Lachen sogar die Tränen, als er ausführlich erklärte, wie er körperliche Ertüchtigung um jeden Preis vermied und in Bezug auf Sport schon immer ein hoffnungsloser Fall war. Er behauptete, Sport sei nicht gut für den Körper, er selbst sei das beste Beispiel für eine gesunde Person, die nie ins Schwitzen kam.

»Wenn Schach als Sport gelten würde, könnte ich sagen, dass ich sportlich bin, aber ich mache nichts, was mich ins Schwitzen bringt, außer Theaterschminke zu tragen. Das war schon immer so, sehr zum Leidwesen meiner Eltern.« Er verdrehte die großen Augen und lachte.

Aber Barry war nicht nur amüsant, er war zudem interessiert an seinen Gastgebern und ein guter Zuhörer.

»Ich habe gehört, Sie sind verheiratet, Eloise«, sagte er im Ton einer freundlichen Tante. »Wo ist denn Ihr Ehemann heute Abend?«

»Wir sind getrennt«, eröffnete Eloise ihm rundheraus. Barry wirkte wie jemand, dem sie so etwas bedenkenlos anvertrauen konnte, dennoch spürte sie, wie sie errötete.

»Ah. Ich bin in zweiter Ehe verheiratet«, gestand Barry.

»Ihre erste Frau war Brenda Wright, nicht wahr?«, fragte Julie.

»Genau. Unsere Ehe hat nur zwei Jahre gehalten. Brenda war schon in Ordnung, aber ich muss gestehen, dass mein Augenmerk ein bisschen zu sehr auf anderen schönen Frauen lag.« Er lächelte schelmisch. »Jetzt bin ich seit 1959 mit Rosalind Tong verheiratet. Sie sorgt dafür, dass ich keinen Unfug mache, also könnten wir langfristig erfolgreich sein, aber im Leben ist nichts sicher, stimmt's? Haben Sie Kinder, Eloise?«

»Ich habe zwei Pflegekinder, die ich gern adoptieren möchte. Sie sind bezaubernd. Ich könnte mir mein Leben schon gar nicht mehr ohne sie vorstellen.« Noch während sie sprach, spürte sie einen Kloß im Hals. Plötzlich brach sie in Tränen aus und entschuldigte sich vom Tisch.

Barry sah Julie und Charles überrascht an. Julie erklärte ihm die Situation.

Als Eloise schließlich wiederkam, entschuldigte sie sich für ihren Gefühlsausbruch. Grund sei die Anspannung, zudem über eine lange Zeit, und doch hätte sie nicht erwartet, dass sie sich Bahn brechen würde.

»Ich glaube nicht, dass Sie sich groß Sorgen machen müssen,

meine Liebe. Es klingt ganz so, als hätte diese Frau die Idee aufgegeben, die Kinder ihrer Schwester bei sich aufzunehmen, und als würde sie sich gerade mit ihrem traurigen Leben auseinandersetzen«, merkte Barry an.

»Glauben Sie wirklich?«

»Aber ja«, versicherte Barry bestimmt und schenkte ihr ein Lächeln.

Dann wandte er sich an Charles. »Ich habe gehört, dass Sie ein paar wirklich seltene Bücher besitzen, die würde ich mir liebend gern ansehen. Ich hege eine riesige Leidenschaft für Bücher, ich sammle schon seit meiner Kindheit Erstausgaben und seltene Werke.«

»Das ist ein seltenes Hobby«, sagte Eloise, voller Hochachtung für seine Leidenschaft für das geschriebene Wort.

»Das stimmt. Ich bin tatsächlich durch ein traumatisches Ereignis dazu gekommen.«

»Was ist denn passiert, wenn ich fragen darf?«, wollte Eloise wissen.

»Als ich neun Jahre alt war, gab meine Mutter all meine Bücher zur Heilsarmee. Ich beschwerte mich bitterlich, doch sie sagte: ›Aber Barry, du hast sie doch alle schon gelesen.‹ Danach las ich mit noch viel größerem Hunger, und ich fing an, Bücher zu sammeln. Seitdem habe ich mich von keinem einzigen Werk getrennt.«

Die beiden Männer entschuldigten sich und gingen in die Bibliothek.

»Ich glaube, Barry hat recht«, sagte Julie. »Du hörst bestimmt nichts mehr von Alma Faustine.«

»Ja, hoffentlich. Ihr Anruf ist Wochen her. Allerdings ist es mir unangenehm, dass ich vor ihm in Tränen ausgebrochen bin.«

»Er hatte Verständnis dafür. Das haben wir alle.«

»Ich habe diese Gefühle immer unterdrückt, aber plötzlich ging das nicht mehr, und sie kamen alle hoch. Ich werde mich erst wirklich entspannen können, wenn die Adoption durch ist.«

»Halt durch, mein Schatz. Es dauert sicher nicht mehr lange.«

Kapitel 31

Eloise war heiterer Stimmung, als sie gegen Mitternacht nach Hause kam. Das änderte sich jedoch schlagartig beim Anblick von Bettys Miene.

»Was ist los?«, fragte sie scharf. »Ist etwas mit den Kindern?« Sie hatte Betty angewiesen, sie bei ihrer Mutter anzurufen, falls eines der beiden aufwachen und nach ihr fragen sollte.

»Ihnen geht es gut, Mrs Hastings. Sie schlafen tief und fest. Aber Sie hatten einen Anruf … aus England.«

»Oh.« Eloise erschrak.

»Ich habe Ihnen die Nachricht notiert.« Betty reichte Eloise einen Zettel.

Eloise las Alma Faustines Nachricht. Sie verlangte, dass die Kinder nächste Woche nach England ausfliegen sollten. »Oh Gott.« Ihr blieb fast das Herz stehen. Sie eilte zum Telefon und rief ihre Mutter an, die sich gerade zum Schlafen bereitmachte. Bis sie endlich am Telefon war, schluchzte Eloise bereits unkontrolliert und konnte kaum noch einen zusammenhängenden Satz hervorbringen.

»Was ist los?«, fragte Julie besorgt. »Was ist passiert?«

Betty nahm Eloise den Hörer aus der Hand und erzählte Julie von dem Anruf. Dann reichte sie Eloise den Hörer zurück.

»Ich hätte ihr Geld anbieten sollten, Mum! Ich kann ihr die Kinder nicht geben. Das kann ich nicht.«

»Ruhig, Liebes. Du weißt, dass sie sie gar nicht will. Das ist nur Teil ihres Plans, dich zum Nachgeben zu bewegen. Tapp nicht in ihre Falle.«

»Nein! Ich kann nicht länger um Tommys und Charlottes Zukunft pokern. Diese furchtbare Frau hat gewonnen. Ich werde ihr zwanzigtausend Pfund anbieten, damit sie mich die Kinder adoptieren lässt.«

»Überleg dir das noch mal, wir unterhalten uns morgen darüber«, sagte Julie.

»Ich muss mir das nicht überlegen. Ich lasse nicht zu, dass sie die Kinder bekommt.« Eloise legte auf. Sie wusste, dass sie in dieser Nacht keinen Schlaf finden würde.

Am nächsten Morgen versuchte Eloise immer wieder, Monty anzurufen, erreichte ihn jedoch nicht. Schließlich wählte sie die Nummer ihrer Mutter.

»Weißt du, wo Monty ist, Mum? Ich muss ihn dringend sprechen.«

»Leider nicht, Liebling.« Eloise konnte nicht ahnen, dass Julie vermutete, er habe die ganze Nacht gearbeitet und schlafe jetzt. Das wiederum konnte sie Eloise nicht sagen, sie wollte zuerst selbst mit ihm sprechen.

»Es ist Samstag, also kann er weder im Büro noch am Gericht sein. Er ist doch wohl nicht krank, oder?«

»Ich glaube nicht. Warte bis heute Nachmittag. Vielleicht erreichst du ihn dann.«

»Ich möchte, dass er Alma Faustine so schnell wie möglich ein Angebot macht, und ich hoffe inständig, dass sie es annimmt. Ich möchte diese dunkle Wolke nicht länger über mir hängen haben. Ich ertrage das nicht mehr.«

»Ich tätige ein paar Anrufe und schaue, ob ich herausfinde, wo er ist. Wenn ja, komme ich später mit ihm bei dir vorbei. Halt die Ohren steif, mein Schatz.«

»Was, wenn Alma wirklich die Kinder und nicht das Geld will, Mum? Ich kann die beiden nicht gehen lassen. Das halte ich nicht aus.« In verzweifelten Momenten, von denen es viele gegeben hatte, hatte sie sogar in Betracht gezogen, mit ihnen davonzulaufen.

»Das ist extrem unwahrscheinlich. Ich bin mir sehr sicher, dass das auch nur wieder ein Trick ist. Sie versucht einfach alles.«

»Vielleicht hat sie auch einen anderen Plan für die Kinder«, wandte Eloise ein. »Zum Beispiel den Erhalt eines höheren Sozialhilfeschecks von der britischen Regierung.« In der Nacht waren ihr alle möglichen Szenarien durch den Kopf gegangen, unter anderem auch, dass Alma vorhaben könnte, die beiden an ein kinderloses Paar in England zu verkaufen. Diese Gedanken quälten sie. »Ich hätte von Anfang an auf Monty und Dad hören und ihr zehntausend Pfund anbieten sollen. Dann wüsste ich jetzt wenigstens, woran ich bin.« Eloise spürte erneut, dass ihre Augen sich mit Tränen füllten, und verabschiedete sich eilig von ihrer Mutter. Sie hörte Charlotte »Mummy« rufen. Es zerriss ihr das Herz. »Ich komme, mein Schatz!«, rief sie bewegt.

Betty erinnerte Eloise daran, dass sie gegen Mittag einen Termin in der Stadt hatte, wegen des neuen Flügels für das Kinderkrankenhaus. Eloise war kaum in der richtigen Verfassung dafür, aber der Termin war sehr wichtig, und immerhin würde er sie vielleicht für eine kurze Zeit von ihren Sorgen ablenken. Außerdem hatte sie mehrere wertvolle Gemälde aus ihrer persönlichen Sammlung verkauft und wollte nun einen Scheck überreichen, mit dem die Umsetzung der Pläne beginnen konnte.

Der Termin dauerte eine Stunde, die Eloise unendlich lang vorkam. Es fiel ihr schwer, sich zu konzentrieren. Doch obwohl sie ansonsten nicht viel beitrug, war das Treffen produktiv. Wie auch immer es weiterging, Eric und Justine würden in jedem Fall ein bleibendes Denkmal im Krankenhaus erhalten.

Gedankenversunken lief sie zu ihrem Auto, als sie mit niemand anderem als Jackson zusammenstieß, der gerade aus einem Café am James Place trat. Er las in einer Zeitung einen Artikel über die Entwicklung von Adelaides Geschäftslandschaft, in dem der Hastings Department Store erwähnt wurde.

»Oh, entschuldigen Sie«, sagte er. Als er die Zeitung senkte, war er überrascht, seine Frau vor sich zu haben. »Eloise!«

Eloise, die völlig aus der Fassung geraten war, überlegte kurz, einfach weiterzugehen. »Jackson.« Ihr erster Eindruck war, dass er sehr entspannt wirkte und ausgesprochen gut aussah, und das reizte sie nur noch mehr.

»Wie geht es dir?«, fragte er, als ihm auffiel, wie angespannt ihr wunderschönes Gesicht aussah. Er überlegte, ob das an ihrer Begegnung lag.

»Mir …« Sie setzte zu einer Floskel an, doch die Worte »Mir geht es gut« kamen ihr nicht über die Lippen. Der Druck, unter dem sie stand, war zu stark. Zu ihrer Verärgerung stiegen ihr Tränen in die Augen, und sie verfluchte sich selbst dafür, dass sie ihre Gefühle nicht unter Kontrolle hatte.

Jackson war bestürzt über die Tränen. Eloise war immer eine sehr starke Frau gewesen. »Komm, lass uns reingehen«, sagte er und wollte sie ins Café führen, aber sie zögerte. »Nur kurz«, beharrte er und geleitete sie in eine hintere Ecke, wo sie ungestört waren. Eine Kellnerin kam, und er bestellte eine Tasse Kaffee, genau so, wie Eloise ihn am liebsten mochte, nicht zu stark und mit einem halben Teelöffel Zucker.

Eloise konnte nicht umhin zuzugeben, dass sich diese Bestellung angenehm vertraut anfühlte, doch als er sie intensiv musterte, fragte sie schnell: »Wie läuft der Laden?«

»Es könnte nicht besser laufen. Ich musste mehr Personal einstellen. Ich arbeite viel, aber ich bin auch froh, die langen Tage zu füllen.« Er vermied zu sagen, wie einsam er sich fühlte.

»Das freut mich, aber dann sollte ich dich nicht aufhalten.«

»Unsinn, Eloise. Für dich werde ich immer Zeit haben, und um ehrlich zu sein, siehst du aus, als könntest du eine Schulter zum Anlehnen gebrauchen. Ich weiß, wir sind nicht mehr zusammen, aber ich bin immer für dich da. Erzähl mir, was dich bedrückt, und sag nicht, dass es dir gut geht, denn ich sehe ja, dass du durcheinander bist. Vielleicht kann ich helfen.«

Eloise atmete tief durch. »Also gut. Du wirst nichts ändern können, aber vielleicht hilft es, darüber zu sprechen.« Sie überlegte, wo sie anfangen sollte. »In meinem Leben hat sich viel geändert, seit wir uns getrennt haben.«

»Dann stimmt es also, was die Leute sagen: Du triffst dich mit jemandem«, sagte Jackson.

Eloise fiel aus allen Wolken. »Nein. Wie kommst du denn auf die Idee?«

»Du warst auf keinem einzigen gesellschaftlichen Anlass, und die Lästermäuler werden nicht müde, mir zu sagen, dass das daran liegt, dass du dich mit jemandem triffst.«

Eloise schnaubte. »Nichts könnte weiter von der Wahrheit entfernt sein.« Ihr kam ein Gedanke. »Triffst du dich mit Caroline Swanson?«

»Caroline?«

»Ja. Ich habe gehört, dass sie ein Auge auf dich geworfen hat und das auch offen zeigt.«

Jackson lachte auf. »Nein. Sie ist nicht sehr subtil, das stimmt, aber ich war mit dem Kaufhaus beschäftigt, nicht mit der Liebe. Außerdem sind wir noch verheiratet, und solange das so ist, verstehe ich mich als ›nicht zu haben‹. Obwohl ich, ehrlich gesagt, schon längst mit den Scheidungspapieren gerechnet hätte.«

»Die habe ich noch nicht geschickt, weil ich dich nicht auch noch damit belasten wollte, als du schon so große Probleme mit dem Laden hattest.«

Jackson nickte. »Das weiß ich zu schätzen. Dabei habe ich

das Geschäftliche teilweise auch deswegen vernachlässigt, weil ich nach unserer Trennung am Boden zerstört war.«

»Das tut mir leid«, sagte Eloise.

»Oh nein, es ist nicht deine Schuld. Ich trage die alleinige Verantwortung dafür, dass ich alles, was gut war in meinem Leben, zerstört habe. Ich wünschte, ich könnte die Zeit zurückdrehen und diese Dinge ändern, aber das ist leider nicht möglich. Also erzähl mir doch bitte, was dir solche Sorgen bereitet.«

Eloise versuchte, sich zu sammeln. »Es wird dich vermutlich ein wenig schockieren«, begann sie. »Aber ich habe zwei wunderbare Pflegekinder aufgenommen, die ich in einem Waisenhaus kennengelernt habe.«

Jackson war tatsächlich überrascht. »Oh«, sagte er, mehr fiel ihm nicht ein. In ihm tobten die Gefühle. Er war traurig, nicht Teil davon zu sein, und auch ein wenig neidisch, weil sie die Elternschaft ohne ihn erlebte.

Eloise umriss kurz die Situation.

»Diese Alma scheint eine scheußliche Person zu sein«, kommentierte Jackson schließlich.

Eloise trank einen Schluck Kaffee. »Ich habe furchtbare Angst, die Kinder zu verlieren, Jackson. Das würde ich nicht überstehen.«

»Ich wünschte, ich könnte dir helfen, aber ich weiß nicht, wie.«

»Drück einfach die Daumen, dass sie das Geld nimmt und uns in Frieden lässt.«

Er nickte. »Du wirst eine wunderbare Mutter sein«, erklärte er.

»Danke. Ich kann kaum in Worte fassen, wie sehr ich die Kinder liebe.« Eloise blickte in seine blauen Augen. »Das ist es, was ich mir für dich gewünscht habe. Die Freude, deinen eigenen Kindern ein Vater zu sein.«

»Würdest du Tommy und Charlotte mehr lieben als jetzt, wenn du sie zur Welt gebracht hättest?«

Eloise zögerte. Sie wusste, dass es unmöglich war, sie noch mehr zu lieben. Ihr war außerdem bewusst, dass er für eine Adoption, sie hingegen dagegen gewesen war, worauf er sie mit seiner Bemerkung behutsam hinwies. »Ich gehe jetzt besser«, sagte sie, unfähig, sich zusätzlich zu allem anderen auch noch mit ihren Eheproblemen auseinanderzusetzen. »Es kann sein, dass Monty versucht, mich zu erreichen.« Sie stand auf. »Danke, dass du mir zugehört hast.«

»Jederzeit.« Jackson erhob sich ebenfalls. »Ich hoffe, dass alles so ausgeht, wie du es dir wünschst.«

Eloise nickte und wollte sich abwenden, doch er hielt sie am Arm zurück.

»Ich sollte das wahrscheinlich nicht sagen, aber ich werde dich immer lieben, Eloise.«

Sie sah, dass seine Augen sich mit Tränen füllten, und in diesem Moment ging ihr auf, dass sie ihm das Herz gebrochen hatte.

»Auf Wiedersehen, und danke noch mal fürs Zuhören«, stieß sie hastig hervor und eilte davon.

Kurz vor dem Abendessen kamen Julie, Charles und Monty zu Eloise ins Springfield House. Betty passte auf die Kinder auf und bereitete ihnen Abendessen, während Eloise mit ihren Eltern und Monty ins Wohnzimmer ging. Sie schloss die Tür.

»Dad, was sagst du zu Alma Faustines Anruf hier gestern?«, begann Eloise. Sie wollte unbedingt seine Meinung hören.

»Ich sage, dass deine Mutter recht hat, Eloise. Diese grässliche Frau versucht einfach ein weiteres Täuschungsmanöver.«

»Aber sicher sein können wir uns nicht.« Eloise wandte sich

an Monty. »Ich möchte, dass du ihr offiziell zwanzigtausend Dollar anbietest, wenn sie mich die Kinder adoptieren lässt.«

»Das wird nicht nötig sein«, erwiderte Monty ruhig.

»Ich halte es aber für nötig«, sagte Eloise bestimmt. »Ich werde Tommy und Charlotte auf gar keinen Fall nach England schicken.«

»Lass es Monty erklären, Eloise«, bat Julie sanft.

»Was erklären?« Eloise ließ ihren Blick beunruhigt zwischen ihrer Mutter und dem Anwalt hin und her wandern.

»Ich habe den Großteil der Nacht mit dem Privatdetektiv in England telefoniert«, begann Monty. »Er sagt, das Jugendamt hat sich eingeschaltet und Alma Faustine ihre Kinder weggenommen.«

Elaine traute ihren Ohren nicht. »Was? Warum?«

»Wie ich dir schon erzählt habe, hatten die beiden älteren Jungen immer wieder Ärger mit der Polizei. Das wäre an sich schon schlimm genug … aber der eine ist erst zehn Jahre alt und der andere elf, und dennoch waren sie im Dunkeln unbeaufsichtigt auf der Straße unterwegs und stifteten Unruhe. Nach mehr als einem halben Dutzend Verwarnungen hat das Jugendgericht sie als schwer erziehbar eingestuft. Als das Jugendamt mitsamt Polizei bei Alma zu Hause aufgekreuzt ist, um nach den Kindern zu sehen, fanden sie Diebesgut in der Wohnung. Alma versuchte, es auf die Kinder zu schieben, aber man hat ihr nicht geglaubt. Sie wird des Diebstahls angeklagt.«

Eloise keuchte auf.

»Alle ihre Kinder waren außerdem unterernährt und verwahrlost, daher wurden sie in Pflege gegeben.«

»Das bedeutet also …«

»Sie hat keine Chance, dir Tommy oder Charlotte wegzunehmen. Niemals.«

Eloise sank mit einem tiefen Seufzer der Erleichterung auf

dem Sofa zurück. »Das sind großartige Neuigkeiten! Aber warum hat sie hier angerufen und mich gebeten, die Kinder nach England zu schicken?«

»Wahrscheinlich war es ein allerletzter Versuch, dir Geld abzuknöpfen. Das ist das Einzige, was sie je wollte«, sagte Julie. »Die Frau besitzt wirklich keinerlei Anstand.«

»Was hätte sie denn getan, wenn ich ihrer Bitte einfach zugestimmt hätte?«

»Ich weiß es nicht. Sie war sich vermutlich sicher, dass du das nicht tun würdest.«

Eloise schüttelte den Kopf, verärgert darüber, dass Alma Faustine ihr so viel Leid beschert hatte. »Kein Wunder, dass Justine und Eric Granger England verlassen haben«, sagte sie nachdenklich.

»Genau. Sie hatten keine Lust mehr, sich mit ihr herumzuplagen, und wollten Tausende Meilen zwischen sie und sich bringen.«

Eloise schloss kurz die Augen und spürte der Erleichterung nach, die sich in ihr Bahn brach. »Jetzt kann ich Charlotte und Tommy adoptieren«, sagte sie glücklich. »Endlich werden sie auch dem Gesetz nach zu mir gehören.«

»Ich werde dir die erforderlichen Papiere schnellstmöglich zukommen lassen«, sagte Monty.

Charles meldete sich zu Wort. »Ich habe Samuel angerufen, bevor wir hierhergelaufen sind, Eloise. Er hat versprochen, den Adoptionsprozess zu beschleunigen«, sagte er lächelnd.

»Danke, Dad. Ich könnte weinen vor Glück. Aber das werde ich nicht tun, denn in den letzten Tagen habe ich genug geweint. Nur Almas Kinder tun mir leid.«

»Sie sind bei einer Pflegefamilie sicher besser aufgehoben als bei dieser schrecklichen Frau«, meinte Julie.

Kapitel 32

»Kommt mit, wir setzen uns mal kurz hin«, sagte Eloise zu den Kindern, nachdem sie schon über eine Stunde zusammen im Garten verbracht hatten. Sie führte sie vom Teich fort, wo sie versucht hatten, die Goldfische zwischen den Seerosen zu zählen, hin zu einer Holzbank im Schatten unter Bäumen. Tommy und Charlotte liebten es, das riesige Grundstück von Springfield House zu erkunden, es war wie ein eigener privater Park, der das Haus umgab. Charlotte hielt meist nach Schmetterlingen Ausschau, während Tommy Echsen oder heruntergefallene Vogelnester suchte. Auch im Märchenpfad verbrachten sie viel Zeit.

Eloise überlegte noch einmal, welche Worte sie wählen sollte. Sie hatte lange darüber nachgedacht, wie sie die Adoption ansprechen sollte, die man sicher mit kleinen Kindern nicht leicht besprechen konnte. Charlotte würde es überhaupt nicht verstehen, aber Tommy war sehr aufgeweckt für sein Alter. Wenn sie die Erklärung vereinfachte, könnte er das Konzept vielleicht begreifen. Samuel Reynolds hatte ihr versichert, dass das Gericht der Adoption zustimmen würde, und Monty hatte die Geburtsurkunden der Kinder angefordert. Es mussten nur noch ein paar letzte Papiere ausgefüllt und unterschrieben werden. Eloise konnte es kaum erwarten, hatte aber vorher diese Unterhaltung mit Tommy und seiner Schwester führen wollen.

Sonnenstrahlen drangen durch die Baumkronen, in denen die Vögel zwitscherten, und eine leichte Windbrise strich um sie herum. Es war ein perfekter Tag, aber Eloise war nervös. Tommy setzte sich neben sie, und Charlotte nahm direkt neben ihm Platz. Die Kinder waren seit vier Monaten bei ihr, und Eloise konnte sich ihr Leben nicht mehr ohne sie vorstellen. Jeder Tag war ein Geschenk, und im Laufe der Zeit wirkten die Kinder immer glücklicher. Manchmal teilte Tommy eine Erinnerung an sein früheres Leben und seine Eltern mit ihnen, aber Charlotte hatte aufgehört, nach ihrer Mutter zu fragen. Sie nannte Eloise meistens Mummy, während Tommy dieses wertvolle Wort noch nicht ausgesprochen hatte. Er würde im nächsten Jahr in die Schule kommen. Das war ein Meilenstein in seinem Leben, und Eloise hoffte, dass er sie bis dahin als Mummy betrachten würde.

»Bist du glücklich hier bei mir, Tommy?«, begann sie vorsichtig. Es war das erste Mal, dass sie ihm diese Frage stellte, weil sie ihn nicht an das Waisenhaus und den Verlust seiner Eltern und seines Zuhauses hatte erinnern wollen.

Tommy nickte, und Charlotte sah sie aus großen blauen Augen an. Sie war nicht mehr ängstlich, sie lächelte und lachte jetzt viel und war sehr wissbegierig. Ihr Vertrauen war so weit gewachsen, dass sie in einem anderen Raum als Tommy sein konnte, ohne panisch zu werden.

»Ihr wisst, dass ich sehr glücklich bin darüber, dass ihr hier bei mir seid«, fuhr Eloise fort. »Es tut mir furchtbar leid, dass ihr eure Eltern verloren habt. Aber ich bin froh, dass ihr in mein Leben getreten seid«, sagte sie behutsam. »So glücklich wie mit euch war ich noch nie, und ich möchte, dass ihr beide immer bei mir seid.«

Tommy beobachtete sie aufmerksam, und sie überlegte, wie sie fortfahren sollte.

»Wenn wir eine richtige Familie werden sollen, müssen wir etwas machen, was man Adoption nennt. Ich wäre dann eure Mummy. Wie fändet ihr das?«

Beide Kinder schwiegen für eine Weile »Muss ich dann auch Mummy zu dir sagen?«, fragte Tommy schließlich zaghaft.

»Nein, das musst du nicht«, versicherte Eloise, obwohl sie sich nichts sehnlicher wünschte. »Aber ich fände es sehr schön, auch wenn ich natürlich niemals eure eigentliche Mummy im Himmel ersetzen möchte. Du sollst es nur sagen, wenn du das auch möchtest«, sagte sie. Gespannt wartete sie auf die Antwort.

Tommy blickte zu Boden und schwang die Beine hin und her, während er nachdachte. Dann sah er Eloise direkt an. »Na gut«, sagte er mit einem leisen Lächeln. »Du kannst meine Mummy sein.«

Eloise atmete aus, von einem tiefen Glücksgefühl überwältigt, und nahm die Kinder in den Arm. »Ich hab euch so lieb. Ihr bedeutet mir die Welt.«

Die Kinder schlangen ihre schmalen Arme um sie und schmiegten sich eng an sie.

»Wisst ihr was?«, fragte sie schließlich. »Ich finde, wir sollten ein Fest veranstalten und feiern, dass wir offiziell eine Familie werden. Was haltet ihr davon?«

»So wie eine Geburtstagsfeier?«, fragte Tommy begeistert.

»Ja, wie eine Geburtstagsfeier.«

»Mit Kuchen und Süßigkeiten?«, hakte er weiter nach.

»Natürlich. Wir können doch kein Fest ohne Kuchen, Süßigkeiten und auch Ballons feiern. Und wir laden Clayton und Melissa ein. Wie findet ihr das?«

Die Kinder stimmten freudig zu, sie mochten die Kinder von nebenan. Clayton hatte ein ähnliches Temperament wie Tommy und würde mit ihm in die Schule kommen. Melissa war aufgeschlossener als Charlotte, was deren Selbstvertrauen stärkte. Eloise hatte sich mit Jenny und Michael, den Eltern, darauf geeinigt, die Mädchen ein paarmal pro Woche miteinander spielen zu lassen, damit sie ihre Brüder nicht vermissten, sobald diese zur Schule gingen.

»Da ist noch etwas«, fügte Eloise hinzu. »Wenn ich eure Mummy bin, heißt das auch, dass meine Mum eure Grandma ist und mein Dad euer Grandpa. Ich weiß, dass sie sich sehr freuen würden, wenn ihr sie Grandma und Grandpa nennen würdet.« Die Kinder hatten ihre biologischen Großeltern nicht gekannt, deswegen war das neu für sie.

Die beiden nickten strahlend.

»Und wer wird unser Daddy sein?«, fragte Tommy interessiert.

Eloise wusste nicht, was sie antworten sollte. Tommy tat ihr leid, sie wusste, wie wichtig es für einen kleinen Jungen war, ein männliches Vorbild zu haben – und er hatte seines verloren. »Lasst uns mal Betty suchen und mit ihr über das Essen für unser Fest sprechen, ja?«, wechselte sie das Thema.

»Wann feiern wir denn?«, fragte Tommy auf dem Weg zum Haus.

»Wie wäre es Sonntagnachmittag?«, schlug Eloise vor.

»Ja!«, rief Tommy begeistert.

Eloise hoffte, dass Betty genauso begeistert sein würde. Ihr blieben nur vier Tage Zeit, um das gesamte Essen vorzubereiten.

Am Samstagmorgen kam Julie zu Besuch. Sie erkundigte sich nach den Vorbereitungen und fragte, ob sie helfen könnte. Eloise stand auf der Terrasse und beobachtete die Kinder beim Spielen, während Betty in der Küche werkelte. Sie hatte schon mehrere Kuchen gebacken, einschließlich kleiner Törtchen für die Kinder. Charlotte hatte geholfen, sie mit Streuseln zu dekorieren.

Eloise wirkte recht angespannt auf Julie. Sie sah ständig auf ihre Armbanduhr. »Stimmt etwas nicht, Liebes?«, fragte sie.

»Alles bestens. Ich muss gleich nur mal kurz weg, Mum. Würdest du auf die Kinder aufpassen, während Betty weiterbackt?«

Julie war erfreut, dass sie zum ersten Mal gebeten wurde, aufzupassen. »Aber natürlich. Lass dir Zeit.« Damit stand sie auf und ging die Terrassenstufen hinunter auf den Rasen, wo Charlotte und Tommy mit einem Ball und Kegeln spielten.

Vierzig Minuten später betrat Eloise den Hastings Department Store. Ihr Herz raste. Sie fand Jackson nicht im Erdgeschoss, also lief sie zu seinem Büro im oberen Stock. Da es kurz vor Mittag war und das Geschäft bald schließen würde, räumte er gerade die Tageseinnahmen in den Safe, wo sie bis Montag lagern würden, wenn er sie zur Bank brachte.

Eloise stand unbemerkt in der offenen Tür, während Jackson Scheine und Münzen in einen Stoffbeutel packte. Er sah so gut aus wie eh und je, vielleicht sogar noch besser.

»Du solltest wirklich die Tür schließen, wenn du das machst«, sagte sie schließlich lächelnd.

Erschrocken sah er hoch, und sogleich hellte sich seine Miene auf. »Eloise.«

Sie trat ein und schloss die Tür. »Im Ernst. Du bist leichte Beute für einen Räuber.«

»Da hast du recht. Normalerweise schließe ich ab, aber einer der Mitarbeiter bringt gleich noch mehr Geld hoch. Bitte, setz dich doch.«

»Danke.« Sie war jetzt sehr nervös.

»Ist alles in Ordnung?«, fragte er.

»Ja, besser als in Ordnung sogar.«

»Das freut mich sehr. Ich hatte gehofft, dass du mich anrufen und mir erzählen würdest, was aus der Adoption geworden ist.«

»Das wollte ich auch«, gestand sie schuldbewusst.

»Warum hast du es dann nicht getan?«

»Ich weiß nicht. Ich musste erst Ordnung in mein Leben bringen. Und in meinen Kopf.«

»Und, hast du das?«

»Ja. Alma Faustine darf Tommy und Charlotte nicht zu sich nehmen.«

»Also kannst du sie problemlos adoptieren?«

»Ja. Onkel Samuel sorgt dafür, dass alles glattläuft.«

Jackson lächelte sie an. »Ich freue mich sehr für dich, Eloise. Du hast jedes Glück der Welt verdient. Das meine ich ernst.« Es tat ihm weh, nicht Teil davon zu sein, doch er hatte auch das Gefühl, dass es ihm gar nicht zustand.

»Danke.« Eloise betrachtete ihre Hände im Schoß.

»Du siehst aus, als würde dich sonst noch etwas beschäftigen?«

»Ja, eine Sache wäre da noch.« Eloise öffnete ihre Handtasche und holte die Scheidungspapiere hervor.

Jackson erbleichte. »Ja, damit habe ich schon gerechnet«, sagte er, mit schwerem Herzen. Er wollte sie nicht unterschreiben, aber er konnte Eloise schließlich auch nicht zwingen, ihn zu lieben. »Soll ich sie sofort unterzeichnen?« Er nahm einen Stift zur Hand.

Eloise zerriss die Papiere.

Jackson starrte sie mit offenem Mund an, während sie aufstand, zu ihm hinter den Schreibtisch trat und die Papierfetzen in den Mülleimer steckte.

»Ich versteh nicht ganz«, sagte Jackson mit klopfendem Herzen.

Eloise nahm seine Hand und drückte sie. »Ich habe ein schönes Zuhause und zwei wundervolle Kinder. Mein Leben ist perfekt, bis auf eine Sache.«

»Und die wäre?«

»Meinen Mann, den Mann, von dem ich hoffe, dass er bereit ist, meinen Kindern ein Vater zu sein. Möchtest du dieser Vater sein, Jackson?«

Jackson wurde von Gefühlen überwältigt. Er drückte ihre Hand und versuchte, sich zu sammeln. »Es wäre mir eine Ehre, aber willst du das wirklich, Eloise?«, stieß er hervor.

Sie bemerkte, dass er Angst hatte, erneut abgewiesen zu werden, und blickte ihm tief in die Augen »Ja. Du bist der einzige Mann, den ich mir je als Vater meiner Kinder vorstellen könnte. Ich habe nie aufgehört, dich zu lieben, Jackson. Bitte glaub mir das. Es war ein herber Schlag für mich, zu erfahren, dass ich keine Kinder bekommen kann, und ich habe dich von mir gestoßen. Es tut mir leid, aber ich dachte, ich würde dir die Chance auf eine Familie nehmen.«

»Ich könnte mir ohnehin nicht vorstellen, Kinder mit einer anderen Frau zu haben, weil ich dich immer lieben würde, Eloise. Ich weiß, ich habe Fehler gemacht …«

Eloise legte ihm den Finger auf die Lippen, um ihn zum Schweigen zu bringen. »Wir haben beide Fehler gemacht. Aber das ist jetzt Vergangenheit.«

Jackson neigte sich zu ihr und küsste sie. Es fühlte sich an, als würde er nach Hause kommen.

»Bitte komm heute Nachmittag heim, um deine neue Familie kennenzulernen«, sagte Eloise. »Und bring deinen Schlafanzug und eine Zahnbürste mit.« Mit diesen Worten wandte sie sich um. »Und vergiss nicht, die Tür hinter mir abzuschließen«, fügte sie hinzu. »Ich möchte nicht, dass dir etwas passiert.«

Auf Jacksons Gesicht breitete sich ein strahlendes Lächeln aus.

Um vierzehn Uhr öffnete Betty auf ein Klopfen hin die Tür. Bei Jacksons Anblick begann sie zu strahlen.

»Mr Hastings!«, rief sie erfreut.

»Hallo, Betty.« Er trug einen riesigen Blumenstrauß und zwei Taschen, eine davon vermutlich mit Wäsche.

Kurz wurde Betty nervös. Eloise hatte ihr nicht gesagt, dass er kommen würde, also war sie unentschlossen, ob sie ihn hereinlassen sollte.

»Eloise erwartet mich«, versicherte Jackson, der ihr den inneren Kampf ansah.

»Ja? Dann kommen Sie herein, Mr Hastings.«

Betty überlegte fieberhaft, was der Besuch wohl zu bedeuten hatte. Eloise war sehr gut gelaunt aus der Stadt zurückgekehrt, doch weder Julie noch sie selbst hatten es als ungewöhnlich empfunden, da sie oft gute Laune hatte, seit die Adoption voranschritt. Eloise hatte ihrer Mutter versichert, dass die Vorbereitungen für die Feier nach Plan liefen, daher war Julie nach Hause gegangen, zumal sie Gäste zum Abendessen erwartete. Sie hatte Eloise eingeladen, dazuzukommen, doch diese hatte mit der Begründung abgelehnt, etwas vorzuhaben. Was genau, verriet sie nicht.

»Wie geht es Ihnen, Mr Hastings?«, fragte Betty auf dem Weg zur Küche.

»Sehr gut, Betty, und ich freue mich sehr, wieder zu Hause zu sein.«

In diesem Moment kam Eloise durch die Terrassentür herein. »Nicht so sehr wie ich mich«, sagte sie strahlend.

Jackson küsste sie auf die Wange und bot ihr den Blumenstrauß aus tiefroten Rosen und weißem Schleierkraut an.

»Danke, sie sind wunderschön.«

Dann reichte Jackson Betty eine Schachtel Pralinen. »Deine Lieblingspralinen, Milchschokolade mit cremiger Füllung.«

Betty lächelte. »Danke«, hauchte sie. Sie freute sich über die Schokolade, noch mehr aber darüber, Eloise und Jackson so glücklich zusammen zu sehen. »Ich stelle die Blumen in eine Vase, Mrs Hastings«, sagte sie und nahm Eloise den Strauß ab.

»Danke, Betty.« Eloise nahm Jacksons Hand und führte ihn auf die Terrasse, wo die Kinder mit einem Glas Milch und Keksen am Tisch saßen.

Jackson trat durch die Tür und blieb sofort wie angewurzelt stehen. Eloise merkte, dass er sehr ergriffen war. Er traf seine Familie zum ersten Mal, das war ein wertvoller Moment, an den er sich bestimmt immer erinnern würde.

Die Kinder sahen auf. Sie waren hübsch angezogen, Tommy in einem kurzärmeligen Shirt und Shorts, Charlotte trug ein schönes Blumenkleid. Ihre blonden Locken fielen perfekt, und Tommys Haar war säuberlich gekämmt. Eloise hatte gewollt, dass sie einen guten Eindruck machten.

»Charlotte, Tommy, das hier ist mein Mann«, sagte sie. Sie hatte ihnen erklärt, dass er die ganze Zeit hatte arbeiten müssen, aber ihr Daddy werden würde. »Sagt ihm doch mal hallo.«

Tommy hob kurz die Hand, doch Charlotte betrachtete ihn zurückhaltend.

Jackson trat vor und setzte sich. »Ich freue mich, euch kennenzulernen«, sagte er mit einem warmen Lächeln.

Eloise bemerkte, dass seine Stimme vor Nervosität bebte.

»Wie ich sehe, esst ihr Bettys Schokoladenkekse. Das sind auch meine Lieblingskekse.«

»Möchtest du einen?« Tommy bot ihm einen an.

»Danke«, sagte Jackson und biss hinein. »Lecker!«

Tommy lächelte zufrieden.

»Habt ihr Lust auf Geschenke?« Jackson sah von einem Kind zum anderen. Er konnte gut nachvollziehen, warum Eloise sich sofort in die beiden verliebt hatte.

Tommy nickte, und Charlotte betrachtete ihn jetzt aufmerksamer.

Jackson zog einen Karton aus einer seiner Taschen, öffnete ihn und holte eine Puppe heraus. »Die hier ist für dich, Charlotte. Sie heißt Cindy. Sie hat genauso blonde Haare wie du und die gleichen blauen Augen.« Charlottes Miene hellte sich auf. »In der Schachtel sind auch noch Schuhe, ein anderes Kleid, eine Handtasche und eine Haarbürste.« Er zog die Bürste hervor und fuhr damit durch das Haar der Puppe. »Gefällt sie dir?«

Charlotte nickte lächelnd.

»Was sagt man?«, ermunterte Eloise sie sanft.

»Danke …« Sie sah ihn schüchtern an, dann fügte sie hinzu: »Daddy.«

Jackson erstarrte mitten in der Bewegung, dann füllten sich seine Augen mit Tränen. Eloise legte ihm die Hand auf die Schulter und drückte sie. »Und was hast du Tommy mitgebracht?«, fragte sie, um ihm durch den Moment zu helfen.

Er holte eine Schachtel mit einem großen Lastwagen heraus. »Das ist ein besonderer Truck.« Er räusperte sich. »Er hat Lichter.«

»Lichter?«, wiederholte Tommy verblüfft.

Jackson und Tommy öffneten die Schachtel gemeinsam und zogen den Truck heraus. Dann zeigte Jackson dem Jungen die verschiedenen Funktionen. »Mit diesem Hebel kann man die vordere Schaufel heben, damit kannst du Sand schaufeln. Und die Lichter kann man hier einschalten.«

»Wow.« Tommy hatte die Augen weit aufgerissen. »Damit kann ich im Sandkasten spielen.«

Jackson blickte ihn fragend an. Als er gegangen war, hatte es noch keinen Sandkasten gegeben. »Ja, das kannst du«, sagte er, als er den Kasten entdeckte, dazu noch eine Schaukel und eine Rutsche.

»Danke, Daddy«, sagte Tommy. »Kann ich jetzt gleich damit spielen, Mummy?«

»Natürlich«, erwiderte Eloise.

»Spielst du mit, Daddy?«, fragte Tommy und rutschte vom Stuhl.

»Sehr gerne.« Jackson bemühte sich, nicht in Tränen auszubrechen. Er blickte zu Eloise auf, die ihm das wertvollste Geschenk gemacht hatte, das es auf der Welt nur geben konnte.

Sie wusste bloß zu gut, wie er sich fühlte. Er legte seine Hand auf ihre, die immer noch auf seiner Schulter lag, und drückte sie. Dann folgte er Tommy, der mit dem Truck zum Sandkasten raste. Eloise folgte ihnen zusammen mit Charlotte, sie setzten sich auf eine Bank in der Nähe und spielten mit Charlottes neuer Puppe.

Jackson und Tommy fuhren mit dem Truck im Sandkasten. Er lernte den kleinen Jungen besser kennen und lächelte die ganze Zeit. Hin und wieder blickte er zu Eloise und ihrem kleinen Mädchen auf der Bank. Sie ergaben ein wunderschönes Bild. *Meine Familie*, dachte er, und musste sich kneifen.

»Wir feiern morgen ein Fest«, erzählte Tommy ihm aufgeregt. »Mit Kuchen und Süßigkeiten.«

»Ach, wirklich?« Jackson blickte zu Eloise, die nickte.

»Wir feiern, dass wir eine Familie geworden sind«, erklärte sie. Ihre Augen strahlten vor Liebe und Freude. Das Leben konnte nicht besser sein.

Später, als die Kinder mit Bauklötzen im Spielzimmer spielten, saßen Jackson und Eloise im Wohnzimmer und tranken entspannt ein Glas Wein, während Betty das Abendessen vorbereitete.

Jackson ließ den Blick umherschweifen. »Irgendetwas an diesem Haus ist anders, Eloise. Ich habe es sofort gespürt, als ich hereingekommen bin.«

»Ja. An den Wänden sind weniger Kunstwerke. Ich habe sie

verkauft.« Eloise wollte ihm später von dem neuen Krankenhausflügel erzählen.

»Das ist es nicht.«

»Ich glaube, ich weiß, was du meinst«, sagte Eloise. »Das Haus ist jetzt ein richtiges Zuhause. Bevor die Kinder hier eingezogen sind, war es eher eine Art Kunstgalerie oder ein Museum für wertvolle Stücke. Die Kinder haben das geändert. Jetzt liegt Spielzeug auf dem Boden, und Kinder flitzen durch die Gegend, lachen oder zanken.«

»Sie zanken?« Das konnte sich Jackson gar nicht vorstellen.

»Nicht wirklich«, sagte Eloise lächelnd. »Bisher lässt Tommy Charlotte immer ihren Willen, aber das kann sich ändern.« Ihr Blick fiel auf den Kamin. Zur Weihnachtszeit dekorierte Eloise immer einen Baum direkt daneben, aber jetzt stellte sie sich Geschenke für die Kinder darunter vor. »Ich werde dieses Jahr an Weihnachten Strümpfe am Kaminsims aufhängen.«

Jackson lächelte. Es gefiel ihm, Eloise so glücklich zu sehen.

»Es wird ein Riesenspaß werden, den Kindern am Weihnachtsmorgen dabei zuzusehen, wie sie all ihre Geschenke auspacken«, fügte sie hinzu. »Ich kann es kaum erwarten.«

»Du hast recht. Das Haus hier ist jetzt ein richtiges Zuhause.« Er seufzte zufrieden.

Sie schwiegen eine Weile und nippten an ihrem Wein.

Schließlich räusperte sich Eloise. »Ich habe die letzten Papiere für die Adoption noch nicht eingereicht, weil ich wollte, dass du sie auch unterschreibst. Ich hoffe, das ist für dich in Ordnung?«

»Es ist mehr als in Ordnung.« Jackson stand auf und küsste sie. »Um ehrlich zu sein, bin ich ganz überwältigt. Ich hätte nicht erwartet, dass Tommy und Charlotte mich so bereitwillig akzeptieren, vor allem, da es doch erst ein paar Monate her ist, dass sie ihre Eltern verloren haben.«

»Tommy ist ein sehr kluger Junger. Er ist sehr reif für einen Fünfjährigen.«

»Er drückt sich tatsächlich schon sehr reif aus für sein Alter«, stimmte Jackson zu.

»Ja. Aber er hat einen Prozess durchgemacht. Natürlich waren sie traumatisiert, als sie sich nach dem Tod ihrer Eltern plötzlich in einem Waisenhaus wiederfanden. Sie mussten erst einmal trauern, und das war nicht einfach. Charlotte ist noch so klein, sie braucht eine Mutter. Tommy brauchte die Gewissheit, dass sie zusammenbleiben können, und sie mussten das Gefühl haben, in Sicherheit und geliebt zu sein. Als sie bemerkten, dass sie all das hier finden würden, konnte der Heilungsprozess beginnen. Auch Tommy nennt mich jetzt immer wieder Mummy, und das macht mich unheimlich glücklich.«

»Ja, es ist ein besonderes Gefühl, nicht wahr? Ich wusste ehrlich nicht, wie mir geschieht, als Charlotte und Tommy mich vorhin Daddy genannt haben. Ich fühle mich irgendwie gesegnet.« Er blickte sie zärtlich an. »Danke, dass du mich Teil dieser wunderbaren Familie sein lässt! Ich bin unendlich glücklich darüber.« Seine Augen wurden erneut feucht, und Eloise umarmte ihn.

»Zu unserer kleinen Feier morgen kommen auch die Nachbarn, weil Tommy und Charlotte sich mit Clayton und Melissa angefreundet haben. Es wäre schön, wenn deine Mutter auch käme, um ihre Enkel kennenzulernen«, sagte Eloise. »Was meinst du?«

»Ich kann sie fragen. Aber in den letzten Monaten ist viel passiert.«

»Ihr geht es doch gut, oder?«

»Oh ja, ihr geht es bestens! Die beste Nachricht aber ist, dass Ernie und ich uns versöhnt haben.«

»Das freut mich, aber wie kommt das?«

Jackson erzählte Eloise alles, was geschehen war, bis hin zur Versöhnung mit seinem Halbbruder. Auch dessen finanzielle Unterstützung verschwieg er nicht. »Er hat mir verziehen, dass ich ihm solche Schwierigkeiten gemacht habe. Ich habe Ernie schon immer respektiert und geschätzt, aber meine Hochachtung vor ihm ist noch mal beachtlich gestiegen. Seine Freundlichkeit und Unterstützung haben mir geholfen, meinen Ehrgeiz wieder zu wecken, und jetzt stehen wir einander näher als je zuvor.«

»Das ist wunderbar, Jackson«, sagte Eloise aufrichtig.

»Ich bin in letzter Zeit oft zur Farm gefahren. Ernie und ich reiten aus, dann grillen wir, trinken Bier und verbringen eine schöne Zeit miteinander. Er kommt manchmal mit Melody und den Kindern in die Stadt, sie besuchen mich und gehen dann in den Zoo. Es ist unglaublich viel wert, einen richtigen Bruder und dann noch so eine enge Beziehung zu ihm zu haben. Ich bin mir sicher, dass Harley und Dad das aus vollem Herzen befürworten würden.«

»Das denke ich auch.« Plötzlich kam Eloise ein Gedanke. »Aber weißt du, was das heißt?«, fragte sie freudig.

»Was denn?«

»Tommy und Charlotte haben Cousins und eine Cousine.«

»Oh, stimmt.« Jackson lächelte. »Archie müsste in etwa so alt sein wie Charlotte, und Piper wird nächsten Monat ein Jahr alt. Und was ist mit Michael? Er muss ja schon richtig groß sein.«

»Ja, Michael ist jetzt richtig groß, und Piper läuft sogar schon. Und wahrscheinlich weißt du es noch nicht, aber Bea erwartet noch ein Kind.«

»Wirklich? Das ist ja wunderbar. Lass uns doch morgen zum Fest die ganze Familie einladen, einschließlich Vera. Ich würde sie alle liebend gern wiedersehen.«

»Soll ich sie direkt anrufen?«

»Ja, du solltest ihnen Bescheid geben, aber zuerst …« Sie zog ihn zu sich und küsste ihn, inniglich.

Dann machte Jackson sich daran, seine Mutter anzurufen. Währenddessen sah Eloise nach den Kindern.

Als sie sich wieder zu ihm ins Wohnzimmer setzte, lächelte er.

»Mum ist außer sich vor Freude«, erzählte er. »Sie kommt morgen und lässt dich schon mal herzlich grüßen.«

»Was ist mit Melody, Ernie, den Kindern und Bea, Warren und Michael?«

»Ernie war mit Richie auf der Farm unterwegs, aber Vera war zu Hause und ebenfalls hoch erfreut. Mum sagt, Bea wird nicht kommen, weil ihr Geburtstermin in zwei Wochen ansteht und ihre Füße so geschwollen sind, dass sie in kein Paar Schuhe mehr kommt, aber alle anderen kommen mit.«

»Das freut mich! Es wäre auch schön, wenn wir am Wochenende öfter mal mit unseren Kindern zur Farm fahren könnten«, sagte Eloise. »Sie würden sicher gern mal Pferde, Schafe, Hühner und Enten sehen.«

Jackson lächelte erneut. »Ich werde nie genug davon kriegen, zu hören, wie du von ›unseren Kindern‹ sprichst.«

»Ja, das klingt gut, nicht wahr?«

Am Abend genossen Jackson und Eloise ein romantisches Abendessen bei Kerzenlicht, bevor sie hochgingen und nach den Kindern sahen, die Betty gebadet hatte.

Charlotte hatte ihre neue Puppe mit ins Bett genommen und war sofort mit ihr im Arm eingeschlafen. Tommy beharrte nach seinem Bad darauf, Jackson all seine Flugzeuge zu zeigen. Als Jackson ihm erzählte, dass er ein großes Kaufhaus in der Stadt besaß, in dem Spielzeuge verkauft wurden, war er außer sich vor Freude.

»Kann ich auch mal ins Kaufhaus kommen?«, fragte er eifrig.

»Du kannst samstagmorgens mit mir zur Arbeit fahren, wenn du möchtest. Und dir all die Spielzeuge anschauen, die ich verkaufe.«

Tommy umarmte ihn stürmisch, was Jackson tief berührte.

Nachdem Tommy endlich eingeschlafen war, erzählte Jackson Eloise von seinen Worten. »Ich hatte direkt vor Augen, wie er eines Tages das Kaufhaus übernimmt, habe mich aber sofort ermahnt.«

»Warum?«, fragte Eloise.

»Weil ich die Farm nicht übernehmen wollte, und vielleicht will auch Tommy das Kaufhaus nicht übernehmen. Wer weiß, vielleicht möchte er Feuerwehrmann oder Kunsthändler werden, wie seine Mutter, oder vielleicht Pilot. Er liebt Flugzeuge.«

»Charlotte wird Kunsthändlerin«, erklärte Eloise. »Oder vielleicht will sie den Hastings Department Store übernehmen. Ich kann sie mir schon als Chefin vorstellen.«

»Jetzt hör uns nur mal reden«, sagte Jackson, und sie lachten.

Schließlich zogen sie sich ins Schlafzimmer zurück, wo sie eine romantische Nacht miteinander verbrachten. Als die körperliche Sehnsucht nacheinander gestillt war, übernahmen die Gefühle die Oberhand, und sie weinten beide vor Freude. Sie lagen sich in den Armen und sprachen über ihre Zukunft mit den Kindern. Sie sprachen sogar darüber, eines Tages vielleicht noch mehr Kinder zu adoptieren.

Kapitel 33

»Willkommen!«, rief Jackson fröhlich, als er den Besuchern der Sunnyvale Farm die Tür öffnete.

Georgina schlang die Arme um ihn und drückte ihn fest.

»Vorsicht, Mum, du brichst mir die Rippen«, scherzte er.

»Ich freue mich so für dich«, sagte Georgina gerührt.

»Ich weiß, Mum, danke.« Jackson küsste sie auf die Wange.

»Wo sind denn meine Enkel?«, fragte sie aufgeregt. »Ich kann es gar nicht erwarten, sie kennenzulernen.«

»Sie sind hinten im Garten.« Jackson hatte die Worte kaum ausgesprochen, da lief sie schon los.

»Sie hat letzte Nacht kein Auge zugetan, weil sie sich so für dich freut und weil sie so aufgeregt wegen der Kinder ist«, erzählte Vera ihm.

»Es ist schön, sie so glücklich zu sehen«, erwiderte er. »Kommt herein.« Er schüttelte Ernie die Hand, bevor er Melody begrüßte. Sie hielt Piper auf dem Arm, Archie stand neben ihr. »Wollt ihr euren Cousin und eure Cousine kennenlernen?«, fragte er die beiden Kinder. Melody hatte ihnen auf der Fahrt erklärt, was Cousins und Cousinen waren.

Archie nickte begeistert. »Spielen sie dann mit mir?«

»Ja, das machen sie«, sagte Jackson lächelnd.

»Wir freuen uns alle so für euch«, sagte Ernie. »Du wirst ein großartiger Vater sein, Jackson.«

»Danke.« Er führte die Besucher in die Küche. »Ich werde vielleicht ein paar Tipps von dir brauchen, immerhin bin ich erst seit gestern plötzlich Vater.«

»Du bist bestimmt ein Naturtalent«, beruhigte Ernie ihn.

»Ich kann gar nicht in Worte fassen, wie es sich anfühlt, wieder zu Hause zu sein und Kinder zu haben«, bekannte Jackson.

»Wir haben uns so gefreut, dass du und Eloise wieder zusammengekommen seid«, sagte Vera. »Und dass ihr jetzt eure eigene kleine Familie habt, ist die Krönung des Ganzen.«

»Das stimmt. Ich dachte, es wäre aus und vorbei zwischen uns. Aber ich habe nie aufgehört, sie zu lieben, und jetzt hat sich doch noch alles geändert. Es war ein Wunder, auf das ich nicht zu hoffen gewagt hatte.«

Eloise freute sich, als Georgina auf die Terrasse trat, dicht gefolgt von Vera, Melody, Ernie und den Kindern. Jackson hatte den ganzen Morgen Ballons aufgeblasen und sie mit Tommys Unterstützung an den Bäumen um den Rasen herum aufgehängt. Eloise war aufgefallen, dass Tommy sich sehr an Jackson hielt und ständig »Männerkram« mit ihm machen wollte. Sie waren schnell unzertrennlich, und Eloise war glücklich darüber.

»Eloise, ich freue mich sehr für dich und Jackson.« Georgina umarmte sie.

»Danke. Nach den schwierigen letzten Monaten sehe ich jetzt endlich eine schöne Zukunft vor uns.«

»Ja, das glaube ich. Ich kann es gar nicht erwarten, meine Enkel kennenzulernen«, sagte Georgina aufgeregt. Sie blickte zum Rasen, auf dem vier Kinder spielten. »Welche davon sind sie?«

»Tommy, Charlotte!«, rief Eloise, und die beiden ließen Clayton und Melissa auf dem Rasen zurück und kamen angerannt.

Eloise ging ihnen entgegen. »Kinder, das ist eure Großmutter«, sagte sie sanft. »Daddys Mummy.« Sie nahm die beiden an der Hand und führte sie die letzten Stufen zur Terrasse hoch. An diesem Morgen hatte sie ihnen erklärt, dass sie weitere Familienmitglieder kennenlernen würden.

»Ich wette, ihr habt schon eine Grandma und einen Grandpa, also nennt mich doch Nanny«, schlug Georgina vor.

»Sagt Nanny hallo«, bat Eloise die beiden freundlich.

»Hallo, Nanny«, sagte Tommy zaghaft. Charlotte umklammerte seine Hand und senkte schüchtern den Kopf, bevor sie murmelte: »Hallo, Nanny.«

Georgina wurde warm ums Herz, sie war zutiefst gerührt. »Oh, sie sind bezaubernd!« Dann kniete sie sich vor sie und öffnete die Arme. »Lasst euch mal drücken«, sagte sie, und die Kinder kamen in ihre Arme.

Eloise stellte Vera, Ernie und Melody die Kinder vor und erklärte ihren eigenen, dass Piper ihre Cousine und Archie ihr Cousin waren.

»Soll ich dir den Truck zeigen, den Daddy mir geschenkt hat, Archie?«, fragte Tommy. »Der ist im Sandkasten.«

Archie nickte. »Ja!«, rief er, woraufhin Tommy ihn zum Sandkasten führte.

»Ach, wie niedlich«, kommentierte Melody gerührt. »Ich muss meine Kamera holen.«

»Tommy kann gut mit Charlotte umgehen, er wird sich sicher auch gut um Archie kümmern«, sagte Eloise.

Eloise hob Charlotte hoch, damit sie ihre Cousine besser sehen konnte. »Das ist Piper«, sagte sie. Die Kinder musterten einander neugierig. »Sie ist ganz schön groß geworden, Melody.«

»Ist es zu glauben, dass sie schon fast ein Jahr alt ist?«, fragte Melody.

»Jackson hat es mir erzählt. Ich kann nicht fassen, wie die Zeit verflogen ist. Sie ist wunderschön.« Eloise hielt kurz inne, als ihr bewusst wurde, dass sie nicht mehr neidisch auf Melody war. Sie empfand große Erleichterung.

»Danke. Charlotte ist auch wirklich hübsch. Ihre goldenen Locken sind umwerfend.«

Eloise grinste. »Ja, ich könnte sie glatt aufessen!« Sie kitzelte Charlotte am Bauch, und diese kicherte, ein Laut, den Eloise liebte.

»Ich weiß, was du meinst«, sagte Melody.

»Möchtest du mit Piper spielen, Charlotte? Du kannst ihr deine Puppe zeigen. Und später könnt ihr vielleicht im Spielzimmer gucken, was ihr findet.«

Charlotte nickte und betrat die Wiese. Melody setzte Piper neben ihr ab. Piper machte ein paar wacklige Schritte, und Charlotte nahm ihre Hand, um sie zu stützen. Melody und Eloise lächelten bei dem niedlichen Anblick.

»Ich werde meine Kamera holen«, sagte Melody erneut. »Diese Momente muss ich festhalten.«

»Ich auch«, stimmte Eloise zu.

Die beiden Frauen schossen ein paar Fotos und setzten sich dann an den Tisch und sahen den Kindern beim Spielen zu. Ernie, Vera, Jackson und Georgina gesellten sich zu ihnen, ebenso wie Jenny und Michael.

»Ihr habt eine perfekte Familie«, sagte Georgina zu Jackson.

»Das stimmt, Mum. Ich war noch nie so glücklich.« Er sah zu Eloise. »Das Leben könnte gar nicht besser sein.«

»Ich wünschte, dein Dad wäre hier, um deine Familie kennenzulernen«, sagte Georgina.

»Im Geiste ist er sicher hier«, erwiderte Jackson. Er dachte viel an ihn, seit er am Vortag nach Hause zurückgekommen war.

»Er wäre sehr stolz auf dich«, fügte Georgina hinzu.

Zum ersten Mal seit einer langen Zeit glaubte Jackson das auch.

Plötzlich waren im Haus Stimmen zu hören, dann traten Julie und Charles aus der Terrassentür, begleitet von Monty und seiner Frau Lucy sowie Samuel Reynolds und seiner Frau Denise.

Eloise und Jackson standen auf, um sie zu begrüßen. Monty, Samuel und ihre Frauen hatten den Rest der Familie und die Nachbarn bereits auf der Hochzeit getroffen, daher waren alle Gäste miteinander bekannt, und sie begrüßten einander herzlich.

Julie und Charles versicherten Jackson, wie froh sie über die Versöhnung mit Eloise waren und darüber, dass er wieder Teil ihrer Familie war. Darauf hatten sie immer gehofft.

»Und, was sagst du zu unseren Enkeln?«, fragte Julie Georgina.

»Sie sind perfekt. Mich sollen sie Nanny nennen, da du und Charles ja schon Grandma und Grandpa seid. So kommen sie nicht durcheinander.«

»Großartig«, befand Julie.

Es wurde ein sehr vergnüglicher Nachmittag. Die Sonne schien warm auf sie herab, und alle amüsierten sich, insbesondere die Kinder. Für sie wurde ein kleiner Tisch mit Stühlen aufgebaut, an dem sie unter Bettys Aufsicht Kuchen, Süßigkeiten und sprudelnde Getränke genießen konnten. Die Erwachsenen tranken Wein und probierten all die Köstlichkeiten, die die Haushälterin zubereitet hatte.

»Ich weiß nicht, wie ich mich von den Kindern lösen soll, wenn es Zeit wird, nach Hause zu fahren«, erklärte Georgina Jackson nach einer ganzen Weile. Charlotte saß auf ihrem Schoß, und Georgina konnte nicht aufhören, ihre kleinen Pausbäckchen zu küssen.

»Dann bleib doch einfach eine Weile, Mum«, schlug Jackson vor. »Wir können dich zum Beispiel nächstes Wochenende nach Hause fahren. Gestern Abend haben wir noch darüber gesprochen, wie sehr wir uns darauf freuen, den Kindern die Farm und die verschiedenen Tiere zu zeigen.«

Georgina sah unsicher zu Eloise.

»Das ist eine wunderbare Idee«, stimmte diese zu.

»Seid ihr sicher, dass ich euch nicht störe?« Sie wollte sich nicht aufdrängen, da die beiden doch gerade erst wieder zusammengekommen waren und sich in ihrer neuen Familie einfinden mussten.

»Ja, sicher. Wenn du die Woche über bleibst, hast du mehr Zeit, deine Enkel kennenzulernen. Und wie Jackson schon sagte, freuen wir uns darauf, mit ihnen zur Farm zu fahren.«

»Ich habe keine Kleidung dabei«, entgegnete Georgina.

»Ich habe alles hier, was du brauchst, und noch ein wenig mehr«, sagte Eloise lächelnd. »Tatsächlich habe ich sogar eine Menge Kleidung, die ich noch nie getragen habe.«

»Das kann ich nur bestätigen.« Jacksons Mundwinkel hoben sich. »Und Schuhe! Sie hat ganze Zimmer voller Schuhkartons.«

»Hör auf«, sagte Eloise verlegen. »Jetzt, da ich Kinder habe, für die ich einkaufen kann, werde ich für mich keine Schuhe mehr kaufen.«

»Ihr seid alle Zeugen dieser Aussage«, rief Jackson in die Runde.

Georgina jedoch war immer noch nicht überzeugt. »Ich hoffe, Bea bekommt ihr Baby nicht früher.«

»Wenn die Wehen früher einsetzen, fahre ich dich nach Hause«, versprach Jackson.

»Du musst an einem Abend während deines Aufenthaltes hier bei uns essen, Georgina«, lud Julie sie ein. »Dann haben wir die Gelegenheit, uns mal wieder ausführlich auszutauschen.«

»Danke, das wäre schön«, stimmte Georgina zu. »Ich wette aber, wir werden hauptsächlich über die Enkel sprechen.«

»Da hast du wahrscheinlich recht.«

Als Melody Milch für Piper aufwärmen musste, begleitete Eloise sie in die Küche. Eloise hielt Piper, während Melody die Milch vorbereitete.

»Es ist wirklich kaum zu glauben, wie sehr Piper gewachsen ist«, sagte Eloise. »Sie war ein Baby, als ich sie das letzte Mal gesehen habe.«

Melody erinnerte sich, dass Eloise Piper nur zögerlich hatte halten wollen, und auch Eloise wusste es noch gut.

»Ich finde, sie sieht dir sehr ähnlich.«

»Ernie meint, sie sieht ganz genauso aus wie er«, erklärte Melody.

»Ja, Piper hat vielleicht seine Augen. Aber ich finde, Archie sieht ihm jetzt viel ähnlicher als früher.«

Melody lächelte. »Ich bin so froh, dass du jetzt auch eine Familie hast. Kinder machen ein Heim erst zu einem Zuhause, nicht?«

»Das haben Jackson und ich gestern Abend auch festgestellt. Er meint, er hätte sofort gemerkt, dass etwas anders ist, als er zur Tür hereingekommen ist. Allerdings habe ich auch die meisten Kunstwerke verkauft.«

»Oh.« Melody sah sich neugierig um. »Ziehst du dich aus dem Kunstgeschäft zurück?«

»Nein. Ich habe Teile meiner Privatsammlung verkauft, um Geld für einen neuen Krankenhausflügel im Kinderkrankenhaus zusammenzubekommen, in Gedenken an Tommys und Charlottes Eltern. Sie waren beide Ärzte. Für das Geld, das dafür noch fehlt, werde ich Wohltätigkeitsveranstaltungen organisieren.«

»Das ist wundervoll, Eloise. Du kannst stolz auf dich sein.«

»Danke. Ich möchte, dass sie nicht vergessen werden.« Eloise erzählte Melody die ganze Geschichte, bis zu ihrem zweiten Besuch im Heim. »Ich wusste einfach, dass ich sie mit nach Hause nehmen und für immer lieben würde. Mums Freundin ist eine Nonne, ich habe ihr gesagt, dass ich davon ausgehe, dass es göttliche Fügung war.« Sie lächelte.

»Vielleicht war es das auch.«

Später fragte Tommy Eloise, ob er Archie den Fischteich zeigen dürfe. Dieser war weiter vom Haus entfernt und von der Terrasse aus nicht zu sehen, daher zögerte Eloise, bis Ernie anbot, sie zu begleiten.

Eloise entschied, dass dies ein guter Zeitpunkt war, sich bei denjenigen zu bedanken, die mit für ihr Glück verantwortlich waren. Sie stand auf und klatschte in die Hände. »Darf ich um eure Aufmerksamkeit bitten?« Sie zog Jackson an ihre Seite, der Charlotte auf dem Arm hielt. »Ich danke euch allen, dass ihr heute hergekommen seid, um mit uns zusammen unsere wunderbare kleine Familie zu feiern. Wir sind überglücklich, auch wenn wir einige Tiefpunkte erlebt haben, bis wir an diesen Punkt gelangt sind. Meine Arbeit als Kunsthändlerin war ein großer Teil meines Lebens, und sosehr ich dieses Leben mochte, fehlte mir doch auch etwas. Ich wollte unbedingt Mutter sein. Ich erwartete, dass es einfach geschehen würde, aber als das nicht eintraf und ich herausfand, dass es auf natürlichem Wege auch nie geschehen würde, geriet meine Welt aus den Fugen. Ich habe Jackson ausgeschlossen und Distanz zu allen aufgebaut, die ich liebe.« Sie sah zu ihren Eltern. »Das tut mir aufrichtig leid.« Sie schluckte. »Mein Leben änderte sich in dem Moment, in dem ich das Waisenhaus in Goodwood besuchte und Charlotte und Tommy das erste Mal sah. Schon am nächsten Tag brachte ich die Kinder mit nach Hause, wo sie auch bleiben werden. Ich kann euch, Onkel Samuel und Monty, gar nicht genug für alles danken, was ihr getan habt.«

»Das war es wert, dich und auch die Kinder jetzt so glücklich zu sehen«, sagte Samuel. Er hatte die Hand für sie ins Feuer gelegt und keinen Zweifel daran, dass sie gut für die Kinder sorgen würde. »Sie hätten kein liebevolleres Zuhause oder liebevollere Eltern finden können.«

»Da kann ich mich nur anschließen«, sagte Monty.

»Ich möchte mich auch bei euch bedanken«, sagte Jackson. »Eloise ist die geborene Mutter, und jetzt hat sie endlich Kinder. Wenn ich sie mit ihnen zusammen sehe, schwillt mein Herz vor Liebe an. Ich habe Charlotte und Tommy gestern zum ersten Mal getroffen, aber ich habe das Gefühl, als wären sie schon immer bei uns gewesen. Wir werden ihnen das Leben so schön wie möglich machen, und wer weiß, vielleicht kommen ja irgendwann noch mehr Kinder zu unserer Familie dazu.«

Georgina schnappte erfreut nach Luft. »Wirklich?«

»Freu dich noch nicht zu früh, Mutter. Wir sehen mal, was passiert. Wer weiß, vielleicht schaffen Tommy und Charlotte uns auch völlig.« Jackson lachte und legte den Arm um Eloises Schultern.

»Platz für mehr Kinder habt ihr in diesem Haus jedenfalls genug«, sagte Georgina mit einem breiten Lächeln.

»Allerdings«, stimmte Julie fröhlich zu.

»Jetzt schau, was du angerichtet hast«, sagte Eloise scherzhaft zu Jackson.

Nach diesem aufregenden Tag badete Eloise die Kinder am Abend und half ihnen, sich bettfertig zu machen, während Betty mit einer wohlverdienten Tasse Tee in Georginas Gesellschaft entspannte. Als Jackson schließlich zu ihnen nach oben kam, konnte Charlotte kaum die Augen offen halten. Sie deckten sie zu, und sie schlief beinahe sofort ein.

»Ich glaube, vor morgen früh werden wir keinen Piep mehr von ihr hören«, sagte Eloise.

Jackson küsste sie liebevoll auf die Wange.

Ernie, Vera, Melody und die Kinder waren um fünf Uhr nachmittags aufgebrochen. Piper und Archie waren ebenfalls sehr erschöpft gewesen, und Melody hatte vermutet, dass sie während der gesamten Fahrt nach Sunnyvale schlafen würden.

»Ich glaube, deine Mutter wird früh ins Bett gehen«, sagte Eloise, als Jackson und sie in Tommys Zimmer gingen, um ihn zuzudecken. Anders als seine Schwester war er vor Müdigkeit überdreht. Er saß im Bett und wartete auf sie.

Eloise und Jackson setzten sich auf seine Bettkante. »Hattest du heute einen schönen Tag?«, fragte sie.

Er nickte. »Ich mag Archie, wir hatten viel Spaß. Er spielt auch gerne mit Trucks.«

»Natürlich tut er das.« Jackson grinste. »Und es war schön für ihn, einen Cousin zum Spielen zu haben.«

»Er ist ein lieber Junge, und du hast heute gut auf ihn aufgepasst«, fügte Eloise hinzu. »Wir sind sehr stolz auf dich.«

Tommy strahlte. »Nanny mag ich auch. Ich umarm sie gerne.«

Jackson lachte. »Wir bringen Nanny nächsten Samstagnachmittag nach Hause auf die Farm, da könnt ihr Archie und Piper wiedersehen. Wir bleiben über Nacht, dann grillen wir vielleicht und machen ein Lagerfeuer. Das macht immer viel Spaß. Und ihr könnt die Hühner füttern und vielleicht auf einem Pferd reiten.«

»Juhu!«, rief Tommy aufgeregt.

»Ja. Aber jetzt musst du erst einmal schlafen«, sagte Eloise. »Du hattest einen ereignisreichen Tag, also leg dich hin.«

Sie küsste ihn auf die Wange und deckte ihn zu. »Gute Nacht. Wir haben dich lieb.«

»Ich hab dich auch lieb, Mummy, und dich auch, Daddy. Ich hatte viel Spaß heute. Danke.«

Eloise und Jackson tauschten einen Blick, sie hatten beide feuchte Augen.

»Gute Nacht, mein Sohn«, sagte Jackson mit bebender Stimme und stand auf.

Tommy kuschelte sich in sein Kissen und schloss die Augen.

Eloise und Jackson sahen noch einmal zu ihm und gingen dann zur Tür.

»Ich glaube, mit den beiden haben wir das große Los gezogen«, sagte Jackson und legte den Arm um Eloise. »Und mit dir habe ich erst recht das große Los gezogen.« Er nahm ihr Gesicht in die Hände und küsste sie zärtlich.

ENDE

Nachbemerkung

Springfield House ist inspiriert von dem Anwesen Carrick Hill, das in Springfield, Südaustralien, liegt.

Das Baujahr von Springfield House sowie viele Details des Gebäudes und der Umgebung sind jedoch völlig fiktiv.

In meinem Roman erwähne ich das Anwesen Beaudesert Estate in Staffordshire, England. Teile dieses Gebäudes wurden tatsächlich von England nach Australien verschifft, jedoch zu einem anderen Zeitpunkt als in meiner Geschichte.

Meine Romanfiguren sind alle fiktive Persönlichkeiten.

Tierärztin zu werden ist ihr großer Traum – auch wenn sie dafür einen hohen Preis zahlen muss

Sarah Lark
DIE TIERÄRZTIN
- GROSSE TRÄUME
Roman

656 Seiten
ISBN 978-3-404-18797-3

Um 1912 als Tierärztin arbeiten zu können, heiratet Nellie ihren Jugendfreund Philipp De Groot, der die väterliche Praxis übernimmt. Sie liebt ihn zwar nicht, aber die beiden verbindet seit ihrer Kindheit eine innige Freundschaft. Sie verspricht jedoch, ihn freizugeben, sobald er eine Chance sieht, seinen eigenen Berufswunsch als Musiker zu verwirklichen. Als sich ihm diese nach dem Ersten Weltkrieg bietet, verschwindet er plötzlich aus ihrem Leben. Mit ihrer Kollegin Maria versucht Nellie nun, eine Tierarztpraxis in Berlin aufzubauen. Doch die Vergangenheit und die Liebe holen Nellie schnell wieder ein ...
Der erste Band der erfolgreichen TIERÄRZTIN-Saga

Lübbe